KB271908

풀어읽는 우리 노래문학

국립중앙도서관 출판사도서목록(CIP)

풀어읽는 우리 노래문학 / 조규익 지음.
서울 : 논형, 2007
p.342 ;　cm. (논형학술 ; 32)
ISBN 978-89-90618-58-0 94810
₩18000

811.2-KDC4
895.71-DDC21　　　　　　　　CIP2007001923

풀어 읽는 우리 노래문학

논형

풀어읽는 우리 노래문학

지은이 | 조규익

초판 1쇄 인쇄 | 2007년 6월 25일
초판 1쇄 발행 | 2007년 7월 1일

펴낸곳 | 논형
펴낸이 | 소재두
편집 | 최주연, 김현경, 이순옥
표지디자인 | 에이디 솔루션

등록번호 | 제2003-000019호
등록일자 | 2003년 3월 5일
주소 | 서울시 관악구 봉천2동 7-78 한립토이프라자 5층
전화 | 02-887-3561 팩스 | 02-887-6690

ISBN 978-89-90618-58-0 94810
값 18,000원

머리말

노래의 역사는 인류의 역사와 같다. 노래 없이는 살 수 없는 존재가 인간이기 때문이다. 인간의 오욕칠정을 두루 담을 수 있을 만큼 쓰임새가 넓고 아름다운 그릇이 노래다. 예로부터 지위나 연령의 고하를 막론하고 공동체의 구성원들은 노래를 통해서 하나가 될 수 있었다. 공식적이든 비공식적이든 노래가 쓰이지 않는 분야가 없는 것도 그 때문이다. 종교의 의식에도, 단체의 모임에도, 사랑의 고백에도, 기분전환에도 노래는 두루 쓰인다. 나라에는 국가(國歌)가, 학교에는 교가가, 교회에는 찬송가가, 절에는 찬불가가 있는데, 모두 순정(純正)한 내면의 정수만을 뽑아내어 만든 것들이다.

아주 오랜 옛날부터 지금까지 무수한 노래들이 만들어져 왔고, 불려 왔다. 그런데 요즘 사람들은 옛날의 노래들을 고전시가 혹은 전통시가로 통칭하며 '시문학'의 관점에서만 분석하고 연구하니, 노래의 본질은 오도될 가능성이 크다. 시는 시고, 노래는 노래다. 시에 음곡을 붙이면 노래가 되지만, '그냥 시'와 '노래로 불리는 시'는 엄연히 다르다.

첫 단계의 옛 노래들은 문학과 음악 혹은 무용이 함께 어우러진 '종합예술'의 한 부분이었다. 그 점을 인정해야 그 노래들을 즐기며 내뿜던 '신명'의 정체를 이해할 수 있게 된다. 그 상태로부터 변이·생성된 것이 요즘의 노래이며 시문학이다. 그러니 따분하게 책상머리에 들러붙어 글자 수와 운율이나 헤아린대서야 우리의 옛 노래에 대한 '제대로 된 대접'이라 할 수 있겠는가.

미학적 세련성보다는 '날 것 그대로의 풋풋함'이 두드러지는 실체가 바로 삶의 현장에서 만들어지고 불리던 노래다. 우리의 옛 노래가 바로 그런 것들이다. 그러나 그 시대를 살지 못한 우리가 그런 정서의 경계를 체험하기란 불가능하다. 노랫말만을 만지작거리다가 그쳐버린 본서의 한계도 바로 여기에 있다.

옛 노래들 가운데 두드러진 몇 가지를 골라 나름대로 풀어 읽어본 결과가 이 책이다. 그러나 그 노래들의 가창자들이 느꼈을 신명이나 감정의 실체가 무엇인지는 짐작조차 할 수 없다. 그래서 옛날의 가인(歌人)들은 달을 가리키고 있는데, 나는 그 손가락만 뚫어져라 쳐다보고 있는 격은 아닌지. 등짝에서 땀방울이 흘러내린다.

논형출판사 소재두 사장님의 흔쾌한 결단과 기백이 풋풋한 김현경의 야무진 손끝으로 이 책은 세상에 나올 수 있었다. 잘 팔리는 책만 대우받는 시절. 어렵사리 세상 구경을 한 이 책이 남의 집 장독대로 굴러가 간장독의 덮개로나 쓰이게 될지, 자취생의 라면 냄비 밑받침으로나 쓰이게 될지 알 수 없는 일이다. 숭실 재직 20년을 자축하며, 걱정 반 기대 반으로 세상의 벗님들에게 이 책을 펼쳐 보이고자 한다.

메밀꽃 피기 시작하는 정해년 유월

조규익

차례

머리말

1부 우리 노래 다시 읽기

2부 삶과 노래, 그리고 노래문학

1부. 우리 노래 다시읽기

공무도하가 · 가시리 · 원부가

존재와 죽음, 그리고 모순

인간이 스스로의 경험을 통해서 죽음을 안다는 건 불가능하다. 다만 가까운 사람들의 죽음을 통해 그 의미를 추정해 볼 따름이다. 죽음이 인간에게 넘을 수 없는 실존적 한계상황인 것도 그 때문이다. '실존이 본질에 앞선다'는 사르트르(Jean Paul Sartre, 1905~1980)의 말처럼 그냥 태어나 존재하는 인간은 실존적 상황에서 자신의 판단으로 모든 것을 선택하게 되는데, 죽음을 초극하고자 기대는 관습이나 종교 또한 그런 선택지들 가운데 하나일 뿐이다.

덴마크의 철학자 키에르케고르(Søren Aabye Kierkegaard, 1813 ~1855)는 그의 저서 《죽음에 이르는 병》에서 절망이 바로 그 병임을 암시했다. 존재와 자아의 분열 상태가 바로 그 병이다. 존재와 죽음은 영원히 봉합될 수 없는 두 영역이지만, 존재가 시작되는 순간부터 죽음으로 달려가는 것은 거역할 수 없는 생명체의 운명이다. 그러므로 존재와 죽음은 모순적 관계이자 화합의 관계고, 궁극적 화합의 불가피성을 내포하면서도 다시 분열의 미로로 빠져들 수밖에 없는 모순의 관계를 지속한다. 죽음이 인간에게 영원히 풀 수 없는 수수께끼로 남는 것도 그 때문이다.

삶은 희망이고 집착이며 착각이다. 인간은 영원히 존재를 유지할 수 있다는 희망과 유지하고 싶다는 집착을 갖지만, 죽음이 도래하는 순간에야 그것들이 착각이었음을 깨닫는다. 인간에게 죽음은 절망이지만, 살면서 절망을 의식하지 못하는 것은 죽음보다 더한 비극이다. 절망을 죄로 인식하는 단계에 이르러 그 죄의식을 단서로 신앙이 생긴다고 보는 것이 키에르케고르의 설명이다.

그러나 신앙으로 죽음의 절망을 초극하기 위해서는 '믿음'이라는 내면적 장치가 필요하다. 믿음은 본능을 뛰어넘는, 강한 자기암시의 메커니즘이다. 따라서 종교적 신념을 체득하지 못한 대부분의 민중들에게 죽음이란 그저 '어쩔 줄 모르는' 실존의 극한상황일 뿐이다. 그들의 죽음은 함께 있어야 할 사람과의 원치 않는 이별로 구체화된다.

'함께 있고 싶은 것'은 본능적 욕망이다. 특별한 신앙도 없고 자연의 이법에 대한 사전 지식이나 의식조차 없는 '보통 사람들'에게 죽음은 견딜 수 없는 형벌이다. 그래서 그들은 죽음의 현장에서조차 '본능적 욕구'의 메커니즘을 가동시키곤 한다. 육체로부터 떠나가는 혼을 붙잡아 두고자 필사적으로 매달리는 것도 그 때문이다. 그 혼만 잡을 수 있다면, 죽은 육신이 다시 살아날 수 있으리라 믿는다. 그러나 그러한 시도가 부질없는 일이란 걸 깨닫는 단계에 이르자 그들은 절망을 희망으로 바꾸는 지혜를 생각해냈다.

그 지혜들 가운데 하나로 고안된 것이 넋두리다. 넋두리는 이 땅에서 오랫동안 이어져 왔다. 그것이 샤머니즘의 유풍이라지만, 역으로 보통사람들의 넋두리를 샤먼이 수용한 것일 수도 있다. 샤머니즘도 원시적이나마 종교의 한 형태지만, 언제부턴가 그것은 민중적 심성과 동질적 질서를 공유하게 되었다.

샤머니즘에서 넋두리는 무당이 죽은 자를 대신하여 내뱉는 말이다. 무당은 푸닥거리를 하면서 죽은 이의 넋을 불러내고 그의 하소연을 받아 산 자들에게 들려줌으로써 그의 한을 풀어주는 의식을 행한다. 그런 넋두리가 오늘날에는 원래의 뜻을 잃어버리고 '불평이나 불만을 늘어놓으며 하소연하는 말'을 의미하게 되었다.

그런데 왜 넋두리일까. 그 말은 '넋+두리' 식의 합성어였을 가능성이 크다. 말하자면 몸을 빠져나간 넋을 다시 불러들인다는 의미, 즉 환혼(還魂)으로 해석될 수 있는 것이다. 몸을 빠져나간 넋이 되돌아오면 죽었던 자는 재생한다. 그래서 환혼 즉 넋두리는 초혼(招魂)이다. 사람이 죽었을 때 그가 평소에 입던 웃옷을 가지고 지붕으로 올라가 북쪽을 향해 옷을 휘두르면서 큰 소리로 '고(皐)아무개 복(復)! 복(復)! 복(復)!'하면서 길게 부르는 의식이 바로 초혼이다. 말하자면 몸속을 빠져나간, 죽은 이의 혼을 불러들여 다시 그 몸과 결합시키려는 뜻이 그 의식에 들어 있다. 죽은 이의 앞에서 구슬피 울며 내뱉는 넋두리 또한 몸을 떠난 혼을 불러들이려는, 간절한 초혼 의식의 원형으로 보아야 할 것이다.

김소월의 〈초혼〉은 그러한 상황과 슬픔을 극명하게 표출한다.

산산이 부서진 이름이어!
虛空中에 헤어진 이름이어!
불너도 主人업는 이름이어!
부르다가 내가 죽을 이름이어!

心中에 남아 있는 말 한 마듸는
끗끗내 마자하지 못하엿구나
사랑하든 그 사람이어!
사랑하든 그 사람이어!

붉은 해는 西山마루에 걸니웟다
사슴의 무리도 슬피 운다
떠러저 나가 안즌 山 우헤서
나는 그대의 이름을 부르노라

서름에 겹도록 부르노라
서름에 겹도록 부르노라
부르는 소리는 빗겨 가지만
하눌과 땅 사이가 넘우 넓구나

선 채로 이 자리에 돌이 되여도
부르다가 내가 죽을 이름이어!
사랑하든 그 사람이어!
사랑하든 그 사람이어!

이 시는 한국 시사에서 넋두리의 미학을 최종적으로 완성한 절창이다. 실감나게 재현한 넋두리의 박진감 넘치는 현장성과 비극미가 완벽한 조화를 이루며 죽음의 절대성을 극적으로 부각시킨 작품이다. 죽음의 절망이 사랑하던 사람에 대한 반복적 돈호를 통해 끝없는 울림으로 남을 수 있었던 것은 이루어질 수 없는 '환혼'의 비극성을 시인 자신이 체득하고 있었기 때문이다. 그래서 이 작품이 실린 시집의 표제시인 〈진달래꽃〉 역시 이 시와 짝을 이루는 넋두리의 노래로 볼 수 있다. 〈초혼〉이 방성대곡을 곁들인 남성 화자의 넋두리라면 〈진달래꽃〉은 다감하면서도 심지 깊은 여성 화자의 넋두리라고 할 수 있다.

흔히 〈진달래꽃〉의 주제에 대하여 '승화된 이별의 정한'이나 '이별의 정한과 슬픔을 극복하려는 의지' 등으로 이야기를 해왔지만, 그것이 '죽어 이별'인지 '살아 이별'인지 분명하게 언급한 사람은 없었다. 대충 '사랑하는 사람과 이별하는 데서 생기는 정한' 쯤으로 두루뭉술하게 말하는 것이 일반적이었다. 그러나 이 시는 사랑하는 임, 그것도 '죽은 임'과 이별할 일을 가정하며 늘어놓은 넋두리로 보는 것이 타당하다.

'나 보기가 역겨워/ 가실 때에는/ 말없이 고이 보내 드리오리다'는 '죽어 떠날 임'에 대한 원망과 체념을 승화시킨 표현이다. '영변에 약산/ 진달래꽃/ 아름 따다 가실 길에 뿌리 오리다// 가시는 걸음걸음/ 놓인 그 꽃을/ 사뿐히 즈려 밟고 가시옵소서'는 진달래꽃 상여를 타고 흐드러지게 피어난 진달래 꽃길을 따라가며 임의 저승길을 배웅하는 의식이다. 따라서 임이 묻힐 묘지가 있는 '영변의 약산'은 죽음과 꽃의 모순이 빚어내는 미학이 생동하는 공간이다.

마지막의 '나보기가 역겨워/ 가실 때에는/ 죽어도 아니 눈물 흘리오리다'는 '죽어 떠날 임'이지만 그와 이별하기 싫은 실존의 욕망을 미래 가정의 어법을 통해 표현한 부분이다. 넋두리치고는 세련된 아름다움이 두드러진다.

따라서 소월의 이 두 작품은 한국 넋두리시의 미학적 귀결인 셈이다. 여기서 옛 노래들에 표상된 넋두리의 아름다움을 역으로 추적해 올라갈 단서가 비로소 마련된다. 옛 노래들에서 발견하는 넋두리의 본질을 설명하기 위해 첫머리부터 〈초혼〉이나 〈진달래꽃〉을 거론하는 것도 그 때문이다.

살아남은 자의 자기연민, 〈공무도하가〉

> 여보 그 물 건너지 마시랬지요
> 당신은 기어이 건너시다가
> 물에 빠져 돌아가셨으니
> 당신을 내 어이할꼬

〈공무도하가〉 배경이야기에서 주인공 백수광부는 물에 빠져 죽었고, 그의 아내도 따라 죽는다. 물에 빠져 죽기 전 그녀는 남편이 죽은 현장에서 서러운 넋두리를 늘어놓았을 것이다. 그 넋두리는 믿고 의지하던 남편의 죽음 앞에서 어쩔 줄 몰라 하는 실존의 비명이자 의례화(儀禮化)된 언술로서의 초혼이다. 초혼굿을 주재하던 무당이 재연한 백수광부 아내의 슬픈 넋두리가 바로 이 노래다.

굿판의 상황으로 해석된다는 점에서 〈공무도하가〉를 둘러싼 사건의 묘사는 연극적이며, 백수광부와 그의 아내는 분장한 무당 부부다. 백수광부의 가면을 쓴 남무(男巫)가 술병을 끼고 있는 것은 음주와 가무로 황홀감(ecstasy)의 상황을 유발시키려는 샤먼의 전통적 수법이다. 한 남자가 물에 빠져 죽었고, 그의 죽음으로 삶의 의욕과 능력을 상실한 아내가 슬픈 넋두리를 벌이고 나서 자신도 따라 죽은 사건이 그 지역에서 있었고, 그 사실에 감동받은 동네사람들이 두 사람의 혼을 위로하고 천도하는 굿을 해주게 되었을 것이다.

동네사람들로부터 굿을 청탁받은 무당 부부는 두 사람의 행위를 모사함으로써 그들의 불행을 위로하고자 했다. 현장에 있었으면서도 사건 해결에 뛰어들지 않은 곽리자고의 행위는 이러한 가정 아래서만 이해될 수 있다. 그는 사건의 목격자가 아니라 굿판의 관객이었던 것이다.

지노귀굿에서 죽은 이의 혼이 무당에게 실려 푸념하는 '넋청배'의

한 장면을 이 사건에서 발견할 수 있다. 무당이 주목한 것은 부인의 지극한 슬픔이었다. 죽은 자의 죽음이 엄청난 무게로 인식되는 것은 그 죽음이 살아남은 자가 겪어야 하는 실존적 고통의 원인이기 때문이다. 죽은 자는 말이 없고 더 이상 고통을 호소하지도 않는다. 그러나 그 죽음은 산 자의 마음에 충격을 가해 죽은 자가 겪었을 죽음의 고통보다 더 큰 슬픔을 안게 되고, 그 슬픔은 넋두리로 쏟아져 나오는 것이다. 이러한 넋두리를 통해 비로소 죽음의 비극성은 최고조에 달한다.

'죽어 이별'은 운명이고, 운명은 인간의 의지로 초극할 수 없다. '나 혼자만 남겨두고 떠나시면 어떡합니까?'라는 것이 한국 여인들의 전통적 넋두리에 내재된 원형적 구조다. 〈공무도하가〉는 이 원형의 또 다른 표현, 즉 패러프레이즈에 지나지 않는다.

넋두리를 통해 구체화되는 죽음의 절대성은 살아남은 자가 겪게 될 삶의 신산(辛酸)함을 역으로 부각시킨다. 그래서 넋두리는 죽은 자에 대한 동정이 아니라 산 자의 처지에 대한 자기 연민인 셈이다. 우리는 도처에서 '서러운 죽음'을 목격한다. 그 때의 서러움은 죽은 자로부터 살아남은 자에게 전이되는 '마음의 짐'이다. 살아남은 자는 그 마음의 짐을 덜고 싶어 한다. 그래서 진혼굿은 죽은 자의 심리적 결박으로부터 벗어나 이승에서 남은 세월만이라도 가벼운 마음으로 살고 싶은, 살아남은 자들을 위한 위안의 잔치일 수 있다.

부활에 대한 의지는 신화시대 이후 사라졌다. 부활에 대한 희망을 접어둔 상태에서 맞이하는 죽음은 '영원한 소멸'의 메마른 체험일 뿐이다. 죽음은 극복할 수 없는 실존의 좌절을 초래한다. 이러한 점에서 〈공무도하가〉는 원초적 발화로서의 넋두리가 예술적으로 형상화된 첫 단계의 노래라는 점에서 타당하다.

죽음의 절대성과 그 미학적 승화, 〈가시리〉

양주동이 '소박미와 함축미, 절절한 애원, 면면한 정한, 뛰어난 구법과 장법' 등을 지닌 노래로 〈가시리〉를 소개한 이래 오늘날까지 〈가시리 평설〉은 〈가시리〉 해석의 정전(正典)으로 자리 잡았다. '이별의 정한을 감동적으로 그려낸 고려속요의 절조'라든가 '남녀 간 이별의 정한이나 애절한 정서와 순박한 사랑을 부드러운 율조에 실어 진솔한 어조로 표현한 노래' 등 교과서적 해설 모두는 양주동의 논리적 굴레로부터 한 발짝도 벗어나지 못한 경우들이다. 심지어 어떤 이는 이 노래가 궁중의 속악가사였다는 사실에 근거를 두고 '임금의 총애를 잃지 않으려는 신하의 애틋한 충정'으로 그 주제를 파악하기도 한다.

이 노래가 궁중악으로 도입·개작된 것은 사실이다. 관찬문헌인 조선 초기 악서들에 실려 있다는 점, 매 연의 끝에 '위 증즐가 태평성대'라는 후렴이 붙어 있다는 점 등이 그 사실을 입증한다. 따라서 이 노래는 왕이 임석한 가운데 공연된 궁중 속악정재(俗樂呈才)에서 가창되었을 것이다.

그러나 '위 증즐가 태평성대'를 제외한 원사(原詞)의 의미까지 '궁중'이라는 특별한 코드에 맞추어 해석할 필요는 없다. 노래를 들어보자.

가시리 가시리잇고	①
버리고 가시리잇고	②
날러는 어찌 살라하고	③
버리고 가시리잇고	④
붙잡아 두고 싶지마는	⑤
서운하면 아니 올세라	⑥
서러운 임 보내드리니	⑦
가시는 것처럼 돌아오소서	⑧

사람들은 이 노래와 〈진달래꽃〉을 연결시켜 이별의 한국적 정한을 가장 진솔하게 표현한 예로 들고는 한다. 말하자면 이 노래들이 사랑하는 사람을 떠나보내는 여인의 심정을 잘 표현했다는 것이다. 그러나 대부분 이별의 정체나 원인을 제시하지 못했다는 데 그런 논리들의 문제가 있다. 물론 시나 노래에 인과(因果)의 구체적인 사항들을 노출시킬 필요는 없고, 사실 그럴 수도 없을 것이다.

그러나 '이별'을 읽어냈다면, 최소한 그게 어떠한 이별인지에 대해서는 납득할 만한 설명이 있어야 한다. 이별을 무조건 '연인들' 사이의 그것으로만 해석하는 태도야말로 텍스트에 대한 횡포일 뿐이다. 〈가시리〉를 살아있는 텍스트로 만들어 새로운 의미 생성이 가능하도록 하려면, 지금까지 〈가시리〉를 옭아매 온 선입견의 족쇄를 끊어야 한다. 아니 그 노래에 걸려 있던 상식의 주문(呪文)을 풀어야 한다.

결론적으로 〈공무도하가〉의 넋두리가 상당한 시차를 두고 세련된 형식으로 등장한 것이 바로 〈가시리〉다. 〈가시리〉 역시 '죽어 떠나는 임'을 보내며 풀어놓은 넋두리로 볼 수 있는 것이다. 다만 그 표현 자체가 〈공무도하가〉에 비해 보다 더 세련되고 복합적인 양상을 띠고 있을 따름이다.

'①~④'는 전형적인 넋두리로서 〈공무도하가〉의 그것과 일치한다. 따라서 이 노래의 독특한 미학적 핵심은 '⑤~⑧'이다. 물론 '①~④'와 '⑤~⑧'이 단순한 병렬의 관계는 아니다. 전자는 전통적으로 불려 내려오던 넋두리 노래의 원형이고, 후자는 그에 덧붙어 노래를 미학적으로 완결시키는 부분이기 때문이다.

전자에서 노래된 내용은 '죽어 떠나는' 임을 보내는 자아의 '실존적 좌절'이다. 넘어설 수 없는 절망, 초극할 수 없는 운명의 장벽에 대한 한탄이다. 그러나 그것으로 끝이라면, 〈가시리〉 역시 이전부터 내려오던 단순한 넋두리의 틀을 벗어날 수 없었을 것이다. 그래서 단순히 넋두리를 초월하는 시적 언술을 통해 상황에 대한 설명을 덧붙이거나 죽음에 대한 자아의 의지 정도는 피력할 필요가 있었을 것이고, 그것은 노래를 부르는 자아의 사생관(死生觀)이나 철학일 수도 있다.

'죽어 떠나는 임'과 이별하며 맞이한 실존적 상황을 아름다운 노래로 승화시킬 수 있도록 하는 요인은 창작 및 가창 계층의 미학이었다. 그래서 전자①-④의 단순한 비극미를 승화시킨 것이 후자⑤-⑧의 미학일 수 있다. '죽어 떠나는 임'과 헤어지면서도 표면적으로는 사랑하는 임을 잠시 보내는 것처럼 표현한 후자의 기조는 애매모호 그 자체다.

액면 그 자체로서의 넋두리인 전자와 연결시키지 않을 경우 후자는 단순히 '살아 이별'하는 현장에서 사랑하는 사람에게 건네는 당부로 보이기 때문이다. 그러나 전자의 언술을 복합 심리적으로 세련화 시킨 것이 후자임은 금방 알아차릴 수 있다. 말하자면 '죽어 이별'을 '살아 이별'인 듯 위장함으로써 죽음의 절대성을 비켜 가고자 한 미학적 장치인 셈이다.

후자의 '붙잡아두고 싶다'는 것은 현실적 삶에 대한 집착이다. 그러나 죽음의 속성상 그럴 수 없음을 화자는 잘 알고 있다. 그래서 그 절망감으로부터 자아를 지켜야 한다는 본능이 발동하게 된 것이고, 그 구체적 표현이 '서운하면 아니올지 모른다'는 언술이다.

'서운함'은 '죽어 떠나는 자'의 마음 상태다. 화자의 입장에서야 '죽어 떠나는 임'이 자신에게 서운한 마음을 가지고 떠나길 바랄 리 없다. 그러나 다시 올 수 없는 길을 가는 임이기에 명목상으로라도 그가 돌아오지 못할 명분 정도는 주어야 할 것이다. 따라서 사랑하는 사람에게는 가당치 않은 이유겠지만, '죽어 떠나는 임'이 자신에게 서운함을 가지는 것처럼 그려낼 필요가 있었으리라.

그럴 경우 '살아남은 자신'은 '죽어 떠나는 임'에게 하등 마음의 짐을 느낄 이유가 없게 된다. 결국 이 노래에서 화자는 '죽어 이별한' 사람을 '나를 싫어해서 떠난' 사람으로 바꾸는 데 성공했다. 그 '바꿔치기'야말로 죽은 자에 대하여 살아남은 자가 표할 수 있는 최소한의 예의일 수 있으며, '죽어 떠나는 자'에 대한 '살아남은 자'의 심리적 부채의식을 경감시킬 수 있는 최상의 방책이기도 했다. 그래서 상대는 '서러운 임'이 되는 것이다.

사실 '서러운'에는 이중의 의미가 내재되어 있다. '죽어 떠나는 자'와 '살아남은 자' 가운데 누가 이 말의 주체가 되느냐에 따라 그 의미는 다를 수 있다. 전자가 주체라면 이승의 삶이나 사랑하는 사람에 대한 집착으로부터 단절되는 데서 서러움을 느꼈을 것이고, 후자라면 사랑하는 임을 보낼 수밖에 없는 죽음의 절대성 때문에 서러움을 느꼈을 것이다.

이렇게 분열된 내재적 의미의 모호성은 마지막 부분⑧에서 매끄러운 통합을 통해 투명해진다. '가시는 것처럼 돌아오라'는 말 속에서 서로 다르게 표현된 두 주체의 감정은 하나로 합쳐지는 동시에 그 이전 단계의 애매성 또한 사라지게 된다.

그래서 ⑧은 말 그대로 넋두리 즉 '환혼'이자 '초혼'이다. '이승의 미련을 훌훌 털고 떠나신 것처럼 힘들이지 말고 나를 힘들게 하지 말고 다시 돌아오라'는 당부는 전통적 초혼의 모티프와 하등 다를 바 없다. 〈가시리〉가 〈공무도하가〉 단계의 단순한 넋두리로부터 한 단계 승화된 아름다움과 세련성을 구현했음은 이런 점으로도 분명해진다.

삶과 사랑, 그리고 죽음의 비애, 〈원부가(怨婦歌)〉

예술의 근원적 동기는 심미적 표출 욕구이고, 그 욕구를 자극하는 요인들 가운데 무시할 수 없는 것이 즐거움과 슬픔이다. 외연적으로는 즐거움과 슬픔이 정반대의 영역에 속하지만, 사실은 양 측면과 같은 관계다. 기복과 변화가 심한 인간 존재의 속성은 '무상(無常)함'으로 표현되고, 그러한 무상 속에서 즐거움과 슬픔은 늘 교차되기 때문이다. 사실 죽음보다 더 지극한 슬픔은 없다. 죽음을 앞에 둔 넋두리는 비극성이 최고조로 구현된 언술로서, '죽어 떠나는 자'에게 건네는 '살아남은 자'의 절실한 메시지다. 그 넋두리가 무속의례에 도입되었고, 미학적으로 승화되어 슬픈 노래가 된 것이다.

〈공무도하가〉와 〈가시리〉는 넋두리라는 점에서 근원적 공통성을 지닌다. 그러나 전자에 비해 후자가 훨씬 세련될 수 있었던 것은 노래를 만들고 전파시킨 정황(context)궁중악 덕분이었다.

〈가시리〉와 또 다른 예술성을 구현한 것이 조선조 가곡이고, 가곡 가운데 죽음의 비극성을 절절하게 그려낸 가편으로 정철의 〈원부가〉를 들 수 있다. 집단적 정서를 바탕으로 하는 앞의 두 노래들과 개인적 서정을 노래한 〈원부가〉는 분명 다르다. 물론 〈원부가〉도 누구나 공감할 수 있다는 점에서는 앞의 노래들과 크게 다를 것이 없다.

사실 음악이나 노랫말 등 종합적인 면에서 균형과 절제의 미학을 구현한 갈래가 가곡이다. 따라서 넋두리를 넋두리 그 자체로 표출할 수 없는 것이 가곡 장르의 한계이기도 하다. 물론 넋두리라 해도 가곡의 틀에 넣어서 재현할 수 있느냐 없느냐는 작자의 능력에 달린 문제다. 정철의 〈원부가〉를 살펴보자.

남편 죽고 우는 눈물 두 젖에 내리 흘러

젖 맛이 짜다고 자식은 보채거든

저 놈아 어떤 마음으로 계집 되라 하느냐

(《진본청구영언》 56)

이 노래는 젊은 나이에 남편을 여읜 여인의 넋두리인데, 표면상
비극적 상황이 해소될 여지는 전혀 보이지 않는다. 남편을 여읜 일은
젊은 여인에게 최대의 비극이다. 더구나 두 젖무덤 사이로 흘러내린
슬픔의 눈물 때문에 젖 맛이 짜다고 보채는 어린 자식을 언급함으로써
그 비극성은 한층 더 고조되고, 마지막 행의 넋두리에서 그 비극성은
절정에 달한다.

죽은 남편을 비칭(卑稱)으로 돈호한 그 넋두리의 이면에는 여러
가지 추정 가능한 언술들이 함축되어 있다. 즉 '계집과 어린 자식 놔두고
홀로 가시면 어떡합니까?', '당신을 보내고 나 혼자 어찌 살란 말입니까?',
'우릴 버리고 떠난 당신, 어쩌면 좋아요?', '이렇게 가실 거면 왜 나를
사랑했나요?' 등등 이 노래의 넋두리로 재해석(paraphrase)할 만한 언술
들은 다양할 것이다.

죽음의 절대성과 비극성, 여인의 운명에 대한 자탄 등은 그 말 속에
내재된 여인의 의식을 대표한다. 죽음의 절대성을 확신하는 화자로서
'죽어 떠난' 남편이 다시 돌아오리라는 믿음은 갖고 있지 않다. 다만,
화자 자신과 어린 자식만이 홀로 남겨진 이승의 참상에 대한 강조만이
비극성의 고양으로 이어질 뿐이다. 여자가 감당해야 할 비극적 운명을
감동적으로 그려냄으로써 내면적 정화의 효과까지 노린 셈이다.

다시는 돌아오지 않을 남편을 보내면서, 이승에 남겨놓은 아내와
어린 자식에 대한 그의 미련을 잠재우고 살아남은 자들의 참상을 극대화

하여 죽은 자의 슬픔을 경감시키고자 한 것이 〈원부가〉가 지닌 넋두리 문학의 원형적 동기이자 의도이다. 개별 작품들 간의 단순비교로 소상히 알 수는 없지만, 〈공무도하가〉·〈가시리〉·〈원부가〉로 내려오면서 넋두리 문학이 미학적으로 승화되거나 세련되었을 가능성은 여기서도 확인할 수 있다.

죽음을 통한 존재의 확인, 그 미학적 승화

'개똥밭에 굴러도 이승이 좋다'는 속담은 현실을 중시하는 우리 민족의 성향을 극명하게 나타낸다. '호생오사(好生惡死)'는 살아있는 모든 것들의 본능적 욕구다. 그래서 죽음 앞에서 통곡하며 내뱉는 넋두리는 진솔한 원초적 발화이자 가장 순수한 형태의 노래일 수 있는 것이다.

예로부터 우리는 사람이 죽자마자 '초혼' 의식을 행했다. 더 멀리 떠나기 전에 육신으로부터 빠져나간 혼을 다시 불러들이기 위해서다. 그러나 사랑하는 사람의 죽음 앞에서 속을 훑어내는 아픔으로 뱉어내는 넋두리야말로 그런 의식(儀式)의 한계를 넘어선다. 죽음은 삶 속에서 늘 접하는 일이었고, 그 때마다 내뱉는 넋두리는 일상적으로 부르는 슬픈 노래들과 별반 다를 게 없었다.

특히 남편의 죽음 앞에서 내뱉는 여인들의 넋두리는 어떤 노래보다 처연한 비극성을 바탕으로 하기 마련이었다. 김소월의 〈초혼〉만 빼놓고, 거론한 노래들 모두의 화자가 여성인 것만 보아도 그렇다. 넋두리는 빠져 달아나는 넋을 되돌리는 의식이자 언술이다. 그러나 미학적인 조사(照射)를 가할 경우 그것들이 아름다운 예술로 승화될 소지는 얼마든지 있다. 지금까지 넋두리 문학의 가능성을 인정받은 첫 사례는 김소월의 〈초혼〉이다. 그러나 〈진달래꽃〉 또한 그에 못지않게 미학적으로 승화된 넋두리일 수 있다.

그 두 작품으로부터 이야기의 단서를 마련하고, 〈공무도하가〉·〈가시리〉·〈원부가〉로 이어지는 넋두리 문학의 계보를 찾아보고자 한 것이 필자의 의도였다. 넋두리로서의 〈공무도하가〉는 진혼과 함께 '살아남은 자의 자기연민'을 내면적 의미로 채워 넣은 경우다. 또한 미학적으로 승화된 죽음의 절대성을 표출한 것이 〈가시리〉이며, 삶의 비극을 통해 죽음의 절대성을 경감시키고자 한 것이 〈원부가〉다.

어떤 방향으로 해석하든 해석하는 순간 텍스트는 또 다른 해석의 가능성을 잉태한다. 하나의 틀에 가둘 경우 텍스트가 생명을 잃는 것도 그 때문이다. 텍스트가 생명을 유지하기 위해서는, 그것이 새로운 의미생성의 가능태로 열려 있어야 한다. 이 논의에 대한 반론들을 얼마든지 수용하려는 것도 이 소중한 텍스트들을 제대로 살려 보고자 하는 충정 때문이다.

두솔가

가 · 무 · 악의 새로운 스타일, '사뇌'

〈두솔가〉는 제작 동기가 뚜렷함에도 그 노랫말을 알 수가 없다. 〈공무도하가〉·〈황조가〉·〈구지가〉 등 〈두솔가〉와 비슷한 시기의 노래들은 당시의 종교나 농경생활과 깊은 관련이 있었고, 집단무요의 형태를 지닌 것들이 많았다. 말하자면 그것들은 원시종합예술의 단계 혹은 그보다 약간 나아간 시기의 노래들이었다. 이런 단계에서 향가 시대로 넘어가는 어름에 놓이는 것이 바로 〈두솔가〉다.

이 노래는 《삼국사기》와 《삼국유사》에 다음과 같이 언급되어 있다.

1) 유리왕 5년 겨울 11월, 왕이 나라 안을 순행하다가 굶주림과 추위로 죽어가는 한 노파를 보았다. 왕이 말하기를 "나는 보잘 것 없는 몸으로 윗자리에 있으면서 늙고 어린 백성들을 먹여 살리지 못해 이런 극한에 이르렀으니, 이는 나의 죄로다"하고는 자신의 옷을 벗어 덮어주고 밥을

먹이게 했다. 그리고는 유사에게 명하여 늙고 아내가 없는 사람, 늙어서 남편이 없는 사람, 어리고 부모가 없는 사람, 늙고 자식이 없는 사람으로서 스스로 살아갈 수 없는 자들을 찾아 안부를 묻고 옷과 식량을 공급하게 했다. 이에 소문을 듣고 몰려오는 이웃나라 백성들이 많았다. 이 해에 민속이 즐겁고 평안하여 처음으로 두솔가를 지으니, 이것이 가악의 시초였다.

(《삼국사기》 권 1, 신라본기 제1, 유리니사금조)

2) 박노례잇금이 처음에 매부 탈해에게 왕위를 사양하였을 때, 탈해는 이르기를 "'무릇 덕이 있는 이는 이가 많다'고 하였으니, 마땅히 잇금을 시험해 보리라" 하고, 곧 떡을 물어 보니, 왕의 이가 많았으므로 먼저 왕위에 오르고 '이사금'이라 불렀으니, '잇금'이란 칭호는 이 왕으로부터 시작되었다. 유성공 경시 원년 계미에 즉위하여 육부 이름을 고쳐 정하고 곧 육성을 내렸다. 처음 두솔가를 지었는데, 차사사뇌격이 있었고, 보습과 따비와 장빙고와 수레를 만들었다.

(《삼국유사》 권 1, 제3 노례왕조)

두 기록에 공통되는 내용은 '처음으로 두솔가를 지었다는 점', '차사사 뇌격이 있었다는 점'이다. 특히 개별 노래의 제목과 차사사뇌격이라는 양식혹은 장르 개념이 구체적으로 등장했다는 사실은 주목할 만하다. 그런데 그 유리왕대24~57년에 회악(會樂)과 신열악(辛熱樂)이 창작되었다. 신열악 이란 사뇌악으로서 〈두솔가〉를 올려 부르던 음악이었다.

그 후 내해왕대196~230에 사내악(思內樂/詩惱樂)이 창작되었고, 정확 한 연대는 알 수 없지만, 사내기물악(思內奇物樂)원낭도 지음·석남사내(石南 思內)·덕사내(德思內) 등도 등장했다.

신문왕 9년689년 왕이 신촌에 행차하여 잔치를 베풀고 음악을 연주하 였는데, 이 자리에서 공연된 춤 가운데 상신열무(上辛熱舞)·하신열무 (下辛熱舞)·사내무(思內舞) 등이 사뇌악에 맞추어 연기되던 것들이었다. 더구나 애장왕 8년807년에 사내금(思內琴)을 처음으로 연주했다는 사실은 유리왕 대부터 애장왕 대에 걸쳐 사뇌격이 가·무·악을 지배하던 양식 개념으로 자리 잡았음을 보여준다.

석남사내와 덕사내, 즉 하서군악(下西郡樂)과 도동벌군악(道同伐郡樂) 등이 사뇌였다는 사실은 이 시기 중앙의 음악과 지방의 음악 대부분이 사뇌격으로 통일되었음을 입증한다.

뿐만 아니라 경덕왕(景德王, 742~765)은 충담이 지은 찬기파랑의 노래를 사뇌가라고 지칭하였으며, 그로 미루어 같은 자리에서 지은 〈이안민가〉 역시 사뇌가의 범주에 속하는 노래였다. 경덕왕 대에 〈도솔가〉월명 지음, 〈제망매가〉월명 지음, 〈찬기파랑가〉충담 지음, 〈이안민가〉충담 지음, 〈도천수관음가〉희명 지음 등 다른 왕대에 비해 많은 노래들이 창작된 사실은 흥미롭다.

이 가운데 사뇌가의 명칭으로 언급된 것은 〈찬기파랑가〉 하나뿐이고, 〈도솔가〉와 〈제망매가〉가 관련된 배경산문에는 향가라는 명칭이 사용되었다. 특히 〈도솔가〉의 배경산문에 당시 범패와 공존하던 노래 장르로서 향가가 언급되어 있음을 감안하면, 당대의 음악이나 가사, 대중적 선호 양상 등을 좀 더 구체적으로 지칭한 것이 사뇌가며 이것보다 좀 더 넓으면서도 소박한 개념의 명칭이 향가가 아니었을까.

경덕왕으로부터 20여 년 후에 즉위한 원성왕(元聖王, 785~798)은 몸소 사뇌가를 지었고, 같은 왕대에 영재는 〈우적가〉를 지었다. 원성왕이 궁달의 변화를 잘 알고 있었다는 것은 곧 그의 즉위와 관련된 사건에서 분명해진다. 즉, 물이 불어나 즉위식에 참석치 못한 김주원을 대신하여 왕위에 추대된 사건은 곧 백성들의 신망이 그에게 있었음을 암시한다.

그가 당시 민중의 음악이었던 사뇌가에 능숙했고, 그 사뇌가를 통하

여 민심의 동향을 파악하였다는 사실 또한 이 기록에 숨어있다. 그가
궁달의 변화를 알 수 있었다는 것은 민심의 동향을 파악하여 행동노선을
잡았던 그의 지혜를 보여준다.

그러나 무엇보다도 사뇌가의 존재 양상을 가장 뚜렷이 보여주는
기록과 작품은 균여(均如, 923~973)의 〈보현시원가〉다. 《균여전》을
지은 혁련정은 사뇌가를 '민중들이 즐기던 도구'라 하였다. 이 말 속에는
사뇌가의 대중성이 잘 설명되어 있다. 민중들이 즐겼다면, 그것은 가·
무·악의 세 요소가 한데 어우러진 복합적 예술 형태이자 대중예술
형태의 하나였음을 암시한다. 이러한 기록들을 통해 예술 일반의 사뇌격
시대가 정착되어 있었음을 알 수 있다.

유리왕대의 〈두솔가〉와 〈신열악〉은 이처럼 삼국 예술의 사뇌격
시대를 개화시킨 서막이 되었던 것이다. 이 경우 가무악의 사뇌격이
노랫말의 사뇌격을 포함하는 것은 당연하다. 차사사뇌격은 '차사'와 '사뇌
격'으로 구분된다. 차사란 노랫말 가운데 노래의 예술적 장치인 탄식의
어구를, 사뇌격은 사뇌가의 음악적 형식을 지칭한다.

그런데 이것을 '가악의 시초'라 했다. 이 경우 가악이란 일정한 곡조와
악기의 연주를 수반하는 창작음악을 일컫는다. 말하자면 〈두솔가〉는
역사상 처음으로 등장한 본격 창작음악이었던 것이다.

《삼국사기》 유리왕 9년 조의 기록에 신열악과 병기되었던 회악은
회소곡이며, 5년에 지어진 〈두솔가〉보다 대략 4, 5년 후에 지어진 작품이
다. 노래에 대한 설명 가운데 '탄식하는 말起舞嘆曰'이었다는 '회소회소(會蘇
會蘇)'가 흥미롭다. 즉 여기서 언급된 탄사(嘆辭)는 〈두솔가〉의 설명에서
언급된 '차사사뇌격'의 '차사'와 동일한 의미일 것이다. 그렇다면 '회소'는
'아소!' 쯤으로 읽힐 수 있는 우리말의 차자 표기였을 가능성이 크고,

따라서 '아소'는 '아야(阿耶), 아사야(阿邪也)' 등 향가의 감탄어와 같은 말이었으리라. 후세 사람들이 그 소리회소로 인하여 노래를 지었다면 그것이 향가 이외의 다른 노래는 아닐 것이다. 다시 말하여 〈두솔가〉에서 시작된 사뇌격의 노래는 〈회소곡〉을 거쳐 그 후의 다양한 노래들로 확대되어 나갔음을 알 수 있다.

동시대의 노래문화와 〈두솔가〉

그렇다면 〈두솔가〉를 둘러싸고 있던 당대의 노래문화는 어떠했을까. 그에 앞서 구분해야 할 것이 창작음악과 자연발생적 음악이다. 특정한 의도와 예술미를 전제로 하는 전자는 익명이든 실명이든 작자가 있는 경우였고, 후자는 생활현장의 필요에 의해 즉흥적으로 만들어진 민요나 원시종합예술단계의 집단가무였다.

〈두솔가〉는 문헌상 예술적 의도를 가지고 만든 최초의 노래이자 예술가요 장르인 향가의 출발점이었다. 이처럼 〈두솔가〉가 최초의 창작 가요였다면 그 이전의 노래들은 어떤 성격의 것들이었을까. 중국 측의 옛 기록들《삼국지》〈위서〉 부여전, 고구려전, 예전, 한전 등에 등장하거나 언급되는 우리 노래들은 대부분 원시종합예술의 범주에 속했다. 그 가운데 한역으로나 마 그 흔적을 살펴 볼 수 있는 것이 현재 상고시가로 호칭되는 노래들이다.

말하자면 원시부족국가시대의 시가로부터 〈공무도하가〉, 〈황조가〉, 〈구지가〉 등에 이르는 기간을 하나의 시기로 끊을 수 있다는 것이다. 물론 〈구지가〉의 경우 《삼국유사》의 해당기록에는 '후한 광무제 18년/신라 유리왕 19년서기 42년'으로 그 시기가 밝혀져 있다. 그러나 그 당시에 비로소 이 노래가 지어졌다고 볼 수는 없다. 적어도 이 노래는 그보다 훨씬 전에 생겨났다. 주몽의 〈백록가(白鹿歌)〉와 연관시켜 보더라도 그 점은 분명하다.

우선 〈공무도하가〉를 살펴보자. 다양한 해석들이 나왔으나 그 가운데 백수광부 부부를 무격으로 본 김학성의 주장은 흥미롭다. 공후인 설화가 애초에는 백수광부의 비극적 사건을 다룬 단순 설화에서 출발하여 진(晉)나라 때 와서 공후인이라는 비가(悲歌)의 창출을 알리는 설명 설화로 변이되었다는 것, 사건의 주인공인 백수광부는 고대사회에서의 미숙련된 무부(巫夫)였을 것이고, 따라서 본 설화는 무부의 주능(呪能) 실패로 인한 비극적인 파멸담으로 보아 샤먼의 능력이 현저히 약화된 것으로 인식되던 시기의 사회적 배경을 가진다는 것이다.

그러나 그보다는 설화 속에서 일어나고 있는 부부의 행위를 실제로 연행된 굿 절차 속의 연기(演技)로 보는 편이 좀 더 합리적이다. 말하자면 오구굿이나 수망굿에서 볼 수 있는 초망자굿의 한 절차로 파악하는 것이 타당하지 않을까. 무당 부부가 물에 빠져 죽은 백수광부와 그의 처로 분장하여 지나간 상황을 재연하는 광경을 상상해 보라.

한 남자가 어떤 이유로 물에 빠져 죽었고, 남편의 죽음으로 인해 삶의 의욕을 상실한 아내 역시 죽음을 선택하였으며 그녀는 죽기 직전 '넋두리'를 한바탕 벌인 실제 상황이 있을 수 있다. 당연히 그 사실은 동네사람들을 감동시켰고, 그에 따라 그들은 합동으로 두 사람의 혼을 위로하고 천도하는 굿을 해주고자 했을 것이다. 이 굿을 청탁받은 무당 부부는 두 사람의 행위를 연기하면서 그들의 불행을 위로하고 혼을 건져주는 굿을 치룬 것이다. 가까운 곳에 있던 곽리자고가 방관자로 일관한 것도 이 상황이 실제가 아닌 연기였음을 입증한다. 지노귀굿의 절차 중에는 망인의 영혼을 청하는 '뒷영실', 망인의 영혼이 무에게 실려 푸념하는 '넋청배'가 있다. 이 설화에 반영된 내용은 바로 그 넋청배의

한 장면일 수 있다.

곽리자고는 그 무당의 애절한 넋두리를 아내 여옥에게 전달하였으며, 여옥 또한 노래로 모사하여 이웃 여인들에게 전했다. 물론 무대는 실제 상황이 발생한 바로 그곳, 따라서 이 이야기는 무당부부에 의해 모방된 원래의 부부가 모두 물에 빠져 죽음으로써 마무리된다. 곽리자고는 관객 중의 한 사람이자 그 넋두리의 전달자였고, 여옥은 개작 및 편곡자였다.

이와 같이 무당이 물에 빠지기 전 무대에서 재연한 것은 슬피 우는 장면이었다. 곡(哭)은 소리와 사설이 합쳐진 형태다. 그 가운데 사설이 바로 넋두리다. 그래서 〈공무도하가〉는 원초적 발화인 넋두리가 예술적으로 형상화된 노래다. 넋두리는 넋을 돌리는 발화 행위, 즉 환혼(還魂) 혹은 초혼(招魂)이다.

이민족이었던 최표(崔豹)에게 조선족 여인의 자연발생적인 넋두리는 일종의 예술로 이해되었을 가능성이 크다. 여옥에 의해 만들어진 악곡 '공후인'은 중국 쪽에 전해져 금조(琴操)로 정착되었고 우리 쪽 문헌들에도 많이 인용된 바 있지만, 결국 〈공무도하가〉는 조선인들의 제의의 현장으로부터 나타난 자연발생적 가요였던 셈이다.

제의의 현장에서 쓰였거나 자연발생적 성격을 지녔다는 점은 〈구지가〉나 〈황조가〉도 마찬가지다. 〈구지가〉는 〈가락국기〉의 문맥 속에 삽입되어 있다. 〈가락국기〉는 가야의 역사이자 건국신화다. 수로는 가락 최초의 군장이 아니라 가락이 소위 6가야의 맹주국으로 두각을 나타내기 시작했을 때의 군장이라는 견해, 수로는 세습권이 인정된 최초의 왕이었다는 견해 등이 기존 사학계에서 제기된 바 있다. 그러나 〈가락국기〉 문맥의 이면을 살펴보면 가야 건국의 주체가 수로왕이고, 그가 유이민(流移民)의 신분으로 그곳에 들어왔다는 사실이 암시된다.

천강한 알로부터 태어났다는 은유는 수로가 외래인이었다는 증거다. 실지(實地) 답사로 〈가락국기〉의 사실성을 추적해온 이종기도 그 점을 밝힌 바 있다. 특히 그는 두 마리의 신어상(神魚像)과 활을 중심으로 허왕후의 출자(出自)를 추적, 기록대로 갠지스강 유역의 아요디아왕국을 찾아낸 것이다. 물론 허황옥 관련 이야기가 확대·윤색된 설화일 뿐 실제 사실이 아니라는 이광수의 최근 연구결과도 있지만, 수로왕이 허황옥의 도착을 기다리고 있었다는 〈가락국기〉의 기록만으로 보면 그들 모두는 외래인이었을 가능성이 크다.

윤석효의 주장과 같이 수로가 김해지방의 철산을 지배하던 단야왕(鍛冶王)이자 이종기의 주장과 같이 복화술(腹話術)로 무리들을 최면의 상태로 유인하던 무격적 존재임을 전제로 한다면, 그러한 조건들은 모두 그가 그 지방의 지배자로 공인될만한 최소한의 징표들이었다.

〈가락국기〉에 나타난 수로의 등장 부분은 등극제의에 관련된 극 행위다. 기존 지배세력과 백성들 모두의 추대 형식을 빌려 즉위했다는 것은, 그것이 비록 후대에 이루어진 행사나 그에 관한 기록이라 할지라도 왕권을 장악한 수로족의 현실인식을 드러낸다. 〈구지가〉는 이 지방 민중들 사이에서 불리던 집단가요였으며 〈가락국기〉가 형성되기 이전부터 이 지방에서 행해지던 영신굿 무가 중의 하나임은 소재영이 밝힌 바 있다. 천신(天神)인 수로가 지령(地靈)인 신구(神龜)를 기다려 강림하는 신화의 유형에 꼭 들어맞는다는 것이다.

일정한 장소에서 백성들이 함께 어울려 신을 맞고 춤추며 놀았다는 것은 그 곳이 그들의 욕구나 현실적 이해관계가 합일될 수 있는 공동의 장이었음을 의미한다. 그런 상황을 통찰할만한 현실인식이나 예지 및 경험을 지니고 있었던 수로족으로서는 자신들의 집권을 정당화시킬만한 합리적 근거를 모색하는 일이 시급한 과제였고 그 결과 이러한 전통적 집단행사와 자신들의 집권의지를 접맥시키는 방법을 택하게 된 것이다.

〈구지가〉는 수로가 왕으로 등극하기 위한 통과제의의 한 제차로 불린 노래다. 이는 오래전부터 행해지던 집단행사 중 한 단계였으며 〈가락국기〉 초반에 삽입됨으로써 수로족의 등장 자체를 신성화, 신비화시키는 데 결정적인 역할을 하였다. 〈구지가〉는 오래전부터 불려오던 노래였지만, 그러한 구조의 노래들은 이미 그 이전에도 그 이후에도 있었다.

〈구지가〉를 중심으로 그 이전의 노래로서 〈백록가〉를, 이후의 노래로서 〈해가(海歌)〉와 〈석척가(蜥蜴歌)〉 등을 들 수 있다. 부여 송양왕과의 투쟁 과정에서 주몽이 승리하는 계기로 나타나는 것이 바로 〈백록가〉이며 〈해가〉 및 〈석척가〉도 주술제의에서 불린 의식의 노래들이다.

이 노래들의 주술대상은 하늘이며 주술매체는 각각 사슴, 거북, 도마뱀 등이다. 따라서 이들 노래에 등장하는 주술매체와 밀접한 관계를 맺는 경제 형태는 수렵 혹은 반농반어라고 할 수 있다. 그렇기 때문에 이런 성격의 노래들은 〈두솔가〉를 필두로 사뇌가 장르가 자리 잡으면서 가요계의 주류로부터 밀려나 그 명맥만을 겨우 유지하게 되었던 것이다.

상고시대의 노래들은 민간에서 자연적으로 발생되었거나 굿을 비롯한 의식에서 제차의 하나로 쓰이던 것들이었다. 따라서 이들 노래로부터 표출되는 서정성은 주술적 시의식과 밀접한 상관성을 갖고 있었음을 알 수 있다. 이들 노래에서 사뇌가로 넘어간 점은 집단 정서에서 개인 정서로 전환되었음을 보여준다. 이와 같이 '부르고 듣는 문학'이 대체문자를 통하여 기록문학으로 합류된 시발점이자 개인적 정서 중심의 서정미학을 구현하는 단계로 진입하게 된 단서가 바로 〈두솔가〉다.

'군-민 소통'과 사뇌 스타일

이 글 첫 부분의 인용문 가운데 1), 2)의 〈두솔가〉 관련 언급은 '민속이 즐겁고 평안하여 처음으로 〈두솔가〉를 지으니, 이것이 가악의 시초였다', '처음으로 〈두솔가〉를 지었는데, 차사사뇌격이 있었다' 등이다.

〈두솔가〉를 지은 행위의 주체는 말할 것도 없이 왕 혹은 왕조다. 《삼국사기》의 기록에 나오듯, 백성들의 어려움을 헤아려 선행을 베푼 통치행위의 주체는 왕이다. 인과관계로 보든 병렬관계로 보든 그 행위와 함께 등장하는 것이 노래를 지은 행위이며, 그 또한 주체는 왕이다. 《삼국유사》의 기록도 마찬가지다. 탈해에게 왕위를 사양한 것도, 육부의 이름을 고쳐 정하고 육성을 내린 것도, 처음 〈두솔가〉를 지은 것도 모두 주체는 왕이다. 말하자면 〈두솔가〉는 유리왕이 지었거나 왕명에 의해 누군가가 지은 노래일 것이다.

그렇다면 〈두솔가〉는 무슨 성격의 노래였을까. 두 기록 모두 나라의 태평과 융성을 바탕으로 한다. 그 태평과 융성은 유리왕의 덕을 바탕으로 이루어진 것이었다. 백성들의 아픔을 자신의 것으로 받아들인 데서 극명하게 부각되는 유리왕의 애민정신을 강조한 것이 《삼국사기》의 기록이고, 왕위계승에서 보여준 양보의 미덕과 빛나는 치적을 강조한 것이 《삼국유사》의 기록이다. 공통되는 점은 '왕의 덕망'이다. 민심을 알아서 받드는 게 왕의 덕이라면, 그 덕은 바로 임금과 백성의 소통을 바탕으로 이루어지는 것이다.

사실 표현매체와 수단이 극도로 발달했음에도 사람들 사이에 소통이 원활치 못한 요즈음의 상황은 매우 역설적이다. 소통의 1차적 수단은 말이다. 말을 주요 재료로 이루어진다는 점에서 노래 또한 그 중요한 수단이다. 그러나 감정 전달의 폭이 넓다는 점에서 말보다 음악을 포함하는 노래가 좀 더 유용하다. 사실 오늘날 소통 부재의 현상이 심화되고 있다면, 그것은 '메시지의 정확성'만을 중시하는 말의 한계 때문일 것이다.

상대방이 그 메시지를 받아들일 준비가 되어있지 않을 경우 그 말은 일방적인 '던지기'에 불과하다. 예컨대 상대방에 대한 '설득'이 그 주된 목적이었던 고대 그리스의 수사학 또한 그런 맥락에서 발달된 것이다.

인간 사이에서만 소통이 존재해 온 것은 아니다. 인간과 신, 지배자와 백성, 지배층과 피지배층 등 모든 상대항들 사이에서 소통은 매우 중요한 요인으로 여겨져 왔다. 경이와 두려움의 외마디로부터 연원된 우리의 옛 노래들은 자연 속에 내재하던 신격과의 소통 수단이었다. 그것이 제의의 한 절차로 수용되면서 좀 더 복잡한 형태를 갖추게 되었고, 인간들 간의 소통이나 미학적 욕구의 표출수단으로 쓰이면서 예술적 아름다움까지 갖추게 된 것이다.

쓰임새나 소통체계의 복합성을 보여준다는 점에서 현재 우리가 문헌에서 확인할 수 있는 노래들이 우리 민족 초창기의 것들이라 할 수는 없다. 예컨대 〈공무도하가〉와 〈황조가〉는 대상 혹은 매개자가 지정되어 있지만 인식 주체의 내면을 표출한 보편적 서정노래들이다. 그에 비해 〈구지가〉는 주술매체를 등장시켰지만, 욕구 표출의 대상은 신격이다.

견해의 차이는 있겠으나, 앞의 두 노래들이 개인적 서정노래라면 후자는 제의에서 쓰인 집단적 의식(儀式)의 노래였다. 인간과 인간 사이의 개별적 소통, 인간과 신격 혹은 지배자 사이의 집단적 소통이 섞인 단계를 이들 노래는 보여준다. 그런 단계가 지나면서 등장하는 것이 〈두솔가〉다. 이 노래와 관련되는 맥락이 바로 지배자와 피지배자 간의 소통이다.

앞의 두 기록들에 나타나는 바와 같이 소통의 쌍방이 임금과 백성만은 아니다. 탈해와의 관계나 육부와의 관계, 제도의 정비 등은 지배 계층 내에서도 상호 소통이 원활했음을 보여주는 실례들이다. 그런 소통을 바탕으로 나라의 태평이 이루어졌고, 그것을 찬양하는 노래를 왕이 지었다면, 분명 〈두솔가〉는 '태평가' 부류에 속할 것이다.

노래의 구조에서 '차사'는 전대절과 후소절을 구분하는 감탄어다. 그렇다면 사뇌격, 즉 사뇌 스타일의 노래는 집단창으로 불렸으며, 개인의 선창자가 부른 전대절과 달리 차사로 시작되는 후소절은 다수의 후창자들이 불렀을 것이다. 그런 스타일의 노래가 대궐로부터 번져 나가 각 지방의 음악인 군악(郡樂)으로 정착되었을 것이며, 〈회소곡〉을 비롯하여 궁중에서 불린 많은 노래들은 사뇌 스타일로 바뀌는, 일종의 '예술적 통합'을 이루게 된 것이라고 할 수 있다.

사뇌 스타일은 분명 〈두솔가〉 이전의 작자를 알 수 없는 집단노래나 제의의 한 절차로 불리던 의식가와는 차원을 달리하여 새롭게 나타난 예술적 유행이었다. 〈두솔가〉 이전의 노래들이 창작자의 '지적 재산권'을 주장할 수 없는 민중의 공동 재산이었다면, 〈두솔가〉를 포함한 사뇌가 장르는 이름을 걸고 만든 '개인'의 창작예술이었다. 그리고 그것은 일방적인 의사표현이나 욕망의 표출로 일관하던 지난 시기의 노래들이 다양한 방향의 미적 표출을 추구함으로써 새로운 소통의 패러다임을 보여줄 수 있었다. 그것을 가능케 한 것이 백성들과의 소통을 통해 당대의 정치와 예술을 주도한 유리왕의 덕망이었던 것이다.

〈두솔가〉는 유리왕이 지은 '태평가'다

대부분의 원시종합예술 단계의 노래에서 찾아볼 수 있는 자연발생적 성격은 〈두솔가〉에 와서야 비로소 청산되었다. '가악의 시작'이라는 지적은 이 노래가 예술성을 염두에 둔 개인 창작노래의 첫 작품임을 의미한다. 〈구지가〉나 〈공무도하가〉, 〈황조가〉 등과 같이 미분화된 종합예술 형태 혹은 민간의 가요와 달리 이 노래는 소통을 전제로 구체적인 목적의식과 미의식이 상정된 예술적 창작 가요였으며, 향후 예술계를 지배한 사뇌격 의 구체적인 출발점이기도 했다.

〈두솔가〉가 창작된 유리왕 대에 회악과 사뇌악인 신열악이 창작되었 는데 그 가운데 신열악이 바로 〈두솔가〉를 올려 부르던 음악이었다. 아울러 내해왕대의 사내(시뇌)악과 제작 연대 미상의 사내기물악·석남 사내·덕사내, 신문왕 9년689의 상신열무·하신열무·사내무, 애장왕 8년807 처음으로 연주에 이용했다는 사내금 등을 고려하면 유리왕 대부터 애장왕 대에 걸쳐 사뇌격이 가·무·악을 지배하는 양식의 개념으로 자리 잡았다고 할 수 있다.

경덕왕 대 충담의 〈찬기파랑가〉, 경덕왕으로부터 20여 년 후에 즉위한 원성왕의 〈신공사뇌가〉 등을 감안할 때, 이 당시에 이미 사뇌가는 가요계의 중심 장르로 정착되어 있었음이 분명하다. 또한 범패와 병행되 던, 대립적 장르로서의 향가가 언급되었다는 사실을 전제로 할 경우, 당대의 음악이나 가사, 대중적 선호 양상 등을 좀 더 구체적으로 지칭한 것이 사뇌가이며, 이것보다 더 넓으면서도 소박한 개념의 명칭이 향가였 을 것이다.

특히 〈보현시원가〉 같은 경우는 사뇌가의 존재양상을 가장 뚜렷이 보여주는 작품이다. 이 노래를 민중들이 즐겼다고 했는데, 그럴 경우 그것은 가·무·악의 세 요소가 한데 어우러진 복합 예술이자 대중 예술 형태의 하나였음을 암시한다. 예술 일반의 사뇌격 시대가 정착되어 있었음은 이런 단편적인 사실(史實)들을 통해서도 분명히 드러난다.

바로 유리왕 대의 〈두솔가〉와 〈신열악〉이 이러한 삼국시대 예술의 사뇌격 시대를 개화시킨 서막이 되었던 것이다. 이것은 새로운 시대의 개막이자 원시종합예술의 단계였던 앞 시대를 마감하는 의미도 갖는다.

이 노래를 지은 유리왕이 백성들은 물론 지배 계층 내의 소통을 매우 중시했다는 것은 노래 또한 모든 계층이 함께 참여하여 부를 수 있는 방향으로 만드는 원동력이었으며, 그런 점을 감안할 때 〈두솔가〉는 태평가류에 속할 가능성이 매우 높다. 그리고 이 노래의 전대절을 단수혹은 소수의 선창자가, '차사'로 시작되는 후소절을 다수의 후창자들이 참여하여 각각 부름으로써 기록에서 언급된 '사뇌격'은 완성되었으리라 본다.

서동요 · 쌍화점 · 간부가

성욕과 예술, 그리고 전통시가

전통시가는 본래 노래였다. 입으로 부른 노래를 글자로 기록하면 한 편의 시가 되겠지만, 노래는 음악이고 시는 문학이므로 양자는 분명 범주를 달리한다. 음성언어가 1차적이고 문자란 음성언어를 보조하는 수단에 불과하다. 따라서 시보다 노래가 선행했음은 당연하다.

정이 마음속에서 움직여 말로 나타나는데, 말만으로 부족하여 탄식하고 탄식으로도 부족하여 길게 노래하며, 길게 노래해도 부족하여 자신도 모르게 손발을 놀려 춤춘다고 《시경》의 〈대서〉에서는 말했다. 이처럼 전통시대에 노래와 춤은 공존해 온 예술이고, 발생 요인은 '정'이며, 정은 다양한 의미를 내포한다. 인간의 오욕칠정이 모두 '정'의 근원이다. 그 가운데 이성으로 제어하기 어려운 것이 남녀 간의 정, 혹은 성욕이다.

성욕은 인간의 본능 가운데 가장 본원적이다. 성욕을 종족보존의 본능적 기제로만 받아들인다면, 그것은 자연스러운 현상일 뿐 결코 금기의 대상일 수 없다. 그러나 성욕이 출산과 무관하게 '쾌락' 추구의 수단이나 요인으로 받아들여지면서 그 의미는 좀 더 복잡해졌다. '성욕의 발산이나 충족'은 만남과 관계를 바탕으로 하고, 그것들은 사회적 맥락 아래 이루어지기 때문이다. 단순히 생식을 위한 암수의 만남으로 그치지 않고 '사랑과 증오', '지배와 피지배' 등 일정한 사회적 코드가 개입하면서 성욕의 내포는 보다 다양해지게 된 것이다.

성욕이나 성행위를 에로티즘(erotism)으로 승화시킨 유일한 존재가 인간이다. '발가벗은' 쌍방의 결합으로 구현되는 에로티즘. 바타유(Georges Bataille, 1897~1962)의 말처럼 그것은 '죽음 흉내 내기' 아니면 '가벼운 죽음'과 맞먹는다. 죽음에 대한 무차별의 도전이 육체의 에로티즘과 심정의 에로티즘에 나타난다고 보아 바타유는 에로티즘을 '죽음까지 파고드는 삶'으로 규정하기도 했다. 불연속의 존재인 인간에게 죽음은 존재를 이어주는 연속의 의미를 내포하고, 성행위나 생식은 존재를 다시 불연속으로 이끌며 죽음은 다시 존재들을 연속시키므로 생식과 죽음은 고리처럼 연결된다는 것이다.

그만큼 성은 인간 실존의 본질적 문제면서 인간이 만든 예술의 심리적 저변이기도 하다. 프로이트(Sigmund Freud, 1856~1939)는 성욕이 구순기·항문기·남근기 등의 단계를 거친 다음 잠복되었다가 사춘기에 다시 소생하여 성인형으로 발달된다고 보았다.

입술의 쾌감이나 배변의 쾌감 못지않게 훔쳐보고 싶은 욕망, 노출시키고 싶은 욕망, 사디즘적 충동, 마조히즘적 충동 등은 모두 성욕의 범주에 포괄된다. 성욕이 인간의 본원적 욕망이라는 점에서 예술 생성의 근원적 요인일 수 있으며, 그런 점에서 문학이나 미술, 영화, 연극 등은 성욕 해소의 훌륭한 수단일 수 있다.

전통사회의 성적 억압과 훔쳐보기

동서를 막론하고 상당기간 지하에서 성행되던 포르노와 춘화는 이제 지상으로 올라왔으며, 소설이나 시를 통한 무제한의 성 묘사 또한 자유로이 이루어지고 있다. 대중 연예인들은 경쟁적으로 자신의 누드사진을 상업적으로 유통시키고 있으며, 인터넷을 통한 성인용 포르노의 범람으로 예술과 외설의 구분이 무의미해진 단계에 이르렀다.

종이에 글자로 묘사되어왔던 전통 포르노들 역시 답답한 책의 세계를 벗어나고 있다. '읽는' 포르노에서 영화나 연극 등을 통해 '보는' 포르노로 발전되었고, 심지어 자신의 핸드폰으로 내려 받은 포르노를 호주머니에 넣고 다니며 '훔쳐보는' 단계로까지 나아갔다. 성 개방의 풍조로 성 문화의 구매자들은 보다 자유롭게 소유하고픈 대상들을 살 수 있게 된 것이다.

그러나 아직도 그런 것들을 '은밀하게' 간직했다가 '훔쳐보며' 대리만 족하는 단계를 벗어나지는 못하고 있다. 아무리 개방의 시대라고는 하나, 이 사회의 집단적 초자아(Super ego)는 자유로운 이드(id)의 방출을 얼마간 자제하면서 음습한 비밀의 장소에서 '관음(觀淫)'의 향락으로 성욕(libido)을 해소시키는 단계에 머물고 있는 것이다.

전통적으로 우리 사회는 쾌락이나 성에 대하여 이중적면서도 위선적인 입장을 견지해 왔다. 자연히 리비도의 사회적 배출구는 제

중국 춘화

한되어 있었으며 궁색한 방법으로 욕망을 해소할 수밖에 없었다. 그 방법들 가운데 중요한 것이 '훔쳐보기'였다.

조선조 후기 김홍도를 비롯한 풍속화가들의 춘화를 통해서 우리는 두 부류의 남성들을 만날 수 있다. 당당하게 직업여성을 사서 풍류라는 명분으로 성욕을 해소하는 남성들과, 여성들의 목욕장면들을 훔쳐보며 '침을 흘리는' 부류의 남성들이다. 화가의 심미적 포인트는 숨어서 여성들의 목욕장면을 훔쳐보는 남성들, 이 땅의 이른바 '피핑탐(peeping Tom)'들을 겨냥해왔음은 물론이다. 열쇠구멍으로 벌거벗은 여인의 몸을 훔쳐보다가 눈이 멀어버린 사나이 탐(Tom)은 욕망에 휘둘리기 쉬운 남성의 본질을 유감없이 드러내는 표본이다. 동서고금을 막론하고 넘쳐나던 관음 욕망이 역설적으로 남성들이 성욕을 해소할 수 있던 유일한 방법이기도 하다는 사실은 매우 흥미롭다.

대부분의 사람들은 다른 사람의 성행위를 엿보는 데서 성적 흥분을 느끼는 관음증을 본능으로 갖고 있다. 특히 억압이 심한 사회나 시대에는 그것이 성적 만족을 얻을 수 있는 유일하거나 주요한 수단이었다. 들킬지 모른다는 조바심이나 사회적 제재의 가능성 등은 관음으로부터 오는 쾌감을 증대시켰으며, 그것이 또 다른 측면에서 예술로 승화될 수 있었던 것이다. 전통 노래가 성욕 배출의 한 수단으로 기능한 저변에는 이러한 사회 현상이 자리 잡고 있었다.

훔쳐보기와 자리바꿈의 몽상, 〈서동요〉

우리 옛 노래의 역사는 이 땅의 역사만큼이나 길다. 그러나 기록으로 남은 것들은 극히 일부이며, 그 가운데 도덕적인 비평의 잣대 아래 살아남은 것들 또한 극히 일부분이다. 훔쳐보기의 쾌감을 노래함으로써 당대에

엄존하던 성의 이면사를 예술화시킨 작품으로 〈서동요〉, 〈쌍화점〉, 〈간부가〉 등을 들 수 있다. 우선 〈서동요〉부터 살펴보자.

선화공주님은
남 그윽히 얼어 두고
맛둥방을
밤에 몰래 안고 가다

배경설화로부터 독립되어 있든, 배경설화와 유기적인 관계로 존재하든 이 노래가 구애나 구혼의 모티프를 바탕으로 한다는 것은 학계의 일반적인 관점이다. 이 노래가 향찰 문자로 기록되면서 설화와 결합되었고, 그 결과 설화의 주인공인 서동의 개인작으로 바뀌게 되었다고 한다. 서동의 개인작으로 보는 견해가 고착된 후에도 구애나 구혼의 의지를 이 노래의 핵심 모티프로 보는 관점은 변하지 않고 있다.

그러나 그것은 불완전한 맥락(context)으로서 '서동설화'에 사로잡힌 결과였다. '어떤 남자가 아름다운 여자를 아내로 맞아들이기 위해 트릭을 썼다'는 식의 독법은 설화의 내용이 선입견으로 작용했기 때문이며, 그것이 이 노래의 모티프를 구애나 구혼으로 보게 한 결정적 단서였다. 처음에는 정체를 알 수 없는 단수 혹은 복수의 화자들이 이 노래를 불렀을 것이다. 그러나 그들의 저의는 애당초 다른 곳에 있었다.

본문 내의 배역은 선화공주와 맛둥방이다. 그리고 그 둘은 깜깜한 밤 은밀한 장소에서 성행위를 벌인다. 그 현장을 훔쳐 본 사실을 '폭로'한 것이 바로 이 노래다. '선화공주님'은 구중궁궐에 살던 지존이며 맛둥방은 마를 팔던 천한 장사치였다. 가장 아름답고 고귀한 선화공주와 천한 마장수의 결합, 실제 상황이든 가상의 책략(trick)이든 이것은 극적인 쾌감을 제공할만한 결합이자 사건이다. 이들 만남의 다른 버전인 바보 온달과 평강공주의 만남을 상기해보라.

그렇다면 화자는 누구일까. 대개 마장수와 같은 처지의 뭇 총각들이었을 것이고, 화자나 청자는 단수가 아닌 복수였을 것이다. 그들은 훔쳐보기를 통해 성적 판타지를 즐기고 있었다. 그것은 그들만이 향유하던 놀이의 세계였다. 사실 그들은 놀이와 현실을 구분할 수 있었으며, 상상이나 공상 속의 대상물과 자신들의 관계를 실제 현실의 관계에 '갖다 붙일 줄'도 알았다. 말하자면 '자리바꿈'을 통해 상상 속의 만족을 추구할 줄 알았으며, 공상의 질서를 자신들이 소망하던 현실의 질서로 옮기는 데도 성공한 것이다.

선화공주는 '아름다운 여인들' 내지 '존귀한 여인들'을 환유하는 존재고, 맛둥이 또한 개똥이, 소똥이 등 다른 누구로도 대체될 수 있는 존재다. 선화공주같이 고귀한 신분의 아름다운 여인은 으레 고귀한 신분의 멋진 남자를 만나 결합해야 한다고 보는 관점은 그 시대에도 보편적이었다.

그러나 이성에 대한 욕구로 안절부절 못했을 당시 남정들로서 그러한 결합구도에 본능적인 반발과 질투를 느낀 것은 당연했다. 자연스럽게 그들은 상상 속에서나마 선화공주를 등장시켜 성행위를 벌이게 했고, 그것을 '몰래 훔쳐 봄'으로써 성적 욕망을 해소하는 수단으로 삼았다. 더구나 자신들과 동급인 마장수 '맛둥이'를 선화공주의 성적 대상으로 등장시키는 만용(?)까지 감행했다. 그런 노래 속의 맛둥이를 자아화하는 과정에서 그들의 쾌감은 훨씬 더 높아질 수 있었다.

물론 선화공주도 얼마든지 다른 인물로 대체될 수 있는 대상이다. '세상에서 가장 아름다운 선화공주'는 '우리 마을에서 가장 아름다운 옥분이'로 '자리바꿈'될 수 있는 것이다. 이 점은 이 노래의 정황이 '신라 궁중, 진평왕 대, 무왕' 등 역사적인 것으로 설정되기 이전에는 훔쳐보기를 전제로 하던 성욕 해소의 보편적인 언술이나 노래로 기능하였음을 짐작케 하는 요인이기도 하다.

따라서 이 노래는 프로이트적 관점에서 가상적으로 실현시킨 '공상'이나 '몽상' 그 자체다. 화자들이 몽상 또는 꿈의 형식을 빈 것은 그런 결합이 현실에서 이룰 수 없는 소망이었기 때문이다. 이 점이 바로 〈서동요〉가 문헌에 남아 있는 노래들 가운데 가장 이른 시기의 '훔쳐보기 노래'일 수 있는 이유다.

훔쳐보기와 변명 1, 〈쌍화점〉

〈서동요〉와 맥을 잇는 것이 고려노래 〈쌍화점〉이다. 〈쌍화점〉 가운데 첫 장을 들어보자.

쌍화점에 쌍화 사러 갔더니	①
회회아비 내 손목을 쥐더이다	②
이 말이 이 점 밖에 나고 들면	③
다로러거디러 조그마한 새끼광대 네 말이라 하리라	④
더러둥셩 다리러디러 다리러디러 다로러거디러 다로러	⑤
그 자리에 나도 자러 가리라	⑥
위 위 다로러거디러 다로러	⑦
그 잔 데같이 거친 곳은 없었네	⑧

〈서동요〉와 달리 〈쌍화점〉에는 두 명의 화자가 등장한다. 회회아비에게 손목을 잡힌 여인①-⑤과 새끼광대⑥-⑧가 그들이다. 물론 현재는 새끼광대가 아닌 또 다른 여인을 화자 가운데 하나로 추정하는 견해가 지배적이긴 하다. 한 여인이 자신이 갔던 공간에서 생긴 일을 다른 여인에

게 자랑하고, 이야기를 들은 여인 역시 적극적으로 동조하고 있다는 것이다. 뿐만 아니라 이 노래의 다른 부분에 나오는 '두레박', '술바가지' 등이 화자로 설정될 수 없음을 들어 새끼광대가 화자일 수 없다는 반론 또한 제기될 수 있다.

그러나 노래 속의 두레박이나 술바가지 등은 액면 그대로의 사물들이 아니다. 그보다는 각각의 장소에 부속된 하찮은 존재나 대상들을 싸잡아 지칭한 말로 보는 것이 타당하다. 따라서 "그 자리에 나도 자러 가리라"의 '나'는 노래 가운데 손목 잡힌 여인이 '너'라고 지칭한 새끼광대로 보아야 한다. 그런데 새끼광대는 회회아비와 사랑을 나눈 그 자리에서 자신도 그 여인과 함께 자겠다고 요구했다. 그러나 그 여인은 자신이 회회아비와 잔 그 자리가 거칠고 불편했다고 말함으로써 새끼광대의 요구에 대하여 완곡한 거절의 뜻을 나타냈다. 물론 그 여인의 이 말은 그보다 좀 더 안락한 곳을 원한다는 심층의 요구로 해석될 수도 있을 것이다.

이 노래의 발단은 새끼광대가 회회아비와 여인이 사랑을 나누는 광경을 '훔쳐본' 사실에 있다. 여인이 소문내지 말 것을 요구하자 당돌하게 그 새끼광대는 자신도 그녀와 함께 자고 싶다는 소망을 드러낸다. 다시 말하여 새끼광대의 언술은 그 여인이 소문 내지 말라고 경고한 데 대하여 반대급부로 요구한 내용이었다.

〈쌍화점〉에 나타나는 성행위의 당사자는 여인과 회회아비이고, 그것 을 훔쳐본 사람은 새끼광대다. 여인이 유부녀였는지의 여부를 알만한 단서는 노래 속에 들어 있지 않다. 목격자인 새끼광대가 그녀의 남편을 끌어들여 그녀를 협박하거나 자신의 성욕을 충족시키기 위한 지렛대로 사용하지 않은 점을 보면, 그녀는 남편 없는 여인이었거나 유녀(遊女)였을 가능성이 크다.

유녀가 아닌 유부녀가 성행위의 대상으로 등장한다는 점에서 차이가 있긴 하나 다음에 살펴 볼 간부가〈간부가〉도 〈쌍화점〉과 똑같은 구조의 노래다. 이른 시기의 〈서동요〉가 〈쌍화점〉의 단계를 거쳐 〈간부가〉로 이행된 것은 전통 노래의 내용적 모티프를 형성한 한 갈래가 성적 욕망의 표출과 충족에 있었음을 보여준다.

〈쌍화점〉에도 〈서동요〉와 마찬가지로 훔쳐보기의 모티프가 작용한다. 그러나 노래 속의 상황은 〈쌍화점〉 쪽이 훨씬 복잡하다. 좀 더 복합적인 상황의 설정으로 쾌감의 증대를 꾀했다는 점을 감안하면, 〈쌍화점〉은 〈서동요〉로부터 얼마간 발전된 단계의 노래임이 분명하다.

훔쳐보기와 변명 2, 〈간부가〉

〈간부가〉는 조선조 후기 김천택이 모아놓은 '만횡청류'에 들어 있다. 그 노랫말을 들어 보자.

일러나 보자 일러나 보자	①
내 아니 이르리 네 남편한테	②
거짓으로 물 긷는 척	③
물통은 내려 우물 전에 놓고	④
또아리는 벗어 통조지에 걸고	⑤
건넌 집 작은 김 서방을 불러내	⑥
두 손목 마주 덥석 쥐고	⑦
수군수군 말하다가	⑧
삼밭으로 들어가서 무슨 일 하는지	⑨
잔 삼은 쓰러지고 굵은 삼대 끝만 남아	⑩
우줄우줄 하드라고	⑪
내 꼭 이를 거야, 네 남편한테	⑫
저 아이, 입이 부드러워	⑬

거짓말 말아라   ⑭

우리는 마을 지어미라   ⑮

실삼 조금 캤더니라   ⑯

(《진본청구영언》〈만횡청류〉 576)

가상이든 실제이든 내용이 남녀의 불륜 관계임을 감안하면, 이 노래를 〈간부가〉로 명명한 것은 타당하다. 이 노래에는 두 명의 화자가 등장한다. 한 사람은 간통 행위를 훔쳐본 사내, 또 한 사람은 간통 행위의 당사자인 유부녀다.

노래의 전반부는 간통의 현장을 잡아 남편에게 이르겠다는 협박이고, 후반부는 이에 대한 당사자의 변명이다. 따라서 전반부는 얼마간 서사적 긴장감을 기조로 한다. 그 무대는 전통사회에서 추문(醜聞)의 현장으로 흔히 등장하던 동네 우물가 삼밭이다. 유부녀와 건넌 집 작은 김 서방이 만나 두 손목 마주 쥐고 수근 대다가 삼밭으로 들어갔다는 것, 그들이 삼밭으로 들어간 뒤 키 작은 삼은 쓰러지고 키 큰 삼은 우쭐우쭐 흔들거리더라는 것 등이 화자가 훔쳐본 내용이다. 간통의 현장 묘사 치고는 아주 적나라하다. 이 말이 만약 남편에게 들어갈 경우 엄청난 일이 벌어질 것은 자명하다.

반복과 도치에 의해 이루어지긴 했으나 ①, ②는 표면상 투박할 뿐이어서 시적 언술로 보기는 어렵다. 그러나 이 속에는 화자의 감정이 명료하게 투영되어 있다. 화자가 표출하는 욕망이나 질투의 대상은 1차적으로 여인이며, 2차적으로는 그녀와 사랑을 나눈 남성이다. 여인이 남편을 도외시하고 외간 남자와 관계를 맺는 현장을 훔쳐본 화자의 입장에서 그녀의 남편은 더 이상 성적 질투의 대상이 아니다.

남편만이 불륜을 저지른 여인과 외간 남자에게 당당하게 권리행사를 할 수 있으므로, 화자가 볼 때 그녀의 남편이야말로 이용가치가 충분한 존재일 뿐이다. '남편에게 이르겠다'는 것은 여인의 비행을 징치(懲治)의 주체에게 폭로하겠다는 말이다. 물론 남편에게 일러바친다고 협박한 것은 화자의 가슴 가득 들어찬 성적 욕망과 질투 때문이지 화자의 도덕심 때문으로 볼 수는 없다.

단순한 훔쳐보기였다면, 화자는 불륜의 현장을 훔쳐본 것만으로도 성적인 만족은 얼마간 얻을 수 있었을 것이다. 그러나 그는 거기서 만족하지 않고 그 장면을 폭로하려는 의지까지 보였다. 말하자면 그는 자신이 훔쳐본 불륜을 폭로함으로써 좀 더 적극적으로 자신의 성적 욕망을 해소시키려고 한 것이다.

①, ②에 암시된 불륜의 정황은 ③~⑪에서 구체화 된다. '행위자, 행위의 모습, 장소' 등 손에 잡힐 듯 구체적으로 묘사되어 있다. 특히 은폐가 용이했다는 점에서 전통사회의 보리밭이나 삼밭은 현대 사회의 러브호텔과 같은 차원의 성적 모티프와 상징성을 지닌 장소기도 하다.

노래 가운데 제1 화자의 구체적인 정황묘사인 ③~⑪에 이어 ⑫는 ①, ②의 반복이고, ⑬~⑯은 여인의 변명이다. 여인의 변명 속에 들어 있는 '마을 지어미'와 '실삼을 캐다'라는 언술 또한 자신의 지위와 노동의 당위성을 강하게 암시한다. 그런 지위와 당위성을 내세워 그녀는 화자로부터 제기된 혐의를 벗어보려는 의지를 강하게 표출한 셈이다. 그러나 그 때문에 본의 아니게 불륜의 혐의에 대한 정황의 증거 일부를 스스로 노출시킨 것도 사실이다. 이처럼 노래에 등장하는 화자들의 자기 모순적 언술을 통해 오히려 성적인 분위기나 욕망을 증폭시키고자 한 기법은 독특하다.

만횡청류는 조선조 영조 대에 가객으로 활약한 김천택이 모아 기록한 노래들의 한 유형이다. 만횡청류 116수가 모두 사설시조로 가창된 것은 아니므로, 만횡청류라는 고유 용어를 사설시조로 바꾸어 부르는 학계의 관행은 잘못이다.

만횡청류는 그 자체로 노래들의 내용적·미학적 특징을 적실하게 드러내는 용어다. 방탕한 내용의 가사들을 치렁치렁 늘어지는 농조의 곡조로 부르는 청가(淸歌)의 부류가 바로 만횡청류기 때문이다. 청가란 풍류방이나 유흥의 현장에서 주로 불리던 흥청거리는 곡태의 노래들이다. 따라서 청가들은 김천택이 《청구영언》을 편찬한 18세기 이전만 해도 교조적 성리학자들에 의해 배척되었기 때문에 쉽게 기록될 수 없었다.

그런데 이런 노래들의 가치를 인식한 김천택은 위험을 무릅쓰고 그것들을 자신의 책에 모아 놓았다. 그러면서 예상되는 사회적 제재에서 벗어나기 위한 방어논리를 《청구영언》에 마련해 놓고자 했다.

그는 만횡청류가 포함된 원고를 들고 마악노초로 알려진 양반 지식인 이정섭(李廷燮)을 찾아가 물었다. 그 책에 역대 선배·명공·위인들의 작품 뿐 아니라 민간의 음란한 이야기와 상스럽고 외설스런 노래들도 들어 있는데, 혹 문제가 없겠느냐는 요지의 질문이었다. 이에 대해 마악노초 는 《시경》을 편찬하면서 정풍과 위풍을 버리지 않은 공자를 예로 들면서 노래란 성정에서 떠나지만 않으면 괜찮다는 말로 김천택을 안심시켰다.

성정이란 인간이 타고나는 본성과 감정이다. 따라서 이 말 속에는 후천적으로 교육되는 '효, 제, 충, 신'의 덕목들보다 본연의 성정이 우선한 다는 점이 암시된다. 욕망 자체도 성정의 범주에 든다면, 마악노초는 '예술에 성욕을 드러낼 수도 있다'는 과감한 의사를 표명한 셈이다. 이와 같이 당대 가곡계에서 지도적 위치에 있던 중인 가객 김천택의 미의식과 열린 지식인 마악노초의 논리가 만남으로써 오늘날까지 살아남을 수 있었던 것이 만횡청류다.

　　만횡청류에 속한 노래들의 상당수가 노골적인 성애를 내용으로 하고 있다거나 당대의 표준에서 일탈된 대상들을 비정상적인 표현법으로 묘사한 것들이라는 사실은 만횡청류가 그 때까지 민중의 저변에 흘러 내려오던 미학을 정확히 구현했음을 암시한다. 그 중의 한 노래가 바로 〈간부가〉다. 남녀 간 밀회의 현장을 실감나게 묘사했다는 점에서 이 부분은 〈서동요〉의 그것과 일치한다. 아울러 사건의 당사자가 또 다른 화자로 등장하여 변명을 늘어놓고 있다는 점에서, 〈쌍화점〉의 모티프가 재현된 것이 바로 〈간부가〉임은 분명해진다.

공상을 통한 리비도의 배설과 충족

현재 전해지는 전통시가들은 이 땅에서 오랜 기간 불려온 노래들이다. 노래는 놀이를 바탕으로 이루어진 표현 수단이다. 인간은 감정표출의 1차적인 방법을 노래나 춤에서 발견했다. 인간의 가장 원초적인 본능이 성욕임을 감안하면 성욕 표출의 수단으로 노래나 춤이 이용되어 온 것은 자연스럽다. 그러나 동작을 통해 상징적으로 보여주는 춤에 비해 말을 기본 수단으로 하는 노래는 훨씬 명료하게 그런 욕망을 표출할 수 있었다. 민요를 포함하여 현재에도 불리는 구전가요들까지 감안한다면 성적 욕망이 근저에 깔린 노래들은 아주 많다.

　　전통 노래들 가운데 관음의 수단에 기초하여 성욕의 해소를 지향했다는 점에서 동질적인 '〈서동요〉·〈쌍화점〉·〈간부가〉'는 그러한 욕망이 그동안 민중들 사이에서 지속되어 왔음을 보여준다. 그러나 아무리 노래에서 사실적인 성 묘사가 이루어진다 해도 노래나 시는 어디까지나

의사진술일 뿐이다. 대부분의 노래들은 상상 혹은 공상으로부터 나온 것들이기 때문이다.

프로이트는 충족되지 못한 소망이야말로 공상의 추진력이라고 했다. 다시 말하여 모든 공상들은 소망의 충족을 위한 불만족스런 현실의 교정이라는 것이다. 지금까지 우리 사회는 성에 대하여 이중적이고 위선적인 입장을 견지해 왔다.

전통 노래들에서 간취(看取)되는 관음의 증상들은 사회적 분위기에 의해 왜곡된 성 문화나 성 심리로부터 연원된 것들이다. 전통 노래들에 표출된 성적인 내용들은 대부분 음습한 장소에서 이루어지던 성행위나 불륜의 현장을 묘사한 것들이다. 그런 것들을 훔쳐보며 쾌감을 느끼는 것이 결코 건강한 성 문화는 아니다. 그러나 비정상적인 것을 미적으로 승화시키는 것이 예술의 본령이라고 한다면, 전통 노래들에 나타나는 관음증 모티프는 그 나름대로 어려운 시대를 헤쳐 온 민중들의 지혜가 찾아낸 욕망충족의 수단이자 예술적 단서였다.

〈서동요〉, 〈쌍화점〉, 〈간부가〉는 전통적인 억압기제 속에서 꿈틀거리던 성적 에너지를 발산하고 욕망을 해소하기 위한 방편으로 찾아낸 민중들의 노래였다. 이처럼 성욕 해소의 중요한 방편이었던 훔쳐보기는 시대의 변화에도 불구하고 예술적 형상화의 방법으로 승화되어 오늘날까지 지속되고 있다.

우적가

소유의 욕망, 텅 빈 영혼

소유는 욕망의 1차적 실현태다. 그러나 소유한다고 소유의 욕망이 소멸되는 것은 아니다. 소유는 또 다른 욕망을 낳고, 그 욕망을 충족시키기 위해 더 큰 소유를 갈망한다. 그러다 보면 끝내 인간은 아무것도 소유할 수 없게 된다. 그저 '소유했다'고 착각할 뿐이다. 소유하려는 대상은 그림자이고, 소유하려는 몸짓은 어릿광대의 허튼 춤에 불과하다. 아무것도 소유할 수 없는 것은 인간의 유한성 때문이다. 그럼에도 인간은 끊임없이 소유를 추구하고, 결국 아무것도 쥐어보지 못한 채 이승을 떠난다. 소유했다고 착각하는 모든 그림자들을 힘없이 놓아버린 채, '아무것도 없음'의 세계로 스며든다.

그런데, 왜 순간 속에 명멸하는 인간은 '소유하려고' 안간힘을 쓰는 것일까. 소유의 대상은 물질, 물질의 본질은 소멸이다. 물론 소멸과 생성은 짝을 이룬다고 하리라. 인간의 욕망은 존재에만 초점이 맞추어져 있을 뿐, 소멸을 받아들이고자 하지 않는다. 소멸의 참된 의미에 대한 무지 혹은 무명(無明) 때문이다.

'무언가를 갖는다는 것은 다른 한편 무언가에 얽매인다는 것'이며 '태어날 때 아무것도 가지고 오지 않았으나, 살다보니 이것저것 내 몫이 생기게 되고, 그것들 때문에 자유롭지 않음을 깨달았다'고 법정은 말했다. 집착이 괴로움이오, 소유가 우리의 눈을 멀게 한다는 것이다. 존재를 옭아매는 소유의 삶과 달리 무소유의 삶은 인간을 크게 자유롭게 한다는 것이 노선사의 '대할(大喝)'이다.

소유욕은 총명을 가려 어리석어지고, 그 어리석음에 사로잡힌 인간은 다시 소유욕을 발동시켜 인생을 불사른다. 모파상(Guy de Maupassant, 1850~1893)은 '값비싼 진주목걸이'에 홀려 10년이나 헛된 고생을 해야 했던 〈목걸이〉의 주인공 마틸드를 통해 물욕의 허망함을 보여주었다.

소유욕은 집착이다. 명문(名聞), 이양(利養), 자생(資生)의 도구에 집착하여 몸을 편안케 하는 데 힘쓰는 것이 범부(凡夫)들이다. 물질과 소유의 헛됨을 깨닫는 것이야말로 범부의 경지를 벗어나는 일이다. 범부 의 세계는 탐착(貪着)의 공간이다. 탐착의 공간을 벗어날 수 있게 하는 디딤돌이 바로 깨달음이다.

'탐욕이 많은 자는 금을 나누어 주어도 옥을 얻지 못함을 한탄하고 공후백작의 벼슬에 봉해져도 제후에 오르지 못함을 불평하니 권귀(權貴) 의 자리에서 도리어 거지노릇 함을 달게 여긴다'고 했다. 채근담의 말이다.

학문이 깊다고, 벼슬이 높다고 쉽사리 범부를 벗어나지는 못한다. 물질의 허망함, 소유의 부질없음을 깨닫지 못하면 학문과 벼슬이 무슨 소용이랴. '말 타면 경마 잡히고 싶다', '바다는 메워도 사람의 욕심은 못 채운다'는 속담이 있다. 사람의 소유욕이란 그 얼마나 뿌리 깊은가.

우리의 옛 노래나 시들 가운데 깨달음 혹은 깨우침을 주제로 한 것들이 많다. 그 대부분은 소유욕의 미망(迷妄)을 경계한 것들이다. 소유욕의 굴레만 벗을 수 있다면 우주 속의 자유인이 될 수 있다는 진리. 그런 진리를 설파한 노래들이 꽤 된다. 그간 그것을 믿고 따른 사람들이 그리 많진 않았으나, 그 진정성은 지금도 유효할 것이다.

영재의 인간적 면모와 골계의 미학적 힘

《삼국유사》 권 5의 '피은(避隱)' 조. 이곳에는 세상을 피해 숨어사는 중이나 일사(逸士)들의 특이한 행적이 기록되어 있다. 영재 스님의 행적과 〈우적가〉에 관련된 에피소드 역시 그 중 하나다. 영재는 '타고난 성격이 골계(滑稽)를 좋아하여 사물에 얽매이지 않았으며 향가를 잘했다'고 한다. 만년에 숨어 살고자 남악으로 가다가 60여 명의 도적떼를 만나게 된 것. 그들이 영재에게 해를 입히려 하자 영재는 칼날이 가까이 닿아도 두려운 빛 없이 태연했다고 한다. 괴이하게 여긴 도적들의 물음에 그는 '영재'라고 자신을 소개했다. 놀라운 건, 도적들이 이미 평소에 영재의 이름을 들어 알고 있었다는 사실이다. 도적들이 그의 정체를 확인하자마자 노래를 짓게 한 것을 보면, 도적들이 알고 있었다는 영재의 명성 근저에는 도력(道力)과 함께 노래실력이 있었던 것으로 보인다.

'영(永)'은 '영언(永言)'의 '영'이고, '영언'은 노래를 뜻한다. 《서경(書經)》의 〈순전(舜典)〉에 '시언지(詩言之) 가영언(歌永言)'이라는 말이 나온다. '영언' 즉, 말을 길게 하면 노래가 된다는 것이다. 그러니 '영재'는 재주 있는 노래꾼, 요즘 말로 하자면 뛰어난 '싱어송라이터(singer-song writer)' 쯤으로 볼 수 있지 않을까.

그는 노래와 실력으로 당대에 이름을 날리던 도승이었다. 그러니 그가 만들어 부른 노래를 듣고 도적들이 감동을 받은 것은 당연했다. 물건이나 목숨까지 빼앗으려던 도적들이 도리어 그에게 비단 두 끝을 건넨 점으로도 그의 노래가 엄청난 힘을 발휘했음을 알 수 있다.

그러나 물질의 구애(拘碍)에서 벗어나 산 속으로 들어가던 영재가 비단 두 끝을 받을 리 없었다. '재물이 지옥의 근본이 되는 줄 알았기에 장차 깊은 산으로 도피하여 한 평생을 보내려 하는데, 이를 어찌 받을 수 있겠는가?'라는 영재의 말 한 마디에 도적들은 칼과 창을 던지고 머리를 깎았다. 영재의 문도(門徒)가 되어 함께 지리산에 숨어 들어간 것이다. 감동적인 노래가 만들어낸 극적 반전이었다. 그 반전을 빚어낸 직접적 요인은 영재의 인품과 노래였다.

앞에서 영재는 골계를 좋아하여 사물에 얽매이지 않았으며 향가를 잘했다고 했다. 그런데 '골계를 좋아했다'는 것, '사물에 얽매이지 않았다'는 것, '향가를 잘했다'는 것 등은 과연 별개의 사실들일까, 아니면 서로 유기적인 인과관계로 연결되는 사실들일까. 골계를 좋아하면 물질에 얽매이지 않을 수 있을 것으로 여겨지긴 한다. 그러나 그것이 '향가를 잘 한다'는 사실과 무슨 관계가 있다는 것일까.

물론 신라 사람들이 향가를 숭상했고, 천지와 귀신을 감동시킨 향가가 한 둘이 아니었다는 기록을 보면 분명 향가가 '물루(物累)'의 저급한 차원을 뛰어넘는 형이상학적 의사전달의 도구로 받아들여지고 있었음은 분명하다. 그러니 이 부분의 '골계—물루를 초월함—향가를 잘 함'은 묘하게도 독립적 개념들이되 하나로 연결되고, 하나로 연결되면서도 서로 독립적인 의미영역을 지닌다.

그러나 분명한 것은 골계와 향가가 핵심이고, '사물에 얽매이지 않음'은 그 결과적 현상이라는 점이다. 골계에 능한 영재였으므로 대상의 부조리함을 미학적으로 지적하여 노래로 표출할 수 있었고, 그 결과 대상으로 하여금 물질의 구속으로부터 벗어나 깨달음의 세계로 들어갈 수 있도록 한 것 아닌가?

그래서 영재와 그의 노래를 둘러싼 논리의 출발은 골계다. 골계는 해학과 풍자를 포괄하는 개념이다. 고착된 질서의 파괴를 통해 경직된 내면을 풀어주는 해학, 우월한 주체가 부조리하고 폐쇄적인 사회를 공격하는 풍자, 모두 교훈성과 오락성을 함께 지닌다. 사회의 상류층이 독점하고 있던 기존 윤리의 허식성에 대한 공격, 본능의 자유로움을 추구하는 기층 민중의 요구에 대한 합리화 등이 골계로 나타난다. 물질과 이념의 구속을 벗어나려는 자유혼의 소유자만이 진정한 골계의 미학을 구현할 수 있는 것도 그 때문이다.

불교의 나라 신라. 현실적으로 불교는 큰 힘을 발휘하고 있었다. 원효가 해동종(海東宗)을 일으켜 민중불교를 일으킨 사실은 당시의 불교가 주로 귀족들을 위해 봉사하고 있었음을 반증한다. 비판미학을 발판으로 향가를 '잘 하던' 영재로서도 그런 부조리한 현실을 견딜 수 없었을 것이다. 그래서 현실을 훌훌 털고 '늙은 나이'에 남악(南岳) 즉, 지리산에 은거하러 가는 길이었다.

도적들을 만난 곳은 지리산으로 가는 길목인 대현령(大峴嶺)이었다. 인간의 영혼을 구속하는 물질을 버리고 나이 늙어 세상의 명리에 대한 욕심마저 버린 영재에게 무엇이 두려웠겠는가. 노래 값으로 도적들이 비단 두 끝을 주자 웃으며 물리친 영재였다. 그는 1차적으로 물욕에서 벗어났고, 삶의 집착에서 벗어나 있었다. 재물을 던져버린 것은 물욕을 벗어난 증거요, 도적들의 칼날을 두려워하지 않은 것은 삶의 집착에서 벗어난 증거였다.

물질과 생명을 초월한 영재에게 남은 것은 온전한 자유였다. 도적들도 그것을 배우고자 했다. 그래서 창칼을 버리고 머리를 깎은 채 영재의 문도가 되었던 것이다. 영재의 가장 큰 힘은 물질과 생명에 대한 집착과 욕망으로부터의 초탈이었다. 말하자면 무소외(無所畏), 무포외(無怖畏)의 경지였다.

부처가 대중을 향해 설법할 때 태연하여 마음에 두려움이 없었던 경지로 '사무소외(四無所畏)'가 있으며, 보살의 그것도 있다. 교법(敎法)을 듣고 명구문(名句文)과 그 의리를 잊지 않고 남에게 가르치면서 두려워하지 않는 것, 중생 근성의 예리함과 우둔함을 알아서 그에 맞는 법을 말해두고 두려워하지 않는 것, 다른 사람의 의심을 판결하여 적당한 대답을 하고 두려워하지 않는 것, 어려움에 관한 여러 가지 물음에 따라 자유자재하게 응답하고 두려워하지 않는 것 등이 보살의 '사무소외'다. 말하자면 영재가 보여준 태연자약은 사무소외에서 나온 것이며, 따라서 그의 노래는 도적들의 '악하면서도 우매한' 근성에 맞추어 설한 일종의 법문이었다.

영재와 도적의 대결은 무욕과 탐욕의 대결이었다. 영재가 도적들을 굴복시킨 것은 무욕이 탐욕을 이긴 것이다. 삼세(三世) 죄업은 원천적으로 소유욕의 발동으로부터 생겨나니 '나' 중심의 소유욕을 막아야 화평한 자유를 누리게 된다는 것은 이미 마명(馬鳴)이 기신론(起信論)을 통해 설파한 생각이다.

사실 영재의 상대역으로 등장한 존재가 도적들이지만, 따지고 보면 세상의 선남선녀들 가운데 소유욕으로부터 자유로운 존재는 그 누구란 말인가. 그런 점에서 물질과 관련지어 따질 때 인간은 본질적으로 '도적'의 범주를 크게 벗어나지 않는 존재들이다. 그러니 영재가 도적을 감복시킨 사례는 뭇 중생들을 깨우칠 목적의 비유적 표현으로서 소유욕의 허망함을 설파하기 위한 방편의 법문으로 보아도 무방하리라. 따라서 그 순간의 영재는 '신라의 마명'이었던 셈이다.

문학과 음악에 조예가 깊어 마갈타 국에 있을 때 '뇌타화라(賴吒和羅)'라는 노래를 지었고, 몸소 악사들과 어울려 왕사성에서 이 노래를 통해 무상(無常)의 이치를 많은 사람들에게 가르쳤으며, 그 결과 성중의 오백 왕자들을 출가하게 만들었다는 마명. '노래를 잘하여' 결국 도적들을 출가 수도자로 만든 영재의 사적이 마명의 그것과 통할 뿐 아니라 중생으로 하여금 '소유욕'을 버리게 만든 점 역시 그러하다고 할 것이다.

영재의 깨달음, 그리고 〈우적가〉의 경계

노래의 원문 가운데 결자(缺字)와 판독이 불가능한 글자들이 있긴 하지만, 대의 파악은 그리 어렵지 않은 것이 〈우적가〉다. 선학들의 해독을 바탕으로 추정할 수 있는 노래의 대의는 다음과 같다.

제 마음을
모르고 지내온 날들,
오랜 세월이 지나
이제 은거하러 가노라.
오직 그릇된 길을 가는 파계주들 만나
두렵다고 어찌 다시 돌아가리.
이 칼에 한 번 찔리면
좋은 날이 오리라 생각되지만,
아아, 보잘 것 없는 내 선업(善業)만으론
새 집을 지을 수 없다네.

이 노래는 '제 마음을~가노라', '오직~돌아가리', '이 칼에~되지만', '아아~없다네' 등의 4단으로 나뉜다. 첫 부분에 제시된 것은 오랜 세월 갇혀있던 어리석음과 욕망의 덫으로부터 '자기 성찰'의 시공으로 옮겨 가려는 깨달음의 명제다. 도적과의 만남을 노래한 둘째 부분의 내용은 깨달음을 실행에 옮기는 과정에서 부닥친 시련이다. 현세의 욕망을 초월하여 내세를 맞이하고자 하는 발원심이 셋째 부분이고, 그런 시공으로 들어갈 만큼 공덕을 쌓지 못한 데 대한 깨달음과 탄식이 마지막 부분이다.

도적들을 감동시켜 영재에게 비단 두 필을 주게 한 것도 이 노래의 힘이었다. 그러자 영재는 도적들에게 사양하며 웃음으로 말하길, "재물이 지옥의 근본이 되는 줄 알았기에 장차 험한 산으로 도피하여 일생을 보내려 하는데, 이를 어찌 감히 받겠는가"라고 했다. 그러니 '재물이 지옥의 근본'임과 '속세에 살면 재물의 유혹으로부터 자유롭지 못하다'는 생각이 영재의 말 속에 들어있고, 그런 생각은 〈우적가〉의 근본 모티프기도 하다. 말하자면 도적들의 요구대로 재물을 주려면 다시 속세로 돌아가야 하는 스스로의 처지가 딱했던 것이다.

'제 마음을 모르고 지내온 날들'은 세상의 명리와 물욕에 가려 대상의 본질을 제대로 깨닫지 못하던 암흑의 시간대였다. 그러나 그런 과거에 비해 '지금'은 '자성(自性)의 밝음'을 터득한 깨달음의 시공이었다. '소유욕이 헛되다'는 깨달음은 그가 비로소 올바른 '심안(心眼)'을 회복했음을 의미한다. 도적들의 칼에 찔리면 무명(無明)의 세상을 하직하고 극락에 갈 수도 있겠지만, 그러나 자신이 그간 쌓은 공덕으로는 아직 그런 이상적인 시공을 마련하지 못했다고 보았던 것이다. 따라서 이 노래 속에는 두 가지의 메시지가 들어 있는 셈이다. 자신의 과거 시간대에 대한 반성, 미래를 예비하지 못한 현재의 부실함에 대한 깨달음 등이 그것이다.

일연은 《삼국유사》의 해당 기록에 도적떼를 감화시킨 영재의 행적에 대한 찬시를 다음과 같이 붙였다.

석장 짚고 산을 찾을 제
그 뜻은 더욱 깊어.
비단이나 구슬이,
어찌 마음 달랠 건가.
녹림의 군자들이여,
물건을 주지 말아다오.
지옥이 뿌리 없다 하나,
한 치 황금이 바로 그것이리.

(이가원 역)

'비단이나 구슬'은 소유욕망을 자극하는 '물질'이다. 그것을 자신에게 줌으로써 물욕을 자극하지 말라고 애걸했다. 이 찬시의 지은이가 보기에 물욕의 굴레로부터 벗어나 자유로운 곳으로 도망가고 있는 영재에게 도적들이 건네주는 비단은 영재의 존재를 옭아매는 새로운 고삐이자 지옥행의 빌미였던 것이다.

당시 영재의 나이 90이었고, 때는 원성왕 대였다. 원성왕은 서기 785년부터 798년까지 재위했으니 신라 하대에 속한다. 어느 시대나 마찬가지지만, 하대에 들어서면 대체로 모든 기강이 문란해지는 법. 무엇보다 자심해지는 것이 지배 계층의 도덕적 일탈이었다. 불교는 모든 면에서 신라의 핵심이었다.

당시 정치나 군사적 리더의 공급처는 화랑 집단이었고, 이따금 이름 있는 승려들은 화랑을 겸하기도 했다. 또한 불교세력은 귀족화하여 부와 귀를 독점하다시피 했다. 원효가 민중불교로의 개혁을 시도한 것도 정치화,

귀족세력화 된 당시 불교계의 상황을 반증하는 일이었다. 이런 상황에 대하여 올곧은 승려라면 환멸을 느꼈을 것은 자명한 일이다. 90세에 이르기까지 불교세력의 핵심에 속해 있던 영재로선 더 이상 그런 생활을 지속할 수 없었다. 늙기도 늙었으려니와 더는 그런 죄업을 지을 수 없다는 깨달음이 그를 엄습한 것이었다.

노래로 법문으로 중생들의 어리석음을 깨치던 영재가 세속에서의 삶을 떨치고 시정(市井)을 떠나 산 속으로 들어가려는 것도 자신이 물질의 허영(虛影)에 얽매여 있음을 깨달았기 때문이었다. 나이 90에서야 이것을 깨달았다면 '때 늦은 감'이 없진 않지만, 그러기에 그 깨달음은 더욱 간절했을 것이다.

노래에 표출된 것이 정토사상이든 미타신앙(彌陀信仰)으로부터 나온 서원(誓願)이든 크게 문제될 것은 없다. 영재가 본질적으로 지향한 것은 물욕으로부터의 초월과 그로부터 확보되는 자유에 있었기 때문이다. 무기를 들고 사람들의 재물을 탈취하려는 도적들을 굴복시킨 것도 이처럼 영재의 명망과 함께 노래가 지닌 감화력 덕분이었다.

후대 시인들의 마음 밭에 뿌려진 〈우적가〉

〈우적가〉는 도적들을 감동시킨 천고의 가편(佳篇)이다. 흉악한 도적들을 감동시켰으니 그보다 선한 근기(根機)의 중생들이 감동받지 못할 이유가 없다고 일연은 생각했을 것이다. 그래서 이 이야기는 《삼국유사》에도 오를 수 있었으리라.

영재로부터 감동받은 건 도적들만이 아니다. 요즘의 시인들이 영재의 행적이나 〈우적가〉의 정신으로부터 촉발된 시심을 세련된 표현으로 꽃 피워내고 있다. 스스로 '시의 보살'되기를 염원하는 박희진 시인.

'무아무위(無我無爲)의 명경지수 같은 마음을 지녀야만 사물의 본질을 있는 그대로 꿰뚫어 볼 수 있고, 대 긍정과 찬미의 시를 쓸 수도 있다'는 믿음을 가진 그가 새롭게 쓴 〈우적가〉는 다음과 같다.

영재(永才)는 익살맞고 슬기로웠던 신라의 중,
향가를 잘 해 소문이 자자했다.
나이 90에 남루를 걸치고
장차 남악(南岳)에 은거하려 하니,
지팡이 앞장서서 대현령(大峴嶺)에 닿았는데
도적 수십 명이 칼날을 들이댔다.
하지만 그의 화기(和氣)에 물들어서
서슬이 죽자, 수상히 여긴 도적
이름을 물으니 영재(永才)란다
다음의 노래는 그 때 도적들이 짓게 한 것.

제 마음 본성을 깨치지 못해
악몽보다도 어둡고 어지럽던 수렁의 나날,
겨우 고개를 내밀었다간
또 빠지곤 했던 일이 이제는 아득해라.

홀로 숨어서 이 길을 가려 하나
사방도처에서 빛이, 훈풍이, 새소리 물소리가
쏟아져 오니 화락하기 그지없다.
어찌 그릇된 파계주(破戒主)를 두려워하랴

옛날 부처님의 전신이던 살타태자(薩陀太子)는
굶주린 호랑이와 그 일곱 마리 새끼를 위해
스스로 제 목을 마른 대로 찌르고는
낭떠러지 아래로 뛰어내려 목숨을 버렸거니.

이 내 목에 칼이 기어이 찔린다면
차라리 좋을시고. 흐르는 핏속에서
새 날이 밝아 오리. 다만 그 정도의
선업으론 정토(淨土)에 못 이를까 한(恨)이로다

도적들 크게 감동하여 비단 두 필을
그에게 주니 영재는 웃으면서,
재물이 지옥 가는 근본임을 알아,
바야흐로 깊은 산에 숨어서 살려는
이 몸이 어찌 이것을 받겠는가
하며 땅에 비단 두 필을 내던졌다.
그러자 도적들도 일제히 무릎 꿇고
가졌던 칼과 창들을 내버렸다.
그길로 머리 깎고 영재의 도제되어
더불어 지리산에 숨었다 한다.
다시는 세상에 나오지 않았단다.

2002년 5월에 발표된 이 작품은 3단 구조의 서사시 형태를 띠고
있다. 주인공 영재의 신상에 관한 설명, 사건의 발단인 '도적과의 조우'
및 〈우적가〉 창작의 동기 등이 첫 단이다. 둘째 단은 박희진 식으로
해석한 〈우적가〉이고, 마지막 단은 스토리의 결말로서 '감동에 의한
도적들의 참회'를 내용으로 한 부분이다.

'배경산문＋노래'로 이루어진 것이 원래 《삼국유사》의 해당 부분이
다. 그러나 여기서는 원래의 배경산문을 서사시의 형태로 바꾸어 놓았고,
원래의 노래를 재해석하여 삽입시가로 처리해 놓았다. 주인공 영재의
모습과 〈우적가〉의 본질에 관한 《삼국유사》의 기록을 충실히 살리면서
도 서사적 갈등과 해결의 과정이 단순·명쾌하게 제시되었다. 이 작품의

초점은 삽입노래다. 4단으로 처리한 것은 원래 〈우적가〉의 구조와 부합한다. 그러나 내용이 다분히 부연적이고 전체적인 분위기는 화려하다.

마음에 대한 무지와 무명의 상태를 청산하고 은거하러 가는 지금의 상태를 노래한 것이 원래의 1단이었다. 은거하러 가는 '지금', 깨달음의 경지에 이르렀음을 강조한 것이 이 부분의 본의다. 이 점은 새로운 〈우적가〉도 마찬가지다. 마음의 본성을 깨치지 못해 어둡고 어지러웠다고 했다. 빠져나오려 하면서도 다시 빠져들곤 하던 과거 시간대의 부정적인 모습, 그러나 지금은 그 시절의 그런 모습이 '아득하다'고 했다. 말하자면 지금 '깨달음의 경지에 이르렀음'을 강조하는 것이다. 파계주 즉 도적떼들을 직설적으로 간단하게 언급한 원래의 노래에 비해 이 노래는 화려한 수사와 현란한 표현양태를 보여주고 있다.

아름다운 자연이 만들어내는 화락함 속에서 파계주를 두려워할 이치가 없다는 것, 싯다르타가 자신의 육신을 굶주린 호랑이 가족에게 먹이기 위해 낭떠러지에서 뛰어내려 목숨을 버렸다는 것 등을 원래 노래의 '도적 만난 광경'에 대응하는 것으로 제시했다. 도적의 칼에 죽임을 당함으로써 밝아올 '새 날'을 기대한다는 것, 그러나 그 정도로는 정토에 갈만한 선업이 될 수 없다는 두려움과 한탄 등으로 마지막 단은 이루어져 있다.

그러니 원래의 〈우적가〉와 박희진의 〈우적가〉 '삽입시'는 같은 듯하면서도 엄연히 다르다. 시인이 《삼국유사》에 실린 〈우적가〉의 배경설화는 서사시의 문체로 충실하게 옮겨놓은 반면 원래의 〈우적가〉는 상당 부분 시인의 의도에 따라 재해석해 놓았기 때문이다. 말하자면 원래 〈우적가〉에 대한 조심스런 해석이라 할 수 있다.

좀 더 암시적이고 은유적이라는 점에서 다음에 제시하는 박제천의 〈우적〉은 박희진의 〈우적가〉와 다르다.

스스로도 제 마음의 얼굴을 몰라라
날 저무니 나는 새도 보이지 않아라
일러줄 듯하던 달도 숨어 버려라
오로지 님의 허물로 돌려야 할까
두려움이여
칼끝에 어려 비치는 한세상의 덧없음이여
이 노래에 맺힌 한은 한 채 집으로나 남으려나

‘제 마음의 얼굴’, ‘두려움’, ‘칼끝’, ‘덧없음’, ‘한 채 집’ 등은 원래의 〈우적가〉에도 나오는 이미지 혹은 개념들이다. 그러나 시상이 형성하는 의미 내용은 아주 다르다. 여기서 ‘님’은 누구인가. 시인은 ‘님의 허물’을 언급했다. 내 스스로의 모습도 모르고, 깜깜해진 세상은 더욱 모르겠다는 것이 시적 자아의 한탄이다. 알려줄 줄 알았던 달도 숨었으니, ‘나’를 보호해 줄 의무가 있는 님의 탓으로나 돌릴 것인가. 그래서 ‘두렵다’고 했다. 그 두려움은 아마도 무명과 무지의 두려움일 것이다. 알려주는 이 하나 없는 ‘외로움’을 노래한다고 생각했는데, ‘한세상의 덧없음’이 바로 이어진다. 그것도 ‘칼끝에 어려 비치는’ 덧없음이었다.

여기까지만 읽는다면, 전장을 누비면서 일생을 보낸 늙은 장수의 회한쯤으로 볼 수도, 방황하는 구도자의 막판 좌절쯤으로 읽을 수도 있을 것이다. 그러나 독자들이 제각각의 방향으로 마구 빠져들도록 놔두지 않은 것은 시인의 교묘한 배려라 할 수 있을까.

마지막 행 ‘이 노래에 맺힌 한은 한 채 집으로나 남으려나’를 주시해보자. 이 행은 독자로 하여금 시인이 마련한 정서의 함정에 맥없이 풍덩 빠지지 않도록 일종의 ‘소격(疏隔) 효과’를 발휘한다고 할 수 있다. 원래의 〈우적가〉의 마지막 행에서 영재는 ‘아아, 보잘 것 없는 내 선업(善業)만으로는 새 집을 지을 수 없다네'라고 한탄했다.

'집'은 시적 자아가 저승에 가서 깃들 공간이다. 영재는 '새 집을 지을 수 없다' 했고, 박제천은 '한 채 집으로나 남으려나'고 했다. 따라서 영재의 '새 집'이 생명과 행복이 깃든 천국의 공간이라면, 박제천의 '한 채 집'은 생명이 사라진 '껍질뿐인 공간'이라는 점에서 대조적이다. 그러나 어쨌든 '집'을 통해 시적 자아가 도달할 수 있는 의식의 극점이 동일함을 보여준 사실은 두 시인의 공통점이라 할 것이다. 박희진과는 현격하게 다른 방향으로 〈우적가〉를 수용한 박제천. 의식의 향방에 따라 시인의 정서는 얼마든지 넓은 원심력을 보여줄 수 있음을 우리는 새삼 확인하게 된다.

아직도 살아 춤추는 죽비

이제 마무리 해보자. 어쩌면 〈우적가〉의 도적은 인간의 마음을 비유적으로 나타낸 개념일 지도 모른다. 실제 칼을 들고 덤비는 도적이 아니라 수시로 마음을 흔들어 놓는 잡념이라고 보는 게 타당할 것이다. 사실 모든 사람은 선량하다. 그러나 마음속에 도적이 나타나 소유의 본능적 욕망을 일깨우면 어찌 해 볼 도리 없이 마음은 흔들리게 되고, 불안에 휩싸인다. 그런 점에서 〈우적가〉의 도적은 옛날 선승들의 '오도송(悟道頌)'이나 게문 등에 등장하는 '도적 같은 마음' 혹은 '마음의 도적'을 현실 공간에 실현시킨 존재들이다.

물욕의 번뇌를 단진(斷盡)하고 자유의 세계로 들어가는 영재를 멈칫 거리게 만든 존재가 바로 그들이다. 사실 기독교의 성자들만 마귀나 사탄으로부터 시험당하는 것은 아니다. 귀족불교가 난숙해진 신라 하대의 경주에서 '편히 살 수 있던' 불승 영재가 지리산으로 들어가겠다고 마음먹은 것은 자신의 본질에 대한 인식과 참회의 결과였다. 그러나

그런 현세적 안락을 단진하려는 순간 마음의 번뇌가 일어나고, 그에
대하여 그는 자신만의 오도송을 부름으로써 그런 유혹의 마음을 다스릴
수 있었던 것이다.

그러니 〈우적가〉를 '대현령에서 도적 만난 노래'로만 한정할 수는
없다. 오히려 마음 한 구석에 똬리를 틀고 있는 물욕의 제지를 받아
깨달음과 지혜로 나아가는 발걸음이 지체되는 모습과 그에 대한 반발을
그려낸 노래로 봄이 타당하다.

단단하면서도 매서운 죽비가 되어 우리의 등짝을 수시로 내려치는
〈우적가〉를 정신보다 물질이 확실한 우위를 점하고 있는 21세기의 초입에
서 우리는 새삼스레 만나게 된다. 극락천국과 지옥의 갈림길이 가까워졌으니
물욕으로부터 빨리 벗어나라는 잠언을 〈우적가〉에서 발견하게 된다.

제망매가

인간과 삶, 그리고 죽음

동서고금을 막론하고 죽음만큼 무섭고 신비한 현상도 없다. 사랑하는 가족들과 따스한 햇볕 아래 오순도순 즐기다가 한 순간 숨이 끊어져 깜깜하고 차가운 땅 속에 묻히는 이웃들의 모습을 보며 인간은 죽음의 불가항력에 당황한다. 불치의 병으로 신음하다 결국 추하게 탈진한 상태로 고통 속에 죽어가는 모습을 보며, 죽음의 무자비함에 몸을 떤다. 인간이 종교에 귀의하는 것도 살아있는 동안 가차 없는 죽음의 위협으로부터 도피하고자 하는 본능 때문이다.

종교를 성립시키는 것은 절대적인 힘을 지닌 신이다. 신의 존재에 대한 믿음을 통해 죽음의 공포는 얼마간 해소될 수 있다. 그 신의 위력을 빌어 이야기되는 종교적 담론의 핵심은 죽음 혹은 죽음 이후의 세계에 관한 것이다. 사실 인간이 죽음에 대하여 공포를 느끼는 것은 죽는 순간의 통증보다 죽음 이후의 시공에 대한 불안감 때문이다. 살과 뼈가 원소로 해체되어 스며들거나 흩어지면 그 뿐인가, 아니면 육체에서 이탈된 영혼이 또 다른 세계에서 새로운 삶을 영위하는가. 어느 쪽에 서느냐에 따라 죽음을 맞이하는 자세는 판이해진다.

엘리자베스 큐블러로스(Elisabeth Kubler-Ross, MD, 1926~2004)는 인간이 죽음을 맞는 마지막 단계로 '사후 생명에 대한 희망'을 들었다. 사후 세계에 대한 희망을 가진 사람만이 죽음을 새로운 삶의 시작으로 생각하여 순순히 받아들일 수 있다는 것이다.

독배를 마시고 죽어가던 소크라테스는 주변의 지인들에게 '나는 이제 떠날 때가 되었네. 나는 죽기 위해서, 그리고 여러분은 살기 위해서. 그러나 우리들 가운데 누가 더 좋은 일을 만나게 될 것인가, 신밖에는 아무도 모른다네'라고 말했다. 신의 존재를 인정하긴 했지만, 소크라테스 자신도 사후 세계에 대한 확신을 갖지 못했던 것이다.

사후 세계를 믿는 것이 정신위생상 좋다는, 정신분석학자 융(Carl Gustav Jung, 1875~1961)의 생각은 종교적 담론의 틀 안에서 죽음에 대한 공포를 극복하려는 현대인의 본능적 욕구를 적절히 지적한 경우다. 키에르케고르(Søren Aabye Kierkegaard, 1813~1855)는 절망이야말로 죽음에 이르는 병이라 했다. 죽음의 문턱에서 사후 세계의 존재를 믿고 그에 대한 희망을 갖는 일이야말로 죽음을 극복하는 것이니, 죽음의 두려움을 뛰어넘기 위해 만들어낸 종교의 관념체계는 빛나는 인간 지혜의 소산이라 할 것이다.

생명을 가진 모든 것들이 피할 수 없는 죽음. 생자필멸(生者必滅)의 우주적 그물망으로부터 자유로울 수 있는 존재는 그 어디에도 없다. 어떻게 죽음을 받아들일 것이며, 조만간 직면해야 할 죽음으로부터 생겨나는 우울함이나 비애를 어떻게 해소할 것인가.

오랜 세월 인간이 만들어온 문화적 집적(集積)의 대비 개념은 '삶과 죽음'이다. 시간의 물결에 떼밀려가는 생명체들. 그래서 생명체에게 '살아가는 것'은 곧 '죽어가는 것'이다. 삶과 죽음이 외연으로는 상반되는 개념들이지만, 이면적으로는 동의어인 것도 그 때문이다.

예로부터 우리는 죽음에 대한 무수한 담론들을 만들어 왔다. 죽음의 미덕을 찬양하는 경지가 바로 그런 담론들의 극단이다. 그것들은 말하자면 죽음에 대한 공포로부터 효과적으로 벗어나기 위한, 이른바 자기방어(自己防禦)의 기제(機制)라 할 수 있다. 거추장스런 육신을 벗어버리고 홀가분한 상태로 신들의 세계에 들어가 새 삶을 살고 싶다는 욕망은 현세적 삶이 괴로운 민초들의 전유물이었다. 그러면서도 실제로는 이승에서의 삶을 더 연장하고자 하는 것이 모든 이의 본능적 욕구였다. '개똥밭에 굴러도 이승이 좋다'는 속담은 죽음을 거부하는 그들의 본능을 표현한 말이다. 그런 욕구의 한 편에 죽음의 불가피성을 인정하고, 심지어 찬양하는 표현까지 생겨나는 것이다.

죽음은 문학이나 예술적 표현물에서 반복적으로 나타나는 중요한 제재들 중의 하나였다. 〈제망매가〉는 기록으로 남겨진 것들 가운데 꽤나 이른 시기의 노래다. 작자가 비교적 소상히 설명되어 있고, 표현 기법이 세련되며, 그 사상적 배경 또한 분명하다. 그 뿐 아니라 노래를 둘러싼 정황이 신비화 되어 있다는 점에서 무엇보다 우리의 흥미를 끈다. 말하자면 가장 흔한 주제를 노래함으로써 보고 듣는 이들의 심금을 울리되, 그 정황이나 배경은 가장 신비스러워 쉽게 결론을 내릴 수 없게 하는 점에 이 노래의 특징이 있다는 것이다.

표면적으로는 '누이동생의 죽음'이라는 개인적 소재를 노래했으면서도 죽음 자체가 자아내는 미학이나 분위기는 개인적 차원을 넘어선다는 점이 특이하다. 삶과 죽음의 언저리에서 이루어지는 서정은 과연 어떤 과정을 거쳐 불심(佛心)으로 윤색되거나 가공되었으며, 어떻게 지속되어 왔을까.

〈제망매가〉에 내재된 두 얼굴의 사생관

《삼국유사》 권 5의 '월명사 도솔가 조'에는 〈도솔가〉와 〈제망매가〉 등 월명사가 지었다는 두 노래와 그의 존재를 추정할 만한 몇 가지 단서들이 실려 있다. 〈도솔가〉의 배경산문에는 월명사가 '인연 있는 중'연승(緣僧)으로 선택되었다는 점, 화랑의 무리에 속해 있다는 점, 산화공덕의 자리에서 〈도솔가〉를 지었다는 점 등이 언급되었다. 그 내용에 이어 배경산문이 나오고, 향가에 대한 신라인들의 의식과 향가의 주술적 효용성 등이 설명되어 있으며, 마지막으로 월명사의 행적에 대한 일연의 찬시(讚詩)가 붙어있다.

말하자면 〈도솔가〉·〈제망매가〉 등에 직접적으로 관련된 배경적 사실들과 그의 행적 모두가 서로 밀접한 관련을 가지고 있다는 점, 그의 노래들이 보여준 신비스런 힘이 당시 유행하던 향가의 특징적 성격을 전형적으로 보여주었다는 점 등을 일연은 보여 주고자 한 것이다. 먼저 〈제망매가〉의 배경산문을 보자.

월명사가 일찍이 죽은 누이를 위해 재를 올리고 향가를 지어 제사했다. 그 때 갑자기 세찬 회오리바람이 불어 종이돈을 서쪽으로 날려 사라지게 했다.

원래 승려에게 올리던 공양의 불교의식인 재(齋)는 후대에 여러 가지 의식절차가 덧붙으면서 다양한 기복(祈福)의식으로 확대되었다.

개인적 차원의 의식 뿐 아니라 고려조에 이르러서는 인왕백고좌도량(仁王百高座道場)·금광명경도량(金光明經道場) 등 국가적 차원의 각종 호국법회에서도 매우 중요한 의식으로 자리 잡게 되었다. 조선조 이후에는 산 사람이나 죽은 사람의 복을 비는 수륙재(水陸齋)·생전예수재(生前預修齋)·영산재(靈山齋) 등이 주를 이루었다.

이 배경 산문에서의 재는 개인적 차원의 추모의식으로서, 죽은 날로부터 49일까지는 7일마다 지내는 제의다. 죽은 지 100일 만에 지내는 것을 백재(百齋), 1년 만에 지내는 것을 소상재(小祥齋), 2년 만에 지내는 것을 대상재(大祥齋)라 하며, 망자의 극락정토 왕생을 기원하는 것은 모든 재에 공통되는 내용이었다. 월명사가 죽은 누이를 위해 지낸 재는 이것들 중 무엇을 지칭하는지 정확히는 알 수 없다. 다만 염라대왕이 주재하는 막재에서 천도하는 영험이야말로 무엇보다 크다는 것이 속설이므로, 배경산문 중의 재는 막재를 지칭했을 가능성이 크다. 그 노래가 바로 다음과 같은 〈제망매가〉였다.

> 이승과 저승의 길이
> 바로 여기 있기에 두려워
> '나는 갑니다!' 말도 못하고 갔는가.
> 어느 가을 불어오는 바람에
> 여기 저기 떨어지는 잎사귀 같이
> 한 가지에 나고서 가는 곳을 모르겠구나.
> 아아, 미타세계에서 너를 만나 볼 날
> 나는 도 닦으며 기다리련다

자구의 해독 여하에 따라, 또는 의미파악 여하에 따라 노래의 단락 구분은 달라진다. 그러나 어떤 경우든 이 노래는 세 단락으로 나뉜다.

첫 단락'이승과~갔는가'에서 시의가 제시되고 둘째 단락'어느 가을~모르겠구나'에서 그것이 심화되며, 마지막 단락'아아~기다리련다'에서 종결되는 의미전개의 양상은 자구 해석상의 미세한 차이에 구애받지 않는다.

첫 단락은 누이의 죽음을 직설한 부분이고 둘째 단락은 비유적으로 노래하여 그 비극성을 심화시킨 부분이며, 마지막 단락은 체념과 초극의 미학으로 비극성을 수렴한 부분이다.

시적 분위기는 처음부터 고조되다가 마지막 부분에서 새로운 차원으로 마무리되는 모습을 보여준다. 우리는 마지막 단락에 이르러서야 〈제망매가〉가 종교적인 노래임을 알게 된다. 죽음의 의미와 죽고 난 다음의 세계를 알 수 없다고 술회한 점에서 1, 2 단락은 일반적인 서정요의 단순한 범주를 벗어나지 않는다. 그러나 사후 세계의 존재에 대한 믿음이나 의지를 강하게 표명했다는 점에서 마지막 단락은 훨씬 종교적이다. 과연 승려의 작품인지 일반인의 작품인지 확실치 않다는 견해들이 있긴 하지만, 이 노래가 불교적 담론 그 자체로부터 나온 것임은 분명하다.

첫 단락을 보자. 삶과 죽음 즉, 이승과 저승의 갈림길이 바로 이곳에 있음을 알고 두려워 하직인사도 건네지 못한 채 갔느냐는 원망의 뜻이다. 표면상 이 부분에서 죽음에 대한 두려움을 가진 존재는 죽은 누이로 되어 있으나, 사실 그것은 월명사의 두려움이었다. 대상에 투영되었을 뿐 원래 그 생각의 주인은 시인 혹은 화자이기 때문이다. 그런 점에서 이 부분은 마지막 부분의 종교적 담론을 이끌어내기 위한 전제의 역할을 한 것으로 보아야 한다. 사실 '이승과 저승의 갈림길이 바로 이곳에 있다'는 '생사불이(生死不二/生死不異)'의 깨달음 정도야 굳이 종교적인 가르침을 빌릴 필요 없이 필부필부들의 범속한 차원에서도 얼마든지 가능하다.

불교에 이르면 죽음은 좀 더 사변적(思辨的) 대상으로 바뀐다. 죽음을 하찮게 여김으로써 육체의 기미(羈縻)에서 벗어난 고승들의 행적이 헤아릴 수 없이 많지만, 사실 불교에서도 죽음은 고통으로 받아들여진다. 원래 불교에서 죽음은 '수(壽)·식(識)·난(煖)'의 삼법(三法)으로부터 벗어나는 것이라 했다. 말하자면 죽음에 대한 물질적·객관적 이해라고 할 수 있을 것이다.

그러나 4고(四苦) 혹은 8고(八苦)의 하나로 죽음의 고통을 꼽는다거나, 4마(四魔) 중의 하나로 사마(死魔)를 드는 등 죽음을 기휘(忌諱)한다는 점에서 죽음에 대한 불교적 인식도 일반인의 그것과 크게 다르지 않음을 보여준다.

그 뿐 아니다. 《별역잡아함경(別譯雜阿含經)》에서는 죽음의 험난함을 산에 비유하여 사출지산(死出之山)이라고 했으며, '생사고해(生死苦海)·생사니(生死泥)·생사륜(生死輪)' 등 죽음을 삶과 함께 고통스런 굴레로 표현하기도 했다. 생사유전(生死流轉)의 굴레로부터 벗어나 열반에 드는 것을 해탈이라 한 점을 보면 전통적으로 불교에서도 죽음을 고통으로 이해해 왔음은 분명하다. 그러니 불승이었던 월명사에게도 죽음이 고통이었음은 속인들과 마찬가지였으리라.

한 마디 유언도 남기지 못한 채 갑작스럽게 가버린 누이동생의 죽음, 월명은 그 이유를 '두려워하기 때문'이라고 했다. 두려움에 사로잡혀 말 한 마디 못 남기고 바로 곁에 있는 죽음의 길로 접어들었느냐는 책망 섞인 한탄을 그는 죽은 누이의 죽음 앞에서 뱉어낸 것이다. 사실 죽은 누이에 대한 애틋함의 역설적 표현이었겠지만, 그 근원이야말로 월명 자신의 실존적인 나약함에 대한 반성적 자탄으로 보아야 할 것이다.

세속의 인연이나 정에서 초탈하지 못한 월명의 모습은 둘째 단락에서 더욱 절절하게 나타난다. 부모와 형제를 나무와 이파리에 비유하는 것은 동양의 전통적이고 상투적인 표현법이다. 무엇보다 '한 가지에 나고서 가는 곳을 모르겠구나'에 이 부분의 핵심이 있다. 불교적 담론이라면 이 부분에서 당연히 피안(彼岸)의 시공(時空)이 제시되었어야 한다. 따라서 이 경우의 '가는 곳 알 수 없음'은 《반야심경(般若心經)》에 나오는 '색즉시공(色卽是空)'의 경지와도 다르다.

만물은 인연에 따라 생긴 것, 그러니 본래 실유(實有)가 아닌 것이 바로 《반야심경》의 '공(空)'이다. 따라서 '한 가지에 나고서 가는 곳을 모르겠구나'는 실체가 보이지 않는데서 나오는 허무감의 표현일 뿐, 불교적 공의 세계관을 드러내고자 한 것은 아니다. 속인들 누구라도 가질 만한 허무감의 토로일 뿐이다.

첫 단락에 이어 둘째 단락에서 화자는 상실감이나 허무감이 쉽게 극복될 수 없음을 절규한 셈이다. 그 허무감과 상실감을 구제해 주는 수법메커니즘이 바로 셋째 단락에서 아미타여래의 극락세계를 형상화한 민중불교적 담론이다.

미타찰은 아미타여래가 설법을 하고 있는 극락세계로서 속세에서 서쪽으로 십만억불토(十萬億佛土)를 지나 존재하는 공간이다. 아미타여래의 본원은 48대원(大願)이다. 그 가운데 '어떤 중생이라도 지극한 정성으로 아미타 국토를 믿고 좋아하여 그곳에 나려고 하는 자가 열 번만 아미타여래를 부르면 반드시 가서 나게 될 것'이라는 조항은 〈제망매가〉 마지막 단락의 모티프와 연관된다.

〈제망매가〉의 정서는 조선 초기 〈미타찬(彌陀讚)〉에서 그 논리적 근거를 확인할 수 있다. 조선 초기의 승려 기화(己和)는 미타불을 찬양, 서방정토에 들고자 〈미타찬〉을 지어 불렀다. 전체 10장이 모두 아미타여래에 대한 찬양을 내용으로 하고 있지만, 특히 제6장의 요지_{중생이 아미타불의} _{명호를 열 번만 염해도 극락에 왕생함}는 〈제망매가〉의 마지막 단락에 내재된 생각을 적절히 설명해준다.

7세기에 활약한 고승 원효가 이 땅에 정착시킨 정토종은 아미타여래를 신봉하는 종파였다. 형이상학적 취향의 귀족불교를 반대하고 누구든 아미타불의 이름을 부르기만 하면 서방정토에 태어나게 된다고 믿었다.

정토종의 세 경전들 가운데 하나인 《아미타경》에 따르면 정토는 선행에 대한 응보로 태어나는 곳이 아니라 누구든 임종할 때 아미타불의 이름을 정성되게 부르면 태어날 수 있는 곳이라 한다. 그만큼 정토종은 서민들이 쉽게 다가갈 수 있고, 의지처가 되던 종파였다. 아미타불이 불교에서 '관세음보살'과 함께 호칭되는 것도 바로 그런 이유일 것이다.

사실 《삼국유사》에서 아미타불을 찬양하고 그에 대한 귀의(歸依)를 기원한 것이 〈제망매가〉만은 아니다. 염불수행을 통해 정토왕생의 소원을 이룩한 〈원왕생가(願往生歌)〉의 광덕과 엄장, 아미타불의 몸으로 현신한 노힐부득과 달달박박 설화, 염불정진을 통해 서방정토로 날아간 욱면 설화 등 아미타불의 극락정토를 표상한 노래나 설화는 꽤 많다.

〈제망매가〉의 첫째, 둘째 단락은 죽음에 관한 속인들의 세계관이다. 여기서 월명은 자신의 생각인 것처럼 노래했지만, 사실은 당시 민중들의 생각을 대변한 데 불과하다. 그러다가 마지막 부분에서 자신의 믿음을 드러냈다. 즉 아미타불의 극락세계에 대한 믿음을 들어 죽음이 빚어내는 허무감을 극복하고자 한 것이다.

사실 자연인으로서의 월명 역시 죽음이 주는 허무감으로부터 쉽게 벗어날 수 없음을 이 노래는 담고 있다. 그러나 그것으로 그친다면 〈도솔가〉를 통해 국가의 어려움을 해소하는데 기여했고 능준대사의 문인으로서 국선을 겸했던 월명의 존재를 《삼국유사》에 기록할 이유가 없었을 것이다. 〈제망매가〉를 부르며 49재를 지내던 제의의 현장에서 세찬 회오리바람이 불어 지전을 서쪽으로 날려버린 이적이야말로 이 노래가 지닌 진정성을 입증한다.

신라 사람들 대부분이 향가를 숭상했다는 것, 향가는 제사음악이었던 《시경》의 송(頌)과 같은 부류였다는 것, 그래서 향가가 왕왕 천지귀신을 감동시켰다는 것 등을 같은 곳에 부기(附記)해 놓은 것도 바로 그 때문이었다. 일연은 그런 월명을 다음과 같은 시로 찬양했다.

> 바람은 돈을 날려 누이의 저승길 노자를 보태주고
> 피리소리는 밝은 달 흔들어 항아의 걸음 머물게 했네
> 도솔천을 멀다고 말하지 말라
> 만덕의 꽃으로 맞이하며 한 곡조 노래하네

일연의 찬시 속에는 월명이 행한 이적과 공덕들이 포함되어 있다. 첫 행은 〈제망매가〉 관련 배경산문에 언급된 이적이고, 둘째 행은 '월명'의 이름이 유래된 이적이었다. 즉 둘째 행의 내용은 사천왕사에 살던 월명사가 어느 날 밤 피리를 불며 큰 길을 가자 달이 그곳에 멈추었다는 사실을 지칭한다. 셋째·넷째 행은 왕명으로 〈도솔가〉를 지어 산화공덕을 주재한 사실을 드러낸 부분이다.

일연의 찬시는 월명이 평범한 승려가 아니었음을 보여준다. 그렇다면 그가 〈제망매가〉에서 드러낸 사생관은 과연 어떻게 된 것인가. 월명은 노래에서 범인들의 사생관을 제시한 다음 죽음의 비극성을 초탈하는 유일한 길이 불법에 있음을 보여주고자 했다. 누이로 대표되는 형제의 죽음이나 육친의 죽음은 현실에서 누구나 겪을 수 있는 일이고, 그 슬픔은

다른 무엇보다도 지극하다. 육친의 죽음이 얼마나 지극한 슬픔인지를 보여주고자 한 것은 자연인 월명이었다.

반대로 그것을 극복하기 위해 어떻게 할 것인지를 말한 것은 승려 월명이었다. 따라서 이 노래에는 월명이 지닌 두 개의 페르소나(persona)가 등장한다. 지극히 범속한 자연인의 얼굴, 그리고 슬픔을 억누르고 극락왕생을 염원하는 승려의 얼굴 등이 그것이다. 사실 월명은 육친의 죽음, 그 중에서도 애틋한 누이의 죽음이라는 사례를 들어 당대인들이 갖고 있던 사생관의 특수성과 보편성을 보여주고자 한데 이 노래의 의의가 있다.

지속되는 〈제망매가〉의 비애미

〈제망매가〉에 표상된 미학은 비장이 아닌 비애다. 죽음이나 이별 같은 거대한 힘 앞에서 한없이 무력해지는 실존의 나약함, 거기서 우리는 '미학으로 승화되는' 비애의 전형을 본다. 문명과 시대가 바뀌고 환경이 아무리 변해도 인간의 삶이 지속되는 한 그런 미학은 양적으로 확대되고 질적으로 세련될 수밖에 없다. 모든 관계에서 혈연이 가장 우선시되는 인간의 본질이 변하지 않는 한 오늘날에 와서도 그런 점은 변함없이 지속된다는 것이다.

죽음에 관한 미적 묘사를 통해 구현되는 비애미의 실체는 〈제망매가〉에 나타나는 액면 그대로의 그것이다. 박목월의 〈하관(下棺)〉, 기형도의 〈가을 무덤〉을 통해 〈제망매가〉의 비애가 어떤 양상으로 오늘날까지 지속되는지 살펴보자.

〈下棺〉
棺을 내렸다.
깊은 가슴 안에 밧줄로 달아내리듯
주여
용납하옵소서
머리맡에 성경을 얹어 주고
나는 옷자락에 흙을 받아
좌르르 하직했다.

그 후로
그를 꿈에서 만났다.
턱이 긴 얼굴이 나를 돌아보고
믿님!
불렀다.
오오냐 나는 전신으로 대답했다.
그래도 그는 못 들었으리라
이제
네 음성을
나만 듣는 여기는 눈과 비가 오는 세상.

너는
어디로 갔느냐
그 어질고 안쓰럽고 다정한 눈짓을 하고
형님!
부르는 목소리는 들리는데
내 목소리는 미치지 못하는
다만 여기는
열매가 떨어지면
툭하고 소리가 들리는 세상.

〈가을 무덤-祭亡妹歌〉
누이야
네 파리한 얼굴에
철철 술을 부어주랴

시리도록 허연
이 霜下의 가을에
망초꽃 이불 곱게 덮고
웬 잠이 그리도 길더냐.

풀씨마저 피해 날으는
푸석이는 이 자리에
빛 바랜 단발머리로 누워 있느냐.

헝크러진 가슴 몇 조각을 꺼내어
껄끄러운 네 뼈다귀와 악수를 하면
딱딱 부딪는 이빨 새로
어머님이 물려주신 푸른 피가 배어나온다.

물구덩이 요란한 빗줄기 속
구정물 개울을 뛰어 건널 때
왜라서 그리도 숟가락 움켜쥐고
눈물보다 찝찔한 설움을 빨았더냐.

아침은 항상 우리 뒷켠에서 솟아났고
맨발로도 아프지 않던 산길에는
버려진 개암, 도토리, 반쯤 씹힌 칡.
질척이는 뜨물 속의 밥덩이처럼
부딪히며 河口로 떠내려갔음에랴.

우리는

神經을 앓는 中風病者로 태어나

全身에 땀방울을 비늘로 달고

쉰 목소리로 어둠과 싸웠음에랴.

편안히 누운

내 누이야.

네 파리한 얼굴에 술을 부으면

눈물처럼 튀어오르는 술방울이

이 못난 영혼을 휘감고

온몸을 뒤흔드는 것이 어인 까닭이냐.

(이상 두 작품의 원문 출처는 http://www.poemtopia.co.kr)

〈하관〉《蘭·其他》 1959년은 남동생의 죽음을, 〈가을 무덤〉《기형도전집》, 1999년은 누이의 죽음을 각각 노래하고 있다. 비극성이 표면화 되고 있는 점은 두 작품에 공통되지만, 전자는 잔잔하고 절제된 화법을, 후자는 다소간 격한 어조의 폭발적 화법을 쓰고 있다는 점에서 차이를 보여준다. 모두 〈제망매가〉에서 노래한 형제의 죽음을 제재로 하고 있으며, 특히 후자는 '제망매가'라는 부제까지 달고 있는 점으로 미루어 그 모티프는 향가 〈제망매가〉를 바탕으로 하고 있음이 분명하다. 그러나 수사는 그보다 훨씬 부연적이고 화려하다.

〈하관〉은 전체 3연으로 이루어져 있으며, 이 점은 세 개의 단락으로 구분되는 〈제망매가〉와 부합한다. 1연은 아우의 주검을 땅에 묻는 장면이다. 줄에 매단 관을 구덩이로 내리는 장면을 '깊은 가슴에 밧줄로 달아 내리듯' 한다고 했다. '부모 앞에 죽은 자식은 가슴에 묻는다'는 옛말이 있듯이, 아마도 이 경우는 그런 우리의 전통적인 의식구조로부터 나온 표현일 것이다. 그러나 '주여/ 용납하옵소서'나 '성경' 등을 통해서 보여주는 기독교 신앙의 배경은 불교를 바탕으로 한 〈제망매가〉와 종교를 바탕으로 하는 서정시라는 점에서 일치한다.

하관 장면을 묘사한 1연에 이어 2연은 산자와 죽은 자의 절리(切離)를 좀 더 구체화시켜 보여주는 부분이다. 이 부분의 핵심은 '아우의 부름(兄님!)과 나의 대답이 오간 꿈'의 장면이다. 화자는 꿈속에서 혼신의 힘을 다해 대답했으나 아우는 듣지 못했을 거라고 했다. 마지막 행 '이제/ 네 음성을/ 나만 듣는 여기는 눈과 비가 오는 세상'에서 산자와 죽은 자 사이의 절리는 완성된다.

'이제'와 '여기'는 화자가 살고 있는 이승의 시공이다. 죽은 아우와 불완전하나마 의사를 주고받을 수 있는 시공은 꿈뿐이다. 꿈은 죽음과 상통하는 공간이다. 그러니 죽어서나 죽은 아우와 만날 수 있을 뿐이라는 이면적 의미가 그 부분엔 들어있다.

그러다가 3연에 이르러 대뜸 '너는/ 어디로 갔느냐'고 묻는다. 〈제망매가〉에서 월명이 '한 가지에 나고서 가는 곳을 모르겠구나'라고 절규한 내용과 부합한다. 동생의 죽음만을 알 수 있을 뿐 죽고 나서 그가 어디로 갔는지 알 수 없어 막막하다는 것이다. '형님! 부르는 목소리는 들리는데/ 내 목소리는 미치지 못한'다고 했다. 그래서 '여기는/ 열매가 떨어지면/ 툭하고 소리가 들리는 세상'임을 확인할 뿐이다.

이 부분은 2연 내용의 반복이다. '여기'는 물론 이승이다. 내 목소리가 저 편에 미치지 못하는 곳은 저승이고, 열매가 떨어지는 소리를 들을 수 있는 세상은 이승이다. 그러나 화자는 저승에 가서 '형님!'하고 부르는 아우의 목소리를 듣는다. 그러나 이승의 목소리는 그곳에 미칠 수 없다. 그렇게 화자에게 저승은 너무 멀기도 하고 가깝기도 하다. '이승과 저승의 길이/ 바로 여기 있'다고 본 〈제망매가〉의 관점과 부합한다.

‘제망매가’의 부제를 달고 있는 〈가을 무덤〉은 〈하관〉에 비해 월명의
〈제망매가〉와 더 가깝다. 전체 8연으로 되어 있지만, 내용단락은 셋으로
나뉜다. 1연~4연의 첫 단락은 누이가 죽은 사실의 확인이다. 파리한
얼굴, 망초 꽃 이불 · 긴 잠, 빛바랜 단발머리로 누워있음, 껄끄러운 뼈마
디 · 푸른 피 등이 각 연의 핵심이고, 그것들은 누이의 죽음을 표현하는
구체적 이미지들이다. 이 가운데 핵심은 4연이다. 4연에서 ‘껄끄러운
뼈다귀＋푸른 피’가 형성하는 공감각적 이미지는 ‘젊음의 죽음’을 표상한
다. 젊은, 아니 어린 누이의 죽음인 것이다.

5연부터 7연은 둘째 단락이다. ‘눈물보다 찝찔한 설움’, ‘질척이는
뜨물 속의 밥덩이’, ‘쉰 목소리로 어둠과 싸웠음’ 등은 한결같이 삶의
신산(辛酸)함을 부각시킨다. 화자는 어린 나이에 죽은 누이, 그 죽음의
원인을 규명하려 했을까. 이 부분에서 제시되는 내용들은 모두 삶이
감당하기에 버거운 고통들이다.

마지막 단락인 8연에서 결국 시인은 죽음의 절대적 비극성을 노출시
키고 말았다. 〈제망매가〉의 월명은 마지막 부분에서 죽음의 비극성을
‘극락세계에서의 재회’로 가려버린 바 있지만, 기형도는 그 비극성을
굳이 숨기거나 완화시키려 하지 않았다. ‘내 누이야/ 네 파리한 얼굴에
술을 부으면’은 첫 단락 첫 부분의 반복이다. 첫 단락에서는 ‘부어주랴’로
끝냈으나, 마지막 단락에서는 ‘~술을 부으면/ 눈물처럼 튀어 오르는
술방울이/ 이 못난 영혼을 휘감고/ 온몸을 뒤흔든’다고 했다. 그렇게
절대적인 슬픔으로 시상은 완결된다.

승려였던 〈제망매가〉의 월명에게는 불교적 담론으로 끝맺어야 한다
는 의무가 있었다. 그러나 기형도에게는 그런 의무란 처음부터 없었다.
다만 보다 절절한 내면의 표출을 통해 누이의 혼을 위로해야 한다는

'예술가로서의 의무'만 지워졌던 셈이다. 그런 점에서 기형도가 월명보다 훨씬 자유로웠지만, 그 자유는 또한 무거운 부담을 전제로 할 수밖에 없었다.

망자의 추천(追薦)을 종교나 신앙에 기댈 경우 오히려 살아있는 개인의 영혼이 짊어져야 하는 부담은 줄어들 수 있으리라. 그러나 종교나 신앙의 시적 담론만으로 폭포수처럼 흘러넘치는 슬픔을 어찌 감당할 수 있을까. 그런 점에서 기형도의 〈가을 무덤〉은 종교의 굴레를 벗어던진 〈제망매가〉일 수 있다.

끝나지 않는 〈제망매가〉의 맥

월명이 〈제망매가〉에서 보여주고자 한 것은 펑펑 쏟아지는 눈물이었다. 적어도 둘째 단락까지는 그렇게 하려고 마음먹었던 것 같다. 그러나 마지막 부분에서 그는 종교적 절제의 미학에 발목이 잡히고 말았다. 쏟아지는 눈물을 삼키고 다시 목탁을 집어든 것이다. 도를 닦으며 죽은 다음 아미타여래의 극락세계에서 누이를 다시 만나보겠노라고 애써 담담하게 말한 것이다.

죽은 다음의 세상은 월명 역시 알 수 없었을 것이다. 그렇다고 그에 대한 회의를 함부로 표출할 수도 없었으리라. 그것이 월명의 현실적 한계였다. 다만 지극한 슬픔을 극락에서 재회하자는 다짐으로 포장할 뿐이었다.

분명 〈제망매가〉는 누이의 죽음이라는 월명 개인의 특수 사정을 노래한 작품이다. 그러나 그것은 당대인들의 사생관을 보여주는 방향으로 확대될 수 있었다. 아름다운 표현과 뛰어난 형상화 덕분이었다. 우리는 이 노래에서 죽음에 대한 당대인들의 사고를 엿볼 수 있었고, 죽음을 예술로 만드는 미학도 발견할 수 있었다.

이 땅에서 삶이 지속되는 한 〈제망매가〉의 모티프 또한 당연히 지속될 수밖에 없다. 그 사례를 박목월의 〈하관〉과 기형도의 〈가을 무덤〉에서 발견할 수 있었다. 〈제망매가〉에서 발원한 비애미의 진수는 이들 작품에서 발전적으로 승계되었음을 확인한 셈이다. 그리고 죽음의 형상화나 관점이 개별화되긴 했지만, 이 시들에 나타난 죽음이 독자들의 마음을 절절하게 울려주는 사실만큼은 부정할 수 없다. 이처럼 이것들은 또 다른 〈제망매가〉의 출현을 자극함으로써 앞으로도 그 맥을 면면히 이어갈 것이다.

도천수관음가

부성보다 강한 모성, 그 전통

입시를 서너 달이나 앞 둔 무렵의 사찰. 손 모아 부처님께 절 올리며 자녀의 고득점과 미래의 행복을 비는 어머니들로 북적인다. 한 사람의 아버지도 보이지 않는 그곳은 조건 없는 사랑이 꽃 피어나는 현장이다.

병원 입원실, 선천적인 불구로 태어난 어린 아들 곁에서 밤을 지새우는 모정이 TV 화면 가득 쏟아진다. 아버지는 보이지 않고, 힘에 겨워 보이는 젊은 엄마의 처량하지만 강한 모습만 의연하다. 기약 없는 세월을 좁디좁은 입원실에서 보내야 하는 처지임에도 여윈 얼굴에는 담담한 여유마저 흐른다. 아버지라고 어찌 자식 사랑이 없을까. 다만 그 절절함에서 모성을 따라잡을 수 없는 것이 부성이다. 우리는 고려의 속악 〈사모곡(思母曲)〉을 통해 그런 전통을 확인할 수 있다.

호미도 날이지마는
낫같이 잘 들 리도 없습니다
아버님도 어버이시지마는
위 덩더둥셩
어머님같이 사랑해주실 이 없어라
아, 님이시여! 어머님같이 사랑해주실 이 없어라

아버지의 사랑이 어머니의 그것보다 못하다는 걸 말하려는 것이 이 노래 화자의 의도는 아니리라. 다만 양자 간의 차이를 말하고 있을 뿐이다. 아버지의 사랑보다 어머니의 사랑이 훨씬 두드러지는 것은 그 간절함 때문이다. 화자는 자신의 전 존재를 던져 자식을 감싸 안는 어머니의 사랑을 노래한다. 어쩌면 이 노래는 지은이의 특이한 체험으로부터 나온 것일지도 모른다. 그러나 읽거나 듣는 누구라도 그 점을 부인할 수 없다. 말하자면 현실 속의 그런 체험이 노래 속에서 보편성을 획득하게 되는 것이다. 그러나 호미와 낫에 비유한 품새가 범상치 않은 것도 그러한 효과를 배가시킨다. 그래서 짧지만 절창이고, 당시 인정의 기미(機微)를 잘 드러낸다고 하는 것이다.

이것과 관련되는 모티프를 지닌 노래가 〈목주(木州)〉다. 《고려사 악지》의 삼국 속악에 실려 있으므로 원래 민간에서 만들어져 불리던 노래일 것이다. 배경적 사실은 다음과 같다. 목주에 살고 있던 효녀가 아버지와 후모(後母)를 지성으로 섬겼는데, 아버지는 후모가 그녀를 헐뜯는 말만 듣고 그녀를 쫓아냈다. 쫓겨나 떠돌다가 한 노파에게 구제되었고, 그녀는 노파의 아들과 결혼하여 부자가 되었다. 그녀는 심히 가난한 친정 부모를 모셔다가 극진히 봉양했으나, 그래도 부모가 기뻐하지 않자 이 노래를 지어 불렀다는 것이다.

후모는 그렇다 치고, 아버지의 이해할 수 없는 처사(處事)가 서정화될 경우 〈사모곡〉 같은 노래로 나타날 수 있을 것이다. 그래서 사람들은 〈목주〉가 〈사모곡〉일지 모른다는 생각을 하게 된 것이나 아닐까.

본능적으로 부모는 자식을 사랑하고, 특히 어머니의 사랑은 무조건적일 만큼 절절하다. 〈목주〉나 〈사모곡〉이 나왔을 삼국시대에 우리는 절절한 모성애가 흘러넘치는 또 하나의 노래를 만날 수 있다. 향가 〈도천수관음가(禱千手觀音歌)〉가 바로 그것이다. 《삼국유사》 권 3 '분황사 천수대비 맹아득안(芬皇寺 千手大悲 盲兒得眼)'에 실려 전해지는 노래다.

지혜와 광명을 희구하는 모정

신라 경덕왕 대재위 742~765에 한기리에 사는 여인 희명(希明)의 아들이 생후 다섯 살 되었을 때 갑자기 눈이 멀게 되었다. 하루는 어미가 아들을 안고 분황사 좌전(左殿) 북쪽 벽에 걸려 있는 천수대비의 화상 앞에 가서 아들에게 명하여 노래를 지어 빌었더니 다시 시력이 되돌아 왔다는 것이다. 그 노래는 다음과 같다.

무릎을 꿇으며
두 손바닥 모아
천수관음 앞에
빌고 사뢰는 말씀을 두노라
천개의 손과 천개의 눈에서
하나를 놓고 하나를 덜어
두 눈 감은 나라
'하나를 주소서!' 하고 매달리나이다.
아아, 나를 알아주실진대
어디에 쓰실 자비인고

기록에는 '아들에게 명하여 노래를 지어 기도하게 했다'고 했으나, 다섯 살 된 아이가 이 노래를 지었을 리는 없다. 실제로는 희명 자신이 지은 노래를 그로 하여금 따라 부르게 했을 것이다.

서사 부분인 1~4행은 자비로운 천수관음을 향한 기구(祈求)의 언사이고, 5~8행은 본사로서 그 기구의 구체적인 내용이다. 결사인 9~10행은 마무리 부분으로서 눈 먼 아들의 눈을 뜨도록 만든 천수관음의 자비를 찬양하는 내용이다.

천수관음 즉, 관세음보살은 '관세음자재보살(觀世音自在菩薩)'이라고도 하여 중생들과 가장 가까운 거리에 있으면서 그들의 소망과 아픔을 보살펴 준다는 믿음을 받고 있는 존재다. 그만큼 중생들과 가장 친근하여 염불에는 반드시 부처와 함께 칭명되기도 한다.

천수관음은 성관음(聖觀音), 십일면관음(十一面觀音), 준제관음(準提觀音), 불공견색관음(不空絹索觀音), 마두관음(馬頭觀音), 여의륜관음(如意輪觀音) 등과 함께 대표적인 7가지 관음이며, 1천 개의 팔에 달린 각각의 손바닥에 눈을 가졌다고 여겨져 왔다.

여기서 '천'을 단순한 숫자 개념으로만 볼 수는 없다. 우주만방 즉 넓고 커서 한계가 없는 공간을 나타내며, 관음보살의 보살핌이 끝없이 펼쳐나감을 암시한다. 말하자면 도처에서 고통을 받는 중생들을 구제하는 일을 관음보살이 수행한다는 것이다.

가진 것 없고 의지할 데 없는 중생 희명이 이런 관음보살에게 자비를 베풀어 줄 것을 기원하는 것은 당연하다. 그렇다고 돈이나 권력을 희구한 것은 아니다. 두 눈을 잃은 자신의 아들에게 눈을 하나만 달라는 소청이었다. 아들의 미래를 위해 자신의 모든 것을 희생할 수 있다고 생각하는 모정이 찾아 헤맨 끝에 만난 존재가 관음보살이었다. 더구나 관음보살은 눈을 천 개나 갖고 있지 않은가.

얼마나 단순하면서도 소박한 노래인가. '당신이 천 개의 눈을 가졌으니, 그 가운데 하나만 덜어서 우리 아이에게 주면, 우리 아이는 광명을 되찾을 수 있을 것'이라는 진술이야말로 무엇보다 진솔하고 담백하다. 그리고 순진무구한 아이로 하여금 그 노래를 부르게 했다. 아이의 순진성과 노래의 소박함이 만나 이루는 진실함은 결국 관음보살을 움직일 수 있었다.

천수다라니계청(千手陀羅尼啓請)에 다음과 같은 내용이 보인다.

1)	천수천안 관자재보살	千手千眼 觀自在菩薩
	광대원만 무애대비심	廣大圓滿 無碍大悲心
	대다라니 계청	大陀羅尼 啓請
2)	천비장엄보호지	千臂莊嚴普護持
3)	천안광명변관조	天眼光明遍觀照

천 개의 손과 천 개의 눈을 가진 관자재보살님과 같이, 중생 보살핌이 넓고 크고 원만하여 막히는 데가 없이 자비심을 크게 하는 대다라니의 열기를 청한다는 것이 1)이다. 2)는 관세음보살님이 천 개의 팔로 자비로운 원력을 널리 보급 · 보호 · 수지하게 하듯, 천 개의 팔로 중생들의 가정과 사회를 장엄하게 해달라는 뜻이며, 3)은 관세음보살의 천 개 눈으로 세상을 두루 비추어 보듯이, 어두운 중생들도 마음을 항상 두루 비추어 보게 해달라는 뜻이다.

그렇다면 눈은 무엇일까. 외계의 빛을 내면으로 투과시키는, 마음의 창(窓)이다. 동시에 생명을 상징하기도 한다. 사람이 죽는 것을 '눈을 감는다'고 표현하는 것도 그 때문이다. 따라서 눈을 되찾는 것은 광명과 동시에 잃어버렸던 사회적 권력이나 사랑을 되찾는 것이기도 하다.

고전소설 〈심청전〉을 보자. 심봉사의 딸 심청이는 지극한 효성으로 아버지의 감은 눈을 뜨게 한다. 자신의 몸을 팔아 공양미 삼백 석을 구했고, 자신의 몸을 희생시킴으로써 아버지에게 새로운 삶을 되찾아 드렸다. 아버지의 눈을 뜨게 해달라고 비는 기도에서 심청이는 눈을 '일월(日月)'이라 했다. 말하자면 광명이라는 것이다. 효성으로 아버지에게 광명을 드린 〈심청전〉은 지극한 사랑으로 자식의 눈을 뜨게 한 〈도천수관음가〉의 경우와 대조되지만, 그 정신이나 눈이 갖는 의미는 정확히 일치한다.

시력을 잃은 아들, 그를 바라보는 모정의 안타까움은 무엇에도 비길 수 없다. 자신이 살아 있는 동안은 아들이 비록 눈이 없다 해도 그를 먹여 살릴 수는 있을 것이다. 그러나 자신이 늙어 죽고 나면 그 아들은 험한 세상을 살아갈 방도가 없을 터이다. 그래서 모정은 크게 조바심을 내기 시작한 것이다.

몸이 불완전한 사람이 홀로 살아가긴 어렵다. 그 가운데 눈은 가장 중요하다. '살아갈 길이 보이지 않기' 때문이다. 그 길이 바로 지혜요 광명이다. 어머니인 희명의 이름이 심상치 않은 것도 그 때문이다. '희명(希明)'이란 광명을 희구한다는 뜻이다. 이때의 광명은 진리를 비추어 주는 지혜의 빛이다.

지혜란 깨달음으로 통하는 길이다. 그러니 '희명'은 자연인이기보다 모든 불도들의 소망이 집약되어 만들어진 관념적 존재일 수도 있을 것이다. 그러나 이치상으로는 그렇다 해도 희명이라는 존재를 부조(浮彫) 할 때 당대인들의 마음에 보편적으로 존재하던 어머니의 이미지가 결정적으로 그 표본 역할을 했을 것은 당연하다. 그래서 '어머니의 사랑'을 바탕으로 '천수관음의 사랑'을 노래한 것이 바로 이 노래라고 할 수 있다.

어머니의 사랑에 감동한 천수관음은 그 아들에게 시력을 주었고, 그 덕에 그는 세상을 새롭게 볼 수 있었다. 이에 관한 일연의 찬(讚)은 다음과 같다.

竹馬葱笙戱陌塵　　대말과 파피리로, 티끌 거리 노니더니
一朝雙碧失瞳人　　하루아침 파란 두 눈, 동자를 잃었도다
不因大士迴慈眼　　대사의 자비 입어, 눈을 찾지 못했다면
虛度楊花幾社春　　버들 꽃 피는 봄을, 헛되이 보냈으리
(이가원 역)

희명의 아들을 여염의 평범한 '장난꾸러기 아이'로 본 것이 일연의 관점이다. 일연은 죽마를 타고 파피리 불며 제 또래 아이들과 장난치다가 눈을 다친 꼬마와 눈높이를 함께 하고자 한 것이다.

대사 즉 관음보살의 자비가 아니었더라면 '버들 꽃 피는 봄'을 헛되이 보냈을 것이라고, 자신의 아찔한 심정을 토로했다. '버들 꽃 피는 봄'이란 인생의 아름다운 청춘기 혹은 황금기다. 죽음을 준비하는 노년기 보다는 인생의 행복을 구가하는 청춘기에 눈은 더 긴요할 것이다. 그러한 인생의 세속적 행복에 집착하는 공간이야말로 범인(凡人)들의 세계라 할 수 있다.

일연은 그런 범인들의 시각으로 희명과 그 아들에게 일어난 이적(異蹟)을 보고자 했다. '광명혜안(光明慧眼)을 구비(具備)코자 하는 불도(佛徒)들의 심적(心的) 자세(姿勢)를 집약표현(集約表現)한 어사(語辭)'라는 일부 선학들의 주장도 일견 타당하겠지만, 세속에서 만나는 지극한 모정이 이루어낸 기적으로 보는 편이 훨씬 인간적이다. 이런 점에서 〈도천수관음가〉는 지극한 모정의 노래일 수 있는 것이다.

시인의 눈으로 본 〈도천수관음가〉

〈도천수관음가〉

박윤기

우리가 한 송이 꽃이었을 때
우리를 스쳐가는 모든 것은
바람이었네.

아직 꽃피우지 못한 마을의 아이들은 눈이 먼 채
不感의 하늘 속으로
잃어버린 點字를 찾고 있었지.

덫에 치인 꿈은
가위 눌린 채로 시위잠을 자고
젖줄 끊긴 살 속으로
뜨거운 嗚咽의 소리는 파고 들었네.

어느 빈 뜨락에도
아침을 몰고오는
소망의 작은 새떼는 날아오지 않고
우리들의 良識은
쉬임없이 강물에 자맥질하는
悔恨이었네.

층층이 내려서는
의식의 깊은 壁에
채찍의 겨울은 또 다른 장막을 둘러치고
바람은 무거운 囹圄마다
어둠이 부딪쳐 흩어지는 窓을
흔들며 있네.

은성했던 꿈의 부스러기가
부서져 내리는 길은 길마다
낮게 낮게 埋沒되고
우울의 계단을 빠져 나올 때
다시 어둠으로 차는 굴레.
모든 思念은 기실
풀었다가 다시 짜는 페넬로페의 織造였네.

돌아다 보면
그곳엔 오랜 묵시의 江이 흐르고
하늘을 더듬는 아이들의 작은 손이
기폭처럼 바람에 찢겨 나가고 있었지.

三界에 가득히
천사들의 흰 은총은 내려앉고
어디에서 시작되는 것일까.
청댓잎 푸른 가지를 비집고
피어오르는 아침은.
海潮音에 실려오는
비취 빛 청아한 아침 노래는.
오랜 冬眠의 잠에서 깨어난 아이들은 외출을 서두르고
회색의 겨울은
부활의 눈을 뜬다.

8연의 매우 긴 이 시에서 시인은 향가 〈도천수관음가〉를 구체화하고
내면화 시켰다. 향가 〈도천수관음가〉 및 그것을 둘러싼 산문은 '암흑→광
명', '무명(無明)→지혜'로 전환되는 의미구조를 지니고 있다. 박윤기의
〈도천수관음가〉도 그런 의미구조를 충실히 따랐다고 볼 수 있다.

1연은 전체의 서사(序詞)로서, '꽃'과 '바람'으로 환유되는 '나(우리)'

와 '세계' 즉 우주적 보편상을 노래했다. 2연부터 6연까지는 실명과 암흑, 미망(迷妄)과 불행이 나열된다. '덫에 치인 꿈', '젖줄 끊긴 살', '뜨거운 오열', '날아오지 않는 소망의 작은 새떼', '회한', '의식의 깊은 벽', '채찍의 겨울', '무거운 영어(囹圄)', '어둠이 부딪쳐 흩어지는 창', '꿈의 부스러기', '우울의 계단' 등 어둡고 칙칙한 운명적 상황을 구체화 시키는 이미지들로 가득 차 있다.

비로소 신의 힘이 '묵시'되는 부분이 바로 7연의 '묵시의 강'이다. 물론 아직도 '하늘을 더듬는 아이들의 작은 손이/ 기폭처럼 바람에 찢겨나 가는' 모습을 아프게 보여주는 곳이기도 하다. 어쨌든 7연은 단절이 깊어진 성(聖)과 속(俗)의 두 영역 사이에서 하나의 가능한 기적이 역사적 사건으로 구체화 되려는 단초를 마련해둔 전환점이라고 할 수 있다. 그러다가 8연에서 시적 의미는 행복으로 전환된다. '삼계에 가득히/ 천사들의 흰 은총은 내려 앉게 되고. '비취빛 청아한 아침 노래'도 해조음 에 실려 오게 되는 것이다.

'오랜 동면의 잠에서 깨어난' 일은 이미 암흑에서 광명으로 전환되었 음을 보여준다. '회색의 겨울'이 '부활의 눈'을 뜬 것은 희명의 아들이 시력을 회복하듯 죽음에서 생명을 얻은 것과 둥치의 관계를 보여준다.

시인 박윤기는 〈도천수관음가〉에서 '개안(開眼)'의 멋진 서사(敍事) 를 길어 올려 서정의 틀 속에서 새로운 모습으로 형상화 하는데 성공했다 고 할 수 있다. 물론 그의 시 내용 가운데 향가 〈도천수관음가〉에서 필자가 읽어낸 '모정'을 찾을 수는 없다. 그럼에도 불구하고 그 시에서 거부감을 느끼지 못하는 건 모정 역시 시의 내면이나 바탕에 잠재할 수 있는 정서의 큰 갈래일 수 있기 때문이다.

갈수록 그리워지는 모정

〈도천수관음가〉의 모정이 바깥으로 두드러지지 않는 것은 그 많은 천수관음의 손과 눈 밑에 가려져 있기 때문이다. 모든 것이 보살의 힘이나 부처의 힘으로 찬양되던 불교왕국 신라. '한기리의 희명 모자'는 그 시절의 '힘없는' 중생을 대표하던 존재들이었다. 그러나 그들 사이에 오고 가던 정, 특히 자식에 대한 어머니의 정은 무엇보다 강했다. 귀족 계급도 아닌 시골 사람 희명이 모정이라는 단순 소박한 무기로 관음보살을 움직인 것이다. 그건 감동의 힘이었다.

그래서 "신라 사람들 가운데는 '향가'를 숭상하는 자가 많았고, 천지귀신을 감동시킬 만한 노래가 한 둘이 아니었다"고 《삼국유사》의 편찬자는 말했을 것이다. 희명의 염원을 실은 〈도천수관음가〉가 천수관음의 마음을 움직였고, 결국 천수관음이 그녀의 소원을 들어준 것을 보아도 알 수 있다.

그러나 어머니의 염원에 힘입어 눈을 뜬 어린 아들은 과연 그 자리에서 어머니의 사랑을 느낄 수 있었을까. 어쩌면 그는 어른이 되어서야 어머니의 사랑을 깨닫게 되었을지도 모른다. 그러니 부모가 되어 보아야 부모의 마음을 알 수 있다는 말 속에는 자연의 이치를 벗어나지 않는 진실이 내재되어 있다.

신달자의 〈사모곡〉과 가수 태진아의 〈사모곡〉을 통해 〈도천수관음가〉에 담긴 모정의 실체를 찾아보기로 하자.

〈사모곡〉
　　　　　　신달자
길에서 미열이 나면
하나님 하고 부르지만

자다가 신열이 끓으면
어머니,
어머니를 불러요

아직도 몸 아프면
날 찾냐고
쯧쯧쯧 혀를 차시나요
아이구 이꼴 저꼴
보기 싫다시며 또 눈물 닦으시나요

나 몸 아파요, 어머니
오늘은 따뜻한 명태국물
마시며 누워 있고 싶어요
자는 듯 죽은 듯 움직이지 않고
부르튼 입으로 어머니 부르며
병뿌리가 빠지는 듯 혼자 앓으면
아이구 저 딱한 것
어머니 탄식 귀청을 뚫어요

아프다고 해라
아프다고 해라
어머니 말씀
가슴을 베어요

〈사모곡〉
　　　　　　태진아
앞산 노을 질 때까지 호미자루 벗을 삼아
화전밭 일구시고 흙에 살던 어머니
땀에 찌든 삼베적삼 기워 입고 살으시다
소쩍새 울음 따라 하늘 가신 어머니

그 모습 그리워서 이 한 밤을 지샙니다

무명치마 졸라매고 새벽이슬 맞으시며
한평생 모진 가난 참아내신 어머니
자나 깨나 자식 위해 신령님 전 빌고 빌며
학처럼 선녀처럼 살다 가신 어머니
이제는 눈물 말고 그 무엇을 바치리까

자나 깨나 자식 위해 신령님 전 빌고 빌며
학처럼 선녀처럼 살다 가신 어머니
이제는 눈물 말고 그 무엇을 바치리까

두 노래 모두 어머니의 위대한 힘을 말하고 있다. 문제가 생길 경우 신에게 매달리듯 전자의 화자에게 어머니는 매달리는 존재다. '자다가 겪는 신열'은 '길에서 겪는 미열'보다 고통의 면에서 심각하다. 그럴 때 화자는 신이 아니라 어머니를 부른다고 했다.

'엄마 손은 약손'임을 굳이 거론할 필요도 없이, 아프고 괴로울 때 떠올리게 되는 존재가 어머니라고 화자는 말한다. 자식의 아픔에 눈물을 닦고 탄식하는 존재가 어머니임을 안타깝게 확인하고 있는 것이다. 화자는 '아프다고 해라/ 아프다고 해라' 하시던 어머니의 말씀이 가슴을 벤다고 슬퍼한다. 자식의 아픔과 어려움을 자신이 떠안으려는 존재가 어머니임을 결련에서 밝힌 것이다.

전자의 경우 1→2→3→4연으로 갈수록 모정에 대한 느낌의 강도는 고조된다. '불러요→닦으시나요→뚫어요→베어요' 등 각 연의 결미(結尾) 동사들은 정서적 고양의 극적인 단서들이다. 아픈 자식을 근심스레 바라보며 그의 아픔을 자신의 것으로 만들고 싶은 어머니, 그 어머니에 대한 자식의 뒤늦은 깨달음을 절절하게 노래한 경우다. 신달자의 〈사모곡〉에 그려진 모성애야말로 〈도천수관음가〉의 모성애 바로 그것이다.

태진아의 〈사모곡〉에는 '흙에 살던, 가난한' 어머니가 등장한다. 모진 가난을 참아내며 땅 속에서 힘겹게 살다가 '소쩍새 울음 따라 하늘 가신' 어머니다. 그토록 어렵게 살면서도 '자나 깨나 자식 위해 신령님 전 빌고 빌던' 분이었다. 자신의 행복을 위해서가 아니라 자식의 건강과 미래를 위해 신령에게 기원하던 모정을 '눈물로' 그리워하는 노래다. 따라서 태진아가 부른 〈사모곡〉의 모정 역시 〈도천수관음가〉의 모정 그 자체다.

〈도천수관음가〉는 천수관음의 영험함을 드러내어 신라사회에 관음사상의 뿌리를 굳히려는 목적으로 만든 노래로만 볼 수는 없다. '한기리의 여자 희명'이나 '다섯 살에 눈 먼 그의 아들'이 실존했던 인물들일 수 있고, 분황사에 가서 갑작스런 눈병을 고친 사실도 충분히 있을 수 있다. 그러한 실존인물들과 사실을 통해 부처나 관음의 영험함을 선양하려는 의도 역시 분명하다고 본다. 그럼에도 불구하고 필자가 이 시와 배경산문에서 모정을 읽어내려는 것은 세상이 각박해질수록 모정은 샛별처럼 빛남을 확인할 수 있기 때문이다.

〈도천수관음가〉 이래 시대마다 모정은 위대한 힘을 발휘했고, 여성이 사회적 강자로 떠오르고 있는 지금 모정은 그 어느 때보다 우리의 삶과 생각을 휘어잡고 있다. 〈도천수관음가〉의 모정은 천수대비를 감동시킴으로써 원하는 바를 얻었다. 그러나 지금의 모정은 스스로의 힘으로 자식이 필요한 것들을 마련해주려고 한다. 그것은 시대의 변화에 따른 결과일 뿐 〈도천수관음가〉의 모정으로부터 변화혹은 변질된 것은 아니다. 지금도 〈도천수관음가〉의 모정은 시퍼렇게 살아 있는 것이다.

불굴가

사랑과 죽음, 그리고 〈불굴가〉의 존재

아가페, 에로스 혹은 필리아를 막론하고, 삶에 무한한 에너지를 공급하고 궁극적인 죽음까지 포괄한다는 점에서 사랑은 고귀하고 소중하다. 흔히 우리는 사랑의 불변성을 맹세할 때 죽음에 거는 것이 일반적이다. 죽음의 절대성과 사랑의 확고함이 유비(類比)된다는 점에 대한 믿음의 소산일 것이다. 사실 사랑 가운데 인간에게 가장 본능적인 에로스가 궁극적으로 죽음과 만난다는 것은 플라톤도 그의 대화집 《파이돈》에서 갈파한 바 있다. 참된 실재(實在)와의 만남을 끈질기게 추구하다 보면 삶보다 죽음이 우월해지는 경지에 도달할 수도 있으리라.

고금동서를 막론하고 사랑의 확고함을 죽음에 걸고 맹세한 노래들은 많다. 우리의 옛 노래들 가운데 〈불굴가〉는 〈단심가〉와 함께 그 대표적인 사례다. 특히 〈불굴가〉의 경우 거론된 역사가 짧은 만큼, 그에 대한 심도 있는 견해들은 그다지 많이 나와 있지 않은 편이다. 그러나 이 노래만큼 사랑의 절대성을 절절하게 강조한 경우도 없다. 역사적 맥락을 대입할 경우 그 사랑은 임금이나 왕조, 혹은 이념에 대한 충성이라는 집단적 내포를 지니게 된다. 그러나 그런 주변적인 것들을 소거할 경우 그 사랑의 본질은 에로스의 범주를 벗어나지 않는다.

오욕칠정 가운데 남녀 간의 정애(情愛)만큼 강렬한 것이 또 있을까. 그런 점에서 이 노래들을 포함하여 예컨대 정철의 〈사미인곡〉, 〈속미인곡〉 같은 연군(戀君)의 노래들도 1차적으로는 남녀 간 사랑의 노래들임이 분명하다. '연군'은 표방된 주제일 뿐이고, 노래의 모티프나 정서적 근원은 이성 간의 연정이라고 해야 한다.

대은(大隱) 변안렬(邊安烈, ?~1390)의 〈불굴가〉. 《진본청구영언》 〈만횡청류〉의 549번째 노래로 실려 전해지는 〈불굴가〉의 존재는 사랑과 죽음의 본질을 새삼 돌아보게 한다는 점에서 매우 소중하다. 이 노래는 〈대은 변안렬 선생 실기〉와 〈경신보잡록(庚申譜雜錄)〉(《원주변씨세보(原州邊氏世譜)》) 중에 인용된 변희리(邊希李, 1435~1509)의 〈전가록(傳家錄)〉에도 들어있다. 이들 문헌은 원주 변씨의 시조인 변안렬의 출자(出自)와 행적 등에 관한 기록이다.

앞서 언급한 《진본청구영언》을 비롯, 《악학습령》·《해동가요》·《가곡원류》·《교주가곡집》 등 조선조 후기의 두드러진 가집들에도 거의 같은 모티프와 내용의 우리말 노래가 실려 있다. 이런 기록 속에 들어있는 만큼 이 노래가 문학사적으로 암시하는 의미는 매우 크다. 작자는 누구며 원래 한시로 지은 것인가, 아니면 국문노래를 한역한 것인가, 원래 국문노래였다면 그 형태는 어떠했을 것이며 장르적으로는 어디에 속했을까 등의 의문이 떠오르게 된다.

더구나 작자로 표기되어 있는 변안렬이나, 그가 활동했던 시대적 맥락 등을 결부시킬 경우 이 문제는 한층 더 복잡해진다. 그러나 문제될 수 있는 복잡한 요인들에도 불구하고 이 노래와 연관된 내적·외적 상황이나 노래 자체의 함축성은 매우 중요하다. 한국 고전시가의 통시적 의미와 함께 노랫말에 구현되어 있는 서정성의 패러다임을 암시하는 하나의 단서로 작용할 개연성이 충분하기 때문이다.

그러나 보는 이의 관점에 따라서는 이들 기록의 진위에 대한 판단과 그에 관련된 노랫말의 의미적 타당성은 많은 논란의 가능성을 지니고 있기도 하다. 즉, 이들 기록에 작자인 대은이 여말선초 정치적 격동의 한 역할을 담당한 것으로 기술된 점, 당시 혁명 주체세력의 핵심이었던 이방원과 반혁명 세력의 핵심이었던 정몽주 간의 대립 및 갈등이 그 동안 드라마틱한 서사물로 전승되어 왔는데 변안렬의 해당 사건이 그 문맥의 한 부분으로 편입되어 있는 점, 노래의 구조나 표현 자체가 다양한 해석이 가능한 복합성을 기조로 하는 점 등이 우선적으로 눈에 띤다.

그런데 동시대인들의 몇몇 기록을 통하여 그런 문제의 핵심을 얼마간 짐작할 수 있다. 포은 정몽주(鄭夢周, 1337~1392), 이색(李穡, 1328~1396), 길재(吉再, 1353~1419), 이숭인(李崇仁, 1349~1392), 이방번(李芳蕃, 1381~1398) 등은 대은을 위한 제문을 남겨놓은 사람들이다. 그 가운데 정몽주와 이색의 제문에는 대은의 충렬(忠烈)만을 기리고 있을 뿐 〈불굴가〉의 존재 여부에 대한 단서는 들어 있지 않다. 그러나 뒤의 세 사람은 〈불굴가〉의 존재에 대하여 직, 간접적으로 언급하고 있다.

길재는 대은을 '불굴당(不屈堂)'으로 호칭했고, 대은의 노래를 이숭인은 '불굴지가(不屈之歌)'로, 방번은 '불굴유가(不屈遺歌)'로 각각 지칭했다. 이 외에도 대은에 대한 후대인들의 기록 또한 여러 편 남아 있는데 그 가운데 〈불굴가〉의 창작 배경과 상황을 노랫말과 함께 상세히 적어놓은, 대은의 5대손 변희리의 〈전가록〉은 가장 두드러진다.

대은과 같은 시대에 살았던 사람들과 함께 후대인들이 합심하여 〈불굴가〉와 관련된 대은의 사적을 날조하려는 모의를 가졌거나 그렇게 하지 않을 수 없었던 필연적 이유가 있었다면 모르되, 그게 가능하지 않았던 점을 감안한다면 대은이 〈불굴가〉를 지었다는 점은 일단 수긍될 수 있다고 본다. 다만 변희리의 기록에서 보는 바와 같이 이방원, 정몽주, 대은이 함께 등장하는 극적인 상황만은 대체로 후인들의 윤색이 아니었나 생각한다.

〈불굴가〉의 출현과 전승

이 기록이 연구자들에게 그대로 신빙되지 못하는 이유는 다음과 같다. 우선 대은이 포은보다 먼저 죽었는데도 그들이 술자리에서 함께 해당 노래들을 불렀다고 한 점, 급박한 상황에서 혁명 주체세력과 반혁명 세력이 함께 술잔을 앞에 놓고 한가롭게 서로의 의중을 탐색할만한 여유가 과연 있었을까 하는 점 등이 바로 그것이다.

포은은 대은보다 2년 늦게 죽었으나 두 사람 모두 이성계의 정적으로서 그들에게 피살된 점은 공통된다. 변희리의 기록과 사실(史實)이 차이를 보이기는 하나 그렇다고 전자가 전혀 사실 무근하다고 볼 수만은 없다. 다음과 같은 가정이 성립할 수 있기 때문이다. 즉 당대 인사들의 의중을 알아보기 위해 언젠가 이방원이 그들을 술자리에 초청했고, 그들은 노래를 통하여 서로의 의중을 탐색했거나 전달했을 것이다.

이성계와 대립적인 입장에 있던 포은이나 대은이 어떤 의사를 표시하는가가 그 자리의 초점이었고, 이성계의 혁명 사업을 앞장서서 수행하던 이방원의 관심사였을 것이다. 어차피 대세는 기울었고, 더욱이 이성계에게 돌아설 수도 없는 포은이나 대은의 입장이고 보면 이미 갈 길은 정해져 있었던 셈이다.

이 경우 구구한 말 대신 노래로 자신들의 의중을 표출했을 가능성이 아주 높은 것은 그 자리가 술자리였기 때문이다. 먼저 포은이 노래하고 이어서 대은이 불렀을 것이다. 무슨 곡이었는지 현재로는 알 수 없으나 두 사람 모두 당시에 유행하던 노래 곡조로 부른 것은 당연하다. 곡조가 비록 같았을지라도 각자의 의중을 담았으므로 노랫말만은 서로 달라질 수밖에 없었다는 말이다. 그 노래들을 들은 이방원의 진영은 그 후 두 사람을 제거하고자 했고, 마찬가지로 두 사람 또한 이성계를 제거하기 위해 진력한 듯하다.

결국 대은은 창왕 1년1389 우왕을 복위시키기 위한 모의와 관련되어 한양에 유배되었다가 사형되었으며 그 후 포은도 이성계를 제거하려던 가운데 이방원의 일당에 의해 선죽교에서 피살되었다.

그렇게 본다면 〈전가록〉은 전혀 무근한 기록이 아니다. 더구나 이 기록 속의 사건은 두 사람의 죽음과 노래를 포괄적으로 결부시킨 내용일 뿐, 두 사람 몰년(歿年)의 선후(先後) 때문에 이 기록의 허구성이 드러나는 것도 아니다. 이 기록의 어디에도 (전해지는 설화처럼)그들이 노래를 부른 당일 죽었다든가, (실제와 달리)대은보다 포은이 먼저 죽었다고 되어 있지는 않다.

변희리 역시 후일에 당한 두 사람의 화근이 바로 이 노래들이었다는 세간의 전언(傳言)世傳二先生之禍 萌於此歌之日云을 이 기록의 말미에 들은 점으로 미루어 보아도 자신의 선조에 관한 일이라고 무작정 허무맹랑하게 분식(粉飾)하지는 않았음을 알 수 있다. 결국 두 사람은 이성계와의 정치적 입장에 의해 희생된 것이며, 그 의사표시의 수단으로 당대에 유행되던 노래가 이용된 것 또한 충분히 있을 수 있는 일이었다고 할 수 있다.

이 노래는 〈단심가〉와 함께 비슷한 시기의 악장 및 가곡에 보이는 연군가 부류의 표본으로 인식되었으나 후대에 수용되는 과정에서 갈라져 서로 상이한 장르와 격조로 각각 정착되었다고 보는 것이 타당하다. 〈단심가〉나 〈불굴가〉가 모두 여말선초에는 진작(眞勺)으로, 그 후에는 대엽이나 가곡 창으로 불렸으나, 후자는 조선조 후기에 이르러 만횡청 등 다양한 농조의 곡으로 불렸음을 각종 가집에서 확인할 수 있다. 그러나 그것은 후대의 인사들에 의해 수용되어 적절히 바뀐 것일 뿐 그 당시의 모습은 결코 아니다.

따라서 고려 충렬왕때 등장한 김원상(金元祥)의 '신조태평곡(新調太平曲)'류가 정착과 확산의 과정을 거쳐 고려 말 〈단심가〉나 〈불굴가〉까지 연결되었을지도 모른다는 한 가지 방향과 기존 당악(唐樂) 대곡(大曲)에서 불리던 산사(散詞)들의 형태적·내용적 영향을 받아 이루어진 특정한 노래의 갈래였을지 모른다는 또 하나의 방향, 민중의 주류를 점하고 있던 농민 계층의 민요를 모티프로 하여 만들어진 노래가 고려노래들과 함께 불리다가 대은이나 그의 후손들에 의해 선택되었고 이것이 그 후 만횡청류의 작자들에 의해 수용되어 《진본청구영언》 소재의 노래로 변이·정착되었을지 모른다는 세 번째의 방향을 상정할 수 있을 것이다.

〈불굴가〉의 내용을 모티프로 하여 후대에 나타난 우리말 노래인 만횡청류가 장형화(長型化)·연희화(演戲化)된 점을 들어 이 노래의 원전이 한시였다고 주장하는 선학도 있으나, 그가 불렀던 노래가 처음부터 우리말 노래였다는 것이 필자의 생각이다. 기록대로라면 그는 잔치마당에서 이 노래를 즉흥적으로 불렀을 것이다.

대부분의 우리말 노래들과 마찬가지로 이 경우는 우리말 가창이 선행되었고, 우리말로 부른 노래를 기록하자니 '불완전하나마' 한문으로 번역할 수밖에 없었던 것이다. 먼저 한시 형태의 노랫말을 지은 다음 우리말로 노래하였을 가능성도 있지만, 그럴 경우라도 중국의 원음으로 부르지 않는 이상 우리말로 번역하여 부를 수밖에 없었을 것이니 우리말 노래의 곡조에 맞추기 위해 전통 한시의 형식에서 벗어나 우리말 노래의 틀에 맞추는 것은 당연한 일이었다.

따라서 현재 《진본청구영언》에 실려 전하는 노래가 액면 그대로 당시 대은이 불렀던 노래라고 할 수는 없겠으나, 거의 유사한 모습을 띠고 있었다는 점은 부정할 수 없다. 한역으로 기록되었음에도 불구하고 대은의 〈불굴가〉는 조선조 후기의 가집에 기록될 때까지 계속 가창되어 내려온 것이다.

〈불굴가〉의 위치와 특성

앞에서 살펴본 대로 이 노래는 지금까지 대은이 지은 것이냐의 여부만을 중심으로 논의되어 왔다. 그러나 우리의 전통적인 노래문화가 그 정도의 논의만으로 해결될 단순한 것은 아니다. 대은이 탄생하기 이전부터 민간 에는 이러한 노래들, 최소한 이런 모티프의 노래들이 얼마든지 불렀을 가능성이 농후하다. 말하자면 그것은 당시 민간에서 흔히 불리던 사랑의 노래였을 공산이 아주 크기 때문이다.

몇몇 선학들은 《진본청구영언》 소재의 〈불굴가〉가 노랫말도 음란 하고 노래 내용도 비루하기 짝이 없는 만횡청류이므로 고려 말의 뜻 있는 선비가 높은 지조를 읊은 작품은 아니라고 했지만, 사실상 그것은 잘못된 판단이다. 그 견해는 만횡청류 일반에 대한 김천택의 재단 비평적 언급, 즉 "만횡청류는 노랫말이 음란하고 뜻이 보잘 것 없고 비루하여 족히 본받을 만하지 못하다. 그러나 그 유래가 이미 오래 되어 한꺼번에 폐기할 수 없다"〈만횡청류 서〉는 말을 무비판적으로 염두에 둔 채 개진된 것일 뿐이다.

사실 〈불굴가〉의 표현이 거칠긴 하나 음란한 측면은 찾아보기 어렵다. 비유의 맥락에 등장하는 소품들인 '새끼(索)'나 '말(斗)'은 농경사회에서 사용되던 물건들이며 농민의 입장에서 본다면 이같은 농사에 관계된 도구 혹은 행위야말로 그들이 지녔던 선험적 세계라고 해도 무방할 것이다. 그런 까닭에 '가슴에 뚫는 구멍', '그 속에 꿰는 물건'을 각각 '말'과 '새끼'로 시각화시킬 수 있었던 것이다. 이와 같이 농경사회의 필수품이 보조관념으로 사용된 노래라면, 그것은 농민이 대부분이었던 평민들 사이에서 불리던 민요들과 모티프를 공유하고 있었음이 분명하다.

대은이 만약 이 노래를 불렀다면, 그것은 자신의 마음이 굳건함을 비유적으로 드러내고자 한 것이었으며 오히려 술자리에 어울릴 법한 노래라고 할 수 있다. 따라서 이 자리에서 작자의 진위 문제를 따지는 일은 생산적이지 못하다고 본다. 다만 그 시기에 이런 노래들이 불렸다는 사실이 중요한 것이다.

더구나 같은 기록에 등장하는 〈하여가〉와 〈단심가〉는 광해군 때의 문인 심광세(沈光世, 1577~1624)가 1617년에 엮은 영사악부인 《해동악부》 '풍색악(風色惡)'의 설명 부분에 "태종이 잔치를 열고 문충을 청하여 노래를 짓고 술을 권하며 말하기를 '이런들 어떠하며 저런들 어떠하리 성황당 뒷담이 무너진들 어떠하리 우리도 이같이 하여 죽지 아니함이 또한 어떠하리' 하자, 문충이 드디어 노래를 지어 술을 보내며 '이 몸이 죽어죽어 일백 번 다시 죽어 백골이 진토되어 혼백이 있거나 없거나 임 향한 일편단심이야 어찌 고칠 이유가 있으랴' 했다. 태종이 그 불변할 것을 알고 드디어 모의하여 문충을 제거했다"고 실려 전한다.

우선 《대은실기》에 실려 있는 〈단심가〉와 〈불굴가〉를 비교한 다음 이들과 〈하여가〉를 비교해 보기로 한다(의미 분단 혹은 행 구분은 필자가 자의로 한 것이다).

<table>
<tr><td></td><td>〈단심가〉</td><td>〈불굴가〉</td></tr>
<tr><td>①</td><td>此身死了死了</td><td>穴吾之胸洞如斗</td></tr>
<tr><td></td><td>이 몸이 죽고 죽어</td><td>내 가슴에 말 만한 구멍 뚫고</td></tr>
<tr><td>②</td><td>一百番更死了</td><td>貫以藁索長又長</td></tr>
<tr><td></td><td>일 백번 고쳐 죽어</td><td>기나긴 새끼줄로 꿰어</td></tr>
<tr><td>③</td><td>白骨爲塵土</td><td>前牽後引磨且憂</td></tr>
<tr><td></td><td>백골이 진토되어</td><td>앞뒤로 어근버근 닳도록 잡아 당김을</td></tr>
<tr><td>④</td><td>魂魄有也無</td><td>任汝之爲吾不辭</td></tr>
<tr><td></td><td>넋이라도 있고 없고</td><td>네 맘대로 해도 난 사양치 않겠지만</td></tr>
<tr><td>⑤</td><td>向主一片丹心</td><td>有欲奪吾主</td></tr>
<tr><td></td><td>임 향한 일편단심이야</td><td>만약 내 임을 빼앗고자 한다면</td></tr>
<tr><td>⑥</td><td>寧有改理也與</td><td>此事吾不屈</td></tr>
<tr><td></td><td>고칠 리 있으리</td><td>이 일만은 내 굽히지 않으리</td></tr>
</table>

두 노래의 구조나 의미는 거의 일치한다고 보아야 할 것이다. 우선 두 노래 모두 ①~④는 죽음 그 자체 혹은 그것을 넘어선 극한상황을 묘사한 부분이다. 다만 〈단심가〉는 직설법을, 〈불굴가〉는 비유법을 썼다는 점이 차이라면 차이라고 할 수 있을 것이다. 그러나 양자 모두 점층적으로 의미의 극대화를 이루어나간 점에서 일치한다.

전자는 '죽음→혼백의 소멸'이라는 극단적 과정을 단계적으로 노래하였고, 후자 역시 가슴에 구멍을 뚫는 데서부터 고통의 정점에 이르는 과정을 단계적으로 노래하였다. 나머지 ⑤, ⑥의 역할이나 구조적 의미도 양자가 정확히 일치한다. 전자에서는 임을 향한 일편단심이 변할 수 없음을 설의적으로 표현하였고, 후자에서는 내 임을 빼앗는 일에 대해서만은 굽힐 수 없다는 의지를 가정적인 어법으로 표현하였다.

전자가 좀 더 직설적이고, 후자가 좀 더 비유적이라는 점에서 차이가 있을 뿐 양자 모두 가정적인 어법으로 임에 대한 사랑의 불변을 강조한 점에서는 동일하다. 이와 같이 양자는 노래의 규모나 의미에 있어 거의 정확하게 일치한다. 특히 비록 한역가(漢譯歌)면서도 의미상으로나 가창의 형태상 양자 모두 ①~④'는 전대절이며, ⑤~⑥은 후소절이라는 점에서 전통 노래의 형식을 정확하게 답습하고 있는 점도 간과할 수 없다.

이제 〈하여가〉를 살펴보기로 한다.

① 此亦何如　　이런들 어떠하고
② 彼亦何如　　저런들 어떠하며
③ 城隍堂後垣　성황당 뒷담이
④ 頹落亦何如　무너진들 또한 어떠하리
⑤ 我輩若此爲　우리도 이와 같이 하여
⑥ 不死亦何如　죽지 않음 또한 어떠하리

이 노래 역시 앞의 노래들과 같이 의미상 여섯 부분으로 나뉜다는 점, 전체는 전대절(①~④)과 후소절(⑤~⑥)로 양분된다는 점, 상당부분 비유법을 사용하여 드러내고자 하는 의도를 효과적으로 구체화하고 있다는 점 등을 지적할 수 있다.

앞의 노래들을 답변으로 유도해 낸 문제제기라는 점에서 이 노래가 내용상으로는 전자들과 대립적이지만, 그 형태나 의미구조는 일치하는 양상을 보여준다. 말하자면 전자들과 구조적으로 부합하는 노래라는 것이다. 이 경우 창(唱)은 〈하여가〉요, 화(和)는 〈단심가〉와 〈불굴가〉다.

창화의 상식으로 미루어, '창-화'되는 각각의 노래가 현격하게 차이나는 형식이나 구조일 수는 없다면 결국 이것들을 같은 장르의 노래들로 보아야 할 것이다.

만약 우리가 이 기록을 믿는다면, 그것은 여말에 세 노래로 대표되는 하나의 노래 장르가 존재했었음을 암시한다. 그렇다면 당시 이것들 외에 무슨 노래가 있었는가. 바로 진작에 올려 부른 〈정과정〉을 들 수 있다. 양덕수는 조선조의 성악곡 만·중·삭대엽이 모두 〈정과정〉의 삼기곡에서 나왔다고 하였다.

세조 때의 음악을 반영하는 것으로 보이는 《대악후보》 영조 35년인 1759년, 서명응 편찬에 만대엽이 실려 있음을 감안한다면, 만대엽은 이미 고려 말에 출현하여 진작과 병행되고 있었을 가능성이 높다. 말하자면 이 노래들〈하여가〉·〈단심가〉·〈불굴가〉이 여말에 나온 것이 확실하다면, 그것들은 분명 진작 혹은 만대엽으로 가창되었을 것이다.

그런데 진작은 11개의 악절로 이루어져 있으며 다음에 보는 바와 같이 〈정과정〉 또한 사설의 분량이 이들 세 노래들에 비해 많다.

(前腔)내님믈그리ᅀᆞ와우니다니/ (中腔)山겹동새난이슷ᄒᆞ요이다/ (後腔)아니시며거츠르신ᄃᆞᆯ아으/ (附葉)殘月曉星이아ᄅᆞ시리이다/ (大葉)넉시라도님은ᄒᆞᆫᄃᆡ녀져라아으/ (附葉)벼기더시니뉘러시니잇가/ (二葉)過도허믈도千萬업소이다/ (三葉)믈횟마러신뎌/ (四葉)ᄉᆞᆯ읏브뎌아으/ (附葉)니미나ᄅᆞᆯ ᄒᆞ마니ᄌᆞ시니잇가/ (五葉)아소님하도람드르샤괴오쇼셔

일부 선학들이 이미 지적한 바 있지만, 진작이 '진치'로서 장대엽(長大葉)을 지칭한다면, 그로부터 파생되어 나온 만대엽은 그보다는 짧고 템포 또한 약간 빨라진 음악이었을 것이다. 오히려 충렬왕대 김원상의

'신조(新調) 태평곡류(太平曲類)'가 만대엽 그 자체거나 그와 유사한 곡이 아니었나 짐작된다. 그리고 그런 곡을 통하여 이 노래들은 전승되었고, 전승 과정에서 노래의 내용상 〈하여가〉와 〈단심가〉는 정격의 노래로 정착되었으며 사실적인 비유와 거친 표현으로 이루어진 〈불굴가〉는 변격의 노래로 정착되었다.

좀 더 구체적으로 살펴보자. 〈하여가〉는 《병와가곡집(瓶窩歌曲集)》 No.797에 삼삭대엽(三數大葉)으로, 《진본청구영언》 No.216에 이삭대엽(二數大葉)으로 실려 있고, 〈단심가〉는 《병와가곡집》 No.52에 이삭대엽으로, 《영언류초(永言類抄)》 No.2에 이중대엽(二中大葉)으로 각각 실려 있다.

뿐만 아니라 〈단심가〉는 《병와가곡집》 No.991에 낙희조(樂戲調)로, 《진본청구영언》 No.549에 만횡청류로, 《일석본(一石本) 해동가요(海東歌謠)》 No.526에 낙시조(樂時調)로, 《가람본 청구영언》 No.557에 만대엽낙희병초(蔓大葉樂戲并抄)로, 《육당본 청구영언》 No.834에 언락(言樂)으로, 《가보(歌譜)》 No.289에 산락으로, 《대동풍아(大東風雅)》 No.292에 편락(編樂)으로, 《국악원본 가곡원류》 No.606에 엇락(旕樂)으로, 《규장각본 가곡원류》 No.605와 《육당본 가곡원류》 No.546에 '지르는 낙시됴'로, 《해동악장》 No.590에 우거(羽擧)로 각각 기록되어 있다.

정격의 노래와 변격의 노래로 달리 정착된 데에는 다른 이유보다 조

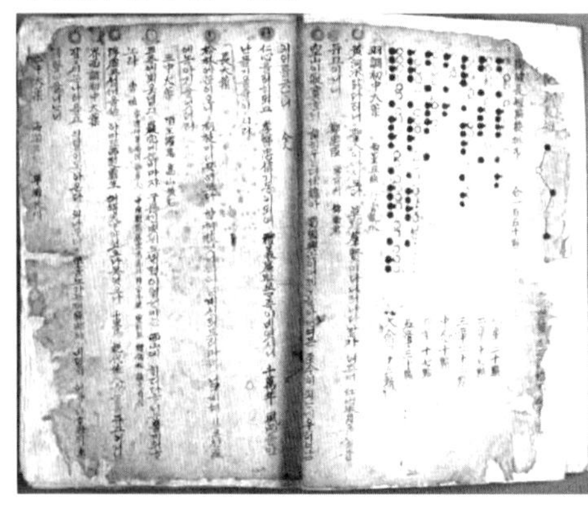

가곡원류(국립국악원 소장본)

사법(措辭法)의 차이 때문이었을 것으로 보인다. 특히 〈불굴가〉는 다른 두 노래와 달리 비유가 주된 표현법으로 되어 있다. 다른 두 노래들은 거의 직설법으로 이루어져 있다. 그렇기 때문에 〈불굴가〉가 대중들에게는 좀 더 친근하게 느껴졌을 것이고, 그에 따라 많이 불렸으리라 본다.

이른 시기에 기록된 한역시와 조선조 후기 가집에 소재하는 국문노래가 비교적 정확히 일치하는 사실만 보아도 이 노래가 창작 시기부터 활발히 대중들 사이에서 가창되어 왔음을 알 수 있다. 작자와 창작 및 기록 연대 등 제기될 수 있는 문제점들에도 불구하고 대은을 작자로 볼 수밖에 없는 이유도 여기에 있다.

〈불굴가〉의 시적 의미와 주제

이 노래의 심층에 접근하기 위해서는 두 가지 맥락을 전제로 해야 한다. 역사적사실적 맥락과 예술적미적 맥락이 그것들이다. 지금까지 이 노래에 대한 학계의 연구 경향은 주로 전자만을 중심으로 이루어져왔다. 이 글의 앞부분에서도 주로 이성계와의 정치적 쟁투에서 패배한 변안렬의 작품이라는 관점에서 이 노래를 언급하였다.

즉 그가 고려왕조를 지탱하려는 신념을 지니고 있었으며 그 신념을 사수(死守)하였다는 점, 불리한 상황에서도 힘 있는 정적에게 굴복하지 않았고 그 대가로 죽음을 달게 받아들였다는 점, 따라서 이것은 작자 자신의 절개와 신념을 굽히지 않겠다는 내용의 노래로서 〈불굴가〉로 명명되는 것이 타당하다는 점 등이 그 주된 내용들이다. 이런 관점에서만 본다면 이 노래에 구현되는 미학은 비장이나 숭고라 할 수 있다.

전단에는 분명 비장미가 구현되어 있다. 자아를 압도하는 운명적인 힘에 의해 자신의 전 존재를 투기(投棄)하는 데서 생겨나는 아름다움이 그것이다. 그러나 이것이 후단에 이르면 숭고미로 승화된다. 아리스토텔레스가 '실재하는 인간 이상의 인간'을 모방한 것을 비극으로 보긴 했지만, 모방된 '인간 이상의 인간'이 비장만으로 한정되는 인간상은 아니다.

그 내면에는 분명 비장으로부터 승화된 미적 범주인 숭고 또한 구현되어 있는 것이다. 정통성을 지닌 왕에게 충성을 바치는 일이 반드시 '개인으로서의 왕'을 지키기 위한 목적만은 아니다. 그것은 왕을 정점으로 이루어진 통치 질서를 유지하는 일이며 동시에 당대 집단이념의 고수와 상통되는 일이기도 하다. 정통성 없는 세력에 대항하여 정통왕권을 수호하고자 목숨을 버리는 행위는 그 자체가 숭고한 일이다. 이런 점에서 외견상 비장과 숭고의 미적 범주가 병렬되고 있으나 전체적으로는 전단의 비장이 후단의 숭고로 승화되었다고 보는 것이 타당하리라 생각한다.

그러나 후자의 맥락은 전자와 다르다. 우선 후자의 입장을 살펴보기 위해 작품 전문을 들어보기로 한다.

가슴에 궁글 둥시러케 뚤고 왼숫기를 눈길게 너슷너슷 꼬와 그 궁게 그 숫 너코 두 놈이 두 긋 마조 자바 이리로 훌근 져리로훌적 훌근훌적 훌 저긔는 나남즉 늠대되 그는 아모또로나 견듸려니와 아마도 님 외오 살라면 그는 그리 못ᄒ리라

(《진본 청구영언》 549)

우선 이 노래에는 두 개의 가정이 핵심내용으로 들어 있다. 하나는 육체적 고통이라는 극한상황의 가정, 다른 하나는 님과의 이별이라는 또 다른 상황의 가정이다. 전자는 물리적 고통, 후자는 심리적 고통이다.

이 노래에 표현된 육체적 고통은 정도로 보아 죽음 이상이다. 그런데 화자는 그러한 육체적 고통보다 심리적 고통을 훨씬 괴로운 것으로 단언하

고 있다. 죽음 이상의 두려움과 고통은 있을 수 없다. 시가 비록 현실의 진술과 다른 의사진술(擬似陳述, pseudo-statement)이라 해도 님과 이별하는 것을 죽는 것보다 훨씬 괴롭다고 말한 이유는 어디에 있을까? 그 답의 핵심은 미래 가정으로 이루어진 이 노래의 문법에 있다.

미래 가정으로 이루어진 대부분의 노래들은 현재 상황을 역으로 암시하기 마련이다. 그러므로 화자는 현재 님과 함께 있으며, 둘은 사랑에 의한 행복의 극치를 맛보고 있는 중이다. 행복이 극에 달할 경우 불행을 예감하게 되고, 그 행복의 지속을 바라는 욕망이 간절할수록 불행에 대한 예감도 그 정도를 더하게 된다. 행복에서 불행으로 전락할 경우, 행복할 때 불행을 생각하며 마음속으로 대비해 놓는 쪽이 상처가 적을 것은 자명하다.

행복의 정점에서 불행을 생각하고, 만남의 환희 속에서 이별의 애처로움이나 괴로움을 떠올리는 것은 속설(俗說)에서 말하듯 '방정맞은 일'이 아니다. 오히려 마음의 상처로부터 고통을 덜 받을 수 있는 비결일 수 있다. 그것이 바로 심리학에서 말하는 자기 방어 기제다. 드리버(James Drever, 1873~1950)가 설명한 바와 같이 "자주 일어나는 육체적 또는 정신적으로 무척 불쾌한 어떤 정황과 관련되어 있는 괴로운 감정에서 자기 자신을 보호하기 위해 취하는 무의식적 방책"이 바로 방어 기제다.

지금 화자는 '임과 함께 있는' 행복과 즐거움의 극치를 맛보고 있다. 그러한 화자의 유일한 걱정은 '있을 수 없는', 임과의 이별이다. 임과 함께 하는 행복이 극진할수록 '가상적으로나마' 이별의 쓰라림은 자신의 내면을 위협한다. 미래 시제의 가상인 이별의 아픔을 경감시키기 위해서는 죽음, 그것도 최대한으로 과장된 죽음을 끌어와야 했다. 따라서 이 노래는 현재진행형의 행복한 사랑 노래다.

　이 노래의 진의를 더 구체화하기 위해 〈공무도하가〉, 〈가시리〉, 〈정석가〉, 〈진달래꽃〉 등 다른 노래들을 비교 항으로 제시할 수 있다. 우선 전 2자를 들어보자.

1) 〈공무도하가〉
여보 그 물 건너지 마시랬지요
당신은 기어이 건너다가
물에 빠져 돌아가셨으니
당신을 내 어이할꼬

2) 〈가시리〉
가시리 가시리잇고
버리고 가시리잇고
날러는 어찌 살라하고
버리고 가시리잇고
붙잡아 두고 싶지마는
서운하면 아니 올세라
서러운 님 보내드리니
가시는 것처럼 돌아오소서

　1)은 현재진행과 완료가 혼합된 시상(時相)이다. 화자는 사건의 당사자인 동시에 관찰자기도 하다. 상대방의 죽음을 목도한 후 그로부터 생겨나는 슬픔을 송두리째 뒤집어 쓴 것은 물론, 그 슬픔을 감당치 못하고 자신도 목숨을 끊었다. 그러니 이 노래는 불행의 극에 달한, 이별 노래다.
　2)의 시상 역시 현재 진행이다. 이상섭은 이 노래에서 화자인 여인이 떠나는 남자가 자기만큼이나 '서러워하는 님'이 되기를 간절히 바라고 있다고 하였다. 즉 "서러운 님"은 사실에 대한 객관적 묘사가 아니라

그 여인의 소망적 사고(wishful thinking)에서 생긴 소망적 발언이라는 것이다. 그런 만큼 노래에 표출되는 화자의 불행감은 더욱 심화될 수밖에 없다. 이 두 노래가 〈불굴가〉와 대조적인 면을 보이는 것도 이 때문이다.

그러나 뒤의 두 곡은 전자들과 정반대의 양상을 보여준다. 우선 작품을 들어보자.

3) 〈정석가〉
(전략)
삭삭기 세모래 벌에 나는
삭삭기 세모래 벌에 나는
구운밤 닷되를 심습니다
그 밤이 움이 돋아 싹이 나 있어야
그 밤이 움이 돋아 싹이 나 있어야
유덕하신 님을 여희고 싶습니다
(후략)

4) 〈진달래꽃〉
나 보기가 역겨워
가실 때에는
말없이 고이 보내 드리오리다.
영변에 약산
진달래꽃,
아름 따다 가실 길에 뿌리오리다.
가시는 걸음걸음
놓인 그 꽃을
사뿐히 즈려 밟고 가시옵소서.
나 보기가 역겨워
가실 때에는
죽어도 아니 눈물 흘리오리다.

3)은 〈정석가〉의 둘째 연, 4)는 〈진달래꽃〉의 전문을 요즘 말로 바꾼 것이다. 전자는 총 6연 가운데 2, 3, 4, 5연이 같은 표현양식과 주제로 이루어져 있다. 화자는 임과의 이별에 대한 전제조건으로 불가능한 상황을 제시하였다. 이 노래는 이중구조로 되어 있다. 즉 중간에 들어 있는 4연이 원사(原詞)이고 첫 연과 마지막 연은 새로이 첨가된 부분일 가능성이 높다. 말하자면 임금에 대한 송덕은 표방된 주제일 따름이고, 원사 부분에 표상된 것이 진정한 주제라는 점이다.

원사의 각 부분들에서 서정적 자아는 대상, 즉 '유덕하신 님'에 대한 연모의 의지를 강하게 드러내고 있다. 그리고 그 양자 간의 매개물들은 각각 '구운밤/ 옥으로 만든 연꽃/ 무쇠로 만든 큰 소' 등으로 제시되어 있는데, 생명을 상실한 이것들이 님과의 영원한 사랑을 보증하는 담보물로 이용된 역설적 서정이 두드러진다. 따라서 이 노래의 원사에 표상된 주제는 님과의 사랑이 영원히 지속될 것을 갈구하는 데 있다.

4)는 이별의 정한과 사랑의 승화라는 주제의식이 구현된 작품으로 인식되어 왔다. 그러나 이 작품의 문법으로 볼 경우 그것은 미래시제의 가상적 이별일 뿐이다. 화자가 미래시제의 가상적 이별을 언급하게 된 것은 두 가지 이유 때문일 것이다. 지극한 사랑의 행복을 누리고 있는 현재 상황의 지속 여부에 대한 불안감이 그 하나고, 이별을 예감할 만큼 현재의 상황 자체가 긍정적이지 못한 것이 다른 경우다.

"나 보기가 역겹다"는 것은 '나에 대한 지극한 사랑'이 극단적으로 변질되어 전락한 경우다. 물론 상대방에 대한 지극한 사랑의 감정이 역겨운 감정으로 돌변할 가능성은 늘 있지만, 그것이 그리 쉬운 것은 아니다. 오히려 '약간 싫어지는' 상태로 변할 수는 있을 것이다. 약간 싫어지는 상태로 변한다 해도 사랑을 받는 사람의 입장에서는 용인할 수 없는 일이다. 그렇기 때문에 아예 '그렇게 될 것 같지 않은' 상황을 상대방에게 단도직입적으로 제시함으로써 그보다 정도가 덜 하거나 유사한 결과에 실제로 이르게 되는 상황을 미연에 방지하려는 심리적 기제가 작용했다고 보는 것이 정확하리라.

말하자면 죽음, 그것도 보통의 사고방식으로는 생각할 수 없는 극단적 죽음을 내세워 관념적 차원에서나마 님과의 이별을 부정하고 있는 〈불굴가〉의 수법이 〈진달래꽃〉에서도 정확히 재현되었다고 볼 수 있다. 물론 〈진달래꽃〉이 '죽어 이별'을 노래한 작품일 수도 있다는 것이 필자의 주장이지만, 어쨌든 자기방어의 기제가 바로 이와 같은 작품들에서 흔히 발견되는 심리적 유형인 것은 틀림없다.

〈불굴가〉가 가상적 미래를 그 내용으로 하고 있는 반면 다음과 같은 작품은 가상적 과거혹은 현재완료를 상황으로 하고 있다는 점에서 대조적인 경우라고 할 수 있다.

5) 어이못오던다 므스일로 못오던다 너 오는 길 우희 무쇠로 城을 빳고 城 안헤 담 빳고 담 안혜란 집을 짓고 집안혜란 두지 노코 두지 안헤 橫를 노코 橫 안혜 너를 結縛ᄒ여노코 雙비목 외걸새에 龍거북 즈물쇠로 수기수기 줌갓더냐 네 어이 그리 아니오던다 흔 돌이 셜혼 날이여니 날 보라올 흘리 업스랴.

(어이 못 오느냐? 무슨 일로 못 오느냐? 너 오는 길 위에 무쇠로 성을 쌓고 성 안에 담을 쌓고 담 안에는 집을 짓고 집 안에는 뒤지 놓고 뒤지 안에 너를 결박하여 놓고 쌍배목 외걸쇠에 용거북 자물쇠로 굳게굳게 잠갔더냐? 네 어이 그렇게 아니 오느냐? 한 달이 서른 날이어니 날 보러올 하루가 없으랴?)

(《진본 청구영언》 568)

이 노래의 화자는 임을 기다리고 있다. 그 임은 오기로 약속되어 있거나 으레 오던 사람이었다. 언젠가 오긴 하겠지만 그 시간까지 기다리기가 너무 지루하여, 화자는 초조해진 것이다. 여기서 작동하는 것은 주관적이고 심리적인 시간이다. 화자는 '님이 오지 않는' 이유를 가상적으로 그려내고 있다. 그런데 그것은 〈불굴가〉와 달리 시제 상으로 가상적 과거혹은 현재완료인 셈이다.

그렇다면 이 노래에서 화자가 설정하고 있는 과거시제의 가상적 상황은 무엇인가. "임이 오는 길 위에 무쇠로 성을 쌓고 그 성 안에 담을 쌓고 그 담 안에 집을 짓고 그 집 안에 뒤주 놓고 뒤주 안에 궤를 놓고 궤 안에 임을 결박해 넣고 걸쇠와 자물쇠로 꼭꼭 잠갔느냐?"는 물음이다. 도저히 상상할 수 없을 만큼, 상황은 극단적으로 과장되어 있다.

그러면서도 끝 부분에서는 "한 달이 30일이나 되니 날 보러 올 날이 없을까"라고 희망적인 어조로 마무리하고 있다. 즉 작자나 화자는 임이 당도하지 않는 시간물리적으로는 길지 않으나 심리적으로는 아주 긴 시간동안 임에게 일어났을 수도 있는 상황을 가정하게 된 것이다. 그런데 그 가정은 현실적으로 일어날 수 없을 만큼 터무니없이 불가능하며 극도로 과장되어 있다. 만약 임이 오지 않을 것임을 확신한다거나, 또 마음 한 구석에서 오지 말았으면 하는 생각이 있다면 그 가상적인 상황은 좀 더 합리적이고 현실적으로 가능한 사건들을 통하여 표현되었을 것이다.

마무리 부분 또한 좀 더 체념적이면서도 비극적인 색채를 띠는 것은 그에 따른 당연한 결과였을 것이다. 그런데 노래에서는 임이 당도하지 않은 현실과 일어날 수 없는 상황이 연결되어 있다. 말하자면 임이 오지 않는 일은 상상할 수도 없음을, 이런 표현을 통하여 강조한 셈이다.

그동안 별다른 장애 없이 임을 만나왔고 앞으로도 그러한 만남과 사랑의 관계가 지속되어야 하는데 지금 잠시 임이 당도하지 않은 상황이 벌어진 것이다.

여기서 화자는 임이 오지 않은 사실과 관련하여 가상적 상황을 설정할 필요를 느낀 것이 분명하다. 과거시제혹은 현재완료의 가상적 상황이 그것인데, 적정한 수준의 실제로 일어날 수 있는 상황을 설정한다면 화자는 비극에 휩싸일 수밖에 없을 것이다. 그러니 도저히 일어날 수 없는 상황을 설정함으로써 희망을 유지할 수 있게 되었음은 물론 만약 오지 못하는 경우가 발생한다 해도 그 괴로운 감정으로부터 자기 자신을 보호할 수 있다고 보았으리라. 이러한 작자 혹은 화자의 무의식적 방책이 바로 방어 기제며, 다만 시제의 측면에서만 〈불굴가〉와 차이를 보일 뿐이다.

이상에서 살펴 본 바와 같이 〈불굴가〉에 사용된 표현법은 고금을 통하여 우리말 노래들에서 많이 쓰이던, 방어 기제의 역설이며 그러한 표현법을 통하여 부각시키고자 한 주제는 사랑의 믿음과 환희였다.

〈불굴가〉의 제의성과 유희성

〈불굴가〉에는 종교적 의례로부터 나온 제의적 숭엄성의 흔적과 이를 희석시키는 유희성이 동시에 들어 있다. 전자의 증거로 '왼숫기(왼새끼)'를, 후자의 증거로 의성어를 각각 들 수 있다. 왼새끼는 매 가닥을 왼쪽으로 비벼 오른쪽으로 꼬아나간 새끼로서 부정을 타서는 안 될 신성한 지역을 표시하기 위한 금줄로 쓰인다. 말하자면 왼새끼에는 금기(禁忌), 성역(聖域), 정화(淨化)의 의미가 모두 포함된 것이다.

그런데 〈불굴가〉에 난데없이 왼새끼가 등장한 이유는 무엇인가. 왼새끼는 금줄이다. 아이를 낳으면 대문에다 금줄을 치고, 고사나 푸닥거리를 할 때에도 대문간, 담장, 울타리 등에 금줄을 친다. 그리고 마을 단위의 동제를 지낼 때 당집이나 당산나무, 장승에 금줄을 친다. 외부로부터 침범하는 잡된 기운을 막아 줌으로써 성스러운 영역임을 알리고, 정화시키는 역할을 한다.

그런데 "눈길게 너슷너슷 쇠와" 만든 왼새끼를 둥그렇게 뚫어놓은 가슴의 구멍으로 꿰어 양쪽에서 잡아 다린다고 하였으니 그야말로 고통의 극대화다. 따라서 그것은 죽음의 고통을 통하여 세속적 존재로서의 자아를 정화시키는 의식이다. 세속적 인간은 시련을 통과함으로써 새로운 삶을 부여받는다. 그 시련은 속과 성을 구분하는 경계선이자 재생을 준비하는 바탕이기도 하다.

아리스토텔레스는 비극의 기능으로 카타르시스를 들었다. 제의에서의 정화는 자기희생과 속죄를 통하여 이루어진다. 그러니 〈불굴가〉에서의 죽음은 사랑을 이루고 지키기 위한 자기희생적 제의의 비극인 동시에 세속적 자아의 정화를 달성하는 기틀인 것이다. 〈불굴가〉에서 구체화되고 있는 숭고는 죽음을 초월하는 사랑의 힘에 의해 이루어진 미학이다.

강전섭은 〈불굴가〉가 분명히 사어도 음란하고 가의내용도 비루하기 짝이 없는 만횡사설이므로 고려말의 지사가 높은 지조를 읊은 작품도 아니라고 했다. 그러나 만횡청류의 사어가 음왜(淫哇)하다는 김천택의 단정을 만횡청류의 모든 작품들에 일반화시킬 수는 없다.

실제로 〈불굴가〉에서 음란하거나 비루한 사어는 찾아볼 수 없다. 오히려 죽음을 초월하여 사랑을 지키려는 숭고한 정신만이 뚜렷하게 드러나 있음을 발견할 수 있다. 그런데 만약 작자나 화자가 이와 같이 숭고한 사랑만을 강조했다면, 이 장르의 담당층이 지향한바 정서의 균형이나 조화는 이루어질 수 없었을 것이다. 여기서 비정상적으로 무거워진 분위기를 누그러뜨릴 장치가 필요했던 것이다. 그것이 바로 제의적 숭엄성에 대조되는 성향으로서의 유희성이다. 그 유희성을 조성하는 장치가 "훌근, 훌근훌젹"과 같은 의성어들이다.

일상어와 거리가 있는 말 즉, 품위를 지닌 말들을 시어로 써야 한다는 것은 전통적 시어법의 원칙이었다. 그러나 만횡청류의 단계에 이르면 이러한 원칙은 대체로 무시되는 양상을 발견할 수 있다. 노래나 시에서의 이러한 변화가 발전적인 그것인가 퇴보적인 그것인가에 대해서는 관점에 따라 달리 볼 수 있겠지만, 여하튼 이런 의성어를 대담하게 사용함으로써 절제된 언어와 구속적인 윤리의 질곡에 갇혔던 인간의 심성을 해방시킨 것만은 부인할 수 없다.

소재들 사이에서, 대상과의 관계에서, 관조자와의 관계에서 각각 구현되는 조화미를 가곡창사의 기본미이자 표출미로 볼 수 있다면, 숭엄성과 유희성을 동시에 갖춘 〈불굴가〉야말로 조화의 아름다움을 이상적으로 구현한 경우라고 할 수 있다.

새로운 통찰

이상과 같이 몇 가지 관점에서 〈불굴가〉를 새롭게 살펴보았다. 이 노래는 대은 변안렬이 지은 것으로서 창작 당시로부터 멀지 않은 시점에 한역(漢譯)되어 기록으로 남았으며, 그 한역으로부터 재 번역되었든 아니면 애당초 창작 시점부터 구비 전승되었든 결국 조선조 후기의 《청구영언》에 실릴 수 있었다. 그리고 전승 과정에 관련한 여러 정황은 물론 노랫말의 단순 비교를 통해서 보더라도 창작시점의 〈불굴가〉와 기록시점의 그것 사이에는 거의 차이가 없었다. 그리고 작자인 대은은 이미 존재하던 곡조에 노랫말만을 지어 불렀음이 분명하다.

지금까지 이 노래는 대은 창작 여부만을 중심으로 논의되어 왔다. 그러나 당시 민간에는 얼마든지 이러한 노래들, 최소한 이런 모티프의 노래들이 널리 불리고 있었다. 말하자면 그것은 당대에 유행하던 연가풍의 대중가요였던 것이다.

이 노래는 함께 기록에 올려진 〈하여가〉나 〈단심가〉 등과 달리 비유가 주된 표현법으로 되어있다. 따라서 이 노래가 대중들에게는 좀 더 친근하게 느껴졌을 것이고, 그것은 더 많이 유행될 수 있었던 조건이기도 했다. 이른 시기에 기록된 한역시와 조선조 후기 가집 소재의 국문노래가 비교적 정확히 일치하는 사실만 보아도 이 노래가 창작 시기부터 활발히 대중들 사이에서 가창되어 왔음은 명백하다.

예술적 맥락에서 분석할 경우, 이 노래에 사용된 표현법은 고금을 통하여 우리말 노래에서 많이 쓰이던, 방어 기제로서의 역설이다. 그리고 그러한 표현법을 통하여 부각시키고자 한 주제는 사랑의 믿음과 환희였다. 다시 말하여 이 노래의 진술은 미래 가정이 주축이며, 그것은 현재의 상황을 역으로 암시하기 마련이므로 노래 속의 화자와 임은 사랑에 의한 행복의 극치를 맛보는 중이라고 해야 할 것이다. 이런 점에서 〈공무도하가〉, 〈가시리〉와는 대조를 보이나 〈정석가〉, 〈진달래꽃〉과는 부합하는 표현 문법이라고 할 수 있다. 또한 이 노래에 구현되는 미학은 조화의 아름다움이다. 이 노래에는 제의적 숭엄성과, 이를 희석시키는 유희성이 동시에 들어있기 때문이다.

결국 변안렬의 작품이라는 역사적 맥락에 놓고 보아도, 흔히 존재하던 사랑의 노래라는 예술적 맥락에 놓고 보아도, 상당 기간 지속되면서 우리의 정서를 고스란히 담아내는 데 성공한 대표적인 노래가 〈불굴가〉임은 분명한 사실이다.

단심가

사랑노래와 진술의 의사성(擬似性)

리처즈(Ivor Armstrong Richards, 1893~1979)는 시의 문장을 '의사진술 (擬似陳述)'이라 했다. 사실이나 과학의 차원 아닌 시적·정서적 차원에 서 진실이라고 인정될 수 있는 진술이 바로 의사진술이다. 문법 차원의 시적 허용이나 표현에서의 과장, 역설 등은 구체적으로 의사진술의 범주 에 든다. 예나 지금이나 그것들을 남용할 경우 시적 긴장도는 떨어지겠지 만, 그렇다고 시에서 그것들을 도외시할 수는 없다. 일상적 진술과 시적 진술의 구분이 모호해질 것이기 때문이다.

사람 사이에 오고가는 말들은 단선적인 모습을 보여주는 경우도 있고, 다층적 복합성을 지닌 경우도 있다. 발화자의 내면이 복잡할수록 내포 또한 복잡하기 마련이다. 그것이 한 발 더 나아가 의사진술의 형태를 띠면 비로소 시가 된다. 시사(詩史) 혹은 문학사에 발전의 개념을 적용시 킬 수 있는지에 대해서는 이견들이 있을 수 있다. 다만 진술의 의사성(擬似

性)이 보다 교묘해지는 것을 굳이 시나 문학의 발전이라면 발전이랄 수는 있을 것이다.

말하자면 시적 대상이나 표현이 보다 현실에 가까워지듯 하면서도 내면적으로는 관념화의 정도가 심화되는 양상을 현대시에서 어렵지 않게 목격하는데, 그것을 시적 표현 기법의 진전이라고 해도 무방하리라. 이처럼 현대시에서 지나치게 노출되는 과장이나 역설을 찾긴 쉽지 않다. 시적 형상화의 세련도는 과장이나 역설을 매끄럽게 내면화시킬 수 있느냐의 여부에 달려 있다고 보기 때문이다.

시적 과장이나 역설이 적나라하게 노출되는 모습을 우리의 옛 노래들에서 심심치 않게 볼 수 있다. 민속가요의 범주로 접근할수록 그 정도는 심화되는데, 그것은 단순히 세련도의 측면에서 '가창자 혹은 시인의 걸러지지 않은 감정의 노출'로만 설명될 수는 없다. 말하자면 근대 이전에 보편적이던 '시적 진술'의 한 방법이었다는 점에서 그렇다.

과장이나 역설의 어법이 그 시대에 일상적이었는지, 아니면 '낯설게 하기'의 효과를 거둔 일종의 시 문법이었는지는 확언할 수 없다. 그러나 그런 전통이 노래의 사적 맥락을 통해 조선조 후기까지 이어진 점을 보면, 근·현대 문학에도 어떤 모습으로든 스며들었으리라 짐작된다.

이 글에서 중점적으로 살펴보려는 것은 고려 말의 〈단심가〉다. 수용 양상의 차이는 있지만, 대체로 이 노래는 임금에 대한 신하의 충절을 읊은 것으로 알려져 왔다. 조선조의 가인(歌人)들에게 수용되면서 그것들에 표상된 과장은 시 문법의 한 갈래로 정착되었다.

임금에 대한 충절이나 사랑하는 임에 대한 일편단심은 똑같이 '이별에 대한 거부'로 나타나는데, 이를 전통시대에 흔히 볼 수 있던 보편적 사랑노래로 보아야 하는가, 특수한 형태의 '연군가(戀君歌)'로 보아야

하는가의 문제가 제기된다. 연군의 노래와 사랑하는 남녀 간의 사랑노래
는 분명히 구분할 수 없는 것이 전통시의 일반적인 모습이다. 작자나
배경에 관련된 특수 상황을 배제할 경우 양자를 구분할 근거가 없어지기
때문이다. 〈단심가〉를 그 대표적인 사례들로 보고, 왜 그런가에 대해서
생각해 보고자 한다.

〈단심가〉와 시 문법

앞에서 살펴 본 대은 변안렬의 〈불굴가〉와 함께 포은의 〈단심가〉는
조선조 가곡 혹은 시조 장르의 중요한 노래들로 조선조 가객들에게
수용되었다. 조선조에 들어와 충신으로 복권된 포은의 일화가 갖는 상징
성은 차치하고라도 이 노래는 조선왕조에 의해 일종의 '권장가요' 정도의
대접을 받았을 것이니, 〈단심가〉가 각종 가집들에 기록·전승된 것은
자연스러운 일이었다.

비극적 상황을 바탕으로 '연인들 사이의 사랑'과 '임금에 대한 신하의
충절'이라는 중층구조를 보여준 점에서 〈단심가〉는 근대 이전에 흔히
보던 시 문법을 고스란히 보여준 셈이다.

다음은 그 노래를 현대어로 옮긴 것이다.

이 몸이 죽고 죽어 일백 번 다시 죽어
백골이 진토 되어 넋이야 있건 없건
임을 향한 일편단심이야 변할 줄이 있으랴

이 노래는 《병와가곡집》·《청구영언》·《해동가요》·《가곡
원류》·《화원악보》 등 수많은 가집들에 실려 전해지고 있으며, 대부
분의 가집들에서 그 작자가 포은으로 명기되어 있다. '고려 말~조선

초'라는 정치적 격변기, 혼란스런 권력 싸움의 와중에 처해있던 작자 포은의 처지 등이 항상 이 노래를 이해하기 위한 맥락으로 고려되어 왔기 때문에, 〈단심가〉는 의심할 바 없는 '충성의 노래' 그 자체였다. 자연스럽게 곡조 또한 〈불굴가〉의 흥청대는 '농(弄)·낙(樂)'조가 아닌 전아(典雅)한 이삭대엽(二數大葉)으로 고정되어 있다. 곡조마저 노래 출현의 배경적 사실이 크게 고려된 결과로 보아야 할 것이다.

그러나 작자나 배경적 사실들을 소거(消去)할 경우, 〈단심가〉는 '연인들 사이의 지극한 사랑노래' 이상도 이하도 아니다. 그것은 〈사미인곡〉, 〈속미인곡〉 등 송강의 두 가사작품들에서 미인을 임금 대신 단순한 연인으로 치환할 경우 애정 노래로 볼 수밖에 없는 점과 같다. 말하자면 포은의 전적인 창안이라기보다 어쩌면 그 당시에 유행하던 '사랑노래'를 '임금에 대한 충성의 노래'로 바꾸어 수용한 결과가 〈단심가〉로 나타났을 가능성도 없지 않다는 것이다. 그만큼 남녀 간의 지극한 사랑을 표현하는 노래들이 당시에는 보편화 되어 있었고, 그 노래들이 수용 계층의 측면에서 약간은 제한되거나 특수한 상황인 '임금과 신하'의 관계에 적용되어 오늘날까지 전해졌다고 보는 것이 타당하다.

이처럼 〈단심가〉를 포은만의 독특한 창안에 의해 평지에서 돌출한 노래로 볼 수는 없다. 이전부터 이런 내용의 가사와 곡들은 사람들 사이에서 많이 불려 왔고, 이 점은 당시의 민간 음악을 수용하여 만든 궁중 노래들, 즉 '고려속악가사(高麗俗樂歌詞)'에서 쉽게 확인할 수 있다. 그 가운데 〈정석가〉, 〈만전춘별사〉, 〈서경별곡〉, 〈정과정〉 등의 가사 일부를 현대 역으로 들어보자.

1) 〈정석가〉 5연
무쇠로 큰 소를 만들어
무쇠로 큰 소를 만들어
쇠나무 산에 놓습니다
그 소 쇠풀을 먹고서야
그 소 쇠풀을 먹고서야
유덕하신 님과 이별하렵니다

2) 〈만전춘별사〉 1연
얼음 위에 댓잎 자리 보아
임과 나와 얼어 죽을망정
얼음 위에 댓잎 자리 보아
임과 나와 얼어 죽을망정
정 둔 오늘 밤 더디 새소서 더디 새소서

3) 〈서경별곡〉 1, 2연
서경이 서울이지마는
닦여진 작은 서울을 사랑하지만
이별할 바엔 길쌈 베를 버리고
사랑하므로 울면서 좇겠습니다

구슬이 바위에 떨어진들
끈이야 끊어지겠습니까?
천년을 홀로 살아간들
임에 대한 믿음이야 끊어지겠습니까?

4) 〈정과정〉 앞단
내 님을 그리워하여 울며 돌아다니니
산접동새와 난 비슷하옵니다
참소가 사실이 아니시며 허황된 것은
잔월효성이 아실 것입니다
넋이라도 님과 함께 살아가고 싶구나

‘무쇠로 만들어진 소가 쇠나무 산에서 쇠풀을 다 먹어야 임과 헤어지겠다’는 것이 1)의 내용이며, ‘이별에 대한 거부’가 그 부분의 주지(主旨)다. 불가능한 상황을 설정하여 화자의 소망을 관철하려는 시 문법은 특히 이 시기에 많았다. 당대의 효자 문충(文忠)이 어머니의 늙으심을 거부하는 뜻으로 지어 부른 〈오관산〉은 〈정석가〉의 이 부분과 부합한다.

즉 “나무토막으로 조그마한 당닭을 새겨/ 젓가락으로 집어다가 벽에 앉히고/ 이 닭이 ‘꼬끼오’ 하고 때를 알리면/ 그제사 어머님 얼굴 늙으시옵소서”라는 〈오관산〉의 표현법은 무쇠를 소재로 사용하여 이별을 거부한 〈정석가〉의 표현법과 일치한다.

1)에서 ‘유덕하신 님’이 누구를 지칭하는지는 알 수 없다. 이 노래가 궁중악으로 쓰인 점을 감안하면 ‘님’은 분명 임금이었을 것이다. 그 점을 더욱 확실히 하기 위해 ‘유덕하신’이라는 관형어를 덧붙인 것으로 보인다.

그러나 궁중에 수용되기 전 민간에서 불리던 당시의 그 ‘님’은 단순한 연정의 대상이었다. 즉 ‘사랑하는 임’ 이외의 다른 대상을 이 말에 상정할 수 없기 때문이다. 민간에서 불리던 애정의 노래가 궁중에 들어오면서 ‘임금에 대한 충성’이란 내포적 의미를 하나 더 갖게 된 것이다. 이것은 〈단심가〉의 시문법이 어디에서 근원했는가를 보여주는 단서의 역할을 한다.

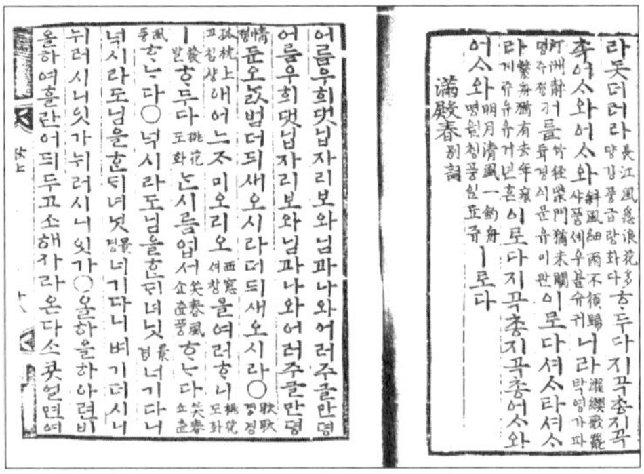

2)의 주제도 ‘임과의 이별에 대한 거부’다. ‘오늘 밤’은 단순한 물리적 시간대가 아니다. ‘정을 두었다’고 함으로써 그 시간대는 다소 복합적인 서정적 시간대로

악장가사에 실린 고려속악 만전춘의 노랫말

바뀐다. 임과 내가 지극한 사랑을 나누는 시간대인 것이다. 따라서 '정 든 오늘 밤'이 지나면 '이별'이라는 불가피한 상황으로 내몰리게 된다. 사랑하는 남녀 간의 이별이란 불가항력의 상황이다. 그래서 차라리 임과 내가 얼음 속에서 얼어 죽을망정 이별만은 않겠다는 강한 의지를 표명한 것이다.

수백 번을 죽어도 임에 대한 신의나 일편단심을 지키겠다는 의지는 이별에 대한 강한 거부의 표현이다. 육체적 고통의 극한상황을 내세워 이별을 거부한 〈불굴가〉나, 그보다 더한 과장법으로 '불변의 일편단심'을 강조한 〈단심가〉의 시 문법은 〈만전춘별사〉의 그것과 얼마나 비슷한가.

3)은 〈서경별곡〉의 일부다. '이별할 바엔 길쌈 베를 버리고서라도 울며 좇겠다'는 전단의 내용과 '천년을 홀로 살아간다 해도, 임에 대한 신의는 버리지 않겠다'는 후단의 내용이 연결되어 임에 대한 화자의 지극한 사랑은 완성된다. 전통시대에 '길쌈 베'는 여성의 전부라 할 만큼 중요한 업이었다. 사랑 때문에 그런 업마저 버리겠다는 것이다. 그보다 한 발 더 나아가 혹시 이별을 당해 천년을 혼자 살아간다 해도 임에 대한 믿음즉 일편단심을 버릴 수 없다고 했다. 강도(强度)의 차이는 있겠지만, 〈단심가〉의 시문법이 여기에도 나타난다.

4)는 참소를 받아 동래로 유배당한 고려의 문인 정서(鄭敍)가 지어 불렀다는 노래다. 조정의 참소로 그를 유배 보내면서 당시의 왕인 의종은 머지않아 소환하겠노라는 약속을 했으나 그 약속이 지켜지지 않자 정서는 이 노래를 불러 '연군의 정'을 표현했다는 것이다.

신하가 임금에게 충성을 표한 노래라는 점에서 〈단심가〉와 주제의식 을 함께 하는 경우다. 그러나 '넋이라도 임과 함께 살아가고 싶다'는 마지막 부분은 '이별에 대한 거부'의 보편적 정서를 표현한 내용이다.

정서라는 실재인물과 그를 둘러싼 배경적 사실들이 남아 있기 때문에 이 노래는 '충신연주지사(忠臣戀主之詞)'로 일컬어지고 있지만, 사실 근본은 사랑 노래다.

지속되는 〈단심가〉의 시 문법

조선조에 들어와 포은이 복권되면서 〈단심가〉는 충신의 노래로 추앙되고 권장되었을 것이다. 동시에 〈정과정〉 역시 '충신연주지사'로 궁중악들 가운데서 '권장가요'의 대접을 받았을 뿐 아니라, 그 가사를 올려 부른 곡조로부터 조선조의 새로운 노래곡인 대엽(大葉)이 파생되기도 했다. 그 대엽은 가지를 쳐 나가다가 조선조 중·후기에 이르러 가곡으로 집대성되었고, 가곡으로부터 시조창이 파생되어 나옴으로써 조선조의 노래문화는 꽃을 피우게 되었다.

그러나 포은과 달리 대은은 복권되지 못했다. 노래가 원래의 모습이나 의도대로 지속되기 위해서는 그 노래의 탄생 배경이나 본의가 항상 결부되어 있어야 하나, 〈불굴가〉의 경우는 작자인 변안렬의 실제 사적이 떨어져 나가면서 한갓 흔한 사랑노래로 전락된 채 '농조(弄調)'와 '낙조(樂調)'로 불렸을 따름이다. 이삭대엽으로 가창되면서 '대접받아 온' 〈단심가〉와 달리 〈불굴가〉는 '흥청거리는' 오락의 자료로나 제공될 뿐이었다.

조선조의 가곡들 속에는 '연군'을 빙자한 사랑의 노래들이 많다. 노래의 길고 짧음에 관계없이 대상만 바꾼다면 '연군의 노래'는 사랑하는 임에 대한 노래로 얼마든지 바뀔 수 있다. 사실 정철의 〈사미인곡〉이나 〈속미인곡〉은 임금에 대한 그리움을 노래한 것들이라 하나, 그것은 일부 기록에 근거를 둔 주장일 뿐이다. 정철 자신이 풍류남아였고, 또한 그 노래들이 당대는 물론 뒷시대까지 풍류방에서 기생들에 의해 가창되었다는 사실을 고려한다면, 그 노래들에 담긴 정서야말로 남녀 간의 연애감정을 벗어나는 것은 결코 아니었다. 그래서 '사랑의 노래'가 그것들의 1차적 범주고, '연군의 노래'는 2차, 3차적 범주였을 것이다.

아름다움에 대한 찬탄이나 묘사는 문학과 예술의 출발이다. 인간관계 중 가장 원초적인 것이 남녀 간의 사랑이라면, 문학이나 예술에서 1차적으로 관심을 갖는 문제 역시 그 범주를 벗어날 수 없다. 부모와 자식 사이의 사랑이나 형제간의 사랑 또한 남녀 간의 사랑으로부터 파생된 2차적 범주의 것들이다. 당연히 임금과 신하 간의 의리는 '계약에 의한' 것일 뿐 원초적인 것과는 차원을 달리 하는 문제다.

당사자에게 확인해보지 않은 이상 단언할 수는 없겠으나, 정철이 〈사미인곡〉이나 〈속미인곡〉을 쓸 때 처음부터 '임금과 신하의 관계'를 전제로 했거나 최소한 그것을 노래의 불변하는 정서적 바탕으로 삼았다고 볼 수는 없다. 오히려 '임금에 대한 신하의 충정을 남녀 간의 연정에 빗대어 노래했다'는 설명은 이 작품들이 야기할 수 있는 '사회적 제재'로부터 안전판 역할을 수행하는 데 그친 것 아닐까. 즉 이 노래들이 만약 연애문학으로 받아들여질 경우 당하게 될 불이익을 해소시켜 줄 수 있는 안전판이 바로 '연군의 노래'라는 또 다른 측면의 해석이나 명분이었던 것이다.

이런 상황은 〈단심가〉와 같은 시기의 〈불굴가〉에서도 확인된다. 여러 가집에 실린 〈불굴가〉의 본의가 결정적으로 오해되기 시작한 것은 이 노래가 《진본청구영언》의 〈만횡청류〉에도 실려 전해진다는 사실 때문이었다. "만횡청류는 노랫말이 음탕하고 뜻과 지취가 보잘 것 없어 족히 본받을 만하지 못하나 그 유래가 이미 오래 되어 한꺼번에 폐기할 수 없는 까닭에 특별히 아래에 들어둔다"는 〈만횡청류〉 발문의 비평적 언급은 여기에 속한 노래들의 의미를 구속하는 족쇄 역할을 했다.

그간 일부 학자들이 〈불굴가〉의 창작 배경이나 작자에 대한 학계의 논의를 신빙하지 못한 것도 그런 언급 때문이었다. 그러나 이 노래의 주지를 '임과의 이별에 대한 거부'로 본다면, 그것은 '남녀 간의 사랑'으로부터 '신하의 임금에 대한 충성'까지 폭 넓은 의미적 스펙트럼을 지닌 개념임을 인정해야 한다. 신하가 임금에 대한 충성을 표현하기 위해 이 노래를 불렀다는 창작 당시의 배경적 사실이 망각될 경우 그 대극(對極)에 선 남녀 간의 사랑이라는 차원으로 바뀔 수 있음은 지극히 당연하다.

마찬가지로 정몽주와 그의 행적에 대한 정치적 차원의 고려가 없었다면, 〈단심가〉 역시 〈불굴가〉와 마찬가지의 길을 걸었을 가능성은 크다. 말하자면 두 노래가 근대 이전의 시가사에서 차지하는 위상은 과장과 역설의 시 문법을 통해 임과의 사랑을 영속시키고 이별의 극한상황을 거부하려는 대중의 욕구나 미학을 대표적으로 보여주는 데 있다고 본다.

그 노래들만의 독자적 존재의의나 미학은 작자를 중심으로 하는 구체적 상황에 연결될 때에만 의미를 갖는 것이다. 객관적 측면에서는 그것들 역시 예술이나 문학에서 원초적 주제의식으로 정착되어 온 남녀 간의 사랑이나 이별에 대한 거부를 과장이나 역설의 시 문법으로 표상하고 있다는 점에서 전통시가의 주제적·표현적 전형성을 내포한다고 할 수 있다. 근·현대시에 반복적으로 나타나는 '사랑담론'들이나 시 문법 역시 앞 시기의 그런 작품들에 바탕을 두고 있음은 물론이다. 그것은 시·공을 뛰어넘는 인간 본능의 소산이기 때문이다.

신도가

왕조 창업과 〈신도가〉

좋은 도읍지는 성공적인 창업의 전제 조건이다. 더 좋은 곳으로 도읍지를 옮기는 일이야말로 성공적인 창업과 맞먹을 만큼 어렵다. 새로운 수도는 새로운 정치체제를 의미한다. 사람들의 경험상 '새로운 것'이 반드시 좋은 것은 아니다. 생소하고 불편하기 때문이다. 그래서 고향을 지키려고 하며 옛 체제를 고수하고자 한다. 그런 성향을 정치적으로 해석하면 '보수'가 된다.

대체로 수도에 살고 있는 사람들은 다른 지역 사람들보다 더 풍족한 물질적·정신적 혜택을 누린다고들 말한다. 그런데도 수도의 주민들은 툭하면 체제에 비판적이다. 치자들의 비정(秕政)을 지근거리에서 수시로 목격하기 때문이다. 그러면서도 자신들이 누리는 생활상의 편리함은 철저히 유지하고 싶어 한다. 여기서 수도 주민들의 모순적인 복합심리는 형성된다.

수도 주민들의 기득권은 천도를 쉽지 않게 한다. 그러나 일이 뜻대로 풀리지 않는다고 생각하는 집권세력일수록 천도의 유혹을 이기지 못한다. 천도만 하면 기득권세력을 모두 몰아내고 자신들의 철학을 펼 수 있을 거라고 믿는다. 자신들이 새로운 기득권세력의 핵심을 형성할 수 있다고 생각한다. 창업을 하거나 정권을 탈취한 집단이 기를 쓰고 천도를 강행하려 한 대표적 사례로 조선왕조를 들곤 하지만, 오늘날이라고 그런 점이 달라진 건 아니다. 역성혁명에 성공한 이성계는 개경에서 창업했다. 그러나 개경은 타도의 대상인 고려왕조의 근거지였다. 왕이 교체되었다 하여 새 왕조가 순탄하게 출범할 수 있는 것도 아니었다. 그곳은 고려왕조 시절의 기득권세력으로 가득 찬 곳이었다. 아무리 새로운 비전을 제시해도 먹혀들지 않았다.

새로운 국호도 마련되어 있지 않을 정도로 가뜩이나 '준비 안 된' 창업이었다. 그래서 혁명세력은 '따끈따끈한 열기'가 식기 전에 서둘러 천도하고자 했다. 새 도읍지에 변변한 궁궐도 세우지 못한 채 태조 3년₁₃₉₄ 한양으로 천도한 것이다. 우여곡절이 많은 건 당연했다. 그러다가 정종 1년₁₃₉₉ 다시 개경으로 돌아갔고, 태종 5년₁₄₀₅ 또 다시 한양으로 환도_{혹은 천도}했다. 개경에서 시작한 조선왕조의 창업 과정이 한양 천도로 마무리된 셈이다. 그만큼 천도는 어려운 일이다.

난맥을 보인 조선왕조의 천도 과정은 기득권세력과 혁명세력의 갈등에서 빚어진 결과다. 한양 천도와 정도(定都)를 강행한 혁명세력은 정도와 통치체제의 확립을 같은 차원의 일로 보았다. 한양 천도와 정도에 실패하면 조선왕조의 정통성을 세우지 못한다고 믿었다. 그래서 천도와 정도는 그들에게 사활이 걸린 문제였다.

새 도읍지 한양이 지닌 '도읍지로서의 장점과 당위성'을 찾아내고

홍보하는 일은 그래서 절실한 과제였다. 그리고 풍수론은 그 과제를 해결하기 위한 과학적이고 설득력 있는 논리적 근거였다. 무리 없이 천도하기 위해서 그들은 풍수상 한양이 가장 적지임을 강조할 필요가 있었다. 이 일에 발 벗고 나선 것이 정도전을 비롯한 혁명의 중추세력이었다. 특히 조선왕조의 통치체계를 확립하고 도읍지를 설계한 정도전에게 한양 정도는 자신의 정치적 성패와 직결되는 일이기도 했다.

정도전을 비롯한 당대의 집권 세력은 역성혁명을 주도했거나 뒤에 이성계를 중심으로 결집한 인사들이다. 새로운 도읍지 즉, 신도는 그들의 정치적 입지를 강화해주는 발판이었다. 그들은 노래와 문학을 통해 신왕조와 신문물의 장점을 홍보하고자 했다. 신도에 관한 노래와 문학은 집권세력혹은 변혁 주도세력의 현실인식을 드러낸 표현물이다. 따라서 이들 시가의 소재인 신도를 단순히 물질적 존재로만 볼 수는 없다. '새로움·도전·긍정'의 덕목이 응축된 정신적 실체며, 새 시대·새 왕조·새 사조(思潮)의 구체적 이미지로 부각되어야 할 공간이기도 했다.

역사적 맥락의 특수성에 의해 형성된 이 부류의 노래들은 당대에 제기된 의식 변화의 당위성을 극명하게 드러낸다. 당대인들에게 갑자기 닥쳐온 변화의 파장을 무리 없이 정착시켜야 했던 주도세력의 입장에서 그런 내용의 시나 노래를 창작·보급하는 일이야말로 대중을 설득할 수 있는 유용한 수단이었다. 그런 일을 통해 지배 계층의 정신적 통합이나 민심의 안정을 이룰 수 있다고 보았던 것이다. 그 대표적인 노래가 정도전의 〈신도가〉다. 다음은 그 노래다

옛날에는 양주의 고을이여
그 경계에 새 도읍의 지세와 풍경이 빼어나도다
개국성왕께서 성대를 이룩하셨도다

도성답도다! 지금의 경치가 참으로 도성답도다!
성수만년하시니 만백성 모두의 기쁨이로다
아으 다롱다리
앞은 한강수요, 뒤는 삼각산이라
덕이 많으신 강산 사이에서 만세를 누리소서

(〈악장가사〉에 수록)

풍수론적 패러다임과 〈신도가〉

왕조를 만들고 새 수도를 설계한 정권의 최고 실세 정도전, 그는 모든 백성이 불러야 할 '애국가'로 생각하고 이 노래를 지었을 것이다. 조선조의 개창과 영속의 당위성이 이 노래의 핵심 주제다. 그 근거가 바로 풍수론 혹은 명당론(明堂論)이다. 이 노래의 뼈대는 새 수도 경영의 풍수지리적 합리성이다.

'신도명당론'은 조선조의 개창과 융성, 혹은 영속을 필연적인 것으로 규정한다. 그 필연성을 강조함으로써 지배 계층이나 기층 민중들 사이에 존재하는 '의식의 차이'가 극복될 수 있다고 믿었다. '새 왕조의 수립'을 둘러싸고 생길 수 있는 '회의(懷疑)'를 불식하고 새 왕조나 신도의 존재를 기정사실로 굳히려는 현실적 목적의식이 이들에겐 절실했다. 따라서 신도명당론은 〈신도가〉에 반영된 작자 계층의 현실 공간 담론이었고, 임금에 대한 송축이나 왕조 영속의 당위성은 그들이 지니고 있던 현실적 시간의식의 소산이었다.

유교적 합리주의 아래 풍수지리설이나 도참설이 힘을 발휘할 수 있었다는 사실을 얼핏 이해하기 어렵지만, 그게 바로 현실이었다. 그들은 오히려 적극적으로 이를 활용했고, 일종의 '경험적 지혜의 소산'이라고 믿어온 점에서는 지금도 변함이 없다. 당시 정도를 둘러싸고 벌어졌던 논쟁들은 대부분 풍수지리나 도참설을 근거로 한 것들이었다.

그 이면에 당사자들의 현실적 이해관계가 첨예하게 대립하고 있었음은 물론이다. 풍수지리와 도참설을 이끌어 자신들의 현실적 이익을 왕조나 국가라는 집단의 이익으로 포장하고 정당화시킨 혐의가 짙다는 것이다. 이런 내용을 노래나 시에 담아 널리 유포시키는 일이야말로 이들이 할 수 있는 유일한 일이자 최선의 방법이기도 했다.

도읍이 위치한 산하금대(山河襟帶), 즉 산과 강이 띠처럼 두른 풍수는 신앙의 대상이 될 만하며 외적으로부터 자신을 방어하는 요충(要衝)이기도 했다. 그들은 신도에 대하여 신앙적 차원의 신뢰감을 가져야 민심을 그곳에 묶어둘 수 있다고 믿었다. 도읍을 정하거나 공간을 배치하는 일은 풍수지리, 그 중에서도 양기(陽基) 풍수에 바탕을 둔다. 〈신도가〉의 내용을 이해하기 위해 풍수 관념을 살펴보아야 하는 것도 그 때문이다.

새 도읍지가 지닌 풍수적 장점을 노래에 담아 부름으로써 정도의 당위성을 강조하는 일이야말로 그들이 모든 것에 앞서서 해야 할 일이었다. 따라서 〈신도가〉는 '대중 세뇌의 목적성'을 바탕으로 한다. 표면적으로 서경(敍景)과 서정(抒情)의 수법을 통해 새로운 문명이나 규범을 찬양하고 있으나 본질은 현실적인 목적의식의 달성에 있었다. 그와 같이 '정도'라는 역사적 사건을 대상으로 문화사적 차원의 다각적인 조감이 가능하도록 만든 것이 바로 〈신도가〉라고 할 수 있다.

신도를 노래한 작품들 가운데 악장계의 첫 작품이 정도전의 〈신도가〉다. 이 노래는 한양 천도가 이루어질 즈음에 지은 노래로서 고려노래 〈동동〉의 곡조에 가사만 채워 넣은 것으로 추측된다. 조선 초에는 고려의 음악을 물려받아 썼다. 예컨대 정도전의 악장 〈납씨가〉는 〈청산별곡〉의 곡조에, 〈정동방곡〉은 〈서경별곡〉의 곡조에 각각 올려 부르는 식이었다.

따라서 〈신도가〉를 〈동동〉의 곡에 올려 부른 것은 당대의 관습으로 보아 자연스러운 일이었다.

사실 조선조에 들어와 가장 많이 불린 노래 가운데 하나는 〈한림별곡〉이다. 그 노래로부터 다양한 모방곡과 파생곡들이 나왔는데, 그 중 신도의 노래로 대표적인 것은 변계량의 〈화산별곡〉이다. 그리고 그 노래의 선행 작품이자 간접적으로나마 신도의 노래에 관련을 맺는 것이 권근의 〈상대별곡〉이다. 전체가 8장으로 되어있는 〈화산별곡〉은 《악장가사》와 《세종실록》에 실려 있으며, 〈한림별곡〉의 구조를 충실히 답습한 노래다.

물론 그 선행 작품으로 보이는 〈상대별곡〉을 신도 노래 자체로 볼 수는 없다. 그러나 첫 구절인 "화산남(華山南) 한수북(漢水北)"은 분명 도성이 지닌 풍수적 조건을 지칭한다. 풍수적 조건을 명시한 다음 도성의 핵심부에 위치한 '상대(霜臺)'를 노래했다는 점에서 넓은 범주의 신도 노래에 넣을 수 있다.

노랫말이 전해지지 않는 하륜의 〈도성형승지곡〉이나 〈도인송도지곡〉 등도 신도 노래들이다. 그 노래들 역시 신도 한양이 지닌 풍수지리적 조건을 내용의 기반으로 하고 있었을 것이다. 고려조 이래 불려 내려온 노래로서 내용이나 모티프가 신도 노래들과 유사한 것으로 추정되는 노래가 〈양주(楊州)〉다.

《고려사 악지》의 설명에 따르면, 그 노래는 민요 가운데 애정 노래의 범주에 속할 수도 있다. 그러나 그런 추정은 설명의 뒷부분 일부에만 근거한 것일 뿐 전체적으로는 양주의 지세(地勢)나 그 지역민들이 누리던 삶의 풍요로움에 대한 가영(歌詠)이 주를 이루었을 것이라 생각된다.

'화산 남/한수 북'은 신도 노래들의 모두(冒頭)에 공통적으로 언급되던 신도의 1차적 조건이다. 풍수지리적 관점으로 볼 때 한양은 신도로서 합당한 지역이라는 것이다. 재앙을 물리치고 복을 불러들이는 땅의 형상이나 조건을 따지는 것이 풍수지리설의 핵심이다. 특히 고려의 태조는 도선의 지리쇠왕설(地理衰旺說)·산천순역설(山川順逆說)·비보설(裨補說) 등을 적극 신봉했고, 묘청의 서경천도운동이나 개경명당설 등도 모두 풍수지리설에 연원을 둔다.

조선 초에 강조된 배산임수(背山臨水)의 한양명당설은 고려시대부터 형성된 관점의 연장에서 본 신도 한양의 특징이자 고려 왕도를 능가하는 한양의 장점이기도 했다. 한양의 풍수지리적 장점을 노래의 앞머리에 올린 것은 고려의 관점으로 고려의 왕기를 누르고자 한 혁명 주도세력의 치밀한 계산이었다. 따라서 신도 찬양의 노래나 시 작품들은 대부분 앞 시대부터 각 지방에서 불리던 지방악으로서의 민요에 근거하여 신왕조 개창이라는 정치적 사건을 반영한 작품들이다.

정도전의 〈신도팔경시〉는 그 모범적인 선례로서 비악장계 시가의 대표작이다. 고려조 이제현의 〈송도팔영(松都八詠)〉을 의방한 이 작품을 필두로 유사 작품들이 속속 출현했다. 권근의 〈신도팔경차삼봉정공도전운(新都八景次三峯鄭公道傳韻)〉·〈화산〉·〈풍요〉, 하륜의 〈한강시〉 등도 정도전의 〈신도팔경시〉와 함께 비악장계 풍수지리의 범주에 넣어야 할 것이다.

신도 시가에서 공통적으로 발견되는 의식의 두 틀은 공간과 시간에 관한 것이다. 공간의식은 신도의 존립을 가능케 하는 이상적 조건으로서의 명당이나 풍수지리적 사고에서 발견된다. 시간의식은 새 왕조 영속의당위성을 부각시키려는 정치적 의도에서 찾을 수 있다. 말하자면 새 왕조는 하늘과 땅이 공동으로 참여하여 이룩된 이상적 공간이자 질서이므로

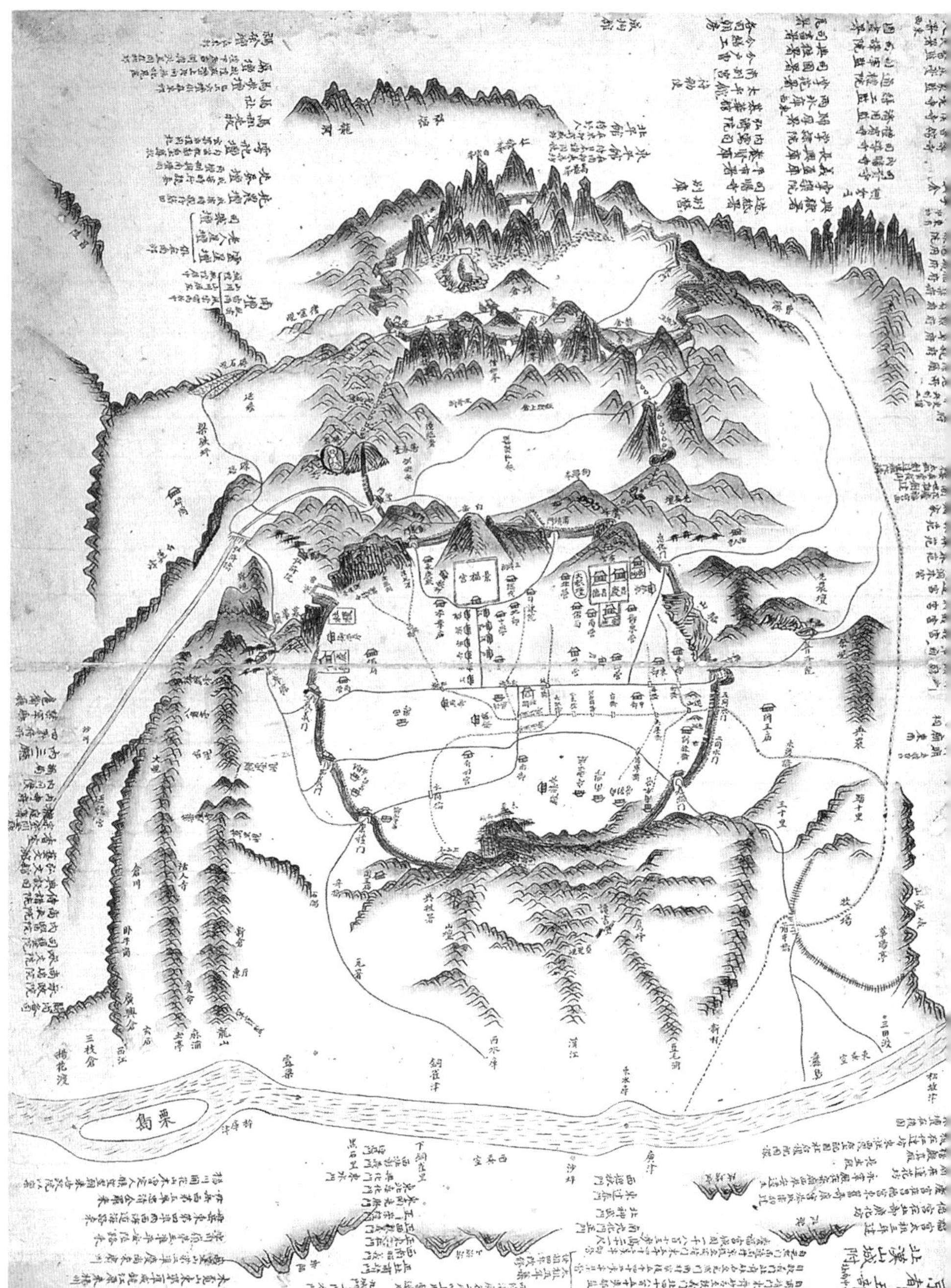

해동지도 경도(규장각 소장)

영속의 당위성을 원천적으로 지닌다는 것이다.

신도 시가의 작자 역시 악장 일반과 마찬가지로 권력의 핵심세력이었다. 따라서 주제의식의 바탕이 된 시간의식과 공간의식은 이들의 현실적인 이해관계가 투영된 것들이었다. 자신들의 의도대로 현실적 국면을 이끌어 나가야 한다는 것은 이들의 절대적 명제였던 것이다. 이성계가 개경에서 즉위한 이후 즉시 감행하려 한 것은 천도였다. 개경의 지덕(地德)이 쇠했다는 풍수론적 근거는 천도의 필요성을 합리화시키기 위해 내세운 명분이었다. 따라서 천도 혹은 정도는 이 시기의 변경할 수 없는 국론이었고, 그에 따른 집권세력 내부의 갈등 또한 필연적 상황이자 사태였다.

우여곡절 끝에 태조 3년 9월 정도전의 의견을 수용하여 한양을 신도로 결정했으며, 그 한 달 후에 천도는 단행되었다. 태조는 우선 천도를 감행하고 나서 신도를 건설했다. 천도 이후 태조 5년 9월 사이에 종묘·사직·궁궐 등 기본 건축물과 북악·낙산·남산·인왕산을 연결하는 전장 17㎞의 도성이 완공되었고, 동시에 그 출입문인 흥인문(동)·돈의문(서)·숭례문(남)·숙정문(북) 또한 이루어졌다. 왕자의 난이 일어나자 도읍을 개경으로 일시 옮겼으나 태종 5년 한양으로 재천했다. 그 과정에서 신도 한양은 정치·경제·문화 등 조선왕조의 실질적인 중심으로 자리 잡게 되었다.

신도는 새 왕조의 대유적(代喩的) 관념이다. 따라서 신도 찬양의 노래들은 단순히 신도라는 한정된 대상을 노래하지 않고, 그것을 포함한 왕조 전체를 노래한다. 이 범주에는 창업정신·왕의 덕망·문물·제도 등이 두루 포괄되고, 이것들로부터 왕조 영속의 당위성이 추출되는 것은 당연하다. 한시 작품을 제외한 신도가의 상당 부분에 포괄적이거나 관념적인 소재들이 다수 등장하는 이유도 여기에 있다. 노래 안에 어떤 소재들이 도입되든, 그 마무리는 임금에 대한 송도거나 왕조의 무한성에 대한 기원이다. 어떤 표제의 노래든 송축과 송도로 마무리되는 것은 그들에게 왕과 왕조에 대한 송축이나 송도가 공통의 주제로 인식되었기 때문이다.

정도전이 신도 시가의 모범적 선례를 만든 데는 큰 의미가 있다. 그는 당시 천도문제에서 기왕에 제기되었던 계룡산, 무악 등 유력한 신도 후보지들을 물리치고 한양 천도를 성사시킨 핵심인물이다. 그것은 정도전이 조선왕조 권력의 무게중심에 놓이게 되었음을 의미한다. 이 일을 기점으로 신도 건설이나 새 왕조 문물제도의 수립이 정도전을 중심으로 이루어지게 된 것도 주목할 만한 일이다. 그런데 정도전을 비롯한 당대 실력자들이 정도의 근거로 내세운 것은 대부분 풍수지리설이나 도참설이었다. 태조 3년 7월 음양산정도감(陰陽刪定都監)이라는 임시 관청을 설치하여 정도전을 비롯한 당대의 대표적인 지식인들과 서운관원(書雲觀員)으로 하여금 새 도읍지를 물색하기 위해 지리 도참의 서적을 섭렵하게 한 것은 그 대표적인 사례였다.

왕조 영속의 꿈, 그리고 〈신도가〉

〈신도가〉는 우리말 노래이나 〈신도팔경시〉는 한시다. 정도전이 이처럼 표기체계를 달리하여 신도를 찬양한 목적은 무엇이었을까. 그는 이미 〈몽금척〉·〈수보록〉·〈문덕곡〉·〈납씨곡〉·〈궁수분곡〉·〈정동방곡〉 등을 지어 올리면서 왕조 창업에 따른 악장 제작의 당위성을 개진한 바 있다. 천명을 받은 임금에게 공덕이 있으면 노래로 드러내어 후대에 전해야 한다고 했다. 새로운 시대가 일어나면 그 시대의 제작이 있어야 한다고 본 것도 그 때문이다. 이때의 제작이란 임금의 공덕을 찬양하는

음악 일체를 지칭한다. 그런 관점 아래 지은 것들이 〈몽금척〉을 비롯한
노래들이다.

그런데 태종은 〈몽금척〉·〈수보록〉 등이 꿈속의 일이거나 도참의
설이므로 악장에서 제외해야 한다고 말했다. 태종의 이 말은 신도 시가의
내용적 성향에 대하여 중요한 점을 시사한다. 정도전은 조선조 악장의
개조다. 그가 지은 대표적인 악장이 도참의 설을 바탕으로 했다면, 목적문
학으로서의 악장과 고려왕조 이래 통치에 이용된 풍수지리설이나 도참설
이 적어도 선초 악장의 단계에서 자연스레 결합했다는 점을 입증한다.
〈신도가〉에 담긴 내용적 성격의 단서도 바로 이 점에 있다.

고려의 건국과 정도를 제외한다면 선초 이전에 지리도참설을 정도나
천도에 이용한 예로 묘청의 '서경 천도 주장'을 들 수 있다. 풍수지리상
개경의 지덕이 쇠했으니 서경으로 천도만 하면 36국의 복속을 이룰
수 있다는 것이 당시의 주장이었다. 그런 천도설 자체가 주모자들의
현실적 이해관계에서 나온 것이긴 하지만, 기록으로 미루어 풍수지리설이
당대 상층부 인사들 사이에 큰 힘을 발휘하고 있었음은 분명해진다.

이와 달리 중종조의 남곤(南袞) 같은 사람은 〈신도가〉에 문사(文詞)
보다 방언(方言)이 많이 쓰였으므로 이해하기 어렵다고 했다. 선초에서
중종조까지의 시간적 차이가 그리 멀지 않은 점으로 미루어 그가 가사
자체의 뜻을 이해하지 못했을 리 없다. 다만 그는 조선조 성리학이 체계를
갖추어가던 당시의 지식인으로서 노래에 사용된 도참설과 풍수지리설을
의도적으로 꺼렸을 따름이라 짐작된다.

〈신도가〉는 '아으 다롱디리'를 중심으로 전대절과 후소절로 나뉜다.
전대절은 도선의 밀기를 주지로 하는 내용이다. 고려 숙종 때의 김위제(金
謂磾)가 "양주에 목멱양(木覓壤)이 있으니 도읍으로 정할만하다"는 도선

의 밀기를 인용하여 숙종에게 남경 즉 한양으로 천도하기를 청하니 왕이 천도의 역사(役事)를 5년 만에 완성했다고 한다.

노래 가운데 '옛날'은 이미 천도의 논의와 역사가 있었던 고려 숙종 대를 지칭한다. 그 '옛날'과 대조되는 것이 '지금의 경치'다. 그 때 이루지 못한 역사를 지금에서야 이룬다는 말이다.

'새 도읍의 지세와 풍경'은 신도를 둘러싸고 있는 풍수지리적 요건으로서의 '산·수·방위'와 함께 이것들이 어울려 이루는 인문지리적 양상을 포괄적으로 드러낸 말이다. 그리고 '도성답도다'는 도선의 밀기에 나오는 '가립도성(可立都城)'의 시적 표현이다. '성수만년하시니 만백성 모두의 기쁨이로다'는 악장 일반에 두루 등장하는 상투적 내용이다.

무라야마 지준(村山智順)은 한양 정도와 관련하여 〈도선비기〉에 의한 풍수적 신앙 때문에 한양을 국도로 삼으려 한 것이 명백하다고 단정했다. 정도를 위해 풍수지리설을 참고한 것이 아니고 풍수지리설이나 도참설 때문에 정도를 했다는 것이다. 따라서 신도의 건설 역시 풍수지리설을 근본으로 하지 않을 수 없었을 것이다. 고려 시대 풍수상의 도읍이 조선에서는 실제 국도가 되었다는 점을 시적으로 노래한 것이 전대절의 내용임은 이런 점에서 타당하다.

〈신도가〉의 후소절은 신도의 풍수적 입지조건을 주 내용으로 한다. '앞은 한강수요, 뒤는 삼각산이라'는 후소절 첫 구절은 신도가 지닌 가거지(可居地)로서의 배산임수적 조건을 단적으로 나타낸다. 풍수지리의 이론이 체계화되기 이전에도 이러한 자연 상태가 인간의 기본적인 삶의 조건으로 여겨져 왔는데, 하물며 이 노래가 창작되고 불린 시점에는 풍수지리가 얼마나 중요한 삶의 원리로 정착되었겠는가.

더욱이 '화산남 한수북'이나 '북거화산(北據華山) 남림한수(南臨漢

水)’ 등은 다음 단계 신도 노래들의 투어(套語)로 정착되기도 했다. 화산 즉 삼각산_{현재의 북한산}은 서울의 진산(鎭山)이며 한수_{현재의 한강}는 북동쪽에서 흘러와 신도의 남쪽을 감고 도는 강이다.

풍수학자 최창조가 지적했듯이 신도는 ‘남면산록(南面山麓)·배산임수·산하금대(山河襟帶)’의 풍수적 조건을 갖춘, 이상적 도읍지다. 〈신도가〉의 마지막 행 “덕이 많으신 강산 사이에서 만세를 누리소서” 역시 전대절의 그것처럼 악장 일반에서 볼 수 있는 상투적 표현이다. 그러나 그 이면적 의미는 일반적인 악장의 그것과 다르다. 풍수 좋은 지역을 도읍으로 삼은 것이 새 왕조 영속의 전제조건이었음을 밝혀 한양 정도의 불가피함을 강조하고 있기 때문이다.

노래 가운데 ‘덕이 많으신’이란 표현은 풍수지리적으로 뛰어난 조건을 갖춘 강산에 인격을 부여한 것으로 보이며, 따라서 신도를 물질적 실체가 아니라 정신적 존재로 보려는 작자의 의도는 이 부분에 강하게 나타난 것으로 생각된다.

이 노래에서 임금의 현실적인 치적은 언급되어 있지 않다. 창업이나 정도 모두 이미 점지된 풍수지리적 조건의 당연한 결과로 제시되고 있을 뿐이다. 대부분의 악장은 의례적이나마 임금의 치공을 선양하는데 중점을 둔다. 그러나 〈신도가〉 류 노래들에서의 모든 것들은 예정된 결과의 현시(顯示)에 지나지 않는다. 그만큼 그런 노래의 작자들은 상황을 운명이나 천명의 소치로 해석하려는 성향을 보여주었다. 새 왕조의 개창이나 정도 등을 미리 정해진 것으로 돌려야 비로소 그들이 신봉하는 명분이나 도리의 한계를 뛰어넘을 수 있을 것이기 때문이다.

〈신도팔경시〉를 살펴보자.

1) 〈기전산하(畿甸山河)〉

沃饒畿甸千里

表裏山河百二

德敎得兼形勢

歷年可卜千紀

기름지고 풍요로운 기전의 천리

안팎으로 산하는 험준하여 백이의 형세로다

덕교가 형세를 얻어 겸했으니

나라의 역사 천년은 점치겠도다

2) 〈도성궁원(都城宮苑)〉

城高鐵甕千尋

雲繞蓬萊五色

年年上苑鶯花

歲歲都人遊樂

성은 높아 철옹으로 천 길이나 되고

구름은 봉래산을 오색으로 둘렀도다

해마다 해마다 상원에 꾀꼬리 울고 꽃 피니

해마다 해마다 도성 사람들 즐거이 놀겠도다

3) 〈열서성공(列署星拱)〉

列署崢嶸相向

有如星拱北辰

月曉官街如水

鳴珂不動纖塵

늘어선 관아들 높이 솟아 서로 마주보니

뭇별들이 북두성 둘러싼 듯 하도다

달빛 어린 새벽녘 관가는 물 같은데

말굴레 소리에도 가는 티끌 하나 일지 않는구나

4) 〈제방기포(諸坊碁布)〉

第宅凌雲屹立

閭閻撲地相連

朝朝暮暮煙火

一代繁華晏然

저택들은 구름 위로 치솟아 있고

여염집들 땅 위에 서로 이어있도다

아침마다 저녁마다 피어오르는 연기와 불

한 시대의 번화로움 안연하기만 하구나

5) 〈동문교장(東門敎場)〉

鐘鼓轟轟動地

旌旗旆旆連空

萬馬周旋如一

驅之可以卽戎

종소리 북소리 요란하게 땅을 울리고

정기는 펄럭펄럭 공중에 이었도다

만 필의 말들 움직임 하나 같이

달려 싸움터에 나아갈 만 하도다

6) 〈서강조박(西江漕泊)〉

四方輻湊西江

拖以龍驤萬斛

請看紅腐千倉

爲政在於足食

사방은 서강으로 모여들어

용같이 날쌘 큰 배로 나르네

수많은 창고에 썩어가는 물건 좀 보게

정치란 먹거리를 넉넉하게 하는 데 있느니.

7) 〈남도행인(南渡行人)〉

南渡之水滔滔

行人四至鑣鑣

老者休少者負

謳歌前後相酬

남쪽나루 물은 도도하게 흐르고

길 가는 이들 사방에서 모여드네

늙은이는 짐을 벗고 젊은이는 짐을 지며

노랫소리 앞뒤로 서로 호응하는군

8) 〈북교목마(北郊牧馬)〉

瞻彼北郊如砥

春來草茂泉甘

萬馬雲屯鵲厲

牧人隨意西南

저 북쪽 교외를 바라보니 숫돌 같고

봄이 오니 초목 무성하고 샘물은 달기만 하도다

만 필의 말들 구름처럼 모여들어 까치처럼 요란하고

목동은 제멋대로 서쪽으로 남쪽으로 오고 가네

〈신도팔경시〉는 태조 7년1398에 지은 작품이다. 태조가 조준(趙浚)과 김사형(金士衡)에게 신도팔경의 병풍 각 1면씩을 내리자 정도전은 팔경시를 지어 올렸다. '신도팔경'이란 소재를 누가 고안하고 명명했는지는 알 수 없다. 그러나 그것들이 신도의 건설과 밀접한 관계를 맺고 있으며 매우 정연하다는 점에서 그 고안자 역시 정도전이었을 가능성이 크다. 1398년 4월이면 한양천도로부터 3년 반 정도 지난 시점이다. 애당초 태조는 궁궐도 짓지 아니한 채 천도했으며, 신도의 건설은 천도 이후에 시작되었다. 1394년 12월에 공사를 시작하여 1395년 7월에 경복궁을

낙성했고, 1396년 9월에는 도성을 준공했다. 1398년 8월 왕자의 난이 일어나 정도전은 주살을 당했고 정종 원년1399 3월 개경으로 다시 천도한 만큼 그 당시의 신도가 그다지 안정되었다고 볼 수는 없다.

그렇다면 이 작품에 묘사된 도읍지의 모습은 어떻게 해석될 수 있을까. 단적으로 말하여 그것은 신도 설계자로서의 정도전이 지향하던 일종의 '이상향'이다. 민심의 이반이 실제로 나타나던 그 당시에 나온 이런 내용의 노래를 단순한 사실 묘사로 볼 수는 없을 것이다. 새 왕조 개창의 주도자이자 신도 건설의 책임자였던 정도전은 민심의 귀부를 개국 위업의 성패가 달린 문제로 인식했을 법하다. 따라서 새 왕조 개창이나 신도 건설을 당대에 이념화시키기 위해 이미 기층민들의 신앙으로 굳어진 여러 이념들, 예컨대 불교·도교·도참설 등을 수용함과 동시에 자신이 '일대지제작(一代之制作)'으로 공언하던 악장을 통하여 새 왕조와 새 도읍지 건설의 불가피함을 설득할 필요가 있었던 것이다.

〈신도가〉나 〈신도팔경시〉는 그 방편으로 나온 것들이다. 정사(正史)의 기록은 아니나, 정도전이 궁궐의 좌향(坐向)을 결정했고 실제 그의 설계대로 도성은 이루어졌다고 한다. 이러한 신도의 안정된 모습을 밖에서 안으로 투시하고, 움직이는 모습을 동서남북으로 투시하여 하나로 묶어놓은 것이 바로 〈신도팔경시〉다.

〈신도팔경시〉는 '1) 기전산하(畿甸山河), 2) 도성궁원(都城宮苑), 3) 열서성공(列署星拱), 4) 제방기포(諸坊碁布), 5) 동문교장(東門敎場), 6) 서강조박(西江漕泊), 7) 남도행인(南渡行人), 8) 북교목마(北郊牧馬)' 등 6언 절구 여덟 수로 이루어져 있다.

1)에서 '기전'이란 왕도를 중심으로 사방 5백리 이내의 땅, 즉 새 도읍지를 둘러싸고 있는 경기도 일원을 말한다. 그 산하의 형세를 언급하

며 '역년이 천년을 점칠 수 있다歷年可ㅏ千紀'고 했다. 이 작품 첫 머리의 내용 역시 신도의 풍수지리적 조건임은 〈신도가〉의 그것과 일치한다. 더구나 '가복천기(可ㅏ千紀)'는 도참류 언술의 핵심이다.

2)는 신도를 둘러싸고 있는 성곽과 궁궐이다. 3)은 도성 안의 관서들이고, 4)는 도성 안의 제택(第宅)과 여염집들이다. 따라서 이 작품 전반부의 흐름 1→2→3→4는 '외부→내부'의 이동구조로 되어 있다. 5)는 군사훈련장의 모습, 6)은 서강에 배가 드나들며 물건을 나르는 모습, 7)은 남쪽 나루터에서 사방의 나그네들이 왕래하는 모습, 8)은 북쪽 들판에 수많은 말들이 방목되고 있는 모습이다.

5), 6), 7), 8)은 각각 동·서·남·북의 방향에 있는 경물들이다. 따라서 이 작품은 신도의 안정된 모습을 밖에서 안으로 투시하고, 움직이는 모습을 동서남북으로 투시하여 하나로 묶어 놓은 것이다. 전반부는 태평과 안정의 이미지로, 후반부는 활기와 움직임의 이미지로 각각 일관한다. 다시 말하여 '전반부 : 후반부'의 내용적 대응은 '동(動):정(靜)'이다. 이처럼 이 작품은 기하학에 근접할 만큼 정연하게 짜여 있다. 앞머리에서 풍수지리적 조건을 언급하고 있는 점도 〈신도가〉와 연관, 주목할 만하다.

〈신도가〉의 지속과 확장

신도 시가의 풍수지리적 공간은 대개 시간을 포함하는 개념이다. 신도의 풍수지리적 공간이야말로 과거·현재·미래가 혼재하는 그것이다. '신도'가 이상적 공간으로 관념되는 만큼 과거·현재·미래 등 모든 시간대는 긍정적인 양상을 보여준다. 신도 시가에 표상된 과거·현재·미래는 일직선적이다. 그것들 사이에 질적인 차이가 개재되지 않기 때문에 표현상 밋밋할 수밖에 없는 것은 당연하다.

'천년승지(千年勝地)'는 과거부터 현재까지의 긍정적인 시간대와 공간이 포괄된 개념이다. 과거와 현재가 긍정적이므로 미래는 이미 결정된 것이나 다름없다는 생각이 잠재되어 있다. 일종의 인과율이 작용하는 셈이다. 흔히 등장하는 '만고(萬古)'란 과거를 포함한 이상적 시간대로서의 영원을 표상한다. 신도 시가의 작자 계층에게 '현재'는 변할 수 없는 시간대며, 따라서 완전성으로 지각되는 현재는 영원으로 직결된다. 미래가 '당위'로 되기 위해서는 불변의 현재가 지속되어야 하는 것이다.

실재가 언어 개념을 초월한다는 생각을 전제로 가급적 시적 직관을 통하여 사물의 예각을 드러내고자 노력해 온 것이 시인들의 관행이다. 그러나 악장이나 신도 시가의 경우는 다르다. 작자 계층은 실재가 언어 개념에 의해 확장될 수 있다고 보았기 때문이다. 즉 실재에 감춰져 있던 의미가 언어에 의해 드러난다는 말이다. 이것은 전통적 시문학의 궤도에서 볼 때 일종의 일탈이며, 이 일탈이 하나의 규범으로 정착된 것을 악장 일반의 특징으로 보아야 한다. 그 가운데 신도 시가는 그 정도에 있어서 좀 더 심한 경우다. 이런 이유로 신도 시가에 목적문학이라는 개념을 적용할 수 있는 것이다.

도읍지의 문물 찬양을 포괄하는 〈신도가〉의 전통은 조선조 일대를 통해 지속되었다. 조선조 후기 《진본 청구영언》의 '만횡청류'에 올라 있는 다음의 노래는 그 점을 잘 보여준다.

鎭國名山萬丈峰이靑天削出金芙蓉이라巨壁은屹立ㅎ여北祖三角이오奇巖은斗起ㅎ여南案蠶豆ㅣ로다左龍은駱山右虎仁王瑞色은盤空ㅎ여象闕에어리엿고淑氣는鍾英ㅎ여人傑을비저내니美哉라我東山河之固여聖代衣冠太平文物이萬萬歲之金湯이로다年豊코國泰民安ㅎ되九秋楓菊에麟遊를보려ㅎ고面岳登臨ㅎ여醉飽盤桓ㅎ오며셔感激君恩ㅎ여이다.

나라를 눌러 지키는 만길 산봉우리가

하늘 높이 우뚝 솟아 금빛의 연꽃 봉오리 같구나

거대한 암벽은 우뚝 솟아 뒤쪽의 삼각산이오

기암은 불끈 일어나 앞쪽의 남산이 되었도다.

왼쪽은 낙산, 오른쪽은 인왕산

상서로운 빛깔은 하늘에 서리어 대궐에 어렸고

맑은 기운은 모여 인걸을 빚어내었으니

아름답도다, 우리나라 산하의 굳음이여!

태평성대의 문화와 풍속이

영원토록 계속될 견고한 성터로다.

풍년이 들고 국태민안한데

가을철 단풍과 국화 속에 기린이 노는 것을 보려고

앞산에 올라 취하고 배불러 두루 돌아다니면서

임금님의 은혜에 감격하옵니다.

(《진본청구영언》 578, 현대어 번역은 필자)

　서울의 풍수를 찬양한 것이 이 노래다. 이 노래에서의 자연은 〈신도가〉보다 더욱 세밀하면서도 실감나게 묘사되고 있다. 장중하면서도 흥겨운 곡태. 꽤 오랜 기간 불려온 것으로 추정되는 노래다. 선초의 〈신도가〉와 구조적으로 일치하는 것은 풍수지리적 관점을 노래의 바탕으로 삼은 점이다. 〈신도가〉와 마찬가지로 이 노래도 임금에 대한 축수나 왕조 영속의 당위성에 대한 고취로 마무리되고 있다.

　'진국명산만장봉' 즉 진산과 안산으로 둘러싸여 있는 서울은 어떤 외침으로부터도 안전하게 보호되는 천혜의 '금성탕지(金城湯池)'라는 점, 그로 인해 태평성대의 문화와 풍속이 영원토록 계속될 것이라는 점, 즐거움 속에 평화를 누리는 것은 임금의 은혜라는 점 등이 이 노래의 골자다. 풍수지리의 관점이 노래의 뼈대로 작용하고 있음은 물론이다.

이 노래는 〈만횡청류〉에 속해있다. 조선조 후기 가곡으로서, 흥청거리는 농조(弄調)로 부른 노래가 만횡청류다. 태평성대를 구가하는 노래인 만큼 농조는 당연히 어울리는 가락이다.

근·현대에 들어와서도 지속되는 〈신도가〉의 전통은 〈애국가〉와 지역사회의 노래들, 각급 학교의 교가 등에서 확인할 수 있다.

1) 〈애국가〉 1절
동해물과 백두산이 마르고 닳도록
하나님이 보우하사 우리나라 만세
무궁화 삼천리 화려강산
대한사람 대한으로 길이 보전하세

2) 〈거제고 교가〉 1절
쳐다보면 옥녀봉 평화의 모습
굽어보면 옥포만 자유의 노래
평화와 자유 깃든 배움터에서
마음의 옥구슬을 갈고 닦는 우리들
빛내자 우리 학교 우리 거제고등학교

3) 〈태안군민의 노래〉 1절
우람한 백화산 우러러보면
씩씩한 기상은 하늘에 드높고
반도에 뻗어 내린 굳센 정기는
우리 군민 가슴 속에 차 넘치네
(후렴) 세세 이어나갈 해안 절경 삼백 리
아 아 태안 태안의 영광

1)은 애국가, 2)는 교가, 3)은 지역사회의 노래다. 모두 산이나 강,

바다를 서정적 형상화의 바탕으로 삼고 있다는 점에서 〈신도가〉로부터 발원되었음직한 전통의 흔적을 발견하게 된다. 우리 민족은 자연에 대한 순응의 역사를 갖고 있다. 자연의 품속에서 자연의 뜻을 거역하려고 하지 않은 것이다. 큰 산이나 강에는 우리의 내면과 통하는 신격이 존재한다고 믿었다. 그리고 그 신격은 우리가 배반하지 않는 한 우리를 보호해 줄 것이고, 우리에게 미래의 안녕과 평화를 보장해주리라 믿었다.

집터를 고르는 양기 풍수는 물론 죽어서 묻힐 땅을 고르는 음택 풍수에 이르기까지 산이나 강이 우리에게 미치는 영향은 무엇보다 컸다. 풍수지리 사상은 자연을 거스르지 않으려는 우리 민족의 심성에서 나왔다. 그것은 수천 년 동안의 경험과 삶의 지혜가 응축되어 만들어진 생각의 체계로서 매우 과학적이다. 우리나라 영토의 중심에는 백두대간을 중심으로 하는 여러 산맥들과 압록강을 비롯한 많은 하천들이 있다. 이와 함께 삼면을 둘러싼 바다 역시 풍수의 또 다른 의미를 내포하는 공간이다. 사람들은 큰 산줄기나 강줄기로 구획되는 지역을 기반으로 공동체의 삶을 영위해 왔다. 그 안에서 각자는 산을 등지고 물이 바라보이는 곳에 집들을 짓고 살았다.

산은 바람과 추위를 막아주었고, 물은 식수와 농·공업용수를 제공해 주었다. 모든 학교들은 산 아래쪽 양지 바른 곳에 터를 잡았다. 그 산이 그 건물을 보호해 줄 것이라 믿었고, 그 산의 정기를 받아 학생들은 잘 자라줄 것이라 믿었다.

마을에서 큰 인물이 나면 으레 진산의 정기에 그 공을 돌렸고, 매년 입시에서 큰 성과를 올릴 경우 뒷산의 정기를 들먹이는 학교도 적지 않다. 그런 풍조는 앞으로도 지속될 것이다. 모두 풍수지리적 사고임에 틀림없고, 그런 사고가 노래로 구체화되어 문헌에 기록된 첫 작품이

선초의 〈신도가〉다. 지금도 애국가로, 교가로, 군민의 노래로 살아있는 〈신도가〉는 우리 민족이 삶을 이어가는 한 쉽게 사라질 수 없는 정신적 산물이다.

용비어천가

〈용비어천가〉는 무엇인가?

〈용비어천가〉는 시인가 아닌가, 산문인가 아닌가. 상식적인 듯하면서도 단언하기 어려운 것이 바로 이 문제다. 길게 이어나간 줄글이라도 일정한 운(韻)이 들어가는 경우 순수 산문이라 할 수는 없다. 운이 들어갔다고 줄글을 대뜸 시라고 할 수도 없다. 우리가 만나는 글들 가운데 시와 산문의 경계가 모호한 것들이 적지 않은 것은 바로 그 때문이다.

정확히 들어맞지는 않아도 〈용비어천가〉는 반복을 바탕으로 하는 운율을 갖고 있다. 더구나 그것은 음곡(音曲)에 올려 가창되던 노래다. 전통적으로 가(歌)와 요(謠)의 언어 부분은 시일 수밖에 없지만, 〈용비어천가〉의 경우도 그러한지는 더 따져보아야 알 일이다. 그 점을 〈용비어천가〉가 지닌 '예술적혹은 시적 모호성'이라고 할 수 있을 것이다.

과연 〈용비어천가〉의 그런 모호성은 어디에서 기인하는가. 바로 〈용비어천가〉가 조선왕조라는 정치 체제의 역사와 현실, 그리고 미래상을 '산문적으로' 그려낸 노래기 때문이다. '산문적으로 그려낸 노래'란 〈용비어천가〉의 특수성을 지적한 말이다. 조선왕조의 '어제·오늘·내일'을 그려내자니 전체적으로 '서술'의 형태를 벗어날 수 없었다. 그러면서도 '널리 전파되어야 한다'는 당위성 때문에 음악과 노래의 수단을 취하는 것 또한 불가피했다.

언어로 이루어진 메시지와 가창되는 음곡을 유기적으로 결합한 것이 노래다. 노래를 구성하는 음곡도, 메시지 자체의 구성도 반복을 바탕으로 한다. 반복을 통해 중요한 내용이 널리 전파되는 것, 그것이 바로 고금을 통해 노래를 만드는 자들의 변함없는 의도다.

〈용비어천가〉는 125장으로 이루어져 있다. 각 장은 가창의 단위이면서 특정한 내용을 완결적으로 서술한 '의미단위'일 수 있다. 개별 사건이나 소주제를 중심으로 이루어진 것이 각 장이다. 그래서 125장 전체를 읽어야 〈용비어천가〉의 주제는 분명해진다.

125장 가운데 대부분3~109장은 육조(六祖)가 보여준, 에피소드 수준의 행적들이다. 그 다음으로 많은 부분110~124장은 그런 행적들로부터 도출해낸 교훈들이고, 시작1~2장과 졸장125장은 전체의 주제를 압축해 놓은 부분들이다.

〈용비어천가〉가 단순히 에피소드들의 모음이 아니라 수미(首尾)가 일관(一貫)된 구조물인 이상, 그 핵심은 1·2장과 125장에 있다. 말하자면 중간에 나열된 서사(敍事) 부분들은 1·2장과 125장에 제시되는 주제적 언술의 근거일 뿐이라는 것이다.

〈용비어천가〉를 (영웅)서사시로 보는 견해도, (건국)신화로 보는 견해도 있다. 그러나 부분적으로 어떤 성격을 바탕에 깔고 있든 그것은 장편의 '교훈 혹은 교술(敎述)시'라는 범주를 벗어나지 않는다. 후대의 임금들에게 올바른 정치의 요체를 가르쳐 왕조 영속의 당위성을 고양시키려는 것이 〈용비어천가〉의 목적이기 때문이다.

〈용비어천가〉의 교술성은 설정된 화자를 통해서도 나타난다. 1·2장 및 110~125장에는 초월적 존재로서의 교술적 화자가 등장한다. 이 부분에서는 천명과 천지조화의 원리 혹은 그에 입각한 군주의 행위 규범과 치도(治道)가 제시되어 있다. 3~109장에는 사실들을 나열하는 사전적(史傳的) 서사화자가 등장하고 있으며, 110~124장에는 앞에 나열한 사적을 기반으로 추출된 교훈적 요목들과 함께 '~잊지 마소서'라는 전형적 교술 표현이 반복되고 있다.

125장이 전체를 요약·반복하여 결말을 지은 부분이라 해도, 화자의 성향은 124장에 이어 변함없이 교술적이다. 전체적으로 화자의 전환에 맞추어 앞부분의 내용을 요약하고 있는 졸장에서 화자까지 전환시키고자 했을지 모르나, 그렇게 되면 3개의 의미단락 만으로는 벅찬 일이었을 것이다. 따라서 교술적 화자를 계속 등장시켜 마무리 지었으며, 그 결과 이 노래 전체는 교술물(敎述物)로 결구(結構)될 수밖에 없었다. 뿐만

어가를 따르던 고취악대 재현

아니라 〈용비어천가〉를 널리 보급, 공사(公私)의 연향(宴享)에서 연주하게 함으로써 백성들이 그 깊은 뜻을 알 수 있도록 했다.

성리학의 명분론에 비추어 절대로 합리화 될 수 없었던 태조의 역성혁명, 적장(嫡長) 아닌 태종 및 세종 자신의 왕위계승 등 모두가 왕조의 순탄한 행로에 장애가 될 만한 요인들이었다. 언제고 일어날 수 있는 '왕조의 윤통(閏統) 시비'를 미연에 막을 만한 방도로 가장 좋은 것은 '혁명에 의한 건국의 당위성'과 '왕조 영속의 당위성'을 백성들에게 자연스런 방법으로 주입시키는 일이었다. 이런 일은 건국 초기 훈민과 교화의 분위기에 편승함으로써 훨씬 더 큰 효과를 본 셈이었다. 〈용비어천가〉의 제작 동기 내지 주제의식이 표면적인 것과 이면적인 것 등 이원적으로 파악되는 것도 이와 같은 현실적 상황에서 그 원인을 찾아 볼 수 있다.

작자 계층의 이념

그렇다면 그 가르침의 주체는 누구일까? 시적 화자의 정체는 무엇이며, 그들의 생각이나 주제를 구현하기 위해 어떤 표현법을 썼는가? 몇 부분을 중심으로 그런 점을 살펴보기로 한다.

1) 우리나라의 여섯용이 나르시어 일마다 천복이시니, 옛 성인들과 꼭 같으시니 (1장)

2) 뿌리 깊은 나무는 바람에 아니 흔들리므로 꽃이 좋고 열매가 많으니
샘이 깊은 물은 가뭄에 그치지 아니하므로 내가 되어 바다로 가느니 (2장)

3) 길 가에 엎어진 시체를 보시어 침식을 못하시니
백성을 사랑하고 보호하는 마음에 그 아니 근념하시리
백성의 병폐를 모르시면 하늘이 버리시나니, 이 뜻을 잊지 마소서 (116장)

4) 천대 옛날에 미리 정하신 한강 북쪽에 어진 일을 쌓고 나라를 여시어 타고난 왕조의 운수가 끝없으니
성신이 이어진다 해도 하늘을 공경하고 백성을 위해 힘쓰셔야 나라가 더욱 굳으실 것입니다
임금이시여, 아소서! 낙수에 사냥 나가 놀면서도 조상의 보살핌만 믿으시겠습니까? (125장)

나라의 기틀을 잡은 여섯 조상들의 위업이 옛 성인들과 부합하는 천복임을 밝힌 것이 1)이고, '뿌리 깊은 나무'와 '샘이 깊은 물'의 비유를 통해 교훈적 대전제를 제시한 것이 2)다.

후자의 두 비유는 노래 전체를 지은이들이 의도한 주제로 몰아가는 추동력을 지니고 있다는 점에서 절묘하다. '여섯 조상들의 위업이 천복'인 점은 '뿌리 깊은 나무/ 샘이 깊은 물' 등과 같은 원인적 요소에 해당한다. 그러면서도 천복을 받아 이룩한 조상들의 위업이 이루어낼 결과에 대해서는 언급하지 않았다.

그 결과는 '꽃 좋고 열매 많음', '내가 되어 바다로 감' 등의 비유로 슬쩍 넘겨 버렸다. 비록 그 표현들의 원관념이 매우 단순하고 명백하긴 하지만, 구체적이지 못한 것 또한 사실이다. 이 점은 졸장125장인 4)에 단순히 왕조의 장밋빛 미래가 주제로 제시되지 않은 사실과도 긴밀하게 결부된다.

1)에서 제시한 '육조의 위업'은 노래 전체의 원인이다. 원인이 좋기 때문에 '결과 또한 좋을 것'이라는 원칙론은 2)에서, 그것도 비유적 표현을 통해 암시했다. 3)은 좀 더 구체화된 가르침이다. 그것은 이른바 '물망장(勿忘章)' 가운데 하나로, 치도의 요체를 조목별로 요약하여 제시한 부분이다.

그렇다면 이런 가르침의 주체는 누구며 대상은 누구일까. 종결어미

‘-니’는 ‘-니이다’의 줄임꼴이므로 아랫사람
이 윗사람에게 올리는 어투로 보아야 할 것
이다. 3)의 ‘잊지 마소서’나 4)의 ‘임금이시여’
등을 감안한다면 그 점은 더욱 분명해진다.

감히 이런 당부를 임금에게 할 수 있는
사람(들)은 누구였을까. 〈용비어천가 서〉
나 〈용비어천가 진전(進箋)〉 등에 따르면
제작의 주역은 권제(權踶)·정인지(鄭麟
趾)·안지(安止) 등이었다. 권제는 원종공
신 권근(權近)의 아들이며 공신 자제의 자격

용비어천가 1장

으로 출사(出仕)하여 우찬성에까지 오른 인물이다. 정인지는 세종 때
출사하여 세조 때 정난(靖難)·익대(翊戴)·좌리(佐理) 등 내내 공신
반열의 으뜸에 속해있었으며, 안지는 태종 때 출사하여 요직을 두루
역임하다가 세종 때 봉조하(奉朝賀)에 이른 인물이다. 모두 조선 초기
권력층의 중심인물들이자 지식인들을 대표하던 사람들이다.

현실적인 행적에서 보듯, 이미 기득권층으로 자리 잡았다고 할 만큼
확고부동한 위치를 점하고 있는 그들이었다. 이들이 대표하던 권력층은
조선조 개국 당시 이성계와 함께 한 혁명세력이었고, 원래 그들 대부분은
고려 말의 신흥사대부 세력이었다.

고려 말 당시 이들은 권문세족에게 대항하던 집단으로서 개혁의
논리를 힘의 원천으로 삼고 있었다. 폐정 개혁의 의지는 혁명으로 이어졌
고, 혁명을 통해 수립된 조선왕조는 체제존립을 위한 명분을 절실히
필요로 했다. 그 이념 생산의 주역이 바로 신흥사대부 출신의 지식인들이
었고, 그들은 정권의 핵심세력이기도 했다.

그들이 갖고 있던 개혁 이념의 원천이 바로 성리학이었고, 그것은 '왕도정치'로 구체화 되었다. 성리학적 이념에 바탕을 두는 왕도정치, 그들이 지향하는 요순시대의 이상 정치나 태평성대의 대전제는 바로 여기 있었다. 그들은 그런 이념 아래 개창된 조선왕조가 왕도정치를 행할만한 요건을 모두 갖추고 있다고 믿었다. 그 출발 기조만 잘 지켜 나간다면 조선왕조는 한없이 뻗어나갈 수 있다는 것이 그들의 관점이었다.

그러나 혁명세력인 신흥사대부 혹은 그 자손들이 왕조의 권력을 독점하기 시작하면서 처음의 생각과 이상은 변질될 조짐을 보였다. 혁명세력이 기득권세력화하면서 일종의 위기의식이 찾아온 것이다.

'성리학적 이념에 바탕을 둔 조선왕조가 영속되어야 한다'는 당위성을 한 꺼풀 벗기면 '조선왕조의 혁명세력이 누리고 있는 기득권이 영속되어야 한다'는 내면적 욕구가 들어 있다. 그러자면 지배세력의 정점에 위치한 왕과 이들 집단 간의 이념적 동질성 유지가 무엇보다 중요했다. 왕은 이들을 보호하고, 이들은 왕권을 수호해줌으로써 상호 이해관계가 형성될 수 있기 때문이었다.

이런 과정에서 볼 때 〈용비어천가〉의 출현은 역사적 필연이었다. 집단 이념의 덧씌우기로 명분의 나약함, 도덕성의 취약함 등을 희석시키고자 한 왕실과 조선 초기 이념 담당 계층의 기도(企圖)가 극대화되어 나타난 실례가 바로 〈용비어천가〉기 때문이다.

지배층의 이상과 현실인식

5) 처음과 끝이 다르심으로 공신이 의심하니
나라를 정한 지 얼마 되지 않아 드디어 그 공적이 끊어졌습니다
처음과 끝이 같으심으로 공신이 충성스런 마음을 갖게 되니
나라를 만세에 전하는 것에 어찌 그 공이 끊어지겠습니까 (79장)

조선은 천명으로 건국한 나라라는 것, 나라를 잘 다스려 영원히 보전하라는 것 등은 앞에서 인용한 1·2장과 졸장의 골자였다. 그와 함께 〈용비어천가〉의 본질 파악에 중요한 내용이 바로 5)에 나타나 있다. 공신에 대한 극진한 대우를 계속해야 한다는 것이 그 내용의 골자다.

당대 권력의 핵심 계층이 자신들의 소망을 다양한 내용으로 풀어냈다는 점에서 〈용비어천가〉도 예외는 아니다. 오히려 기존 악장들의 내용적 성향이나 주제의식을 충실히 종합하여 보여준, 특별한 경우라고 할 수 있다.

천명은 왕조의 정통성을 입증하는 조건이며, 정권의 정통성은 통치집단이 가장 신경 쓰는 문제들 가운데 하나다. 이념의 문제 역시 권력의 정통성 여부와 함수관계를 갖는다. 이념에 혼란이 생길 경우 '왕조의 영속'이라는 당위적 명제는 위협받기 마련이었다.

조선조 혁명세력이 도모한 왕조의 교체나 이성계의 즉위가 비록 선양(禪讓)의 형식으로 이루어지긴 했으나, 무력에 의한 결과인 만큼 명분이 약한 일일 수밖에 없었다. 더구나 왕자의 난을 통한 태종의 정권 장악도, 적장(嫡長) 아닌 세종 자신의 왕위 계승도 모두 정통성을 주장할 수 없는 경우들이었다.

'태조—태종—세종'에 걸쳐 반복되어 온 '비정통적 왕위계승'은 지배집단의 위기의식을 불러 일으킬만한 사안이었다. 그러한 모순이나 역리(逆理)가 고착될 경우 왕조는 지속되기 어려웠다. 그런데 왕조의 지속과 융성은 지배집단의 기득권 유지와 밀접한 관계를 갖는 일이다.

〈용비어천가〉 등 악장의 제작자들은 조선의 건국이 도덕적 당위였다는 사실을 분명히 하고자 했다. 조선왕조가 도덕적 당위의 주체라면 이와 대립의 관계였던 고려왕조는 부도덕의 상징이기 때문이었다.

　　명분상 고려를 무너뜨린 일은 ‘복선화음(福善禍淫)’의 이법을 백성들에게 깨우쳐준 일이었고, ‘성리학적 이념에 의한 이상 질서’를 구현할 수 있게 한 기반이기도 했다. 그러나 무엇보다 중요한 것은 자신들이 새 왕조의 주체로 부각되었고 권력을 독점하게 된 일이었다. 이런 상황에서 권력구조의 정점에 있는 왕이 올바른 마음가짐으로 선정을 베푸는 일이야말로 어렵사리 쟁취한 권력을 대대로 지속시킬 수 있는 유일한 길이었다.

　　태조 당시부터 공신들이 조만간 기득권세력으로 정착할 기미를 보여준 것은 사실이다. 태조는 개국 직후 공신도감(功臣都鑑)을 설치하여 포상을 전담하게 했다. 비(碑)를 세워 공을 기록하게 했고, 장생전(長生殿)을 세워 화상(畵像)을 안치했으며, 전토와 노비를 내리기도 했다.

　　삼대조고(三代祖考)까지 추증한 것은 물론 부모와 처에게는 3등을 뛰어넘는 녹을 지급하고 아들에게도 3등을 뛰어넘는 직첩을 내렸다. 아들이 없으면 생질이나 사위를 등용하도록 했을 만큼 공신들을 극진히 우대했다. 맏아들은 그 직첩을 세습하게 했고, 자손 중에 혹시 허물이 있는 경우라도 이를 용서하도록 신표를 써 주기도 했다. 말하자면 당시 공신록에 오른다는 것은 자손 대대로 부와 귀가 보장되는 일이었으니, 일단 공신의 반열에 오른 사람들이라면 그 부귀를 탈 없이 세습하고자 하는 욕구가 강했을 것은 당연하다. 그들은 이 점을 왕으로부터 보장받고 싶었던 것이다.

　　5)의 요지는 악장의 담당 계층이 공신이거나 공신의 후예로서 기득권 세력에 속해 있었음을 입증한다. 한나라 고조의 예와 대비되는 태조의 공신 예우를 찬양하고, 이런 공신 중시의 자세가 계속되기를 바란 것이 작자혹은 작자 계층의 의도였다. 현명한 공신들은 자신들의 기득권을 보호해

주는 체제의 안정이 선결조건임을 알고, 현재의 행복에 도취되기보다
그 행복의 지속에 더 큰 관심을 보였다. 그런 행복을 자손만대 물려주고
싶은 것이 그들의 소망이기 때문이었다.

보험회사가 망할 경우 보험 가입자들은 달리 호소할 데가 없다.
회사가 잘 나갈 때 어려워질 경우를 염려해야 하는 것은 이 때문이다.
보험회사를 왕조, 보험사주를 왕, 보험 가입자를 신하들이라고 한다면
노래에 나타나는 그들 관계의 실상은 명백해진다.

역사는 돌고 돈다는 사실을 그들도 잘 알고 있었다. 자신들이 쟁취한
부귀영화도 과거에는 다른 사람들의 것이었고, 앞으로 언젠가는 또 다른
누구의 것이 될 수도 있음을 알기 때문에 그들은 마음을 놓을 수 없었다.
현재의 체제를 영속시키는 일만이 최선의 길이었다.

동서고금을 막론하고 기득권세력은 보수의 핵심에 서 있었다. 지키려
한다고 지켜지는 것이 아님을 이론적으로는 알면서도 지키려는 자의 본능은
늘 변화를 두려워하여 자기들만의 울타리를 공고하게 치려고 한다.

조선조 개국을 주도한 고려 말의 신흥사대부 계층이 처음에는 개혁세
력으로 부각되었으나 시간이 지나면서 기득권세력으로 변질, 보수화의
외길을 걷게 되었다. 그들은 자신들이 개혁의 주체였을 때는 개혁의 대의명
분을 고창할 수 있었다. 그러나 한 때의 주체가 영원한 주체로 남을
수 없는 것은 역사의 진실이다. 그런 우려와 현실인식이 〈용비어천가〉
등 악장으로 표출된 것이다.

뒷날의 왕들에게 나라를 잘 다스리라고 할 때 전제되는 '선정(善政)의
기준'은 악장 제작자들이 존재하던 그 시점의 규범이며, 그것은 5)에
표현된 '공신 우대'로 극명하게 집약된다.

승리자의 관점, 그리고 대의명분

조선조 악장의 완결편이라 할 수 있는 〈용비어천가〉는 정치사·문화사적으로 폭 넓게 해석될 여지가 많다. 그러나 당대 정계의 권력 구도나 작자들의 면모를 전제로 할 경우, 〈용비어천가〉란 기득권세력으로 바뀐 초창기 개혁 주체세력혹은 그 후손들이 자신들의 욕구를 그럴 듯한 대의명분으로 포장하여 내 놓은 언어적 표현물에 지나지 않는다.

〈용비어천가〉를 비롯한 악장은 승리자의 노래이자 기록이다. 권력에서 밀려난 사람이나 집단은 악장을 만들지 않는다. 악장을 만들 기회도 없거니와 제도적으로 허용되지도 않는다. 악장을 지어 바치는 사람들은 적어도 그 시점에서는 부와 귀를 확보했거나 조만간 그럴 만한 가능성을 지닌 존재들이다.

악장에 표현되는 소망이 비록 대의명분으로 포장되어 있긴 하나 그 이면에는 창작 주체의 현실적인 욕망이 핵심을 이루고 있기 마련이었다. 악장이 백성들에게 널리 퍼지지 못하고, 시대가 흐를수록 위축되어간 것도 그것이 소수 지배세력의 꿈과 욕망을 반복하여 읊은 데 지나지 않았기 때문이다.

〈용비어천가〉는 서사적 성향을 강하게 보여주는 교술시다. 시적 표현의 대상이 다양하고, 그 내용 또한 복잡하여 산만한 외양을 보여주는 것이 사실이다. 그럼에도 불구하고 주제의식이나 표현수법은 매우 정제되고 세련되어 한국 시가사상 장편시의 최고봉이라 할 만하다. 이 시점에서 〈용비어천가〉에 관한 기존의 편견들이 수정되고 재해석되어야 하는 당위성 또한 바로 여기에 있다.

월인천강지곡

〈용비어천가〉와 같고 다른 점

〈월인천강지곡〉은 〈용비어천가〉에 비해 훨씬 치밀한 서사적 짜임새를 보여준다. 우리의 문학사에서 드물게 보는 서사시이면서, 〈용비어천가〉와 함께 악장으로 쓰인 점은 더욱 이채롭다. 석가의 일생을 서사시로 그려낸 사실도 귀하지만, 유교를 국시로 하던 왕조에서 악장으로 연주된 점은 무엇보다 귀하다.

〈월인천강지곡〉이 다중(多重)의 서사적 단위들이 연결되어 이루어진 구조라면, 〈용비어천가〉는 자체의 의미로 완결되는 산발적 에피소드들을 통해 교육적인 언술을 이끌어 낸다는 점에서 다르다.

세종 28년1446 3월, 승하한 소헌왕후의 명복을 빌기 위한 불사(佛事)의 일환으로 제작된 〈월인천강지곡〉은 부처의 생애를 노래한 불교 서사시다. 수양대군이 《석가보》를 바탕으로 《석보상절》을 지어 올리자 세종은 그것을 보고 찬송을 지어 〈월인천강지곡〉이라 했다 한다. 따라서

정재무도홀기

이는 같은 시기에 지어올린 〈용비어천가〉와 제작 동기·목적·내용 등에서 극명하게 대비된다. 이 노래는 국가의 이념적 지향과는 정반대로 호불(好佛)의 성향을 보여주던 왕실과, 권토중래(捲土重來)를 꿈꾸던 불교계가 합작으로 이루어낸 큰 규모의 악장이다.

조선조의 집권세력에게 불교는 유착의 관계에 있던 고려조와 함께 타도의 대상일 뿐이었다. 그러나 현실적으로 국정의 한 축을 맡고 있던 왕실은 불교를 신봉하고 있었으며, 왕의 입장에서도 유교 중심의 비대해진 신권(臣權)을 견제할 만한 세력으로 불신(佛臣)들을 꼽지 않을 수 없었다. 표면적으로 불교 작품이 나올 수 없었던 상황임에도 〈월인천강지곡〉이 지어진 것은 이와 같은 세력구도의 현실 때문이었다.

〈월인천강지곡〉의 노랫말은 전·후 양절로 나뉘고 두 음보의 연첩으로 진행되는 등 그 기본적인 짜임은 〈용비어천가〉와 동일하다. 그렇다면 두 노래들의 음악 역시 큰 차이 없었을 것이다. 《악학궤범》 권5 '봉래의 정재' 중 취풍형을 연주하는 순서 마지막 부분에 "졸장인 천세장의 5엽에 이르러 다시 처음의 대열을 지으면 음악이 끝난다"는 설명을 감안하면, '전통 노래곡조 진작(眞勺)의 확대 발전형'으로 추정되는 〈용비어천가〉와 마찬가지로 〈월인천강지곡〉 역시 그랬을 것이라 짐작된다.

그 뿐 아니라 화자의 성격에 따른 어조(語調) 또한 〈용비어천가〉와 동질성을 보여준다. 1·2장에서 교술적 화자가 초월적 이념, 즉 〈용비어천가〉는 왕조 개창의 당위성을, 〈월인천강지곡〉은 석가불의 높은 공덕을 제시한 점, 3장부터 〈용비어천가〉는 선대의 사적을, 〈월인천강지곡〉은 석가불의 행적에 관한 구체적인 내용을 서사적으로 제시한 점 등이 같다. 다시 말하여 1·2장에서는 교술적 화자가, 3장부터는 서사적 화자가 이야기 전개의 역할을 담당한다는 것이다.

〈용비어천가〉와 마찬가지로 〈월인천강지곡〉도 궁중에서 연행(演行)되었다. 세조가 8기(妓)에게 〈월인천강지곡〉을 노래 부르도록 하고, 세종을 사모하여 눈물을 흘렸다는 사실이 《조선왕조실록》에 기록되어 있다. 실록에서는 그것을 '언문가사(諺文歌辭)'라 했다. '우리말 노래'란 뜻이다. 이 점에서도 〈월인천강지곡〉은 전문적인 불교 노래 아닌 당대의 속악으로 불렸음을 짐작할 수 있다.

현재 완전한 모습으로 남아있는 〈월인천강지곡〉 상편은 매 면 8행, 매 행 15자, 총 71장 194곡이다. 첫 장만 1행이고 나머지는 모두 2행으로 되어 있으며, 각 행은 대부분 정확한 6음보로 이루어져 있다. 대응하는 두 마디가 세 개씩 중첩되므로 각 장은 12마디로 구성된다. 첫 장이 1행, 마지막 장이 3행, 그 나머지가 2행인 점도 〈용비어천가〉와 유사하다.

〈월인천강지곡〉을 지은 세종은 조선왕조 최고의 호불주(好佛主)였다. 세종 연간에는 〈월인천강지곡〉 뿐 아니라 상당수의 찬불가들이 지어졌고, 궁중 안의 불당들에서 연주되었다. 이 일을 주도한 김수온(金守溫)은 불교 중흥의 대업을 자임하던 인물이었다. 호불로 돌아설 즈음 세종은 불당에서 법회를 열고 악공을 선

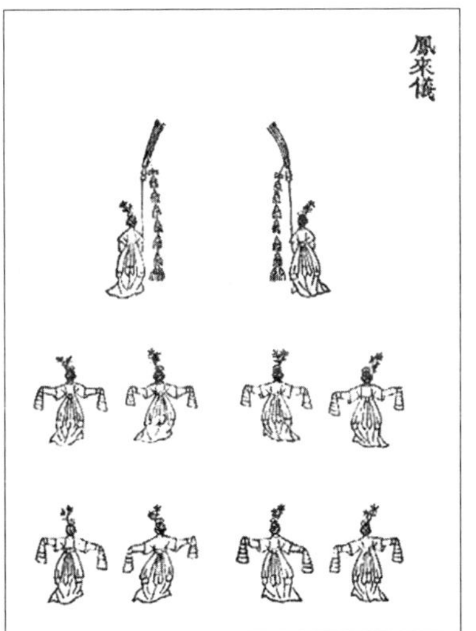

향악정재 봉래의

발하여 김수온이 지은 노랫말에 곡을 붙여 사용하게 할 정도로 불교에 경도되어 있었다.

《악학궤범》에 실려 있는 〈미타찬〉·〈본사찬〉·〈관음찬〉 등은 세종 시대에 많이 불리던 찬불의 음악이었고, 그런 노래들을 거쳐 〈월인천강지곡〉이 완성된 것은 작은 규모의 악장들을 거쳐 〈용비어천가〉가 지어진 점과 일치한다. 〈용비어천가〉가 그럴 듯한 서사적 대결을 보여주지 못하는 반면, 〈월인천강지곡〉은 상당 부분에서 박진감 넘치는 서사적 대결을 보여준다. 그리 풍부하지 못한 우리 서사시의 역사에서 〈월인천강지곡〉만큼 두드러진 작품도 드물다.

서사적 대결을 흥미롭게 전개한 것은 석가세존의 위대함을 강조하기 위한 이유였을 것이다. 서사적 대결은 주인공이 극복해야 할 시련이고, 그 시련들을 극복해야 최후의 승리자가 된다는 이치는 불교 경전이라 해도 별반 다를 게 없다. 주체와 객체 간의 서사적 대결은 사실 세속의 범주를 벗어나지 않는다. 세속을 초월하기 위해서는 세속의 싸움에서 이겨야 한다. 이긴 자만이 진 자를 너그럽게 대할 수 있고, 자신의 이념이 뛰어남을 보여줄 수 있다. 그런 점에서 〈월인천강지곡〉의 갈등 부분은 철저히 세속적인 투쟁의 면모를 보여준다. 세속에서 초 세속혹은 탈 세속으로의 상승이 극적인 만큼 거기서 이룩되는 숭고함은 더욱 두드러진다.

'전생담/ 태자의 탄생/ 출가 및 수행/ 정각 및 중생구제/ 입멸' 등 다섯 개의 시퀀스(Sequence)들로 이루어진 것이 〈월인천강지곡〉의 내용 구조다. 각각의 시퀀스들은 중핵 사건과 다수의 위성 사건들로 이루어져 있다. 각각의 시퀀스에는 큰 사건과 작은 사건들이 고루 들어 있으며, 그 가운데는 비교적 독자적인 에피소드들도 상당수 섞여 있다.

활쏘기 모티프의 영웅적 징표

〈월인천강지곡〉의 38~41장은 태자 시절 석존이 지닌 세속적 영웅의 모습을 그려낸 일화들이다. 다음은 그 첫 부분으로서 활쏘기의 모티프를 보여준다.

사위를 가릴 새 재주를 믿지 못하므로 임금의 말을 거역하였습니다
아버님이 의심하시어 재주를 물으시어 나라의 사람들을 모두 모으셨습니다
(38장)

집장석이 사위를 선택할 때 석존의 재주를 알지 못한 까닭에 구혼을 거절했으므로, 집장석은 정반왕의 말을 거역한 셈이 되었다. 그 일 때문에 정반왕이 석존의 재주를 의심하므로 석존은 그 의심을 풀어드리기 위해 제파달다와 온 나라 사람들을 모아 활쏘기를 겨루었다는 내용이다.

〈용비어천가〉에서도 활쏘기의 모티프는 영웅적 징표로 등장한다. 예컨대 태조에 관한 사적들 가운데 일부의 장에서는 활쏘기의 능력을 통해 태조의 영웅성을 부각시킨다(27장에서는 환조가 태조의 화살을 버리고, 태조의 뛰어난 재주를 기뻐하며, 32장에서는 하늘이 백성을 구하려 이성계 내려 주고, 숲 속의 담비에 스무 개의 화살을 맞힌다. 36장에서는 쫓아오는 세 도적을 세 살로 떨어뜨리고, 40장에는 성 위에 70개의 살을 쏘아 모두 맞힌다. 43장에서 졸애산의 두 마리 노루를 한 살에 꿰며 46장에서 임금이 놓은 은경에 화살을 백발백중시키고, 47장에서는 편전 한 낱에 왜구를 쳐부순다. 86장에 여섯 노루를 쏘아 떨어뜨리고 다섯 까마귀를 쏘아 떨어뜨리며, 88장 마흔 마리 사슴의 등을 쏘아 맞히고, 도적의 입과 눈을 쏘아 맞히고, 꿩을 날리고 쏘아 맞힌다. 89장에서는 백 보 밖의 소나무를 쏘아 꺾기도 한다). 그러나 그 때의 활솜씨는 무인으로서의 영웅성을 보여주는 징표일 뿐이다. 사실 〈월인천강지곡〉의 활쏘기 모티프도 원래의 석가모니

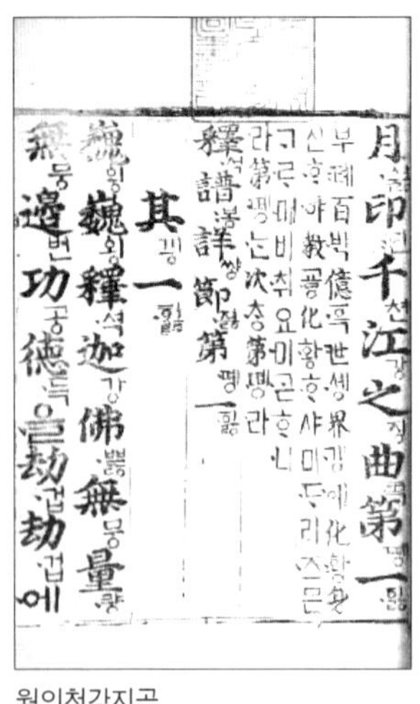

월인천강지곡

사적과 우리 고유의 전통이 합쳐져 이룩된 서사구조의 한 부분이라 할 수 있다.

태자를 사위로 삼고자 하는 집장석과 정반왕이 그의 재주를 의심하자 태자 스스로 의심을 풀고자 태자에게 원한을 갖고 있던 제파달다와 활쏘기를 겨루게 된 것이 바로 이 부분의 내용이다.

당시 여덟 살이던 태자는 뜰에서 활쏘기를 익히고 있었다. 제파달다가 한 마리의 기러기를 쏘아 태자가 있는 뜰에 떨어뜨리자, 태자는 화살에 연유액을 발라 기러기의 상처를 치료해 주었다. 제파달다가 기러기를 돌려달라고 하자 태자는 보리심(菩提心)으로 이 기러기를 받은 것이니 돌려 줄 수 없다고 거절한 일이 있었다. 이로 인해 제파달다는 태자에게 원한을 갖게 되었고, 경쟁 관계가 되었다.

활쏘기 경쟁에서 제파달다는 대상을 '죽이는' 능력을 보여준 반면 태자는 '살리는' 능력을 보여줌으로써 자비와 보리심의 실체를 구현했다. 그것은 〈용비어천가〉에 등장하는 세속적 영웅의 징표를 뛰어넘어 성인으로서의 단서와 가능성을 보여준, 활쏘기 모티프라고 할 수 있다.

많은 사람들을 살려냈다는 점에서 40, 41장의 활쏘기 모티프는 좀 더 적극적이다. 난타와 조달 등 석가씨와 장사 오백여 명이 모여 활솜씨를 겨루는 마당에서 태자가 쏜 화살이 일곱 개의 은고(銀鼓), 일곱 개의 동고(銅鼓), 일곱 개의 철고(鐵鼓)를 뚫고 나가 땅에 박혔다. 그 자리에서 단술 솟는 샘이 생겨나 많은 중생을 구제했다는 이야기다. 화살이 여러 개의 북을 뚫은 사실은 세속적 영웅의 징표다. 그러나 그 화살이 단술의 샘을 솟아나게 하여 중생의 갈증을 풀어준 사실에는 인류 구제의 숭고한 뜻이 들어있다. 성-속의 대결 구도에서 성의 승리는 속을 초월함으로써 가능한 일이었다.

'성-속의 대결'과 부자 간의 갈등

석가모니는 성도(成道) 이전에 아버지인 정반왕과 여러 차례 갈등을 겪는다. 태자의 출가하려는 뜻을 알아차린 정반왕은 그를 붙잡아 두기 위해 갖은 책략을 구사하지만, 결국 태자에게 지고 만다. 말하자면 세속의 원리를 대표하는 정반왕과 성의 원리를 대표하는 태자 사이의 대결에서 번번이 정반왕은 패배하게 된 것이다.

태자가 성도하고 돌아온 자리에서도 그 대결은 벌어진다. 태자 즉 석존이 정각을 이루고 중생을 제도하는 과정에서 우타야의 매개로 세속인 정반왕과 재회한 자리에서의 일이다. 석존의 출가수행에 가장 큰 방해자는 정반왕이었고, 그와의 재회는 '성-속'의 날카로운 부딪침이었다. 그 부딪침을 통해 불도의 숭엄성은 극적으로 드러난다.

> 1) 집을 꾸미게 하시되 칠보로 꾸미시며 수놓은 비단 요를 펴고 앉으시더니
> 나무 아래 앉으시어 제천이 오며 보상과 가사를 천룡이 바치니 (117장)
> 2) 진수성찬을 맛있게 자시며 주무실 제 음악소리가 어울리더니
> 바리를 가지고 걸식하시어 중생을 위하시며 선정 삼매에서 제석이나 범천이
> 보이셨으니 (118장)
> 3) 보배로 꾸민 수레에 코끼리가 메더니 발을 벗어 어찌 아프지 아니하시리오?
> 다섯 가지 신통력으로 메운 수레는 막을 길이 없으니 코끼리가 끄는 수레는
> 험하면 가지 못하니 (119장)
> 4) 옷을 꾸미시되 칠보로 꾸미시어 고우시고 위용이 있으시더니
> 머리를 깎으시고 누비옷을 입으시어 부끄러움이 어찌 없으신가? (120장)

5) 마음은 아니 닦고 옷으로 꾸미는 것, 이런 것만 부끄러워하더니
아무리 칠보로 꾸며도 좋다 하리까? 불법의 옷이야말로 진실의 옷이니
(121장)

정반왕이 '칠보전을 꾸미고 5백의 여기와 함께 금으로 만든 수요에 앉던 옛날'을 말하자 석존은 '나무 아래 여러 하늘 부처가 설법을 들으러 오며 천룡이 보상가사를 바치는 지금'으로 대꾸한다. 그 나머지에서도 '칠보전에서 진수성찬을 먹고 미인들의 풍류 속에 잠자던 옛날'에 대하여 '탁발걸식으로 중생을 제도하기 위해 석범이 에워싼 가운데 삼매경에 드는 모습'으로, '궁중에서 칠보로 꾸민 코끼리 수레를 타고 다니던 옛날'에 대하여 '발을 벗고 걸어 다니는 지금'으로, '칠보로 옷을 꾸미고 위용이 당당하던 옛날'에 대하여 '머리를 깎고 누비옷을 입고 있는 지금'으로, '생로병사에 대한 번뇌를 모르고 물질적 호사만 누리던 옛날'에 대하여 '정각을 이루어 물질에 대한 욕망이 사라진 지금'으로 각각 대응한다.

석존에게 과거는 세속적 영화의 시간대, 현재는 깨달음의 공간에서 누리는 영광의 시간대였다. 석존은 이미 깨달았으나 정반왕은 아직도 부귀영화에 대하여 집착하는 세속인으로 남아 있다. 그런 정반왕이 세속에 대한 집착을 포기하고 석존이 이룬 정각의 세계에 귀의하게 된 것은 극적인 변화다. 물론 그런 깨달음에 이르기까지 몇 고비를 넘어야 했던 것도 사실이다. 이미 정각을 이룬 석존을 세속인으로 되돌리려는 시도를 몇 차례나 반복할 만큼 정반왕은 세속에 대한 강한 집착을 보여주었다.

정반왕이 정각으로 귀의하기까지 여러 차례 보여준 가시적 현상들은 정반왕의 세속적 욕망을 무력화 시키려는 석존의 치밀한 구도였다. 즉 석존으로서는 세속에서 벗어나지 못한 정반왕을 깨우치기 위해 신기한 여러 가지 조화들을 보여주었으며, 그 힘으로 결국 정반왕도 불도에

귀의할 마음이 생겼던 것이다.

이처럼 출가로부터 정각을 얻기까지의 과정에서 가장 큰 장애는 부자 간의 갈등이었다. 그 갈등은 '성-속의 대립'이었으며, 정각을 얻기 위해 반드시 극복해야 할 시련이기도 했다. 〈월인천강지곡〉에는 부자 간, 부부 간, 친척 간의 갈등이 골고루 들어 있으며, 이것들은 서사성을 좀 더 실감나게 부각시키는 요인들이다.

석존을 중심으로 정반왕과의 갈등, 부인 야수와의 갈등, 아들 라운과의 갈등이 순차적으로 전개된다. 태자 출가 6년 만에 태자비 야수는 아들 라운을 출산했다. 사람들이 야수의 부정을 의심한 건 당연한 일이다. 라운의 잉태와 출산으로 끝나지 않고 세속의 모친인 야수로부터 라운을 분리시키기까지 스스로 악역을 맡을 수밖에 없었던 석존 부자 간의 기이한 인연은 결국 석존과 그 부인 야수의 갈등으로 발전하게 되었다.

석존이 목련을 야수에게 보내 라운을 데려오게 하자 야수가 라운과 함께 높은 누에 올라 사다리를 없애고 문을 잠가버린다. 석존에 대한 서운함과 남편 없는 아녀자로서 겪어야 했던 고난을 말하며 석존의 요구를 묵살한다. 목련과 대애도가 야수의 설득에 실패하자 석존이 신통력으로 화인(化人)을 만들어 보내 허공에서 야수를 꾸짖자 결국 야수는 라운의 손을 잡아 목련에게 맡기고 울며 이별한다. 출가하는 라운과 함께 50명의 석씨 문중 아들들을 모두 머리 깎게 하였으며, 사리불에게 명하여 그들을 가르치도록 했다. 궁중에서 호화롭게 자라 수행을 괴로워하는 라운을 석존이 타이르자 결국 마음을 고쳐먹게 된다.

화자는 이 부분의 서사적 갈등을 통해 세속의 원리와 성의 원리가 대결하여 궁극적으로 승리하는 것이 성의 원리임을 보여주었다.

영웅적 투쟁과 서사성

수달과 사리불의 이야기는 길면서도 복잡한 양상을 보여준다. 그 속에는
몇 개의 크고 작은 사건들이 들어있다. 수달과 석존의 만남, 수달과
사리불의 만남 등이 큰 사건이고, 태자와 수달의 갈등, 수달 및 사리불과
외도인 육사의 갈등, 사리불의 설법과 중생들의 깨우침, 석존의 사위국
전법 등이 '수달과 사리불의 만남'에 속한 작은 사건들이다.

수달과 석존의 만남은 이야기의 발단 부분으로 등장하지만 결말
부분에도 나오는데, 결말 부분의 만남은 앞부분의 만남을 원인으로 하는
결과의 의미를 지닌다. 정사를 완성한 수달이 석존을 모셔오자 온 나라에
광명이 퍼지고 중생들은 고통으로부터 벗어난다. 공양할 대상물을 요구
하는 수달에게 석존은 머리털과 손톱을 잘라주었고, 수달은 탑을 세워
간직한다. 수달이 병들자 석존은 그를 찾아가 아나함을 수기했고, 그는
죽어 도솔천에 올라가 도솔천자가 된 후 다시 내려와 석존의 옆에 앉는다.
정사를 짓는 과정에서 다시 육사의 무리를 만난 수달과 사리불은 그들과
싸워 이긴다.

154~165장은 육사의 제자 노도차와 수달을 대신한 사리불이 갖가지
신통력으로 겨루어 승리한 다음 육사의 무리를 제자로 삼게 되는 무용담
이다. 이미 석존은 정반왕 · 야수 · 조달 등 가족 · 친지와의 갈등을 해결
하고 그들을 깨우쳤다. 가섭을 깨우쳐 제자로 삼았고, 수달을 깨달음의
길로 인도했으며, 외도인 육사의 무리를 깨우쳐 제자로 삼았다. 중생들을
깨우치는 것이 석존의 길임을 강조하려는 의도가 이런 에피소드 삽입의
본뜻이었을 것이다. 이 부분에서 가장 극적인 에피소드는 나건하라국의
나찰녀를 깨우친 사건으로 181장부터 194장에 걸쳐 전개된다.

석존 자신과 가섭 · 목련 · 사리불 · 가전연 등 네 제자들의 무리,

1250여 명의 제자들이 타도하려는 대상은 나건하라국의 고선산에 웅거한 나찰의 무리였다. 앞에 나온 각종 사건들은 이 부분의 나찰녀 사건으로 마무리된다고 볼 수 있다.

이 부분은 사실 전쟁 서사물이라고 할 수 있다. 석존은 총사령관, 네 명의 제자들은 예하부대의 장군들, 각각에 속한 제자들은 군졸들이었다. 그 외에 1250여 명의 제자들은 석존이 직접 거느리는 친왕병인 셈이었다. 상대방 진영의 총사령관은 용왕이며 나찰들의 화신인 독룡들은 휘하의 군졸들이었다.

이들은 나건하라국의 고선산에서 싸웠고, 결국 석존 휘하의 장졸들이 승리했다. 이야기 도처에서 불법의 구체적인 내용을 설명하기보다는 오히려 두드러지는 인물들을 등장시켜 그들 사이의 갈등을 해결해나가는 과정을 보여준 것은 〈월인천강지곡〉의 바탕을 이루고 있는 것이 영웅 서사시의 구조 원리임을 드러낸다. 말하자면 속인으로 태어나 정각을 통해 부처로 등극하는 석존은 영웅으로 묘사되어 있고, 그 껍질만이 불교적인 것이었음을 알 수 있다. 같은 시기에 나온 〈용비어천가〉와 〈월인천강지곡〉이 대상만 달리 할 뿐 근본 구조나 원리가 같다고 보는 것도 그 때문이다.

세종의 심상과 숭고의 미학적 특질

〈월인천강지곡〉은 석가모니의 일대기면서 영웅 서사시로서의 면모를 잘 갖추고 있다. 정각을 이룬 성인 석가모니의 이야기인 만큼 종교적인 신성성을 바탕으로 하고 있긴 하나, '선악/ 정사(正邪)'의 대립과 갈등을 거쳐 선과 정도가 궁극적인 승리를 거두게 함으로써 숭고한 이념을 구현하는 점에서 영웅 서사시로서 전혀 손색이 없다. 이 노래에 등장하는 모든 에피소드들은 불교의 저경(底經)들을 바탕으로 하고 있다. 그러나 각각의 인물들이나 사건들에 반영되어 있는 당대 지배 계층의 심상 또한 무시할 수 없다. 무엇보다도 소헌왕후와 두 아들을 잃은 세종으로서는 불교에 기댈 수밖에 없었을 것이고, 그런 기회를 틈타 입지 강화에 나선 것이 불교계 인사들이었다. 여기서 노출되는 것이 〈용비어천가〉와 대비되는 〈월인천강지곡〉의 정치적 의미다.

세종은 스스로를 정반왕에 비겼을 것이다. 즉 떠나간 소헌왕후와 두 아들을, 정반왕의 만류를 뿌리친 채 수행의 길로 들어선 태자로 생각했을 가능성이 크다. 정반왕이 정각에 이른 태자를 다시 만나 '재회의 맹세'가 이루어진 것을 기뻐했듯이 세종은 떠나간 그들과의 만남을 염원했을 것이다. 정반왕을 떠난 태자가 갖은 고행 끝에 정각을 얻고 인류의 스승으로 좌정한 것처럼 이미 떠난 왕후와 두 아들이 가치 있는 수행의 길을 떠난 것으로 생각하지 않았을까. 그런 점에서 〈월인천강지곡〉은 불교의 종지(宗旨)가 형성되어가는 과정을 밝히는 표면적 의미와 세종의 심상 표출이라는 이면적 의미를 동시에 갖춘 서사시다.

〈월인천강지곡〉은 시종 서사적 갈등과 투쟁을 축으로 전개된다. 그 갈등과 투쟁은 성과 속의 대결이고, 성의 원리가 속의 원리를 누름으로써 결국 종교적 숭엄성은 구현되었다. 그와 함께 우리 문학사에 드물게 보이는 영웅 서사시의 면모 또한 보여 줄 수 있었던 것이다.

장진주사

술과 물, 그리고 시

술은 물이지만 불이기도 하다. 사람들은 으레 타는 가슴을 술로 식혀보려 하나, 그 술은 더욱 거센 불로 사람을 태운다. 이성이 물이라면 감성은 불이다. 술의 겉모습은 침잠의 물처럼 보이나 그 내면은 춤추며 타오르는 불이다. 그래서 모순의 양면성을 지니는 것이 술이다.

우리 말 '술'의 어원은 '수블(불)'이었다. 그것이 음운의 법칙에 의해 '수블→수울→술'로 바뀐 것이다. 누룩에 밥을 섞어 적정한 온도를 맞춰주면 부글부글 끓어오르는 모습을 볼 수 있다. 우리의 조상들은 그 모습에서 '불'의 이미지를 떠올렸으리라.

가끔씩 이성은 사람을 피곤하게 하고 감성은 사람을 즐겁게 한다. 이성은 사람마다 편차가 큰 반면, 다소 차이가 있긴 하나 감성은 누구에게나 동질적이다. 이성은 지식을 비롯한 후천적 요인에 의해 계발될 수도 있으나, 감성은 타고나는 것이다. 사람들 사이에서 이성은 분별이나 차별의 기제로 작용하나 감성은 그것들을 하나로 만드는 화학적 요인으로 작용한다.

제우스와 세멜레 사이에서 태어나 격정적이고 본능적인 예술충동을 구현한 디오니소스는 주신(酒神)이다. 그래서 디오니소스 축제는 격렬한 황홀감(ecstasy) 상태에 따르는 종교적 광란의 현장이었다. 기본적인 구성요소가 음주와 가무였다는 점에서 디오니소스 제의는 상고시대부터 우리 민족이 즐겨온 축제들과 상통한다.

동서양을 막론하고 음주는 이성과 분별을 무디게 만들어 노래와 춤에 격한 활력을 불어 넣었을 것이다. 그런 집단적 황홀감 상태에서 그들은 신을 만날 수 있었고, 신을 즐겁게 할 수 있었다. 신을 즐겁게 함으로써 신으로부터 이듬해의 풍요를 약속받고, 힘든 삶을 비로소 느긋하게 관조할 수 있었다. 제의를 통해 인간이 신에게 헌상할 수 있는 최고의 정성은 술에 담겼고, 그 술을 구성원들끼리 나누어 마심으로써 동질감 또한 유지할 수 있었다.

가끔 이성의 억압으로부터 탈출하고자 하는 것이 인간의 욕망이며, 그 수단으로 술을 선호했다. 각종 마약이 넘쳐나는 오늘날이지만, 술만큼 값싸고 위험부담 없이 인간의 이성을 마비시키는 물건도 없다. 부정적인 현실을 도피하기 위해서는 세상을 떠나거나 이성의 굴레로부터 벗어나는 수밖에 없다. 그래서 사람들은 술에 빠지고, 취한 가운데 만나는 ‘아름다운 세상’을 문학으로 노래로 그려내고자 한다.

동·서양을 대표하는 술 노래의 시인으로 이백(李白, 701~762)과 예이츠(William Butler Yeats, 1865~1939)를 꼽는다. 이백은 〈월하독작(月下獨酌)〉에서 “하늘이 만약 술을 사랑하지 않았다면/ 주성(酒星)이 하늘에 있을 턱이 없고/ 땅이 만약 술을 사랑하지 않았다면/ 땅에 주천(酒泉)이 있을 리 없노라/ 하늘과 땅이 이미 술을 사랑하였거니/ 술 좋아하는 것이 어찌 하늘에 부끄러울 일이겠는가"라고 호기를 부렸으며, 예이츠는 〈술 노래(A Drinking Song)〉에서 "술은 입으로 흘러들고/ 사랑은 눈으로 흘러든다/ 우리가 늙어 죽기 전에/ 알아야 할 진실은 이것뿐/ 술잔을 입에 대면서/ 내 그대를 쳐다보고 한숨짓는다"라고 마시는 자의 정감을 노래했다.

호기와 정감, 혹은 달관의 시상은 농익은 술이 이성을 잠재우고 감성을 촉발시키는 데서 만들어진다. 그것은 최고 경지의 시나 노래들 사이에 상통하는 요소기도 하다. 부족국가 시대부터 각종 축제들을 통해 집단적 감성을 표출하던 우리 민족에게도 술은 가장 친근한 소재였다.

〈공무도하가〉의 백수광부가 끼고 달리던 것은 분명 술병이었을 것이고, 밤늦도록 놀다 들어온 처용 역시 술에 취해 그 노래를 불렀을 것이다. 〈쌍화점〉의 제4연에서 화자는 술집에 술을 사러 갔다가 그 집 아비에게 손목 잡힌 사건을 노래했고, 〈청산별곡〉의 화자 또한 방황하는 자신을 결국 술에 맡기고 만다.

그 뿐인가. 〈한림별곡〉의 제4연에는 온갖 화려한 술들이 등장하고, 유령(劉伶)과 도잠(陶潛) 등 중국의 유명한 주객들이 호명된다. 비록 그런 술들은 못 마셔도 마음으로만은 유령과 도잠 못지않은 호기를 부리고자 한 것이 〈한림별곡〉의 작자들이었을 것이다.

같은 시기 이규보는 "술에 취해 몸이 풀리고 마음이 활달해지면 춤도 추고 노래도 부르나니 이는 모두 술이 시킨 것"이라는 〈주호명(酒壺銘)〉을 통해 술과 예술 창작의 뗄 수 없는 관계를 단적으로 설명하기도 했다. 술을 의인화한 〈국선생전〉, 〈국순전〉 등 고려시대의 가전체 소설을 거쳐 조선조에 이르면 시·소설 등 문학과 각종 노래 장르를 통해 술이 미화되었다.

그리고 술의 리얼리즘적 미학을 구현한 현진건의 〈술 권하는 사회〉

와 비슷한 시기에 로맨틱한 호기를 부려본 김동명의 〈술 노래〉에 이르면 술 문학의 통시적 계보는 대충 완성되는 셈이다.

"여보게, 나는 이제/ 이 호박 빛 액체가 주는 마술을 빌어/ 나의 새끼손톱으로/ 요놈의 지구를 튀겨버리려네"라고 재치어린 취중의 언설로 마무리한 것이 김동명의 〈술노래〉다. 시인이 살던 시대, 이상을 접어야 했던 식민지 지식인의 고뇌에 찬 부르짖음이었을 것이다. 그런 만큼 도저(到底)한 인생의 본질을 노래할 여유까지는 없었을 것이다.

그러나 무어라 해도 장구한 술 문학의 역사가 낳은 최대의 걸작은 송강 정철(鄭澈)의 〈장진주사〉일 수밖에 없다. 죽음을 대면하여 삶의 무상을 뛰어넘으려는 '초탈'의 의지가 담겨있고, 술은 그 발판이기 때문이다. 〈장진주사〉가 단순히 술 노래만은 아닌 이유도 여기에 있다.

달관과 초탈

> 한 잔 먹세그려 또 한 잔 먹세그려
> 꽃 꺾어 산 놓고 무진무진 먹세그려
> 이 몸 죽은 후면
> 지게위에 거적 덮여 졸라매어 메여가나
> 유소보장에 만인이 울어 예나
> 억새 속새 떡갈나무 백양나무 숲에 가기만 하면
> 누른 해, 흰 달, 가는 비, 굵은 눈, 소소리 바람 불 때
> 뉘 한 잔 먹자할꼬
> 하물며
> 무덤 위에 잔나비 휘파람 불 제 뉘우친들 무엇 하리

《진본청구영언》의 '낙시조(樂時調)'와 '만횡청류' 사이에 〈맹상군가〉와 함께 실려 있는 것이 〈장진주사〉다. 제목을 붙인 점이 낙시조의

다른 노래들과 달라 독특하긴 하지만, 이 노래는 낙시조에 속한다고 보는 것이 타당하다. 그러나 어떤 노랫가락으로 불렸건 그건 중요한 문제가 아니다. 〈맹상군가〉가 그렇듯, 인생무상의 서러움을 넘어선 초탈의 담담함이 저변에 깔려 있는 만큼 그에 걸맞은 노랫가락 또한 분명 있었을 것이다. 이 노래를 술 노래로 볼 것인가 인생의 노래로 볼 것인가는 부르는 이, 읽는 이의 마음에 달렸다. 어느 쪽으로 보든 노래의 지향점이 '초월'이라는 점만은 부인할 수 없다.

그렇다면 송강은 무엇을 초월하고 싶었던 것일까? 인간 존재의 근원적인 문제, 삶과 죽음의 속박, 바로 그것이다. 삶과 죽음의 속박으로부터 초탈하고자 하는 것이 이 노래의 주지(主旨)다. 속박으로부터의 탈출은 '무한 자유'를 의미한다. 그러나 그 자유마저 집착하거나 '욕망해서는' 안 된다. 집착과 욕망은 그 자체가 또 다른 속박이기 때문이다. 그래서 시적 자아는 술잔을 든 채 바람 부는 무덤가, 즉 삶의 현장에 '초초히' 서 있을 뿐이다.

홍만종(洪萬宗)은 〈장진주사〉가 이백과 이하(李賀)의 〈장진주(將進酒)〉, 두보(杜甫)의 〈견흥(遣興)〉을 본떴다고 했다. 송강으로서도 인구에 회자되던 그들의 시를 읽지 않았을 리 없을 테고, 노래의 분위기 또한 얼마든지 공감할만한 것으로 보인다. 그런 만큼 이들의 시가 송강의 감흥을 상당 정도 촉발시켰으리라 짐작할 수는 있다. 그러나 모방에 그치지 않고 독자적인 예술세계를 창출할 수 있었던 것은 '문인으로서의 자존심'과 '천부적 재능' 덕분이었다.

사실 이백과 이하의 노래들은 화려하나 송강의 것만큼 절실하지 못하다. 두보의 노래는 사실적이고 진실하긴 하나 송강의 것만큼 아름답지 못하다. 송강의 시상은 신산(辛酸)한 삶의 체험으로부터 우러난 것이었다. 누적된 '삶의 피로'가 부패되면 염세 일변도의 쓸쓸한 시상이, 발효되면 초월과 초탈의 아름다운 시상이 만들어진다. 〈장진주사〉는 이백이나 이하의 〈장진주〉, 두보의 〈견흥〉과 달리 발효된 미학이 바탕을 이룬다. 따라서 그의 삶을 전제로 해야 비로소 그 미학은 이해된다.

송강은 현실과 자연을 왕래하면서 영욕을 반복하던 조선조 사대부 지식인의 전형이었다. 서울에서 태어난 그는 큰 누이인종의 귀인와 둘째 누이계림군의 부인 덕에 어려서부터 궁중 출입이 잦았고, 뒷날 명종이 된 경원대군과 절친하게 지냈다. 그러나 열 살 때 둘째 매형인 계림군이 을사사화에 연루되어 그의 집안 역시 말할 수 없는 시련을 겪게 된다.

큰 형은 장독(杖毒)으로 유배 도중 죽었고, 송강 역시 전라도 담양의 창평에 정착하기까지 아버지를 따라 유배지를 전전해야 했다. 어린 나이에 부귀영화의 극치와 몰락의 극한 상황을 동시에 체험한 송강. 유년기의 상처는 그를 처절한 투쟁의 화신으로 몰아갔으며, 투쟁적 삶에서 누적된 괴로움과 피로감은 예술세계에서나마 그에게 달관의 경지를 갖게 해주었을 것이다.

그는 창평에 거주하던 10여 년 간 임억령(林億齡), 김인후(金麟厚), 송순(宋純), 기대승(奇大升) 등을 만나 시문과 학문을 익혔다. 그 후 26세 되던 1561년 진사시에 1등으로 급제하고 이듬해 별시문과에 장원을 한 다음 사헌부 지평을 시작으로 요직을 두루 역임했다. 그러나 반대파인 동인으로부터 탄핵과 모함을 심하게 받는 등 그의 벼슬살이는 결코 순탄치 않았다. 정여립의 모반사건을 계기로 우의정에 발탁되면서 정적들을 무자비하게 핍박했고, 그 반작용으로 더욱더 많은 적들이 생겨났다. 그러한 당쟁의 와중에서 사은사로 명나라에 다녀왔고, 그 후 벼슬에서 물러났으며 58세 되던 해 생을 마쳤다.

그는 평소 왕이 염려할 정도로 술을 좋아했다. 건저(建儲) 문제를 둘러싼 동인의 책략으로 선조의 노여움을 사게 되었는데, 그를 귀양 보내기 위해 '대신으로서 주색에 빠져있다'는 것이 명분의 하나로 내세워질 정도였다. 이처럼 그의 일생이 순탄치 못했던 것은 복잡하게 전개되던 당쟁의 치열함과 함께 직선적이며 타협을 모르던 그의 성격 때문이었다.

정치현실에서 맛보아야 했던 영욕의 무상함, 명철보신의 일환으로 선택할 수밖에 없었던 자연에의 귀의, 괴로움의 도피처로 생각하던 술과 풍류 등은 그의 문학에 고스란히 드러나 있다. 〈장진주사〉의 내면세계를 이해하기 위해서 그의 복잡한 생애를 고려해야 하는 이유도 여기에 있다. 송강은 어린 시절부터 지친들의 비참한 죽음을 목격했고, 늘 자신에게 뻗쳐오는 죽음의 손길을 느끼며 살아야 했다. 뿐만 아니라 그 자신이 정적들을 죽음으로 모는 경우도 있었다. 말하자면 그 스스로 언제나 삶과 죽음의 경계선에 위태롭게 서 있었던 것이다.

죽음은 '생명 가진 것들'의 종착점이자 피할 수 없는 극한상황이다. 그 죽음의 회피나 초월에 인간 활동의 초점이 맞추어져 있으나 그러한 노력이 크면 클수록 궁극적으로 좌절감의 확대로 귀결되는 것이 더 큰 비극이다. 의지만으로 극복할 수 없는 운명적 상황 앞에서 인간은 죽음에 대한 확고한 의식을 정립할 필요가 있었다. 그러나 장삼이사들이 그런 의식을 갖기란 쉽지 않은 일이었다. 세속적 욕망을 초극하지 못한 존재에게 죽음은 좌절과 허무의 요인이나, 초탈한 존재에겐 담담한 관조의 대상일 뿐이다.

사실 〈장진주사〉에 들어있는 '죽음의식'도 전통적 사고에 비해 별다를 것이 없다. 그러나 고귀한 죽음이든 비천한 죽음이든 마찬가지로 '평등한 비극'임을 강조한 점은 이 노래의 두드러진 특징이다. '지게

위에 거적 덮어 졸라매어져 메여'갈 수밖에 없는 미천한 삶이나, '유소보장
에 만인이 울어 예는' 고귀한 삶이나 죽음 앞에서는 동등해진다는 것이다.
그 동등함이야말로 죽음의 절대성을 바탕으로 한다. 따라서 '죽음에
의한 실존의 좌절'은 이 노래의 표층적 의미에 지나지 않는다.

술을 마신다고 그 비극성이 사라지는 것은 아님을 시적 자아 또한
잘 알고 있다. 그러나 '음주'로 대유(代喩)되는 '일시적 향락'은 인간이
흔히 가질 수 있는 '불멸에 대한 신앙'이 헛된 것임을 극명하게 드러낸다.
시인이나 시적 자아가 죽음이라는 보편적 자연법칙을 겸허하게 수용하려
는 것도 그 때문이다. 처절한 비극성의 담담한 수용을 통해 오히려 그
비극성을 초극하고자 하는 내면적 지혜, 그 지혜는 인생의 진실을 투시할
수 있는 눈을 갖게 하고, 이 눈을 통해 자신을 관조하고 정화할 수
있는 여유 또한 갖출 수 있게 한다.

우나무노(Miguel de Unamuno, 1864~1936)는 죽음의 절대성에
대한 확신은 인간의 삶을 불가능하게 해줄지도 모른다고 했지만, 죽음의
절대성에 대한 확신을 거친 다음에야 그에 대한 초극의 의지 또한 생길
수 있음을 〈장진주사〉의 화자는 말하고 있다. 죽음에 대한 〈장진주사〉
화자의 서술은 결코 절망이 아니다.

키에르케고르의 말대로 절망이 죽음에 이르는 병이라 한다면, 〈장진
주사〉의 화자는 절망을 말하지 않았으므로 그는 결코 세속적인 죽음에는
이르지 아니할 것이다. 이미 그는 죽음의 불가피성에 대한 과감한 수용을
통해 죽음을 초극했기 때문이다.

죽음의 불가피성과 인간의 유한성으로부터 오는 허무는 담담한 달관
의 용광로에서 용해된다. '누른 해, 흰 달, 가는 비, 굵은 눈, 소소리
바람' 등이 어울려 이루는 삭막한 분위기와 '잔나비 파람'이 야기시키는

죽음의 처절한 비극미는 현세에서 가능한 '삶의 철저한 향유'를 통해 순화·극복될 가능성을 보여준다. '삶의 철저한 향유'가 '음주'라는 향락의 행위로 표면화 되지만, 이것은 삶에 대한 강한 긍정과 동의어다. 음주는 '삶의 철저한 향유'를 위해 선택된 수단일 뿐이다.

그러나 그것이 삶에 대한 강한 애착을 내포하지만, 동시에 죽음의 비극성이나 절망감을 강하게 드러내는 것도 사실이다. 그것은 죽음과 수 없이 맞닥뜨린 인간 실존의 갈등이나 아픔이 쌓여 '발효된' 결과이자 비극을 통해 이룩한 내적 정화기도 하다. 그래서 '인간의 모든 것을 포기하자는, 그래서 술과 더불어 인생을 즐기자는, 다분히 퇴폐적인 노래'가 바로 〈장진주사〉라는 일각의 주장이야말로 명백한 오독(誤讀)의 결과다.

사실 부활에 대한 의지나 욕구는 신화시대 이후 사라졌다. 그리고 그 자리를 '상실과 허무'의 에토스가 차지했다. 신화시대의 제의로부터 읽어낼 수 있는 '재생'이나 '부활'에의 비원(悲願)은 송강 시대에 이르러 '영원한 소멸의 메마른 좌절'로 바뀌었다. 그러나 송강의 장점은 바로 그런 좌절을 초극한 데 있다.

열어줌과 풀어줌의 미학

당대의 여타 노래들처럼 〈장진주사〉의 미적 이상 역시 조화다. 그것은 동양 미학의 근본이자 우리 전통미학의 줄기였다. 노래를 지어 부른 자들은 인간의 심성 혹은 사회적 풍교와 유관한 노래의 본질이나 효능을 조화라는 대전제 아래 불가분의 것으로 파악했다. 경우에 따라 비극적 정조를 바탕으로 하는 노래들도 상당수 있다. 그러나 서양 미학의 비장이나 숭고로 볼만한 것들은 거의 없다. 간혹 풍자적 공격성을 드러내는 노래도 있으나, 시적 자아가 지향하는 이상은 대상과의 궁극적인 조화다.

사실 〈장진주사〉를 비롯한 당시의 가곡이 무슨 위대한 이념이나 숭고한 사상을 노래하고자 한 장르는 아니었다. 다시 말하여 위대한 인물들을 찬양하거나 비극성을 통해 인간의 내면을 고양시키려는 장르는 아니었다는 것이다. 그저 장삼이사들의 평범한 생활 속에서 우러나는 표현욕을 충족시키는 게 고작이었고, 기껏 일부 유학자 계층에 의해 '존심양성(存心養性)'의 수양적 도구로 쓰였을 뿐이다. 그 존심양성 자체도 인간 심성의 평정이나 조화를 지향하는 덕목이었음은 물론이다. 따라서 〈장진주사〉 등 가곡의 미의식은 조화와 내면심리의 균형으로부터 출발하는 것이 분명하다.

인간의 내면세계는 존재로서의 욕망 지향과 당위로서의 질서 지향이라는 두 요인으로 이루어진다. 두 요인의 길항작용을 통해 실제 노래들의 미적 범주는 몇 갈래로 나뉜다. 감성존재로서의 욕망지향과 이성당위로서의 질서지향의 완전한 조화를 바탕으로 조화미가 구현되는데, 이것이 바로 전통 노래 미학의 기본적인 범주다.

존재로서의 욕망지향을 긍정하고 포용하는 데서 '발산미'가 나오는데, 이것이 '열어줌'이자 '풀어줌'이다. 이와 달리 당위로서의 현세적 질서 지향을 표상하는 데서 '수렴미'가 나오는데, 이것이 '조임'이다. 말하자면 조화미는 기본미이고, 발산미와 수렴미는 표출미인 셈이다. 존재로서의 욕망을 긍정하든 당위로서의 질서를 강조하든 궁극적으로는 조화를 지향하게 되는 것이다.

그렇다면 〈장진주사〉 미학의 열쇠는 어디에 있는가. 바로 '풀어줌'에 있다. 풀어줌은 속박으로부터의 해방을 의미한다. 정치·사회·경제 등 인간을 속박하는 요인들은 많다. 조선조는 이념 사회였다. 이념이란 인간의 자유의지를 가두는 틀이다. 틀에 갇힌 인간의 의지는 역으로 무한자유를 지향한다. 틀을 파괴함으로써 갇힌 의지를 풀어주려 애쓴다. 그래서 '풀이'야말로 인간의지를 표현하는 노래의 미적 본질일 수 있다.

풀이에는 즐겁게 푸는 방법도, 슬프게 푸는 방법도 있다. 풀이는 원래 무속에서 온 말이다. 살풀이나 본풀이 등이 그것들이다. 이능화(李能和)는 무의(巫儀)가 우리말로 '굿, 풀이, 석' 등으로 불린다고 했다. 무조(巫祖)의 내력담을 일컫는 '본풀이'는 제의의 대상인 신에 관한 설명이다.

'지노기, 지노기 새남, 해원풀이' 등 사령(死靈)굿은 이승에서 풀지 못한 원한을 풀어주고 모든 죄업이나 과오 등을 씻어주는 의식이다. 이처럼 '풀이'는 굿의 별칭이며, 죄를 풀고 복을 구한다는 뜻이다. 무속으로부터 나온 풀이가 민중의 보편심성과 통하는 것도 그 때문이다.

막힌 것은 뚫어야 하고 맺힌 것은 풀어야 하며 닫힌 것은 열어야 한다. 그렇게 해야 이승에서 괴롭지 않게 살아갈 수 있다. 무속에서의 '푸는 행위'는 무당에 의해 이루어지던 '대타적(對他的)' 행위다. 그러나 누구에게든 무의(巫儀)는 대상에 대한 자기 동일화의 반복으로 이해되며, 그 반복을 통해서 그것은 대자적(對自的) 행위로 바뀐다.

결국 이런 풀이는 사람들에게 자신의 내면을 스스로 드러내어 설명하는 행위로 보편화 되고 만다. 희로애락의 감정이 지나쳐 내면에 맺힐 경우, 어떤 방법으로든 풀어야 한다. 억압된 욕망이나 감정은 풀어줌으로써 쾌감을 얻을 수 있고, 결핍된 상황은 풀어줌으로써 만족감을 얻을 수 있다.

맺히거나 억압된 것은 부자연과 부조화의 상태다. 억압의 원인은 대부분 외부로부터 온다. 그것이 바로 사회적 요인인데, 인간의 욕망이 사회의 규범과 충돌할 때 억압된 내면이 형성된다. 이것 역시 어떤 식으로든 풀어야 한다. 풀어줌으로써 조화로운 상태로 돌아갈 수 있기 때문이다.

우리의 전통사회는 억눌림과 맺힘의 요인을 많이 지니고 있었다. 신분의 차별이나 남녀의 차별 등은 그 대표적인 것들이다. 억압받아온 민중의 역사를 감안하면, 맺힘은 집단 심리의 두드러진 특질이다. 물론 인간의 내면에 응어리를 만드는 것이 사회적인 요인만은 아니다. 죽음이나 이별, 국가의 흥망 등은 개체로서의 인간이 극복할 수 없는 운명이다. 거기서 견디기 힘든 고뇌와 비애가 생긴다. 그것들은 절대불굴의 힘에 기만당하고서도 스스로가 모든 책임을 지는 서양미학의 비장과 다르다. '좌절된 영웅적 비장'으로부터 퇴색된 슬픔이나 비애가 그것이다. 전통 노래에서 비애에 의한 맺힘은 단순한 체념으로도, 변용된 향락으로도 나타난다. 철학을 바탕으로 한 체념은 달관이다.

그렇다면 〈장진주사〉에 나타난 미학은 무엇인가. 이 노래에는 두 종류의 죽음과 두 종류의 맺힘이 제시된다. 부귀한 죽음과 빈천한 죽음이 대조적인 두 종류의 죽음들이다. 부귀한 자들은 그들대로, 빈천한 자들은 그들대로 각각 죽음이라는 넘을 수 없는 운명 때문에 맺힌 한을 품는다. 부귀한 자들은 부귀를 놓아버릴 수밖에 없어서, 빈천한 자들은 살아생전 빈천을 벗어나보지 못한 채 떠날 수밖에 없어서 서럽다. 그 서러움은 당연히 '맺힌 한'으로 남는다. 그 맺힌 한을 풀지 못하면 죽어서 '구천을 떠돌 수밖에 없다!'.

이 상황에서 송강은 어쩔 수 없이 '무당'일 수밖에 없다. 부귀한 자들은 그들대로 빈천한 자들은 그들대로, 상대방이나 자신이나 결국 죽음 앞에선 '동등하다'는 철리를 깨우쳐 주는 무당이다. 사람들이 죽음 앞에 동등함을 깨닫게 되면, 더 이상 마음에 맺힐 게 없다. 사람들의 맺힌 마음을 풀어주는 무당 송강의 유일한 무구(巫具)는 술이다. 요령(搖鈴)대신 술잔을 돌리면서 송강은 어리석은 세상 사람들의 마음에 맺힌 한을 풀어주고 있는 것이다.

송강이 엉뚱하게 〈장진주사〉와 술을 가지고 세상 사람들의 맺힌 마음을 풀어줄 수 있었던 것도 송강 자신의 쓰라린 삶 덕분이었으리라. 어려서부터 죽을 때까지 정치적 격변의 회오리 속에서 간발의 차이로 생과 사를 넘나들던 송강이었다. 지친들의 억울한 죽음을 목격해야 했고, 그 자신이 가해자가 되어 '원수들'에게 모진 박해를 가하기도 했다. 그런 삶의 부정적 추억들이 쌓여 결국 '달관의 술'로 발효된 것이다. 사실 그것은 송강에게 일종의 예상치 못한 선물이기도 했다. 그의 초탈이야말로 그것을 통해서 가능했었다고 보기 때문이다.

살아생전 정적들을 포함한 세인들에게 늘 닫힌 마음으로 대하던 송강. 상대방의 마음을 맺히게 하고, 자신도 맺힌 원한을 주체 못하던 송강. 그러나 어느 순간 그는 인간이란 종국에 한 줌 흙으로 돌아가는 보잘 것 없는 존재임을 깨닫게 된다. 부귀영화도 빈천도 흙으로 돌아가면 같은 것임을 인생의 종막에서 깨달았으리라. 그래서 무당 송강은 술잔을 들고 그 깨달음을 노래한 것이다.

그 노래는 어리석은 인간들의 닫힌 마음을 열어 주었고, 맺힌 한을 풀어 주는 마법의 주문(呪文)이었다. 사실 이백이나 이하의 〈장진주〉는 화려한 호기뿐이다. 그러나 송강의 〈장진주사〉에는 사람의 마음을 열어 주고 풀어주는 '달관의 미학과 철학'이 그득하다. 그래서 〈장진주사〉는 단순한 술 노래가 아니라 죽음을 뛰어넘는 삶의 노래로 상승되는 것이다.

만횡청류

일탈과 가상적 현실

인간의 내면에는 본능과 이성이 공존한다. 특정 자극으로 유발되는 선천적 반응양식이 본능인 만큼 그것은 무한자유를 지향한다. 이에 비해 이성은 본능을 통제하는 자율적 능력이다. 본능이 누리고자 하는 무한자유를 억압하는 것이 이성이므로 양자는 서로 상극이면서도, 궁극적으로는 보완의 관계를 맺는다.

칸트(Immanuel Kant, 1724~1804)는 본능이나 감성적 욕망에 기초한 행동이 아닌, 의무 혹은 당위성의 의식으로 결정되는 행위의 성격을 '이성적'이라 했다. 의무나 당위성은 개체가 속한 공동체의 집단적 지향성에 의해 결정되는 이념의 소산이다. 이성이 이념보다 훨씬 본질적이며 선험적인 영역에 속하면서도 이념에 의해 인간의 이성이 지배받는 것이 현실이다.

개인들의 이성이 집단으로 모여 개념화된 것이 이념이고, 그 이념은 구성원들이 준수해야 할 의무나 당위적 행동양식으로 구체화된다. 이념이 개개 구성원들의 본능을 만족시킬 수 없는 것은 공동체의 생리상 당연하다. 그래서 개인들은 항상 본능과 이성, 욕구와 이념 사이에서 갈등하기 마련이다. 언제나 공동체의 규범을 어기는 구성원들이 생겨나는 것도 그들의 이성이 본능의 힘을 이기지 못하기 때문이다.

그러나 본능을 억압하는 데도 한계가 있다. 본능을 억압하면 개체의 자연적 건강을 해칠 수 있고, 그런 불건강성이 집단으로 번질 경우 그 공동체는 심각한 위기에 직면할 수 있다. 그런 집단적 불건강성은 각종 도덕률의 파괴와 공동체적 질서의 문란으로 표출된다. 따라서 이성에 의한 본능의 억압이 극에 달할 경우 궁극적으로는 공동체의 해체에까지 이른다. 그것을 막기 위해 고안된 것이 유형·무형의 공동체적 규범이나 강제력을 발휘하는 각종 법률들이다. 그러나 그것만으로 충분하지 않기 때문에 각종 예술이나 스포츠가 고안되고 향유되는 것인데, 말하자면 그것들은 본능적 욕구의 대리만족을 추구하던 수단이었다. 이와 같은 법률 등 공동체의 규범과 예술이나 스포츠 등 놀이는 일종의 사회적 안전판이었다. 전자는 외부적인 강제력으로 가시화되는 현상들이고, 후자는 자발적인 욕구해소와 승화의 바탕이었다.

조선조는 유교적 경건주의를 바탕으로 지배되던 사회였다. 계층의 상하를 막론하고 본능의 자연스러움과 존재를 억압하는 것이 미덕으로 여겨지던 시대기도 했다. 그러나 유교적 경건주의는 당위의 문제이고, 인간의 본능은 존재의 문제였다. 예컨대 허균(許筠, 1569~1618)과 같은 인물은 벼슬에서 파직 당하자 시를 통해 "예교(禮敎)가 어찌 자유로움을 구속하리오. 인생의 부침을 다만 정(情)에 맡겨 두겠노라. 그대들은 모름지기 그대들의 법을 지키라. 나는 내 삶을 살겠노라"는 의기를 드러냈으며, 또한 "남녀의 정욕은 하늘이 준 것이오, 윤리의 분별은 성인의 가르침이니 차라리 성인의 가르침을 어길지언정 하늘이 내려준 본성을 감히 어길 수 없다"는 논리를 통해 본능을 중시하는 자신의 노선을 분명히 하기도 했다.

이처럼 본능과 이성혹은 이념 간의 갈등은 첨예했다. 이념에 의해 본능이 억압될 때에는 대개 표현이 자유스럽지 못하게 되고, 표현이 극도로 억압되면 인간의 내면에 일종의 응어리가 만들어진다. 제대로 해소되지 못한 응어리는 '집단적 히스테리'로 발전하며, 여기에 지혜롭게 대처하지 못할 경우 사회의 해체라는 부정적 결과를 초래하게 된다.

이념의 경직성에 의한 본능의 억압은 피지배 계층만이 아니라, 같은 인간이기 때문에 이념의 생산자인 지배 계층 역시 그 피해를 당하기 마련이다. 계층의 상하를 막론하고 그들 나름의 자구책을 마련하는 것도 그런 이유에서다.

이념의 경직성에 반발하여 본능을 추구하는 것이 바로 '일탈(逸脫)'이다. 일탈이란 지배이념이나 사회적 규범으로부터 벗어나는 일이다. 그 규범에는 도덕·전통·예의·관습 등 다양한 범주가 포함되는데, 그에 따라 일탈의 모습 또한 다양하게 드러난다. 마약이나 알코올 중독, 매춘, 폭행, 폭언 등 각종 범죄들이 일탈의 모습으로 나타나는 것이 요즈음이다.

옛날에도 모습만 달랐다 뿐 일탈이 부정적으로 나타나기는 마찬가지였을 것이다. 그러나 억압으로 인한 내면의 응어리를 해소하면서도 현실적인 제재를 받지 않는 방법을 고안해낸 것은 전통시대 민중들의 지혜였다. 우리의 옛 노래에 구현된 해학의 아름다움이나 심리적으로 대리만족할 수 있던 가상의 현실은 그 구체적인 내용이었다.

그러나 오늘날 사이버 공간, 합성 환경, 인공 환경 등으로 일컬어지는 인터넷 속의 가상공간은 대체로 주체인 '나'가 배제된, 환상의 공간일 뿐이다. 〈만횡청류〉를 비롯한 옛 노래 속의 공간이나 사건들이 비록 가상의 그것들이긴 하나, 그 속의 주체는 언제든 '나'로 대치될 수 있다. 따라서 그것은 현대의 가상공간에 비해 훨씬 인간적인 공간이다.

〈만횡청류〉에 속한 노래들은 대부분 일탈의 담론을 바탕으로 하고 있다는 점에서 표면상 지배이념의 제재를 피할 수 없을 것처럼 보인다. 그러나 가상의 세계라는 피난처에 숨어 있으므로 그다지 걱정할 것 없다고 본 것이 당시 사람들의 지혜로운 생각이었다.

사실 편찬자 김천택도 이런 노래들을 《청구영언》의 한 부분으로 붙여 발간하려던 당시에 상당한 두려움을 갖고 있었다. 다음의 내용이 그 점을 보여준다.

> 김천택이 하루는 청구영언 한 책을 가지고 와 내게 보여주면서 "이 책은 실로 많은 우리나라 선배, 명공, 위인의 작품들을 널리 모은 것입니다. 민간의 음란한 이야기와 상스럽고 외설스러운 가사도 있습니다. 노래는 실로 보잘 것 없는 예술인데 더욱이 이것에 누를 끼쳤으니 군자가 이것을 보고 병으로 여기지 않겠습니까? 선생님께서는 어떻게 생각하시는지요?"라고 말했다. 나는 "괜찮다. 공자께서 시경을 편찬하시면서 정풍, 위풍을 버리지 않으신 것은 선과 악을 갖추어 권장하고 경계하는 뜻을 두신 까닭이다. 시가 어찌 주남의 〈관저〉 뿐이며, 노래가 어찌 반드시 순임금 조정의 〈갱재〉 뿐이리오. 성정에서 떠나지만 않는다면 그런대로 괜찮은 것이다.
> (마악노초의 〈청구영언 후발〉에서)

《청구영언》 가운데 김천택이 특히 신경 쓴 부분은 '민간의 음란한 이야기와 상스럽고 외설스러운 가사들'이었다. 그가 마악노초에게 〈만횡청류〉의 가부 판정을 의뢰한 것은 이성적 판단에 의한 '자기 검열'의 한계를 절감하고 있었기 때문이다. 그것은 조선조의 이념 구조에서 중인 지식인이자 예인(藝人)으로서 그가 벗어날 수 없었던 운명이기도 했다.

그런 점에서 양반 계층의 일원이었던 마악노초는 진보적이면서 열린 의식의 소유자였다. 그는 균형을 중시했다. 그는 자신들이 이념 편향의 시공에 살고 있음을 분명히 자각한 것처럼 보인다. 공자가 주남의 〈관저〉 뿐 아니라 정풍과 위풍을 《시경》에 실어놓은 점을 일탈의 합리화에 대한 수단으로 삼았다는 점에서 그런 사실이 입증된다. 물론 마악노초의 그 말 한 마디가 면죄부일 수는 없지만, 확신을 갖지 못하고 있던 김천택으로서는 있을 수 있는 사회적 제재에 대한 하나의 방어논리를 갖출 수 있게 된 것이다.

이 말에 이어 마악노초는 "민간의 노래 소리에 이르면 곡조는 비록 아름답고 세련되지 못하나 무릇 그 기뻐 즐기며 원망하고 탄식하고, 미쳐 날뛰며 거칠게 구는 모습과 태도는 각각 자연의 진기에서 나온 것"이라고 이 노래들의 내용과 미학을 평하기도 했다. 평가의 핵심은 그런 일탈이 '자연의 진기(眞機)'에서 나왔다고 본 점이다. '일탈=진기'라는 관점은 민간의 노래들에 대한 호평의 극치라고 할 수 있다. 그가 제시한 일탈의 모습들은 〈만횡청류〉의 노래 116수가 보여주는 내용적, 미학적 범주들이다.

그런데 왜 마악노초는 그러한 일탈을 자연의 진기로 찬양한 것일까. 바로 가상의 현실을 통해 가창자들이 경험하던 현실의 부조화를 조화롭게 만드는 효용성을 발휘할 수 있다고 보았기 때문이다. 그런 성격은 〈만횡청류〉의 가상적 현실이 인터넷상의 가상공간과는 달리 현실과 등가관계를 갖고 있다는 점에서 입증된다. 다음 항에서 실제 작품들을 통해 몇 가지 점들을 살펴보기로 하자.

표면구조로 진실 감추기

> 1) 댁네들
> 나무들 사시오.
> 저 장사야, 네 나무 값이 얼마냐?
> 싸리나무는 한 말 치고
> 검불나무는 닷되를 쳐서
> 합하여 계산하니 마닷되 올시다.
> 사 때어 보소 잘 붙나니
> 한번만 사 때어보면
> 항상 사 때자 할껄?

(《진본청구영언》 535)

이 노래는 나무장사와 '댁네들'로 호칭된 여염집 여인들 간의 대화로 이루어졌다. 겉으로 보면 평범한 나무장사 노래일 뿐 무슨 내포적 의미가 있겠나싶다. 나무장사가 싸리나무, 검불나무 등을 지고 다니거나 시장바닥에 부려놓고 고객들을 소리쳐 부르는 광경이 선연하게 떠오를 만큼 사실적인 묘사로 일관하기 때문이다. 그러나 간간이 범상치 않은 점들이 눈에 띈다.

'나무'나 '불' 등은 성적인 함축을 지닌 소재들이다. 여기서의 나무는 물론 땔감으로서의 나무다. 그러나 땔감을 포함하여 나무는 남근을 상징하고, 원시시대부터 나무를 비벼 불을 얻었다는 점에서 불은 성적 결합의 결과를 상징한다. 나무를 비벼 불을 얻을 때 대목과 발화봉이 마찰하면 불이 일어난다. 그 모양과 행위가 바로 남녀의 성기나 남녀 간의 성행위와 유사하다. 따라서 불에는 남녀 간의 성행위나 성적 에너지라는 의미가 내포되어 있다.

그렇다면 여기서 '싸리나무'와 '검불나무'의 차이는 무엇인가. 나무가 남자의 성을 상징한다면, 전자는 성적인 에너지가 넘치는 남자, 후자는

'별 볼일 없는' 남자인 셈이다. 그러니 그 값에 차이가 생길 수밖에 없다. 이것 말고도 오묘한 내포를 지닌 말은 또 있다. '사 때어보소/ 사 때어보면/ 사 때자 할껄?' 등이다. 이 말들의 원래 표기는 '삿대혀보으소/ 사싸혀보며 는/ 사싸히쟈ᄒ 리라' 등이다.

'삿대혀보으소'는 '샅을 대어보소'로, '사싸혀보며는'은 '샅 대어보면' 으로, '사싸히쟈ᄒ 리라'는 '샅 대자고 하리라'로 각각 들릴 수 있는 표기들 이다. '샅'은 말할 것도 없이 남녀의 사타구니다. 그러니 '나무를 사서 때다'는 말이 사실은 '성행위를 하다'는 내포를 갖게 되는 셈이다.

그 뿐인가. '잘 붙나니(잘붓슴ᄂ니)'라는 표현은 더욱 결정적이다. '(나무가 좋아서)불이 잘 붙는다'는 말이 사실은 '남녀가 성적으로 잘 결합된다'는 의미를 내포하는 것이다. 그러니 이 노래가 '나무장사의 노래'라는 외피를 쓰고 있지만, 실은 '남녀 간의 섹스나 성적 욕망, 혹은 유혹'의 노래인 것이다.

그러나 분명한 것은 이것 역시 의사진술 혹은 가상의 현실에 불과하다 는 점이다. 저잣거리에서 흔히 만나는 나무장사를 노래에 등장시켜 자신 들의 리비도를 해소시키는 데서 기층 민중들의 지혜를 엿볼 수 있다. 아무리 남녀문제에 완고했던 조선시대라 해도 이런 노래가 '검열'에 걸릴 리는 없었을 것이다. '나무에 불이 잘 붙음'이라는 보조관념과 '남녀 간의 성적 결합'이라는 원관념을 절묘하게 병치시킨 창조적 은유라는 점에서 이 노래는 누구도 트집 잡을 수 없을 만큼 완벽한 구조로 이루어져 있기 때문이다.

   2) 흰 구름은 천리만리
   밝은 달은 앞내 뒷내
   낚시 걷고 돌아올 제

　　낚은 고기 꿰어 들고

　　끊어진 다리 건너

　　살구꽃 바라보며

　　술집으로 돌아드는 저 늙은이.

　　참으로, 네 재미가 얼마쯤이냐?

　　값으로 못 따질까 하오.

(《진본청구영언》 483)

　　이 노래는 당나라 시인 사공서(司空曙)의 〈강촌즉사(江村卽事)〉[낚시 하고 돌아와 배 매지않고(罷釣歸來不繫船)/ 강촌에 달 지고 바로 잠이 들었네(江村月落正堪眠)/ 밤새도록 제멋대로 바람 불어도(縱然一夜風吹去)/ 그 배는 갈대꽃 핀 물가에 있겠지(只在蘆花淺水邊)]와, 두목(杜牧)의 〈청명시(淸明詩)〉[청명절에 비 뿌리니(淸明時節雨紛紛)/ 길 가는 나그네 마음을 끊는 듯(路上行人欲斷魂)/ 묻노라 주막은 어디쯤에 있는가(借問酒家何處有)/ 목동은 저 멀리 살구꽃 핀 마을을 가리키는구나(牧童遙指杏花村)] 등에 들어 있는 정서적 단서를 부분적으로 차용해 만든 노래다.

　　겉으로 보기에는 전원에 은거하는 노인의 한가로운 삶을 그려낸 듯하다. 낚시를 마친 뒤 잡은 고기를 꿰어 들고 돌아오는 늙은이의 모습이 생생하게 나타나 있다. 표면적으로는 전통적인 강호시가와 다를 게 없다. 그러나 약간 의심스러운 점이 없지 않다. '꿰어 든' 낚은 고기는 말 그대로 물고기를 의미하는지, '천리만리' 뻗어 있는 '흰 구름'이나 '앞내 뒷내'를 비추고 있는 밝은 달이 과연 말 그대로 그것들인지, '끊어진 다리'나 '살구꽃'이란 과연 존재로서의 그것들인지, 왜 그는 집으로 돌아가지 않고 '술집'으로 돌아드는지, '값으로 따질 수 없는 재미'란 과연 무엇인지

등등. 이 노래의 진의와 관련하여 미심쩍은 구석들은 적지 않다.

움직임의 속성을 지닌 구름은 분명 남성성을, 달은 여성성을 상징한다. '꿰어 든 낡은 고기' 또한 성적 상징으로 읽는 것이 자연스럽다. 살구꽃 즉 행화(杏花)는 도화(桃花)와 함께 화류계의 여성을 뜻한다. 그러니 '살구꽃 바라보며 술집으로 돌아드는 저 늙은이'와 '재미'가 의미하는 바는 자명하다. '끊어진 다리'는 견우와 직녀의 오작교 이미지를 차용한 것이며, 〈구운몽〉에서 성진과 팔선녀가 만난 장소로서, '사랑의 발단'이라는 이미지를 가지기도 하다.

'이어진온전한 다리'가 아니라 '끊어진 다리'로 제시된 것 또한 의미심장하다. '온전한 다리'가 일상적 만남을 의미한다면, '끊어진 다리'는 만남의 비 일상성을 상징한다. 더구나 주인공은 '늙은 몸'으로 그런 사랑을 추구하고 있는 것이다. 그런 비일상적인 사랑, 비정상적인 사랑으로부터 당사자들은 '값으로 따질 수 없는' 재미를 느끼고 있다는 것이다. 이처럼 이 노래에는 평범한 은자의 일상이 표층을 이루고 있으나, 이면에는 이러한 일탈의 본능적 측면이 잠재되어 있는 것이다. 이것이 〈만횡청류〉의 미학이다.

　　3) 비파야
　　너는 어찌 가는 곳마다 앙알거리느냐?
　　홀쭉한 목을 둘러 안고
　　움파 같은 손으로 배를 잡아 뜯는데
　　앙알거리지 않을소냐!
　　아마도
　　크고 작은 구슬이
　　옥소반에 떨어지는 소리는 너뿐일 꺼야

(《진본 청구영언》 536)

이 노래의 소재는 비파다. 외견상 '전통 악기 비파의 모습을 보거나 그 소리를 들으며 부른 노래' 이상의 의미를 찾기는 어렵다. 말하자면 '비파 예찬의 노래'라 할 수 있을 것이다. 그러나 노래의 내용을 세밀히 살피면 예사롭지 않은 이면이 잠재되어 있음을 깨닫게 된다. 비파는 나무로 된 공명통, 고정 괘가 있는 짚음 판, 줄 등으로 이루어져 있고, 손가락이나 술대로 줄을 튕겨 소리를 내며, 모양은 가지처럼 생겼다. 비파의 아름다운 소리와, 연주자가 비파를 잡는 모습 등이 이 노래의 중심 소재들이다. 화자는 특히 모습과 소리를 중심으로 비파의 특징을 묘사하였으며, 그것을 생명체에 비유하여 나타내었다.

노래의 내용적 핵심은 '앙알거리느냐?'와 '홀쭉한 목을 둘러 안고/ 움파 같은 손으로 배를 잡아 뜯는데/ 앙알거리지 않을소냐!'에 있다. 앙알거리는 비파의 소리, 가는 목을 둘러 당겨 안고 희고 가냘픈 손으로 배를 잡아 뜯는 듯한 연주 태도에 내용 파악의 열쇠가 있다는 말이다. 특히 '가는 목을 안고 배를 잡아 뜯으니 앙알거리지 않을 수 없다'는 요지의 언술은 외견상 비파 연주의 모습을 객관적으로 묘사한 내용 같아 보이지만, 이면적으로는 여성의 모습을 유추할 수 있도록 교묘하게 고안된 표현이다.

여체의 곡선처럼 생긴 비파의 모습을 상기해보라. 비파라는 무 생명 체를 생명체로 파악하고 있다는 점, '목'이나 '배' 등 인간 육체의 용어를 사용하고 있다는 점, 그 육체에 손을 대니 소리를 내더라고 말한 점 등은 화자가 상정한 실제 의도가 별도로 존재함을 암시한다.

특히 마지막 부분 "크고 작은 구슬이/ 옥 소반에 떨어지는 소리"의 '구슬'주옥(珠玉)은 여성을 암시하거나 상징한다. 따라서 이 노래의 화자는 남성임에 틀림없 다. 그렇다면 비파를 여성으로 치환하는 것도 충분히 가능한 일이다.

이 노래의 작자 혹은 창자는 비파를 연주하는 모습이나 그 소리를 통하여 여인 혹은 여인과 벌이는 사랑의 행위를 떠올렸음에 틀림없다. 비파와 비파 연주자의 관계는 사랑하는 남녀의 관계와 유사성을 가진다고 본 것이다.

이 점으로부터 비파 연주자가 비파를 다루는 행위는 남자가 여자를 애무하는 행위로 자연스럽게 연결된다. 비파를 연주할 때 울려 나오는 소리는 남자가 여자를 애무할 때 여자가 토해내는 기쁨의 소리와 유사한 성격을 갖고 있다고 보았을 것이다. 그러나 노래의 문면에는 남자와 여자, 혹은 남녀 간의 애정에 관한 말은 한 마디도 노출되어 있지 않다. 세련된 악기 이야기를 펼쳐, 듣는 사람으로 하여금 안심하게 하면서도 이면적으로는 도에 넘치는 외설적 이야기를 펼친 것은 범상치 않은 표현 기법의 결과라고 할 수 있다. 이 점에서 이 노래는 앞에 든 〈나무장사 노래〉와 상통한다.

과감히 드러내기

일탈의 1차적 본질은 사회적 규범으로부터 벗어나는 데 있다. 행동으로 드러내는 일탈 뿐 아니라, 비속어·은어의 사용이나 정치체제에 대한 비판적 담론도 일탈의 범주에 속한다. 뒤르켕(Émile Durkheim, 1858~1917)은 통제의 이완보다 강화가 오히려 일탈을 유발한다고 보았다. 〈만횡청류〉를 통해 성적 통제가 심했던 조선시대에 오히려 성적 일탈이 많았음을 확인할 수 있다. 그런데 우리는 흔히 '성을 향유하는 것'을 일탈로 오해한다. 사실 성을 향유하는 것은 인간에게 주어진 고유의 권리므로 그 자체를 일탈로 볼 수는 없다. 오히려 그것을 '자유롭게 표현하는 것'이 일탈이라면 일탈이랄 수 있는 것이다. 어느 시대이든 생명체로서의 인간이 존재하는 한 성은 존재할 수밖에 없다. 그러나 어느 시대나 성에 대한 자유로운 표출이 가능했던 것은 아니다.

사실 조선시대에 심하게 통제된 것은 성에 대한 표현이었지, 개인적인 성의 향유 자체는 아니었다. 물론 그런 시대적 성향 때문에 성의 향유 자체도 얼마간 영향을 받지 않을 수 없었겠으나, 노골적인 성의 표현이 억압되거나 통제된 것은 사실이었고, 그에 대한 반작용으로 〈만횡청류〉와 같은 성향의 노래들이 등장하여 당대 예술의 저변을 형성하게 되었던 것이다.

4) 들입다 바드득 안으니
가는 허리 자늑자늑
빨간 치마 걷어 올리니
눈 같은 살결이 풍만하고
다리를 들고 걸터앉으니
반쯤 핀 홍모란이
봄바람에 활짝 피었구나
나아가고 물러가길 반복하니
숲이 우거진 산 속에
물방아 찧는 소리로구나

(《진본청구영언》 519)

5) 중놈도 사람인 체 하여
자고 가니 그립더군.
중의 송낙 나 베고
내 족도리 중놈 베고
중의 장삼 나 덥고
내 치마는 중놈 덥고
자다가 깨달으니
둘의 사랑이

송낙으로 하나 족도리로 하나
이튿날
하던 일 생각하니
홍뚱항뚱해지누나.

(《진본청구영언》 552)

6) 색같이 좋은 것을 뉘라서 말릴까?
주나라 목왕은 천자로되
요대에서 서왕모와 즐겼고
초나라 항우는 천하장사로되
가을 달 가득 찬 군막에서
슬픈 노래에 강개했고
당명황은 영주로되
양귀비와 이별하며
마외역에서 울었으니.
하물며, 나 같은 소장부가
몇 백 년이나 살겠다고
할 일 아니하고 속절없이 늙겠는가!

(《진본청구영언》 557)

부분 부분 은유적 표현이 섞이긴 했으나, 4)는 성행위 자체를 노골적으로 묘사한 노래다. 이 노래의 문면에서 성행위 이외의 다른 본의를 읽어낼 수는 없다. 이 노래를 일탈로 보는 것은 언어를 통해 성행위의 은밀함을 과격하다 할 만큼 사실적으로 드러냈기 때문이다. 성에 대한 언급이나 묘사를 터부시하던 유교 지배 하의 사회 분위기를 감안할 때, 이 정도의 묘사가 노래로 통용될 수 있었다는 것은 대단한 일탈이라 하지 않을 수 없다.

5)도 4)보다 덜 직접적이긴 하나 성행위를 묘사했다는 점에서 일탈이나 파격인 점은 마찬가지다. 물론 당시 배척의 대상이던 '중'을 등장시킨

점에서 또 다른 함축적 의미를 찾을 수도 있겠으나, 성행위를 묘사하여 일탈을 드러낸 것은 다른 무슨 말로도 변명될 수 없다. 6)은 우회적 표현을 썼다거나 보조적인 내용을 통해 화자의 의도를 간접화시켰다는 점에서, 전자들에 비해 온건한 양상을 보여준다. 특히 '색'에 탐닉하는 자신을 변명하기 위해 색을 좋아했던 역대 영웅들의 사적을 미리 보여줌으로써 자신의 주장에 확실한 근거를 부여하고자 했다. 따라서 이 경우를 단순한 일탈로 볼 수만은 없을 것이다.

주나라 목왕이 요대에서 서왕모와 즐긴 것, 초나라 항우가 우미인과 함께 한 것, 당태종이 양귀비를 사랑한 것 등은 화자 자신이 색을 밝히는 데 당위적 근거를 제공하는 역사적 사실들이다. 그런 만큼 여색을 삼가고, 남녀의 성행위를 공개적으로 언급하지 않아야 한다는 당시의 사회적 터부를 깨고 자신의 속내를 노래로 과감히 드러낸 점은 분명한 일탈로 보아야 할 것이다.

만횡청류, 일탈을 통한 자아의 해방

〈만횡청류〉는 어느 계층으로부터도 환영받았음직한 노래들이다. 지배 계층은 지배 계층대로, 기층 민중은 기층 민중대로 본능을 억압하는 이념적 기제는 언제나 불편한 것이기 때문이었다. 그처럼 억압받는 본능들 가운데 가장 원초적인 것이 성욕이다. 인간의 내면에 잠재된 리비도는 사회적 계층의 높고 낮음에 관여하지 않는다. 따라서 그것은 보다 생산적인 양상으로 변이·표출되는 경우를 포함하여 무슨 방법으로든 해소되어야 할 문제였다. 가장 확실한 방법은 직접적인 행위를 통해 발산시키는 것이겠으나, 사회적 여건상 쉽지 않았기 때문에 사정이 여의치 못한 계층에서는 노래나 놀이를 통해 대리만족으로 그칠 수밖에 없었다. 노래 속에 묘사된 가상의 현실이야말로 화자나 가창자가 '자기화'하기 쉬운 상황 설정이라는 점에서 그 효용가치가 컸다. 그리고 그것은 '의사진술'이라는 문학적 본질을 분명하게 입증하는 점이기도 하다.

지배 계층이든 피지배 계층이든 당대인들은 부조화의 현실 속에서 살아갈 수밖에 없었다. 이념의 생산자라 할지라도 그런 이념에 지배를 받는 것은 불가피했고, 그에 따라 본능의 억압 또한 피할 수 없었기 때문이다. 이념은 이상이고 본능은 현실이어야 하나, 이념이 현실과 이상을 모두 지배해 온 상황이었으므로 공동체의 구성원들이 받아 온 압박은 크기 마련이었다. 성적 일탈은 본능의 자유를 지향하는 모든 사람들의 꿈이다. 그러나 그런 일탈이 현실적으로 쉬운 것은 아니다. 꿈과 현실의 갈등 속에서 그런 시도는 늘 비밀스럽고 조심스러웠다. 사회적 제재의 가능성이 상존하는 상황에서 드러내놓고 일탈을 행동으로 옮기는 일은 사실상 불가능했던 것이다. 여기서 고안해 낸 것이 그런 욕구를 대신하여 만족시킬 만한 방법이었다.

일탈을 구체화한 가상의 현실을 노래로 부르는 것, 이 방법이야말로 사회적 제재를 피해가면서 본능의 욕구를 달랠 수 있는 유일한 길임을 그들은 깨닫게 되었다. '시집살이 노래'를 부름으로써 시집살이의 고통을 경감시키고, '이별의 노래'를 통해 '생리사별(生離死別)'의 고통을 경감시키듯이 그들은 육체적 사랑의 노래를 통해 억압된 성욕을 배설하고자 했다. 그런 노래들을 통해 사람들은 심리적으로 평형상태를 유지할 수 있었고, 질서 해체의 위험으로부터 사회체제를 지켜낼 수 있었다. 그것이 전통시대 우리 조상들의 지혜였고, 그런 지혜가 응축된 예를 〈만횡청류〉에서 찾아볼 수 있는 것이다.

관동별곡

〈관동별곡〉, 노래인가 산문인가

전통시대 문인들이나 화원들에게 있어서 산수를 그린다 함은, 단순히 눈에 보이는 그것만을 화폭에 옮기는 일이 아니었다. 등장하는 경물의 종류, 그것들의 배치나 대응 등을 중심으로 그 안에는 일정한 관습이 작용되기 때문이다. 사실 이념이나 사상체계로부터 이루어진 그러한 관습은 화가의 필법이나 구체적인 메시지를 결정한다. 하나의 그림을 보면서 '아름답다'는 느낌과 함께 그림의 메시지를 읽어내는 것은 동서양을 막론하고 그림을 감상해온 방법이다.

발상이나 형상화의 기본적인 방법의 면에서 시가도 그림과 같다. 옛날의 문인이나 사대부들이 여기(餘技)로 그려오던 문인화(文人畵)가 그림의 당당한 한 분야로 정착된 점과 문인화의 대표적 유파 남종화(南宗畵)의 비조(鼻祖)인 왕유(王維)가 당대의 걸출한 시인이었다는 점 등으로도 그런 점을 알 수 있다. 색이나 선·면을 통한 이미지의 구체화가 그림이라면 글자를 통해 그런 효과를 대행하는 것이 시이기 때문이다.

이처럼 상당수의 시인이나 선비들이 그림을 즐겨 그렸으며, 예로부터 동양에서 시론이나 화론이 동일한 논리적 패러다임을 갖는다고 인식되어 온 것은 '시화일치(詩畵一致)'의 전통적 사고가 그 바탕을 이루기 때문이다.

그림이나 문자를 재료로 하여 만든 구조물들은 대부분 중층적 표현구조를 가진다. 하나의 작품 속에 표면구조와 이면구조가 공존하고 있다는 말인데, 가장 단순한 서경(敍景)일지라도 그렇다. '정(情)'을 드러내는 것은 모든 미적 구조물들의 표현이 지향하는 기본이며, 서경이나 서사는 수단일 뿐이기 때문이다.

문제의 핵심은 바로 그 '정'에 있다. 예술적 구조물의 교졸(巧拙)을 판가름하는 조건도 드러내고자 하는 작자의 '정'과 그것을 구체화시키기 위한 수단이 얼마나 조화를 잘 이루는가에 달려 있는 것이다.

이 글의 논의 대상은 송강 정철(1536~1593)의 장가인 〈관동별곡〉이다. 〈관동별곡〉은 '가사' 장르에 속하는 작품이다. 사실 가사만큼 범주 구분이 모호한 장르도 없다. 원래 가사의 1차적 의미는 '곡조에 올려 불리던 노랫말'이다. 그러니 노래로 전승되어 오던 전통 운문들은 모두 가사라고 불러야 마땅하다.

물론 그간 학자들은 이런저런 논리들을 동원하여 가사 장르의 형태적·내용적 범주를 구체화해왔다. 그럼에도 불구하고 존재로서의 전통 운문들이 보여주는 다양성 모두를 그 의미범주 하나만으로 포괄시킬 수 없다는 데 우리의 고민이 있다. 형식개념은 있었으되 표현의 자유를 지향하던 당대 창작 계층의 의도와 그것을 일정한 틀 속으로 수렴하려는 오늘날 연구자들의 경직성 사이에는 합치될 수 없는 거리가 있다. 그래서 대략적인 성향만을 제시하고 모든 작품들을 그 안에 뭉뚱그려 넣는 무리를 범할 수밖에 없었던 것이다.

그러나 가사를 산문으로 보든 산문화된 운문으로 보든 가사의 출발은 분명 '노래'였으며, 〈관동별곡〉 역시 노래로 수용되어 온 것만은 분명하다. 〈관동별곡〉은 송강이 지은 장·단의 노래들을 실어놓은 악부집 《송강가사》와 연대·편자 미상의 악보 《협률대성(協律大成)》에 실려 있다. 《송강가사》의 판본으로는 의성본(義城本)·관북본(關北本)·관

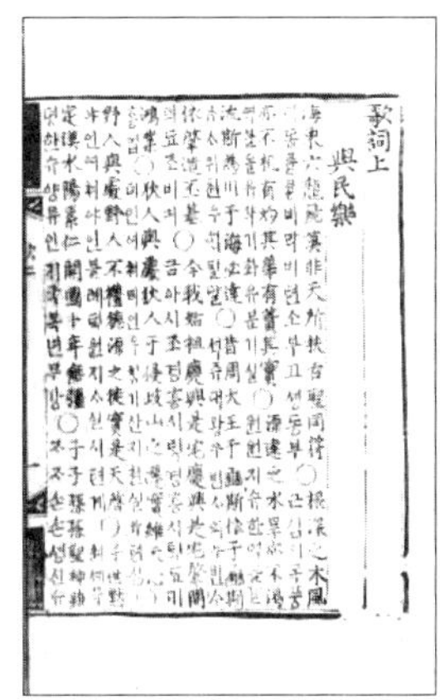

악장가사에 실린 여민락

서본(關西本)·황주본(黃州本)·성주본(星州本) 등이 전해온다고 알려져 있으나 현재 관북본과 황주본은 찾을 수 없다.

노래들만을 묶은 판본들이 여러 종 만들어졌으며, 꽤 오랫동안 전해 내려왔다는 것은 송강의 노래들이 시대와 계층을 넘어 많은 사람들에게 왕성하게 수용되었음을 의미한다. 그것은 송강가사가 상당 기간 대중성을 확보한 채 지속되었음을 암시하는 점이기도 하다. 특히 《협률대성》에 〈관동별곡〉이 실려 전해진다는 사실은 매우 의미심장하다. 조율지법(調律之法)·양금도(洋琴圖), 여민락(與民樂)·본환입(本還入)·세환입(細還入)·평조영산회상(平調靈山會上), 연음표가 부기(附記)된 평·우·계면조의 남녀창 가곡 사설 828수 등을 싣고 있는 악서가 《협률대성》인데, 〈관동별곡〉은 그 끝에 〈어부사〉·〈처사가〉·〈상사별곡〉·〈춘면곡〉·〈명기가〉·〈백구사〉·〈권주가〉 등과 함께 실려 있다.

음악에 관한 구체적 사실들이야 더 논의되어야 하겠지만, 이 노래가 조선조 말기까지 성창되던 12가사의 일부 곡들을 포함한 성악곡들과 함께 악서에 실려 전해지는 점이야말로 〈관동별곡〉의 대중적 수용양상을

극명하게 드러낸다. 읽어서 이해하는 '독서물'이 아니라 '노래 불러 느끼는' 노래가 바로 〈관동별곡〉의 본질임은 이 노래에 대한 기존의 관점을 재조정해야 할 필요와 함께 창작의도의 파악에 대한 반성을 불러일으키는 조건이기도 하다. 그렇다면 송강은 왜 이 노래를 지었을까?

송강의 처지, 그리고 〈관동별곡〉 창작의 당위성

지금까지 대부분의 학자들은 〈관동별곡〉이 기행가사라는 점을 중심으로, 그 여정의 구체성이나 표현의 아름다움에만 주목해왔다. 표면적으로 〈관동별곡〉이 기행가사임은 분명하다. 그러나 이면에 대한 거론을 생략한 채 표면적 성격만을 거론하고 지나가도 될 만큼 〈관동별곡〉의 내포적 의미가 단순한 것은 아니다. 기행가사라는 점은 이 노래의 표층적 성격일 뿐이고 그 이면에는 창작 의도와 함께 모종의 복선이나 계산이 깔려 있다고 보기 때문이다. 이 점이 이 노래로 하여금 가사문학의 장르적 평면성으로부터 벗어나게 하는 요인이다.

　얼핏 보면 기행가사이나 이면적으로는 정치적 계산이나 의도가 교묘하면서도 짙게 전제되어 있다는 것인데, 이 점은 그의 다른 노래들 가운데 〈사미인곡〉·〈속미인곡〉 등과의 밀접한 관련하에 파악되는 내용이기도 하다.

　사실 〈사미인곡〉과 〈속미인곡〉은 표면적으로 보아 분명 '남녀 간의 사랑노래'들이다. 그러나 이면적인 뜻은 '연군'이다. 의미상의 중층 구조는 송강의 현실적 처지로부터 기인된 것이다. 송강은 일생을 정치적 쟁투의 와중에서 살았다. 열 살 나던 해 을사사화로 큰 형이 유배도중 죽었고, 부친 역시 죽음을 겨우 면하고 관북으로 유배되었다가 이듬해 연일(延日)로 이배(移配)되는 등 멸문에 가까운 화를 입었다. 그는

관동십경 시중대-흡곡(규장각 소장)

관동십경 총석정-통천(규장각 소장)

관동십경 삼일포-고성(규장각 소장)

관동십경 해산정-고성(규장각 소장)

이배 후 5년 만에 풀려난 부친을 따라 전남 창평에 살게 되었고, 문과에 급제한 27세까지 이곳에 살았다.

26세 되던 명종 16년1561 진사시에 장원한 이후부터 사헌부 지평·좌랑·현감·전적·도사·정랑·헌납·지평·함경도 암행어사·수찬·좌랑·종사관·교리·전라도 암행어사 등 다양한 관직을 두루 역임했으나, 40세 되던 선조 8년1575 관인들이 동·서로 분당되고 서인이 득세한 가운데 그는 벼슬을 버리고 낙향했다.

43세 때인 선조 11년 장악원 정의 벼슬을 받아 복귀하여 사간·집의·직제학 등을 역임했으나 동인의 거두 이발(李潑, 1544~1589)과 불화를 빚어 재차 낙향했다. 그러던 중 선조 13년1580 정월 강원도 관찰사에 제수되어 외직으로 나갔다. 그 후로도 붕당정치의 와중에서 복잡다단한 공직생활을 계속했는데, 그가 당한 어려움의 대부분은 동인과의 생사를 건 대결로부터 초래되었다.

동인과의 갈등 못지않게 어려웠던 것이 임금인 선조와의 관계 설정 및 유지였다. 붕당정치의 현실이 늘 그러했듯이 선조의 마음이 어디로 향하느냐에 따라 송강의 정치적 부침 또한 결정되기 마련이었다. 송강으로서는 정적들을 압도하는 한편, 선조의 마음이 자신에게서 떠나지 않도록 관리할 필요가 있었다. 연군가로 이해되는 〈사미인곡〉·〈속미인곡〉을 지은 것은 임금의 마음이 자기로부터 떠나지 않도록 관리해야 할 현실적 필요성 때문이었다.

그러면서도 그는 항상 정적들과의 처절한 갈등을 통해 살아남아야 했다. 정적들을 경멸한다거나 그들에 대한 자신의 우월감을 작품 속에서 드러내는 것 등은 현실적 갈등의 연장선상에서 이해될 수 있는 요소들이다. 〈관동별곡〉에 등장하는 자기과시적 언사들은 거의 모두 정적들을 염두에 둔 발언이었다. 예컨대 자신을 신선으로 생각하고 이태백에 견주는 표현의 이면에는 정적들 특히 동인 세력을 인간세계의 속물들로 비하하려는 의도가 뚜렷이 내포되어 있다. 동인들과의 갈등과 투쟁으로 점철된 그의 일생을 감안한다면 이런 표현에 내재된 송강의 의도는 저절로 드러난다.

그는 강원도 관찰사를 지낸 이후 전라도 관찰사·도승지·예조참판·함경도 관찰사·예조판서 등을 거쳐 대사헌에까지 승차했으나, 동인의 탄핵으로 본의 아니게 낙향하여 4년 간 은거하게 되었다. 정여립(鄭汝立, 1546~1589) 모반사건이 일어난 54세 때 송강은 우의정에 제수되어 사건을 처리하면서 최영경(崔永慶, 1529~1590)을 치죄하고 동인들을 철저히 추방한 다음 좌의정으로 승차했다.

56세 때는 동인의 거물 이산해(李山海, 1539~1609)의 계략으로 건저(建儲) 문제를 들고 나섰다가 선조의 미움을 사 파직되었고, 유배까지 당하게 되었다. 임진왜란이 일어나자 유배에서 풀려났고 경기·충청·전라도의 체찰사를 지냈으며, 전후에는 명나라에 사은사로 다녀오기도 했다. 그러나 결국 동인의 모함으로 사직하게 되었고, 그로부터 얼마 후 강화에서 숨을 거두었다.

이렇게 보면 그는 죽을 때까지도 동인세력에 의해 핍박을 받은 셈이다. 따라서 동인세력에 대한 증오가 그의 마음에 각인되어 있었던 것도 당연하다. 그 본심이 바로 정여립 모반사건의 수습과정에서 표출된 것이다. 그 뿐 아니라 몇 번의 부침 끝에 강원도 관찰사에 제수됨으로써 동인에게 복수할만한 현실적 힘의 단서를 확보했다는 암시가 〈관동별곡〉에 나타나는 것이다. 말하자면 자신에게는 동인 없이도 선정을 베풀만한 경륜이 갖추어져 있으니 앞으로도 계속 자신을 중용해달라는, 임금에 대한 메시지를 이 노래에서 찾아볼 수 있다는 가설이 가능해진다는 것이다.

　〈관동별곡〉을 통해서 송강이 드러내려 한 '정'이란 과연 무엇인가? 해외의 기사일문(奇事逸聞)들을 기록하여 보여주려는 오늘날의 해외여행자들처럼 송강도 그런 사명감을 갖고 있었을까.

　당시라면, 생업을 내팽개치기 전에는 가볼 수 없는 구경거리가 관동지방의 승경(勝景)이었다. 그런 곳을 송강은 '말 타고 시종들을 거느린' 채 호사를 부리며 구경한 셈인데, 그런 점에서 그는 일종의 긍지와 자부심을 느낀 것인가? 아니면 태어난 땅에서 한 발도 밖으로 못 나가던 당대의 민중들을 '어여삐 여겨', 자신이 보고 느낀 관동의 경물들을 그려다가 보여주고자 한 것인가. 송강의 본뜻은 과연 어디에 있었을까?

〈관동별곡〉의 이중구조

〈관동별곡〉을 3단으로 나누어 보자. 첫 단의 앞부분은 1행"강호에 병이 깊어 죽림에 누웠더니"부터 7행"섬강은 어디메요 치악이 여기로다"까지로, 뒷부분은 8행"소양강 내린 물이 어디로 든단 말인가"부터 15행"급장유 풍채를 고쳐 아니 볼 것인가"까지로 각각 볼 수 있다.

　앞부분의 핵심은 2행"어와 성은이여 갈수록 망극하다"과 5행"하직하고 물러나니 옥절이 앞에 섰다"이다. 임금의 은혜에 대한 감읍이 전자2행요, 새롭게 제수된 벼슬의 당당함이 후자5행라는 말이다.

　뒷부분의 핵심은 11행"삼각산 제일봉이 하마면 뵈리로다"과 15행이다. 앞의 것은 연군의 정을, 뒤의 것은 선정(善政)에 대한 포부를 말한 내용이다. 강원도의 '회양'이라는 지명이 급장유(汲長孺)가 선정을 펼친 옛날 중국의 회양(淮陽)과 같다는 점을 지적함으로써 스스로 선정을 베풀겠다는 의지와 자신감을 강하게 표하고 있다.

급장유는 한나라 무제 때 직간(直諫)을 잘하던 충신이다. 송강이 그를 〈관동별곡〉의 첫 단으로 끌어온 것도 자신과 그의 이미지가 흡사하다고 생각했기 때문이며, 동시에 이 노래에서 드러내고자 한 의도가 단순히 관동지방의 경물에 대한 찬탄만은 아님을 암시하고자 했기 때문일 것이다. 따라서 첫 단에서의 핵심적 주제는 선정에의 포부와 자신감, 혹은 그 과시에 있다.

이 부분에 크게 대조되는 두 상황이 제시되어 있는데, 강호에 칩거하고 있는 상황과 강원도 관찰사로 임명된 후의 상황이 그것들이다. 전자를 '가라앉은 상황', 후자를 '들떠있는 상황'으로 각각 표현할 수 있을 것이다.

송강은 전자를 '강호에 병이 깊다/ 죽림에 누워 있었다'고 표현했다. 이때의 '병'은 자연과 결부될 때 비로소 긍정적인 의미를 획득하긴 하나 전체적으로 부정적인 상태를 드러내는 말이다. '죽림' 또한 실제 대나무가 많은 담양 지역을 말하고 있긴 하나 오히려 죽림칠현(竹林七賢) 고사의 이미지를 차용하기 위해 끌어왔을 가능성이 크다.

죽림칠현이 자신들에 대한 자부심으로 충만해 있던 사람들이긴 하나, 그 '죽림'이 세상으로부터 동떨어진 비현실의 세계인 것만큼은 부정할 수 없다. 이런 점에서 현실을 지향한 에너지로 충만해 있던 송강에게 죽림의 생활이란 퇴영적이고 소극적이며 부정적인 것으로 인식될 수밖에 없었으리라. 이 점은 강원도 관찰사에 제수된 사실을 '성은(聖恩)'이라 감읍하는 부분에서도 드러난다.

첫 단에서 말하고자 한 내용적 골자는 권력의 유무(有無)에 따른 현실적 상황의 차이 및 권세의 당당함, 연군과 우국지정, 과거 왕조에 대한 멸시를 통한 금조(今朝)의 당당함, 선정에 대한 자신감과 희망 등이다. 송강은 정적인 동인들에게 밀려나 재야에 숨어 살아야 했던 암울함을 임금의 은혜에 힘입어 다시 권력의 중심으로 복귀함으로써 극복했고, 그러한 권력 회복의 당위성을 백성들에 대한 선정을 통해 보여주겠노라는 결심을 밝힌 것으로 볼 수 있다.

송강은 부임지로 가는 도중 만난 옛 왕조의 폐허들로부터 선정을 베풀어 이 왕조를 올바르게 유지·영속시키지 않으면 안 된다는 교훈을 이끌어내고 있으며, 그러한 방법을 통해 임금에게 직간하다가 정적들의 모함을 받아 실각하게 된 자신의 처지를 정당화 시키고자 했다. 말하자면 급장유와 같이 진정으로 나라와 임금을 걱정하지 않는다면, 망해 널브러진 옛 왕조와 같은 처지로 전락될 수도 있음을 강하게 암시하는 것이다. 송강의 본심은 바로 여기에 있다.

둘째 단의 핵심적 대상은 금강산과 동해다. 각 부분에서 송강은 실제 경물들의 묘사와 함께 그로부터 자신의 정치적 이념이나 신념과 직결되는 정신적 가치를 이끌어내고 있다. 둘째 단도 첫째 단과 마찬가지로 자신의 선정에 대한 자부심이나 당당함으로 시작된다. "영중이 무사하다"는 말은 자신의 정치적 수완과 선정을 암시한 표현이다. 즉 자신의 정치적 수완과 선정으로 당당해진 나들이길을 이 부분에서 강조한 것이다.

또 "행장을 다 떨치고 석경에 막대 짚어"에서는 번잡한 행장을 마다한 채 단출한 차림으로 나선 그 자체가 선정이나 애민의 자세임을 암시했다. 그러니 둘째 단 전편의 서두 부분 역시 여정에 대한 설명이나 설렘보다는 관찰사인 자신의 정치적 자부심을 드러내기 위해 할애되었다는 점으로도 이 노래가 단순한 기행문이 아님은 분명하다. 그 점은 '눈 아래 굽어보이는' 소향로, 대향로 등을 언급하는 부분과 정양사와 진헐대에 '고쳐 올라앉아' 여산의 진면목이 여기서야 다 보인다고 소리치는 모습에서 두드러진다.

더욱이 "높을시고 망고대 외로울사 혈망봉이 하늘에 치밀어 무슨 일을 사뢰리라 천만 겁 지나도록 굽힐 줄 모르는가. 어와 네로구나! 너 같은 이 또 있는가"라는 구절이야말로 작자 자신을 극명하게 묘사한 내용이라는 점에서 앞에 말한 필자의 설명이 타당함을 입증한다. 이 부분에서는 '눈 아래 굽어보는' 행위와 '하늘에 치밀어 사뢰는' 행위가 대조적으로 제시되어 있다.

전자의 대상은 자신의 정적들이고, 후자의 대상은 자신의 정당성을 믿어주고 후원하는 임금이다. '하늘'은 임금이요, 그 '하늘'에 대해서 굽힐 줄 모르고 사뢰는 것처럼 보이는 망고대와 혈망봉은 직간(直諫)을 통해 임금을 올바로 보필하는 송강 자신을 의미한다. 따라서 "어와 네로구나! 너 같은 이 또 있는가"는 결국 자신의 당당한 모습에 대한 자찬인 셈이다.

다음 단락은 시작부터 그런 의도를 노골적으로 드러낸다. "개심대 다시 올라 중향성 바라보며, 만이천봉을 역력히 헤아리니"에서 '개심'은 백성과 임금을 향해 자신의 마음을 연다는 의미도 지닌다고 보이므로 '개심대'는 중의적 명칭일 수 있다. 이와 함께 '중(衆)' 또한 뭇 백성을 암시하기 때문에 이 부분 역시 선정에 대한 자신감과 자부심을 내용의 핵심으로 한다고 볼 수 있다.

이런 내용이 좀 더 구체적이고 점층적으로 진행되다가 "봉마다 맺혀 있고 끝마다 서린 기운 맑거든 좋지 않거나 좋거든 맑지 않거나. 저 기운 흩어내어 인걸을 만들고자"라는 문장에 이르면 작자의 의도는 노골적으로 드러난다. 이 말 속에는 나라를 위해 인재를 기르거나 발탁해 쓰고 싶다는 적극적 의미 뿐 아니라 중요한 벼슬에 제수된 자부심 또한 들어 있다.

'만이천봉'은 뭇 백성들을 암유한다. '역력히 헤아린다'는 것은 백성들의 사정을 잘 살핀다는 것을 의미한다. 그러니 이 부분에서도 선정의 자부심과 우국지정은 변함없이 노래되는 셈이다. 그러한 자부심과 함께 "형용도 그지 없고 체세도 많기도 많구나"라고 하여 백성들의 마음이나 욕망이 다양하니 치자로서 선정하기가 쉽지 않음을 아울러 드러내기도 했다. "비로봉 상상두에 올라보니 그 누구신고. 동산과 태산 중에 어느 것이 높던고. 노국 좁은 줄도 우리는 모르거든 넓고도 넓은 천하가 어찌하여 적다는 말인가"라고 영탄한 대목에 이르러 그러한 문맥의 의미가 분명해지는 동시에 작자의 자부심과 호연지기가 함께 어우러진 모습을 발견하게 된다. 즉 '비로봉 상상두'는 최고의 지위를 말하며, 선정에 의해 최고의 벼슬에 오른혹은 앞으로 오를 사람은 자신밖에 없다는 점을 암시한 말이기도 하다.

그 다음 부분은 공자가 '동산에 올라 노나라를 작게 여기고, 태산에 올라 천하를 작게 여겼다'는 말을 듣고 그 경계의 고원(高遠)함을 영탄한 내용이다. 즉 공자의 정신적 깊이에 대한 흠모이며, 간접적으로 이 땅에서만은 자신이 당당한 존재임을 자부한 말이기도 하다. 그러면서 "오르지

공자의 사당인 문묘 대성전

못하거니 내려감이 고이할까"라 하여 장면을 다음 장소로 자연스럽게 연결시키고 있다. 또한 그는 원통골 가는 길에 사자봉을 들렀고, 그곳에서 화룡소를 만나면서 더욱 노골적인 정치적 야망을 드러냈다. "천년 노룡이 굽이굽이 서려있어 주야에 흘러내어 창해에 이었으니 풍운을 언제 얻어 삼일우를 내릴 것인가. 음애에 시든 풀을 다 살려내리라"라는 표현은 그 얼마나 도도하며 당당한가.

화룡소에 굽이굽이 서려있는 '천년 노룡'은 승천을 앞둔 용으로서 송강 자신을 은유한 말이다. 그 용이 화룡소의 물을 주야로 흐르게 하여 결국 창해에 이르도록 한다고 하면서 풍운 즉, 좋은 시절을 언제 만나 삼일우를 내려주겠느냐고 자문한다. 그 비를 내려줌으로써 그늘 진 언덕 의 시든 풀을 다 살려내라는, 자신에 대한 주문이기도 하다.

풍운은 용이 비바람을 얻어 승천하는 것처럼 영웅이 때를 만나 세상에 나오는 일의 비유로 흔히 쓰인다. 좀 더 구체적인 의미로는 '풍종호운종룡 (風從虎雲從龍)' 즉 용호가 풍운을 만나 득세하는 것처럼 영웅이 명군을 만나 쓰이거나 좋은 기회를 타서 재능을 발휘하여 공명을 이루는 일의 비유로 볼 수도 있다. 어떤 쪽으로 보든 송강이 임금의 지우(知遇)를 얻어 좋은 정치를 펼치고 싶다는 포부를 피력한 표현임에 틀림없다. 따라서 송강은 이 부분에서 자신에 대한 자부심과 함께 선정에의 강한 의지까지 아울러 표명했다고 보는 것이 타당하다.

이어 마하연, 묘길상, 안문재, 불정대 등에서 만나는 절경을 들면서 이것들이 이태백이 영탄한 여산보다 오히려 낫다는 요지의 내용을 노래했 다. 이 부분에서는 풍광에 대한 찬탄을 들었거나 자신의 임지(任地)를 거론했다는 점에서 그것들 모두 이면적으로는 자신의 치정(治政)과 연결 된다고 볼 수도 있다.

둘째 단 두 번째 부분은 동해로 나온 이후의 여정을 노래하는 내용이다. "남여 완보하여 산영루에 오르니~백구야 나지 마라 네 벗인 줄 어찌 아느냐"는 구절은 생동감 넘치는 행차를 묘사한 부분으로서 송강 자신의 위세에 대한 자부심을 핵심으로 한다. 특히 고성과 삼일포를 중심으로 사선(四仙)의 행적을 회고함으로써 옛날의 사적을 현실 정치에 연결시키고자 하는 의도를 노출시킨 점은 주목할 만하다.

그 바로 뒷부분의 "아마도 지나는 구름 근처에 머물세라"는 간신들의 발호를 염려한 비유적 표현인데, 이 경우 간신들은 당연히 자신의 정적들을 지칭한다. 이와 같이 송강은 금강산과 동해의 풍광을 묘사하는 듯하면서도 이면적으로는 자신의 정치적 야망을 드러내는 데 중점을 두었다. 특히 "아마도-"와 같은 부분은 정치에 대한 자부심과 자신의 야망을 정적들에게 과시하고자 하는 의도를 구체적으로 보여주는 내용이기도 하다. 이런 표현들을 통하여 송강은 험난한 정치 현실을 역으로 은유하려는 자신의 의도를 분명히 드러내는 데 성공했다고 본다.

이 점은 "강릉 대도호 풍속이 좋을시고. 절효정문이 골골이 벌여있으니 비옥가봉이 지금도 있다고 하겠도다"라는 구절에서도 직접적으로 입증된다. 이 구절을 통해 송강은 자신의 관할구역 가운데 핵심인 강릉 풍속의 순미함을 칭송했다. 그와 함께 간접적으로는 자신이 다스리는 모든 지역을 그와 같이 만들겠다는, 치자로서의 포부와 자신감을 나타낸 표현이기도 하다. 그가 강원도 관찰사로 재직하는 동안 〈훈민가〉를 지은 사실은 이런 점을 뒷받침한다. 그와 함께 "진주관 죽서루 오십천 내린 물이 태백산 그림자를 동해로 담아가니 차라리 한강의 목멱산에 닿게 하고자"라고 하여 연군의 정을 강하게 노출시킴으로써 앞부분에서 말한 선정에 대한 자부심이나 희망과 함께 정적들에 대한 경고의 의미까지 다시 한 번 드러냈다.

둘째 단 마지막 단락의 핵심은 "이렇게 좋은 세계 남에게 다 보여주고자"에 들어있다. 이 문장은 일견 달 밝은 밤 동해안의 풍광을 남들에게 보여주고 싶다는 내용인 듯 하나, 이면의 의미는 그렇지 않다. 즉 '이렇게 좋은 세계'는 '잘 다스려진 곳'을 말하고, '남들'은 작자를 시기하고 괴롭히는 정적들을 의미한다. 따라서 이 구절에 들어있는 의미가 단순한 애민정신이나 선정에의 자부심으로 끝나지 않는다. 오히려 그런 차원을 넘어선다고 보는데, 자신의 정치적 수완을 정적들에게 과시함으로써 상대방을 압도해보려는 작자의 욕망이 잠재되어 있다고 보는 점이 바로 그런 까닭이다.

마지막 단에서는 앞의 내용들을 포괄하되 앞부분에서는 암시하는데 그쳤던 자신의 의도를 보다 분명하게 노출시키고 있다. 그 의도를 효과적으로 표현하기 위해 꿈을 등장시킨 것이다. 꿈속의 화자는 송강을 "상계(上界)의 진선(眞仙)"이라 했다. 이 경우 '상계'는 임금이 계신 서울이고, '진선'은 유능한 인재를 의미한다.

"황정경 한 자를 어찌 잘못 읽어두고 인간에 내려와서 우리를 따르느냐"는 구절은 '직간으로 정적들의 모함을 사고 이곳_{강원도}에 쫓겨 내려와 자신들과 함께 하느냐'라는 실제적 의미의 우회적 표현이면서, 또 다른 측면에서는 작자 자신을 '이런 곳에내려오지 않고도 얼마든지 중앙 정계에서 정치적 포부를 펼 수 있는 사람'으로 묘사했다는 점에서 일종의 선민의식 내지는 자부심이나 자신감을 노출시킨 내용으로 볼 수도 있다.

그러나 그런 수준의 내용만으로 끝을 내려하지 않는 점이 바로 송강의 뛰어남이다. 즉 "잠간 가지 마오. 이 술 한 잔 먹어보오. 북두성 기울여 창해수 부어내어 저 먹고 날 먹이거늘 서너 잔 기울이니 화풍이 습습하여 두 겨드랑이를 추켜들게 하니 구만 리 장공에 저기면 날 수 있으리로다. 이 술 가져다가 사해에 고루 나누어 억만창생을 다 취하게 만든 후에 그제야 다시 만나 또 한 잔 하자꾸나"에서 보듯이 애민과 선정이라는 정치적 포부까지 밝히고 있는 것이다.

더구나 마지막 부분에서 "명월이 천산만락에 아니 비춘 곳이 없다"고 했는데, 이 내용을 '임금의 은총이 온 세상을 비추고 있다'로 풀이할 수 있다면, 작자는 자신의 정치적 포부를 밝힌 동시에 그 포부가 임금의 절대적 보호 아래 이루어지고 있음을 분명히 함으로써 정적들에 대한 경고나 과시의 의도까지 드러냈다고 할 수 있다.

정치가사로서의 〈관동별곡〉

송강 생존 당시부터 적어도 1세기 뒤까지 〈관동별곡〉은 풍류방을 중심으로 왕성하게 가창된 노래다. 지금까지 〈관동별곡〉은 기행가사의 관점에서만 다루어져 왔으나, 그것은 표층적 성격일 뿐이다. 이 노래의 이면에는 송강의 정치적 견해 혹은 임금이나 정적들에게 보내는 정치적 성격의 메시지가 들어있다.

송강은 일생 동안 정적인 동인 집단과 생사를 건 쟁투를 벌여왔다. 벼슬길에 올라 무언가 일을 해보려 하면 으레 발목을 잡고 늘어지는 집단이 바로 동인들이었다. 동인들의 탄핵으로 낙향해 있다가 다시 강원도 관찰사로 제수된 송강이 부임지인 관동지방을 유람하면서 지은 노래가 바로 〈관동별곡〉이다.

송강에게 강원도 관찰사의 벼슬은 정치적 재기의 발판일 수 있었고, 정적들에 대한 복수의 기회를 포착하기 위한 출발점일 수 있었다. 뿐만 아니라 강력한 힘의 원천인 임금의 신임을 자신에게 묶어둘 수 있는 수단이기도 했다.

　이 노래에서 겉으로는 관동팔경에 대한 상탄(賞嘆)을 내세우고 있으나, 이면으로는 자신의 정치적 이상과 그 역량에 대한 자부심을 과시함으로써 자신을 질시하는 정적들에게 분명한 경고의 메시지를 담고자 한 것도 그 때문이다. 뿐만 아니라 노래의 곳곳에서 연군지정을 토로함으로써 임금의 마음까지 붙잡아 놓으려 했다.

　작품을 정독할 경우, 표층보다는 이면적인 내용의 비중이 더욱 커 보이는 것을 부정할 수 없는 까닭도 여기에 있다. 따라서 〈관동별곡〉은 복합적 성격을 지닌 노래지만, 내용의 비중을 고려할 경우 기행가사보다는 정치가사로 분류하는 것이 타당하다.

일동장유가

해외 체험과 세계관의 확대

'지식인에 의한 해외 체험의 기록' 〈일동장유가〉. 비록 그 서술의 주체는 공적인 임무를 띤 사절이지만, 기록 자체는 개인적 보고의 성격이 강하다는 점에서 이 작품은 공적·사적인 성격을 공유한다.

조선조 후기로 접어들면서 기행 부류의 가사가 장편화하고 서사적 성격이 농후해진 것은 가사의 복합 장르적 요소들 가운데 서사성의 극대화나 묘사와 전달의 효율성이라는 현실적 필요성 때문이었다.

가사는 시에 비해 설명적이며 산문에 비해 함축적인 장르다. 부연을 본질로 하는 산문이라 해도 여행길에서 얻는 견문들을 모두 보여주기는 어려웠을 것이다. 축약과 서정적 초점화를 주로 하는 시 양식을 통해 그 견문들을 보여주기란 더더욱 어려웠다.

이런 상황에서 가장 효율적인 장르는 양자의 장점을 겸할 수 있는 가사였다. 가사는 함축적인 표현이 가능하면서도 시보다 훨씬 서술적이다. 따라서 묘사와 전달에 있어서 산문이나 시에 비해 월등한 효과를 발휘할 수 있었다. 여기서 기행가사 등장의 필연성을 확인할 수 있다.

교술성이나 서정성의 측면에서 기행가사가 지닌 효용가치는 분명해진다. 이런 성격들을 포함하는 가사의 문체적 효율성이야말로 여행자들이 해외여행의 체험을 기록하기 위해 가사를 원용한 이유였을 것이다. 그들은 가사의 장르적 본질과 여행자들의 세계관이 조화를 이룰 수 있다고 보았을 것이다.

행동규범이나 자연·사회·인간에 대한 하나의 체계를 이루는 총괄적 견해가 세계관이므로, 그 속에는 철학적·정치적·윤리적·미적·자연과학적 견해가 일정한 방식으로 용해되어 있다. 사실 연행사나 통신사들이 인식의 대상으로 삼고 있던 외부세계는 기껏 중국이나 일본에 불과했고, 그들의 의식 또한 중화주의나 한문학적 우월주의가 고작이었다. 일부 연행사들이 자각을 통해 세계관 확대의 가능성을 보여주었고, 그것이 실학의 발흥 등 시대적 변화에 기여한 일면도 있었지만, 대부분은 뛰어난 개인적 자질에서 기인한 것이었다.

〈병인연행가〉의 홍순학이나 〈일동장유가〉의 김인겸이 제대로 된 세계관을 갖추지 못했다면, 그것 역시 시대적 한계 때문이었다. 그러나 그들이 대상 세계를 제대로 보고자 한 '개인적 의욕'만큼은 누구보다 치열했다. 그들이 결국 대상 세계에 대하여 눈을 뜨게 되고 세계관의 확대를 이룰 수 있었던 것도 그런 개인적인 의욕과 출중한 자질 덕분이었다. 그리고 그와 같은 세계관의 확대를 가능케 한 요인이 바로 '현지에서의 체험'이었다. 따라서 해외 체험과 세계관의 확대는 불가분의 관계로 연결된다.

기록자인 김인겸은 이 작품에서 어떤 시선으로 해외의 산천이나 문물들을 바라보았는지, 작품에 표출된 기록자의 해외 체험이나 세계관은 어떤 특징을 가지는지 살펴보는 것은 해외 체험과 세계관 확대의 양상을 밝히는 데 긴요하다.

사행가사의 범주와 관습

중국과 일본을 다녀온 조선조의 사행자들은 방대한 기록을 남겼고, 현재 그것들은 국문학의 현실적인 한 부분으로 인정받고 있다. 그것들은 조천록·연행록 등 수백 편의 산문 기록들, 수 편의 가사들, 내용상 직·간접으로 관련되는 수백 편의 한시들로 분류된다. 사행은 정·부사와 서장관 및 다수의 수행원들로 구성된다. 따라서 이들 중 누구라도 사행 중의 일들을 기록할 수 있었다.

대개 정부에 대한 공식적인 보고 목적의 기록과 사적인 기록으로 나뉘는데, 내용이나 표현에 제한받을 수밖에 없는 전자와 달리 문학적 의미를 부여할 수 있는 것은 후자에 국한된다. 후자의 경우도 사행에 참가하지 못한 기록자의 주변 인물들에게 읽힐 목적으로 기록했다고 보아야 하기 때문에 '보고'의 성격을 갖는 것은 전자와 마찬가지다.

사행록은 한문과 국문 등 두 가지의 표기체계로 이루어져 있다. 국가에 대한 공식적 보고문은 당연히 한문으로 기록되었으며, 기록자가 국문에 익숙지 않은 경우에는 더욱더 한문표기를 고수할 수밖에 없었다. 가사를 포함하여 상당수의 중요한 사행록들예컨대 《죽천행록》(미상)·《연힝일긔》(김창업)·《을병연행록》(홍대용)·《무오연행록》(서유문)은 국문으로 기록되어 있다.

이런 사행록들이 만들어진 계기는 조선의 대외관계였고, 조선조 후기의 주된 외교 대상은 청나라와 일본이었다. 청나라는 명나라에 이어 사대의 대상이었고, 일본은 교린의 대상이었다. 대상에 따라 사행의 형태나 목적 역시 달랐다. 청나라에 대해서는 매년 네 차례의 정기적인 사행인 정조사(正朝使) · 성절사(聖節使) · 천추사(千秋使) · 동지사(冬至使)와 다양한 부정기적 사행을 파견했고, 일본에 대해서는 경차관(敬差官) · 회례사(回禮使) · 쇄환사(刷還使) 등 다양한 명칭과 목적의 통신사를 파견했다.

사대와 교린이라는 두 관계는 상호 위상의 차이 때문에 규모나 인적 구성이 다르긴 하나 방법이나 위계 등 사행 구성의 본질적 측면에서의 차이는 없었다. 뿐만 아니라, 명 · 청 교체 이후 크게 변한 동북아시아의 국제질서를 감안하면 내면적으로는 양국에 대한 조선의 자세에도 차이가 있을 수 없었다.

오랑캐 청나라가 중화의 명나라를 무너뜨리고 중원의 지배자로 등장하면서 존속되어 오던 화이 구분의 세계관은 혼란을 겪을 수밖에 없었으며, 임진왜란을 겪으면서 일본에 의해 '소중화적 자존의식'을 손상 받은 조선으로서도 마찬가지로 세계관의 혼란을 겪을 수밖에 없었다. 사행가사에 등장하는 견문의 내용은 다를 수 있어도, 중국과 일본에 대한 지식인들의 관점만큼은 일치했으리라 보는 것도 그 때문이다. 작품에 드러난 기록자의 시선과 세계관은 두 나라를 밟으면서 얻게 된 견문과, 견문에 대한 그들 나름의 해석을 통해 소상히 드러날 것이다.

관유가사의 경우도 마찬가지다. 외교적 사명만 벗어난다면, 사행자들 역시 관유자였다. 사실 연행록을 남긴 지식인들은 중국을 비롯한 해외에서의 직접체험을 갈망했으며, 그것은 자신이 갖고 있던 관념적 지식의 사실성 여부를 확인하고 싶은 지적 욕망이기도 했다. 다음과 같은 기록에 그러한 욕망은 잘 나타나 있다.

1) 문물이 비록 변하나 인물은 고금이 없으니 어찌 한 번 몸을 일으켜 천하의 큼을 보고 천하 선비를 만나 천하일을 의논할 뜻이 없으며, 또 제 비록 더러운 오랑캐나 중국을 웅거하여 백여 년 태평을 누리니 그 규모와 기상이 어찌 한 번 보암직하지 아니리오. 만일 이적의 땅은 군자가 밟을 바 아니요, 호복한 인물은 족히 더불어 말을 못하리라 하면, 이는 고체한 소견이요, 인자의 마음이 아니라. 이러므로 내 평생에 한 번 보기를 원하여 매양 근력과 정도를 계량하고 역관을 만나면 한음과 한어를 배워 기회를 만나 한 번 쓰기를 생각했다.

(《주해 을병연행록》 19쪽)

2) 우리의 형제들은 모두 중국을 한 번 보고 싶어 하던 때였다. 숙씨가 가려고 하다가 그만 두고, 내가 대신 타각의 명목으로 계하되니, 조롱과 비난이 일시에 일어났고 친구들은 흔히 만류하였다. 나는 농으로 답하기를, '공자께서 미복으로 송을 지나신 것은 오늘에도 통행되는 일인데, 어찌 유독 나에게만 불가한가?' 하여 듣는 이가 모두들 웃었다.

(《국역 연행록선집 IV》 42쪽)

1)은 담헌 홍대용의 말이고, 2)는 노가재 김창업의 말이다. 양자의 말에서 당시 상당수의 지식인들이 해외 체험을 갈망하고 있었음을 알 수 있다. 모든 사행자들이나 관유자들의 경우를 조사해보지는 않았으나 그들이 확인하고 싶었던 것은 '중화와 오랑캐'의 존재 여부나 그 구분의 근거였다.

을병연행록(숭실대 기독교박물관 소장)

특히 임진왜란과 병자호란 이전에는 우주에 편재한다고 생각되는 천리나 도리상 오랑캐가 중화를 패퇴시킨다거나 왜구가 소중화인 조선을 능욕한다는 것은 상상도 할 수 없는 일이었다. 그러나 오랑캐가 중원의 지배자로 등장했고, 임진왜란을 통해 소중화인 조선이 치욕을 당한 것은 부정할 수 없는 현실이었다.

오랑캐인 청나라나 일본의 존재를 백안시하려는 인사들도 있었겠으나, 지각 있는 대부분의 지식인들은 그들의 존재를 확인하고 싶어 했다. 그래서 청나라 등장 이후의 사행록이나 사행가사에서 발견할 수 있는 관심의 초점은 청나라 속에서 오랑캐인 점과 오랑캐 아닌 점을 찾아내는 일이었다. 그 점은 일본 통신사의 기록에서도 마찬가지였다. 조선의 입장에서는 청이나 일본 모두 오랑캐의 범주에 속하는 대상들이기 때문이었다. 사행록에서 기록자의 시선과 세계관이 중요한 이유도 바로 그 점에 있다.

〈일동장유가〉와 기록자의 세계관

〈일동장유가〉는 이른 시기의 사행가사면서 질·양의 면에서 두드러진다. 특히 작자 김인겸은 비록 권력의 핵심부에 속한 인물은 아니었으나 스스로 밝힌 바와 같이 청음 김상헌의 현손이며 몽와(夢窩) 김창집의 5촌 조카였다. 김상헌의 아들인 광찬(光燦)에게는 수증(壽增)·수흥(壽興)·수항(壽恒) 등의 적자(嫡子)들과 네 명의 서자들이 있었고, 서자들 가운데 수능(壽能)의 아들 창복(昌復)으로부터 인겸(仁謙)과 네 딸이 나왔다. 따라서 그가 비록 서출이었으나 숙항(叔行)으로서 당대에 문명을 떨치던 육창(六昌)창협(昌協)·창흡(昌翕)·창업(昌業)·창집(昌集)·창즙(昌緝)·창립(昌立)으로부터 상당한 영향을 받았으리라 본다.

병자호란 당시의 대표적 주전론자 김상헌은 청나라의 강요에 따른 출병에 반대상소를 올렸다가 청나라에 압송되어 6년 동안 억류의 고통을 겪었고, 그 후 효종 때 북벌의 정신적 지주로 추앙을 받았다. 따라서 그 역시 문벌에 대한 자부심으로 충일해 있었을 것이고, 가문에 이어지던 화이 분별의 세계관 또한 견지하고 있었을 것이다. 더욱이 그의 증조인 김수항을 포함하여 숙항인 창집·창업 등은 연행사로 청나라를 다녀왔으며, 특히 창업은 대청 적개심과 화이관을 문명론적 차원으로 승화시킨 《노가재연행일기》를 짓기도 했다.

《노가재연행일기》와 〈일동장유가〉의 연관성을 확언할 수는 없으나 음으로 양으로 영향을 주고받지 않을 수 없었으리라 본다. 노가재의 청나라에 대한 감정이나 김인겸의 일본에 대한 감정은 그런 배경을 바탕으로 이루어졌으므로 일정 부분 동질적인 면을 보여준다. 이 글에서는 〈일동장유가〉에 나타난 시선이나 세계관이 과연 일본의 정체에 대한 서술자의 인식에 의해 결정되는가, 일본에 체류하는 동안 그런 세계관이 어떻게 변해 가는가의 여부 등을 중점적으로 살피게 될 것이다.

〈일동장유가〉는 영조 39년1763 계미통신사의 삼방 서기로 따라갔던 김인겸의 작품인데, 기록자가 기존의 연행록과 같은 장르적 관습을 거부하고 국문의 가사를 선택한 점은 매우 흥미롭다. 장르의 선택은 그들이 얻은 견문을 글의 내용으로 가공하는 데 중요한 변수로 작용한다. 우선 한문으로 하느냐 국문으로 하느냐는 1차적 선택의 문제였을 것이고, 국문 가운데 산문으로 하느냐 가사로 하느냐는 2차적 문제였을 것이다.

대개의 경우 '국문-산문'을 선택했고, 다수의 사행록들은 그 범주에 속한다. 그들과 달리 가사를 선택한 소수의 기록자들은 사행기록의 관습성을 탈피한 바탕 위에 특별한 의미를 드러내고자 한 것으로 보인다. 가사 장르는 호흡이 짧으면서 박진감 넘치는 문체를 바탕으로 한다. 구체적인 묘사에 한계를 보이긴 하나 짧은 언술에 많은 것을 함축하여 읽는 자의 상상을 촉발시킬 수 있는 것은 가사의 장점이다. 그것은 자기의 주장을 구체적으로 드러내지 않으면서도 읽는 자로 하여금 본의를 짐작할 수 있도록 한다. 이런 방법을 쓰면 미묘한 사안의 경우 있을 수 있는 외부로부터의 제재 가능성을 피하는 것도 가능하다.

무엇보다 가사가 유리한 것은 쉽게 읽히기 때문에 보다 많은 독자를 확보할 수 있다는 점이다. 분명 당시의 연행록이 시장성을 노린 문필행위는 아니었겠

일동장유가 첫 장(규장각 소장)

지만, 보다 많은 독자를 겨냥하는 것은 글 쓰는 이의 당연한 노림수였다. 기록자 자신의 가족을 포함하여 주변에 포진한 인물들을 1차적 독자로 상정할 때 국문, 그것도 가사라는 평이하면서도 내용의 초점화가 가능한 장르를 선택하는 것은 자연스럽다. 대부분의 가사들과 마찬가지로, 그들 역시 신기한 체험을 '이야기하듯이' 써나갔을 것이다. 〈일동장유가〉 말미의 다음과 같은 내용은 그 점을 분명히 보여준다.

천신만고하고/ 십생구사하여/ 장하고 이상하고/ 무섭고 놀라우며/ 부끄럽고 통분하며/ 우습고 다행하며/ 미오며 애처롭고/ 간사하고 사오납고/ 참혹하고 불쌍하며/ 고이코 공교하며/ 궤하고 기특하며/ 위태하고 노호오며/ 쾌하고 기쁜 일과/ 지리하고 난감한 일/ 갖가지로 갖초 겪어/ 주년 만에 돌아온 일/ 자손을 뵈자하고/ 가사를 지어내니/ 만에 하나 기록하되/ 지리하고 황잡하니/ 보시는 이 웃지 말고/ 파적이나 하오소서

(이민수 교주본 《일동장유가》 298쪽)

기록자가 일본 여행 동안의 온갖 견문들을 기록한 것은 '자손에게 보이기 위해서'라고 했다. 또한 자신의 작품을 '지리하고 황잡하다'고

자폄하면서도 '비웃지 말고 심심파적 삼아 보아 달라'고도 했다. 이 말 속에는 자손이나 주변인들에게 자신이 얻은 견문을 사실적으로 전하고자 한 목적성과 함께 가사 장르의 효용성에 대한 신뢰가 내포되어 있다. 가독성(可讀性)의 측면에서 사행가사가 국문 사행록들에 비해 앞선다고 보는 것도 그 때문이다.

사행록보다 주관이 많이 반영되어 있긴 하나 사행가사에는 기록자의 생각이나 그것을 단서로 추정할 수 있는 보편적 시대정신을 가감 없이 알아챌 수 있는 장점도 있다. 〈일동장유가〉와 〈병인연행가〉에는 신기한 해외 체험과 함께 화이 구분의 세계관이나 그로부터 형성된 시선이 전체의 서술을 이끌어 나가는 추동력으로 작용한다.

두 작품의 내용을 결정한 요인은 작자 자신의 주관이나 시대 이념이었다. 시대적 분위기나 이념에 상당한 정도 구속을 받으면서도 자신들의 주관을 밀고나가, 결국 작품으로 결구시켰다. 그런 이유로 그 속에 한 시대의 이념적 테두리 안에 서 있던 기록자들 개인의 체험과 세계관을 무리 없이 함축시킬 수 있었다.

〈일동장유가〉와 화이관 변질의 가능성

〈일동장유가〉의 내용은 '서사—본사—결사' 등 세 부분으로 이루어졌고, 오고가는 노정에서 얻은 견문들이 본사의 주 내용을 형성한다. 철저한 조선 중화주의의 관점에서 대상인 일본의 구석구석을 살핀 내용이 〈일동장유가〉의 주된 뼈대를 형성하고 있음은 노론적 기풍의 가계를 이어받은 김인겸의 세계관을 감안할 때 자연스러운 현상이다.

특별한 경우를 제외하고는 시종일관 '왜 · 왜놈 · 예' 등으로 일본이나 일본인들을 낮추어 부르는 점은 연행록들에서 기록자들이 청국인들을 오랑캐로 호칭하는 것과 마찬가지다. 사행자들은 청나라나 일본에서 만난 그곳 사람들의 모습을 통해 자신들과 다른 생소함을 느끼게 된다.

1) 굿 보는 왜인들이/ 뫼에 앉아 구경한다/ 그 중에 사나이는/ 머리를 깎았으되/ 꼭뒤만 조금 남겨/ 고추상투 하였으며/ 발 벗고 바지 벗고/ 칼 하나씩 차 있으며/ 왜녀의 치장들은/ 머리를 아니 깎고/ 밀기름 듬뿍 발라/ 뒤흐로 잡아매어/ 족두리 모양처럼/ 둥글게 꾸며 있고/ 그 끝은 둘로 틀어/ 비녀를 질렀으며/ 무론노소귀천하고/ 어레빗을 꽂았구나/ 의복을 보아하니/ 무 없은 두루마기/ 한 동 단 막은 소매/ 남녀 없이 한 가지요/ 넓고 큰 접은 띠를/ 느즉이 둘러 띠고/ 일용범백 온갖 것은/ 가슴 속에 다 품었다.(102쪽)

2) 문에 들어올 때에 남녀가 길가에 모이어 보니, 남자는 머리에 쓴 것이 군뢰의 용 자 벙거지 같이 만들었으되, 위가 둥글어 머리골 같이 하였고, 그 위에 붉은 실로 상모같이 덮었으니, 이 이른바 마래기요, 옷은 검은 두루마기를 입었으되 소매는 좁게 하고, 그 위에 등거리 같은 것을 또 입었으며, 옷이 다 고름이 없어 단추로 차차 끼웠으며, 등거리 같은 옷도 옆으로 단추를 끼웠고, 바지는 당바지로 대통이 좁아 굴신이 어려울 듯하고 […] 옷이 좌임이 아니라 오른 편으로 여미었으며 마래기는 여러 가지 털로 하여 썼으되 돈피를 제일 호사롭게 이르니, 검은 비단으로 한 것이 곱고 단정하여 뵈며, 머리털은 꼭뒤 외에는 다 깎았으며, 남은 털을 땋아 뒤로 드리웠으며, 뒤로 보면 우리나라 늙은 아이중놈 같더라.

(조규익 등 주해, 《무오연행록》, 박이정, 2002, 37쪽)

3) "이 마을에도 달자가 있느냐?" "없습니다." "너희들은 달자와 친교를 맺느냐?" "이적의 사람이 어찌 우리들 중국과 어울려 친교를 맺겠습니까?" "우리 고려 역시 동이인데, 네가 우리들을 볼 때 역시 달자와 한 가지로 보느냐?" "귀국은 상등인이요, 달자는 하류인인데 어찌해서 한 가지이겠습니까?" "너는, 중국과 이적이 다르다는 것을 누구의 말을 들어서 알았느냐?" "공자의 말씀에, '우리는 오랑캐의 풍속이 될 뻔하였다'오기피발좌임(吾其被髮左衽)고 쓰여 있습니다." "달자들도 머리를 깎으며 너희들도 머리를 깎는데, 무엇으로써

중국과 이적을 가리느냐?' "우리들은 머리를 깎지만 예가 있고, 달자는 머리도 깎고 예도 없습니다"고 하였다. 나는 "말이 이치에 맞는다. 네 나이 아직 어린데도 능히 이적과 중국의 구분을 아니, 귀하기도 하고 슬프기도 하구나! 고려는 비록 동이라고 불리고 있지만 의관문물이 모두 중국을 모방하기 때문에 '소중화'라는 칭호가 있다. 지금의 이 문답이 누설되면 좋지 않으니 비밀로 해야 된다"고 하였다.

(김창업, 〈연행일기〉《국역 연행록선집IV》 112쪽)

1)은 좌수포에서 만난 왜인들의 외모를 묘사한 글이다. 외지에 나가는 경우 가장 먼저 만나는 것이 기후나 자연·풍토이며 다음으로 주민들의 의관과 문물·제도라는 점에서, 왜인들의 차림이나 외모에 대한 묘사는 김인겸의 일본 체험 내용 가운데 가장 직접적이고 분명한 관점이 반영된 부분이다.

왜인들의 외모에 대한 김인겸의 묘사를 단순히 '처음 보는 것/ 신기함'의 차원에서 이루어진 것으로만 볼 수는 없다. 이 표현의 밑바닥에는 왜인들에 대한 멸시가 깔려 있기 때문이다. 그것은 왜인들이 자신들과 다른 데서 오는 생소함만은 아니다. 자신들의 의관이나 문물이야말로 '표준'이라는 일종의 자기 중심적 오만을 전제로 할 때 생겨나는 멸시이며 생소함이다. 이 점은 청나라에 간 사행들이 청인들을 보고 기록한 사행록들에도 공통적으로 등장한다.

2)는 책문에 들어선 서유문이 그곳 남녀들의 모습을 보고 기록한 내용이다. 2) 역시 1)과 마찬가지로 밑바닥에 깔린 생각은 '오랑캐의 저열함에 대한 멸시'다. 다만 옷 여민 방식은 '좌임(左衽)'아닌 '우임(右衽)'이라 했다. '피발좌임(被髮左衽)' 즉 머리를 풀고 옷깃을 왼쪽으로 하는 것은 오랑캐의 풍속으로서, 《논어》 〈헌문(憲問)〉편 제14~18 "子曰 管仲相桓公霸諸侯 一匡天下 民到于今 受其賜 微管仲 吾其被髮左衽矣"의 주자 주에 나오는 언급

이다. 이에 반해 우임은 옷섶을 오른 쪽으로 여미던 중하(中夏)의 예복으로서 중국을 좇아 변화된 것을 의미한다. 이 경우 책문에 모여 살던 오랑캐들이 '우임'을 하고 있는 사실을 강조한 서유문의 의도는 그들이 이미 오랑캐로부터 벗어났음을 말하려는 데 있지 않았다. 오랑캐가 오랑캐에 걸맞지 않게 '우임'을 한 그 사실 자체를 '혼돈'이나 생소함으로 인식했던 것이다. 1)과 2)는 의관이나 겉모습을 '화-이'의 문화적 변별요인으로 삼고자 한 내용이다.

3)의 경우는 같은 의관이나 겉모습으로부터 이야기를 시작했으되 좀 더 객관적이면서도 균형 잡힌 시각을 바탕으로 보편적 인식을 이끌어 낸 점에서 앞의 것들과 다르다. 십삼산의 찰원에서 만난 소년과 나눈 대화가 3)인데, 김창업은 달자들을 오랑캐로 천시하는 그 중국 소년을 통해 자신의 정체를 확인하고자 한 듯하다.

달자도 머리를 깎고 중국인도 머리를 깎는데 양자를 차별하는 근거가 무어냐는 김창업의 물음에 그 소년은 예를 언급했다. 김창업은 중화와 오랑캐를 구분하는 것이 바로 예임을 강조하려 했고, 조선은 비록 동이이나 예를 갖추고 있기 때문에 오랑캐가 아니라는 점을 확인하고자 한 것이다.

김창업과 같은 시대 춘추대의를 바탕으로 예학(禮學)에 정통하던 황경원(黃景源, 1658~1721)은 자신의 글에서 예의가 밝으냐 밝지 않으냐가 중국과 오랑캐를 분별하는 기준임을 강조했다. 예의의 잔존 여부를 중심으로 중화와 이적을 구분하는 견해는 숭명배청의 시대 분위기 속에서 자라난 지식인들이 청나라에 사행하면서 자신들의 행동이나 의식의 변화가 불가피할 경우 원용하던 논리적 근거였을 것이다. 말하자면 그것은 청나라의 존재를 인정할 수밖에 없는 엄연한 현실을 설명하기 위한 틀이었던 것이다.

그리고 덧붙여 조선은 '의관문물이 중국과 같기' 때문에 소중화의 칭호가 있다는 점을 말했다. 여기서 이 시기 조선의 지식인들이 공유하던 화이관이나 소중화 의식이란 유교의 문화적 동질성을 기준으로 대상을 차별하던 세계관이었음이 드러난다. 드러내놓고 화이관이나 소중화 의식을 언급하지는 않았으나 1)과 2)의 밑바탕에는 그런 구분이나 차별의식이 깔려 있었던 것이다.

세 인용문들 가운데 3)은 숙종 38년1712 11월 3일~숙종 39년 3월 30일까지의 동지사겸사은사행(冬至使兼謝恩使行)을 기록한 글이고, 2)는 정조 22년1798 10월 19일~정조 23년 4월 2일까지의 삼절연공겸사은사행을 기록한 글이다. 따라서 1764년에 쓰인 1)과의 시차는 그리 큰 편이 아니다. 말하자면 대체로 이 시기에는 사행록을 비롯한 각종 기행문 집필의 관습이 형성되어 있었으며, 특히 날짜별 혹은 사건별 기술방법, 정치적 금기사항을 중심으로 하는 내용 선별 방법 등 모종의 집필 관습 또한 정착되어 있었으리라 본다.

1)과 2)는 표면상 단순한 의관문물이나 외모만을 단순하게 묘사한 듯하나 3)에서 보는 바와 같이 세계 인식의 단서가 저변에 잠재되어 있음을 인정하지 않을 수 없다. 그 단서가 바로 화이관이나 소중화 의식이다. 당시 조선조 지식인들이 외부 세계와 접하던 유일한 통로는 사행이었고, 그들이 접하던 외부세계의 사물은 화이관이나 소중화 의식을 단서로 평가되기 마련이었다. 그러한 의식은 외부 세계의 사물을 보는 틀이나 선입관으로 작용했고, 그로부터 특정한 시선은 형성되었다.

그러나 18세기 후반에 들어서면서 기존의 대명의리론이나 소중화 의식은 큰 변화를 겪었다. 문물제도의 면에서 청나라나 일본의 융성·발

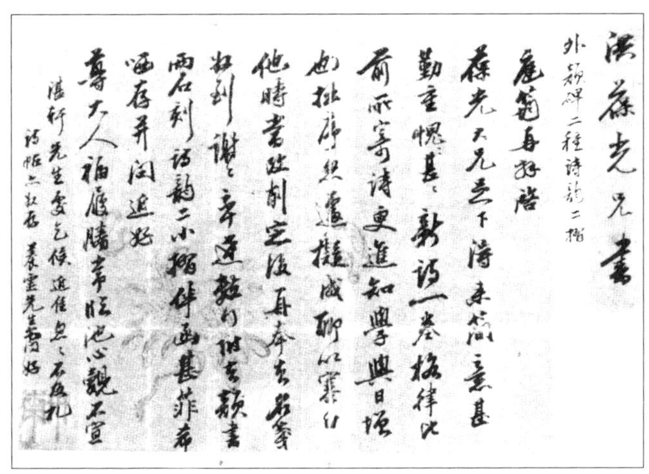

반정균이 담헌에게 보낸 편지(숭실대 기독교박물관 소장)

전은 더 이상 관념적인 화이관의 잣대로 그들을 배척할 수 없다는 현실론을 불러일으킨 바탕이 되었다. 연행사들의 왕래나 대청무역, 일본 통신사의 교환 등도 그 배경적 요인들 가운데 중요한 자리를 차지한다.

노론계의 홍대용(洪大容, 1731~1783)을 예로 들어보자. 그는 연행길에 육비·엄성·반정균 등 청나라 문사들과 교유했으며, 그 흔적이 〈항전척독〉·〈간정동필담〉 등으로 남아 있다. 그런 만남과 교유가 그의 의식을 바꾸는 계기로 작용했고, 그것을 논리화 시킨 것이 〈의산문답〉이다. 공자가 중국 밖에서 살았다면 역외춘추가 있었을 것이라는 전제 아래 화이의 구분이 무의미하다는 요지의 결론을 내린 것은 그의 세계관이 철저한 상대주의로 바뀌었음을 나타낸다.

홍대용이 사행을 따라간 것은 1766년이고, 《을병연행록》이나 《담헌연기》 등을 완성한 것은 한 두 해쯤 뒤로 추정된다. 〈일동장유가〉를 기록한 해가 1764년이니 홍대용이나 김인겸의 해외 체험은 거의 같은 시기의 일이다.

그들은 둘 다 노론계에 속하면서도 제도권 밖의 학자나 문사들이었다. 그러니 그 시대에 이미 화이관적 세계관이나 소중화적 자아인식은 크게 느슨해진 상태였다. 김인겸의 자세가 인물성이론(人物性異論)과 맥을 같이 하며, 일본을 야만시한 선입관적 판단이 문물제도 등에서 근대화로 나아가는 일본의 역사·사회적 측면에서 어떤 의미를 지니는지 별반 관심을 기울이지 않고 다만 주관적·정서적 측면에 호소하는 피상적 구경꾼으로 남아있게 한다는 학계의 평가도 있으나, 김인겸이 일본에 대하여 그런 인물성이론적 세계관이나 화이 구분의 세계관을 시종 견지했다고 볼 수는 없다.

물론 표면적으로 김인겸은 시종일관 일본을 낮추어 보는 시각을 견지했다. 일본사람들을 '왜(예)·왜인·왜놈'으로, 일본의 문사들을 '왜유'로, 일본의 여인들을 '왜녀들'로, 일본의 통사를 '왜통사'로 일본의 배를 '만국주(蠻國舟)'로 각각 표기하는 등 말 그대로 같은 급의 인종으로 대우하지 않은 것은 사실이다. 그러나 뒤로 갈수록 그들 도회의 규모나 융성한 문물, 뛰어난 자연 등에 압도되어 일본에 대한 비하의 필치가 약간 무디어진다.

4) 이튿날 소세하고/ 사방에 들어가니/ 삼 사신 한데 모다/ 삼현을 장히 치고/ 소동으로 대무하며/ 재인으로 덕담하고/ 줄 걸리고 재주시켜/ 종일토록 단란하니/ 왜놈들 구경하며/ 기특고 장히 여겨/ 서로 보고 지저귀며/ 입 벌리고 책책(嘖嘖)한다. (121쪽)

5) 날마다 언덕에서/ 왜녀들 모다 와서/ 젖 내어 가리키며/ 고개 조아 오라하며/ 볼기 내어 두드리며/ 손 저어 청도 하고/ 옷 들고 아래 뵈며/ 부르기도 하는고나/ 염치가 바히 없고/ 풍속도 음란하다. (148쪽)

6) 저 나라 귀가 부녀/ 곁집의 다닐 적에/ 바지 아니 입었기에/ 서서 오줌 누게 되면/ 제 수종 그 뒤에서/ 명주 수건 가졌다가/ 달라 하면 내어주니/ 들으매 해연하다/ 제 형이 죽은 후에/ 형수를 계집 삼아/ 데리고 살게 되면/ 착다 하고 기리지만/ 제 아운 길렀다고/ 제수는 못한다네/ 예법이 바히 없어/ 금수와 일반일다. (189~190쪽)

7) 수석도 기절하고/ 죽수도 유취있네/ 왜황의 사는 데라/ 사치가 측량없다/ 산형이 웅장하고/ 수세도 환포하여/ 옥야천리 생겼으니/ 아깝고 애달플손/ 이리 좋은 천부 금탕/ 왜놈의 기물 되어/ 칭제 칭황하고/ 전자 전손하니/ 개돗같은 비린 유를/ 다 몰속 소탕하고/ 사천리 육십 주를/ 조선 땅 만들어서/ 왕화에 목욕 감겨/ 예의 국민 만들고자/ [……] / 태수의 사는 데가/ 호수를 압림하여/ 분첩이 조묘하고/ 누각이 장려하여/ 경개가 절승하여/ 왜놈 주기 아깝도다. (195~198쪽)

8) 집정이 인도하여/ 매지간에 들어가서/ 앉았다가 도로 나와/ 국서를 뫼시고서/ 들어가 사배하고/ 사례단 드리고서/ 또 배례하온 후에/ 관백연에 또 절하고/ 하직할 제 또 절하니/ 전후에 네 사뱅세/ 당당한 천승국이/ 예관 예복 갖추고서/ 머리 깎은 추류에게/ 사배가 어떠할꼬/ 퇴석의 아니 온 일/ 붉기가 측량없네. (228~229쪽)

9) 염팔일 도주 와서/ 순하게 전명한 일/ 치하하고 또 이르되/ 관백이 다 하오되/ 조선국 사신들이/ 예모가 한숙하니/ 기특다 한다 하니/ 가소로와 들리는고. (232쪽)

'왜인들은 오랑캐이자 금수'라는 것이 4)~9)의 요지다. 일본인들을 금수로 보는 것은 조선이 예의와 문화를 갖춘 중화세계임을 전제로 하는 관점이다. 4)는 대마도 부중에 들었을 때 통신사를 위해 베푼 잔치의 광경을 묘사한 내용이다. 가무로 흥을 돋우는 현장에 구경 나온 일본인들이 '서로 보고 지저귀며/ 입 벌리고 책책한다'고 했다. 〈일동장유가〉의 교주자는 '책책(嘖嘖)'을 '못 알아들을 소리로 시끄럽게 떠드는 것'이라고 설명했으나(121쪽), 사실은 '짹짹거린다'고 풀었어야 옳다. 즉 '서로 돌아보며 입을 벌리고 참새마냥 짹짹거린다는 것'이 김인겸의 표현 의도였다. 말하자면 인간이 아니라 왜인들을 '참새들'로 표현한 것이다. 이처럼 김인겸은 시종 왜인들을 인간 아닌 금수로 내려다보는 시선을 견지했다.

5)에서는 통신사 일행을 유혹하는 왜녀들의 음란한 행동을 그렸고, 6)에서는 귀가 부녀가 소변 처리하는 방법과 형이 죽은 다음 시동생이 형수를 아내로 취하는 풍속을 통해 금수와 같은 왜인들의 면모를 지적했다. 그러다가 7)에 이르면 조선 중화주의에 투철한 김인겸의 면모가 비로소 분명해진다. 김인겸은 왜인들의 의관문물이나 풍속의 조악함을 멸시하면서도 일본의 산천경개에 대해서는 찬탄을 아끼지 않았다. 왜인들을 '개돗같은 비린 유'로 보면서도 그 땅을 '왜인들에게 주기 아까운 천부금탕'이라한 것이 바로 그 내용이다. 그래서 그는 그 땅을 '조선 땅'으로 만들고, '왕화'에 목욕 감겨 예의를 아는 국민으로 만들었으면 좋겠다고 했다.

조선통신사들이 타고 간 배의 모형
(거제어촌민속전시관)

'개돗'이란 당시 유자들의 입에서 나오기 어려운 최악의 욕이다. 예의를 모르는 왜인들을 금수 가운데 최하급인 '개돗'으로 지칭한 것이다. 사실 이런 발언의 단초는 임진왜란의 역사적 체험에 대한 반응이었으리라. 어쨌든 왜를 상대로 한 조선 중화주의가 단순히 역사적 체험을 바탕으로 하는 적개심의 단계에서 나아가

'예의'의 유무를 기준으로 하는 문화적 보편주의의 구현을 표방하는 단계까지 나아갔음을 김인겸의 사례에서 발견할 수 있다.

8)과 9)는 7)의 연장선에서 이해될 수 있는 내용들이다. '예관 · 예복 갖춘 천승국 통신사가 머리 깎은 추류(醜類) 오랑캐에게 사배할 수 없다'는 자존의식의 대전제가 바로 예다. 9)에서 '조선 통신사들의 예의가 아름답고 익숙하다'고 칭찬한 관백의 말을 가소롭게 여긴 것도 그 때문이다.

임진왜란의 역사적 체험에 바탕을 두었든 예나 의관문물 등 문화적 보편주의에 바탕을 두었든, 김인겸은 우월한 입장에서 왜인들을 멸시했다. 그러나 대부분의 연행사들이 그러했듯 김인겸의 생각도 일본을 답사하는 동안 얼마간 바뀐 것은 사실이다. 그가 지니었던 화이 구분이나 소중화 의식이야말로 전적으로 관념에 바탕한 것이었기 때문이다. 관념 속에 각인된 공간이 현실의 공간으로 치환되면서 처음의 관념은 상당 부분 재조정될 수밖에 없었다. 시간의 흐름에 따라 일본을 공존의 대상으로 받아들여야 한다는 현실인식을 갖게 된 것도 그 때문이었다. 상당수의 조선조 지식인들이 오랑캐 땅이나마 중국이나 일본을 가보고 싶어 한 것도 그런 가능성 때문이었다.

10) 비록 못쓸 왜놈이나/ 들으매 기이하고/ 아비 유언 지키는 양/ 인심이 있다 할다. (146쪽)

11) 칠십리 우창 가서/ 관소로 내려가니/ 선창도 천작이요/ 여염도 거룩하다/ [……] / 정잠의 늙은 아비/ 도희라 하는 선비/ 성장이와 수창하던/ 시 한 권 보내었네/ 부자가 문임으로/ 전후에 다 왔으니/ 어렵다 할 것이오/ 위인이 기특하여/ 필담이 도도하고/ 시율이 편편하니/ 밝도록 창화하여/ 백운 배율 하나이요/ 칠십이운 하나이며/ 오칠률 고시 절구/ 합하여 헤게 되면/ 사십 수나 남직하다. (174쪽)

12) 삼사상을 뫼시고서/ 본원사로 들어갈새/ 길을 낀 여염들이/ 접옥 연장하고
/ 번화 부려하여/ 아국 종로에서/ 만 배나 더하도다/ 발도 걷고 문도 열고/
난간도 의지하며/ [……] / 그리 많은 사람들이/ 한 소리를 아니하고/ 어린아이
혹 울면/ 손으로 입을 막아/ 못 울게 하는 거동/ 법령도 엄하도다/ [……]
/ 관소로 들어가니/ 그 집이 웅걸하여/ 우리나라 대궐에서/ 크고 높고 사려하
다. (184~185쪽)

13) 우리나라 도성 안은/ 동에서 서에 오기/ 십리라 하지마는/ 채 십리는
못 하고서는/ 부귀한 재상들도/ 백간 집이 금법이오/ 다 몰속 흙기와를/
이었어도 장타는데/ 장할손 왜놈들은/ 천 간이나 지었으며/ 그 중에 호부한
놈/ 구리 기와 이어 놓고/ 황금으로 집을 꾸며/ 사치키 이상하고/ 남에서
북에 오기/ 백 리나 거의 하되/ 여염이 빈틈 없어/ 담뿍이 들었으며/ 한
가운데 낭화강이/ 남북으로 흘러가니/ 천하에 이러한 경/ 또 어디 있단
말고. (188~189쪽)

14) 육십리 명호옥을/ 초경말에 들어오니/ 번화하고 장려하기/ 대판성과
일반일다/ 밤 빛이 어두워서/ 비록 자세 못 보아도/ 생치가 번성하여/ 전답이
고유하고/ 가사의 사치하기/ 일로에 제일일다/ 중원에도 흔치 않으리/ 우리나
라 삼경을/ 예 비하여 보게 되면/ 매몰하기 가이없네. (206쪽)

15) 십이일 회정할새/ 비를 맞고 길을 떠나/ 품천을 들어와서/ 동해사에
하처하고/ 석식을 먹은 후에/ 막 자려 하올 적에/ 섭운각 정근산과/ 태실
문연 기북 송창/ 보국 조 변덕과/ 묵전 한 대영과/ 임번평인 황익명이/
비를 맞고 따라오되/ 나무 신에 우산 받고/ 삼십리를 걸어 와서/ 십전 구패하여
/ 밤들께야 와서 보니/ 정성이 거룩하고/ 의기도 있다 할세/ 각각 신행
많이 하니/ 지성으로 주는지라/ 아니 받기 불쌍하여/ 조금씩 더러 받고/
글을 다 차운하여/ 필묵을 답례하다/ 그 중에 묵정한이/ 눈물짓고 슬퍼하니/
비록 이국 사람이나/ 인정이 무궁하다/ 십이일 등지 오니/ 한 대영과 평영이가
/ 백삼십리 따라와서/ 차마 못 이별하여/ 우리 옷 붙들고서/ 읍체여우 하다가
서/ 밤든 후 돌아가서/ 오히려 아니 가고/ 길가에 서 있다가/ 우리 가마

곁에 와서/ 손으로 눈물 씻고/ 목메어 우는 거동/ 참혹하고 기특하니/ 마음이
좋지 아니해/ 뉘라서 왜놈들이/ 간사하고 퍅하다던고/ 이 거동 보아하니/
마음이 연하도다. (239쪽)

이상의 인용문들에는 일본을 답사하는 동안 바뀌었을지도 모르는
의식의 단서들이 내포되어 있다. 김인겸을 포함한 통신사나 연행사들은
먼저 산천이나 자연·풍토를 접하고, 다음으로 가옥이나 의관문물·제도
등을 접하며, 그 다음 인간들의 내면을 접한다. 이와 같이 다양한 접촉을
통하여 이념이나 관념적 지식의 허실을 판단하게 되는 것이다. 선입견의
수정이 세계관적 차원으로 확대되면, 한 시대를 지배하는 사상적 흐름까
지도 바꿀 수 있다.

대명의리에 바탕을 둔 화이관의 변화 역시 오랑캐 청나라의 융성함을
인정하지 않을 수 없는 현실적인 이유 때문이었다. 명나라를 회복할
수도 없으려니와, 회복한다 해도 그것을 바라는 자신들에게 무슨 의미가
있는지를 깨닫기 시작한 것이다. 북학파를 중심으로 한 국제관계의 새로
운 인식은 이 점에 무게중심이 있었다. 마찬가지로 일본이 오랑캐라는
것은 역사적으로 증명된 사실이며 고착된 이미지였다. 그러나 현실은
반드시 그렇지 않음을 바로 그 땅에서 확인하게 된 것이다.

비주 태수가 통신사 일행에게 보내준 화복(花鰒)의 일부를 왜의
봉행(奉行)에게 주었으나 그가 사양하므로 그 이유를 물으니, 배에 구멍이
뚫려 위태로워졌을 때 생복이 막아서 자기 아비의 목숨을 구한 까닭에
아비의 유언으로 생복을 먹지 않는다고 했다. 이 사실을 두고 김인겸은
왜인들도 '인심'을 갖춘 존재들임을 비로소 깨닫는다. 왜인에 대한 보기
드문 긍정적 시선이다.

11)도 사람이나 삶의 모습을 통해 일본에 대한 선입견을 수정하게

되었음을 밝힌 내용이다. 이 글 속에는 '여염도 거룩하다/ 위인이 기특하다'는 두 내용이 들어 있다. 여염은 일반 백성들이 사는 마을이다. 왜인들을 '금수 같은' 오랑캐들로만 생각했다면, 그들이 모여 사는 마을 또한 금수의 집합 그 자체에 불과했을 것이다. 그러나 김인겸이 지나면서 보니 백성들이 살고 있는 마을의 제도나 형편이 썩 훌륭해 보였던 것이다. 말하자면 왜인들에 대한 생각이 바뀔 만한 단서가 마련된 것이다.

그는 여러 종류의 왜인들을 만나 그들을 경멸의 시선으로 관찰했으나, 문사들에 대해서만은 약간 달랐다. 물론 일본인들의 시를 대부분 '왜시'라 하여 폄하하긴 했으나, 몇 군데에서는 무시할 수 없는 심정을 드러내기도 했다.

12), 13), 14) 등은 10), 11)의 연장으로 볼 수 있는데, 놀라운 것은 그들의 현실이 우리보다 훨씬 낫다는 점을 인정한 사실이다. 그가 지니고 있던 화이 구분의 세계관이나 조선 중화주의를 감안할 때, 우리의 현실이 저들보다 '아주 못함'을 인정한다는 것은 생각을 바꾸지 않고는 불가능한 일이다.

12)에서는 길 가 여염들의 번화하고 부려함이 '우리나라 종로보다만 배나 더 낫다'고 했다. 더구나 그 비교의 내용은 물질적 측면만이 아니었다. 그토록 많은 사람들이 모였음에도 전혀 시끄럽지 않았다고 했다. 그는 어린 아이가 울면 손으로 막아 못 울게 하는 등 '예의'의 범주에 속하는 것을 그들 속에서 발견했으며, '근대적인 것'으로 해석할 수도 있는 '법령의 엄함' 또한 느낀 것이다.

더구나 관소의 규모가 웅걸하여 '우리나라 대궐보다 크고 높고 사려하다'고 했다. 일본의 수도 아닌 대판성의 관소가 우리나라의 대궐보다 크고 높고 사려하다는 것을 인정한 것은 김인겸으로서는 놀랄만한 개안이자 변화라고 할 수 있다. 그런 내용은 13)에 가면 더 구체화된다. 그는 우리나라의 도성이나 주택 규모의 초라함과 대비시켜 일본 대판성의 도시 규모와 여염의 크고 화려한 모습을 경탄의 시선으로 바라보았다.

일본의 화려하고 부요한 모습과 대비되는 우리나라의 초라함은 14)에서 극에 달한다. 나고야의 번화하고 장려함은 '중원에도 흔치 않고', 우리나라의 삼경은 이에 비하면 '매몰하기 그지없다'고 자탄했다.

'매몰'이란 '쓸쓸하고 보잘 것 없다'는 뜻이다. 소중화의 자존의식에 충일해 있던 김인겸으로서는 쉽게 할 수 없는 말이었음에도 기휘(忌諱)함 없이 오랑캐 일본을 추키고 조선을 한 없이 낮추었다. 화이 구분의 대일 의식이 관념에 불과하고, 현실적으로는 그들을 멸시해야 할 근거가 없음을 비로소 깨달았음을 알 수 있다.

그렇다면 문제의 본질인 인심은 어떠했는가. 그 단서가 15)에 나타나 있다. 통신사의 임무를 마치고 돌아오는 길에 일본 사람들이 이별을 슬퍼하며 정성을 보여준 사실을 노래했다. 그들이 보여준 정성과 의리는 보통 사람들로서 생각할 수 없을 만큼 지극했다. 그 점이 김인겸의 마음을 움직인 것이다. 그래서 그는 '비록 이국 사람이나/ 인정이 무궁하다'고 감탄했다.

만약 왜인들에 대한 멸시의 마음이 남아 있었다면, '비록 금수 같은 왜놈이나/ 인정 제법 간곡하다'고 읊었을 것이다. 그러나 김인겸은 '왜놈' 대신 '이국사람'으로 바꾸었다. 그 뿐 아니라, 마지막엔 '누가 왜놈들을 간사하고 괴팍하다 했는가'라고 반문했다. 말하자면 경험해보니 왜놈들이 반드시 간사하고 괴팍하지는 않더라는 깨달음을 토로한 것이다.

그것은 홍대용이 연행을 통해 깨달아 《의산문답(毉山問答)》 에서 일갈한 '화이일야(華夷一也)'의 결론과 일치되며, 함께 사행에 나섰던 조엄(趙曮, 1719~1777)이 《해사일기(海槎日記)》 에서 피력한 의견,

조엄의 초상

"저들의 지껄이는 언어는 그 한 가지 것도 알아들을 수가 없고, 어린 아이의 우는 소리와 남자나 여자가 급하게 웃는 소리에 있어서는 우리나라 사람과 다름이 없으니, 그 다 같이 타고난 천성에서 나오는 것으로서, 어음이 다른 방언에는 상관이 없는 것이기 때문에 그런 것일까? 이로 미루어 보면, 윤상을 지키는 천성이야 어찌 다름이 있겠는가? 다만 교양이 타당함을 잃어 화이의 구별이 있게 된 것이니, 만일 능히 윤리와 강상으로써 가르치고, 예와 의로써 인도한다면, 또한 풍기를 변동시키고 세속을 바꾸며 이를 변화하고 교화로 선도하여 그 천성의 타고난 것을 회복시킬 수 있는 것이, 그 울음소리와 웃는 소리가 한 하늘 아래 태어나 동일한 것과 무엇이 다르랴?"《국역 해행총재 Ⅶ》, 57쪽라는 부분에서도 얼마간 뒷받침 된다. '의관문물의 법도나 예의의 있고 없음' 같은 교양의 문제에 바탕을 두고 화이가 구분된다고 볼 뿐 인간의 본질인 천성이야 크게 다를 수 없다고 본 것은 당대 지식인들이 갖고 있던 시대인식의 줄기였다. 인식 변화의 과정에서 김인겸이 도달한 지점도 결국 인간 본질의 대동소이함이었을 것이고, 그것은 궁극적으로 '화이일야'의 깨달음이었던 것이다.

물론 질서정연한 도회와 번화한 문물, 수차 및 방아의 편리한 제도, 뛰어난 자연경관 등 외적인 요소들도 그러한 깨달음을 초래한 요인들로 얼마간 작용했을 것이다. 그러나 무엇보다도 자연이나 의관문물이 다름에도 불구하고 인간의 본질이나 내면은 마찬가지임을 깨달은 점이야말로 화이 구분의 세계관이나 조선 중화주의에 투철했던 김인겸의 의식을 일부나마 열어준 주된 요인이었다고 할 수 있다.

일본체험과 의식의 확장

〈일동장유가〉는 일본을 다녀온 가사형태의 사행기록으로서 영조 39년 1763 계미통신사의 삼방 서기로 따라갔던 김인겸의 작품이다. 이 작품은 사행가사라는 장르적 제한과, 멸시의 대상이던 일본에서의 체험을 기록했다는 내용적 특이성을 가진다. 사행가사는 장르 선택의 측면에서 산문으로 기록된 사행록과 변별된다. 한문 사행록은 조정에 대한 공식 보고용으로, 국문 사행록은 기록자의 주변인들을 위한 사적 보고용으로 쓰인 경우가 대부분이다. 사행가사와 국문 사행록은 '국문'이라는 표기체계를 공유한다. 가사를 장르로 선택한 것은 가독성의 측면에서 국문 사용 계층을 배려한 결과다. 물론 산문에 비해 구체적인 묘사나 서술을 할 수 없다는 것은 가사의 단점이다. 그러나 산문에 비해 상대적으로 함축적인 가사 장르의 표현과 빠른 템포는 국문 읽기가 가능한 사람들에게는 적절한 초점화를 통해 읽는 즐거움을 줄 수 있었던 요인들이다. 이 작품이 질적인 면에서 두드러진 요인은 김인겸의 국문 구사 능력이 뛰어나다는 점에 있다. 박진감 넘치는 현장성과 살아있는 구어체 등은 산문으로 기록된 여타 사행록들과 구분되는 장점이다.

　　이 가사의 내용적 특이성은 멸시의 대상이던 일본에서의 체험을 기록한 사실에 있다. 이 점은 기록자의 세계관으로 직결된다. 교린의 대등한 관계를 맺고 있던 일본에 통신사란 이름의 사행을 파견했으나 일본 역시 청나라와 마찬가지로 오랑캐였다. 그러니 망해버린 명나라의 중화문화를 유일하게 계승한 것은 조선일 수밖에 없었다. 조선 중화주의는 이런 국제관계의 변화 속에 확립되었고, 그것은 외교관계의 이면을 지배하던 원칙이기도 했다.

　　〈일동장유가〉는 질적·양적인 면에서 두드러지며, 가장 이른 시기

의 사행가사다. 비록 서출이긴 하나 기록자 김인겸은 '김상헌—김수항—6
창'으로 연결되는 노론계통의 지식인이었고, 그 가운데 김수항 · 창업 ·
창집은 사행으로 청나라에 다녀오기도 했다. 병자호란의 주전론자인
김상헌의 후예답게 이들은 철저한 화이 구분의 세계관을 지닌 대표적
문벌이기도 했다. 당연히 〈일동장유가〉에는 열등한 대상을 내려다보는,
우월한 관찰자의 시선이 압도적이다. 시종일관 '왜 · 왜놈'의 호칭을 사용
한다거나, '예의 없음'의 현상을 금수의 표지로 받아들임으로써 화이
구분의 세계관을 명백하게 보여준다.

사실 조선 중화주의의 핵심은 '유교적 문명의식 혹은 예의'에 있었다.
시종일관 일본인들의 저열성과 일탈을 지적하며 멸시하는 기록자의 시선은
조선 중화주의로부터 나온 것이다. 그러나 후반으로 가면서 인정의 기미를
발견하고, 도회의 모습이나 풍요를 통해 현실로 존재하는 문명을 확인하게
되면서 견고하던 화이 구분의 세계관에 흔들림이 생겨나게 된다.

금수로만 보아 온 왜인들로부터 예의나 인간적인 면모를 발견하고
소중화인 조선보다 우월한 제도나 물질문명을 목격하면서 '일본=오랑캐'
라는 등식에 회의를 갖게 된 것이다. 전체적으로 보면 〈일동장유가〉는
공고한 화이 구분의 세계관을 바탕으로 이루어진 작품이지만, 부분적으로
는 그러한 세계관이 느슨해질 가능성을 동시에 지닌 작품이기도 하다.
그러한 세계관은 당대 조선의 보편적인 의식에 기록자 자신의 개인적
신념이 더해져 이루어졌다고 할 수 있다.

병인연행가

사행가사와 장르적 관습

조선시대 중국이나 일본을 다녀온 사신들과 지식인들은 너나없이 기록을 남겼다. 중국은 천하의 중심이자 알고 있던 세계의 전부였으나 쉽게 가볼 수 없는 곳이었다. 중국을 본다는 것은 천하를 보는 일이었고, 그래서 도전적인 지식인이라면 누구나 한 번 가보고 싶다는 소망을 품고 있었다. 늘 오랑캐로 '얕보던' 변방 일본 또한 쉽게 가지 못하던 곳이었다. 밥 먹듯 해외여행에 나서는 요즈음 사람들이야 상상도 못할 일이지만, 왕반 6천리가 넘는 연경북경을 넉 달 이상이나 걸려서 다녀오던 엄청난 여행길이었다. 그러니 그 옛날 중국 여행을 감히 꿈인들 꿀 수 있었으랴!

중차대한 사명(使命)을 띠고 수백 명의 일행들과 함께 장도에 나서는 사신들의 마음은 크게 무거웠을 것이다. 그러나 천하의 문물을 접할 수 있다는 점에서 마음 한편으로는 두려움보다는 기대가 오히려 크지 않았을까. 여행 도중 '듣고 보는' 모든 것들은 고국의 가족과 친지들에게 들려주어야 할 이야깃거리였다. 조정에 바치는 공식적인 보고문 외에 개인적인 기록들을 많이 남긴 것도 사실은 그런 여행의 혜택을 누리지 못한 사람들을 위한 일이었다. 그래서 연행록은 순수한 의미에서의 '보고 문학'인 것이다.

중국과 일본을 다녀온 조선조의 사행자(使行者)들은 방대한 기록을 남겼고, 현재 그것들은 국문학 유산의 현실적인 한 부분으로 인정받고 있다. 그것들은 조천록·연행록 등 수백 편의 산문기록들, 수편의 가사들, 내용상 직·간접으로 관련되는 수백 편의 한시들로 분류된다. 사행은 정·부사와 서장관 및 다수의 수행원들로 구성된다. 따라서 이들 중 누구라도 사행 중의 일들을 기록할 수 있었다. 대개 정부에 대한 공식적인 보고 목적의 기록과 사적인 기록으로 나뉘는데, 내용이나 표현에 제약을 받을 수밖에 없었던 전자와 달리 자유로운 문학적 기교를 부릴 수 있는 것은 후자에 국한된다. 물론 후자의 경우도 사행에 참가하지 못한 기록자의 주변 인물들에게 읽힐 목적으로 쓰여졌기 때문에 '보고'의 성격을 갖는 것은 전자와 마찬가지다.

사행록은 한문과 국문 등 두 가지의 표기 체계로 이루어져 있다. 국가에 대한 공식적 보고문은 당연히 한문으로 기록되었으며, 사적인 문서들은 한문으로도 국문으로도 기록될 수 있었다. 병행되어 온 국문 사행록과 한문 사행록들은 서로 영향을 주고받으며 새로운 문체적 관습을 형성했다.

예컨대 홍대용은 국문본 《을병연행록》을 먼저 쓴 다음 한문본 《담헌연기》를 발표한 것으로 추정된다. 학자들은 이 점을 한문의 순정성(醇正性)을 유지하려는 당대 지배 계층의 노력이자 국문 표기의 현실적 필요성을 감안한 선택으로 보기도 한다. 물론 원래 한문으로 썼지만, 전승되며 읽히는 동안 국문으로 번역된 것들도 적지 않을 것이다. 대중적 인기가 국문본의 숫자를 결정했을 것으로 보는 이유도 거기에 있다.

국문의 시가 작품들 가운데 가장 유명한 것이 〈병인연행가〉와 〈일동장유가〉다. 전자는 중국의 연경을 다녀온 기록이고, 후자는 통신사의 일원으로 일본을 다녀온 기록이다. 이들은 운율을 갖는다는 점에서 분명히 시가의 범주에 속한다. 사행가사는 표기체계상 국문이라는 점에서 한문 사행록과 다르고 문체상 운문이라는 점에서 국문 사행록과도 다르다. 국문으로 기록한 것은 수용 계층으로서 부녀자를 염두에 둔다는 점과 한문으로는 표현할 수 없는 섬세한 상황들을 모두 담아내고자 한 기록자의 욕망 때문이었을 것이다.

같은 국문표기일지라도 사행가사가 산문의 사행록과 다른 점은 실현화의 양상이다. 단순한 상황의 묘사에 그치는 것이 아니라 서사·교술 등 '주제의 극대화'를 통하여 기록자의 의도를 전달하는 데 가사 만큼 효율적인 장르도 없었다.

그 뿐 아니다. 산문기록보다는 덜 설명적이고 덜 구체적이지만, 산문기록에서는 얻기 힘든 정서적 고양을 이룰 수 있다는 점에서도 가사 장르는 탁월했다. 이처럼 가사는 표현과 전달의 효율성을 중시하는 장르였다. 그런 가사의 특성은 사행가사에 노출된 관찰자의 시선이나 세계관과 함수관계에 놓이기도 한다.

100년의 시차를 가지는 〈일동장유가〉와 〈병인연행가〉는 내용이나 표현 면에서 가사문학의 백미였다. 3,782구인 〈병인연행가〉는 8,243구인 〈일동장유가〉에 비해 양적으로 반에도 미치지 못하지만, 서술자의 예리한 관점만큼은 그에 못지않다.

연행에 나설 때의 홍순학은 혈기와 자부심이 넘치던 약관 25세의
젊은이였다. 고종 3년1866 왕비책봉 주청사행의 서장관으로 사행에 나섰
던 그였다. 화이관과 대명의리의 고루한 사고에 찌들어, 발달한 청나라의
문물을 애써 외면하던 것이 홍순학 이전 시대의 풍조였다. 그가 인습적
대외관에서 벗어날 수 있었던 것은 바뀐 시대 분위기와 스스로의 출중함
덕분이었다.

그가 기록수단으로 가사를 선택한 것은 사행기록의 관습성을 탈피한
바탕 위에 특별한 의미를 드러내고자 했기 때문이다. 짧은 호흡과 박진감
넘치는 문체가 가사 장르의 필수 요건이다. 구체적인 묘사에서 한계를
보이긴 하나 짧은 언술에 많은 것을 함축함으로써 읽는 자의 상상을
촉발시킬 수 있는 것은 가사의 장점이다. 그것은 자기의 주장을 구체적으
로 드러내지 않으면서도 읽는 자로 하여금 본의를 짐작할 수 있도록
한다. 이런 방법을 쓰면 미묘한 사안의 경우 있을 수 있는 사회적 제재의
가능성을 피하는 일도 가능했을 것이다.

무엇보다 가사가 유리한 것은 쉽게 읽히기 때문에 보다 많은 독자를
확보할 수 있다는 점이다. 연행록의 집필이 시장성을 노린 문필행위는
아니었겠지만, 보다 많은 독자를 겨냥하는 것은 글 쓰는 이의 당연한
노림수다. 기록자 자신의 가족을 포함하여 주변에 포진한 인물들을 1차적
독자로 상정할 때, 평이하면서도 내용의 초점화가 가능한 가사 장르를
선택한 것은 자연스러운 일이었다. 대부분의 기행가사 작가들과 마찬가
지로, 홍순학 역시 신기한 체험을 가족들 앞에서 말하는 것처럼 써나갔을
것이다.

화이관의 굴레와 극복의 가능성

국내 부분과 국외 부분으로 나뉘는 〈병인연행가〉의 노정에서 홍순학의 세계관이 분명히 드러나는 부분은 국외에서의 견문이다. 그가 연행을 떠났던 고종 3년1866은 국내외적으로 다사다난했던 시기였다. 젊은 홍순학이 가졌을 시국에 대한 불안감이나 울분은 청나라의 발전된 문물을 통해 더욱 증폭되었을 것이다. 그럼에도 불구하고 그는 첨예한 배청의식이나 화이 구분의 세계관을 노출시키지 않았다.

그런 생각들은 상당 부분 내면화되고 순화된 모습을 보이는데, 홍순학의 개인적 성격 뿐 아니라 서사적이면서도 서정적인 가사의 장르적 성격이 그 큰 요인이었을 것이다. 작품 속의 몇 부분을 살펴보자.

1) 집집의 호인들은/ 길에 나와 구경하니/ 의복이 괴려하여/ 처음 보기 놀랍더라/ 머리를 앞을 깎아/ 뒤만 땋아 늘이웠고/ 당사실로 댕기하여/ 마래기를 눌러쓰고/ 일년 삼백 육십일에/ 양치 한 번 아니하여/ 이빨은 황금이요/ 손톱은 다섯 치라/ [……] / 계집년들 볼 만하다/ 그 모양은 어떠한고 / 머리는 치거슬러/ 가림자도 아니하고/ 뒤통수에 몰아다가/ 맵시 있게 수식하고/ 오색으로 만든 꽃은/ 사면으로 꽂았으며/ 도화분 단장하여/ 반취한 모양같이/ 불그레 고운 태도/ 아미를 다스리고/ 살쩍을 고이 지어/ 붓으로 그렸으며/ 입술에 연지빛은/ 단순이 분명하고/ 귀방울에 뚫은 구멍/ 귀엣고리 달렸으며/ 의복을 볼작시면/ 사나이 제도로다/ [……] / 발맵시를 볼작시면/ 수당혜를 신었으되/ 청녀는 발이 커서/ 남자의 발 같으나/ 당녀는 발이 작아/ 두 치쯤 되는 것을/ 비단으로 꼭 동이고/ 신 뒤축에 굽을 달아/ 뒤뚝뒤뚝 가는 모양/ 넘어질까 위태하다/ 그렇다고 웃들마라/ 명나라 끼친 제도/ 저 계집의 발 하나니/ 지금까지 볼 것 있다

2) 회령령 넘었으니/ 청석령이 어디메오/ 길바닥에 깔린 돌은/ 톱니같이 일어서고/ 좌우에 달린 석벽/ 창검같이 둘렸는데/ 이렇듯 험한 곳에/ 접족하기

어려워라/ 병자년 호란 적에/ 효종대왕 입심하샤/ 이 고개 넘으실 제/ 끼치신 곡조 유전하니/ 호풍은 참도 차다/ 궂은비는 무삼 일고/ 옛 일이 새로우니/ 창감키도 그지없다

3) 슬프다 이 땅이/ 삼학사 추도처라/ 만리 밖에 외롭다가/ 우리 보고 반기는 듯/ 들으니 남문 안에/ 조선관이 있다 하니/ 효종대왕 들어오사/ 몇 해 수욕하셨느냐/ 병자년이 원수로다/ 어느 때나 갚아보리/ 후세 인신 예 지날 제/ 분한 마음 뉘 없으랴

4) 들으니 대명 때에/ 영원백 조대수가/ 형제 서로 지신으로/ 변방에 공 세우매/ 나라에서 정문하사/ 패루 둘을 세우시고/ 충렬을 표하시니/ 첨피국은 하였으되/ 무도한 조가 형제/ 그 후에 배반하여/ 청나라에 투항하니/ 부끄럽다 저 패루여/ 기괴한 저 패루는/ 의연히 남아 있다

5) 만고 역신 오삼계가/ 성 한 편을 열어 놓고/ 한이를 불러들여/ 대명 운수 진했으니/ 무너진 성 철망 쳐서/ 저렇듯 오활하다

6) 한림편수 장병염은/ 기걸하온 자품이요/ 시어사의 왕조계는/ 아름다운 성품이요/ 공부벼슬 완현은/ 단정하온 태도로다/ 모두 다 대명 적에/ 명문거족 후예로서/ 마지못해 삭발하고/ 호인에게 벼슬하나/ 의관의 수통함은/ 분한 마음 맺혔구나/ 옛 의관 조선사람/ 형제같이 반기인다

7) 큰 길에 양귀자들/ 무상히 왕래하네/ 눈깔은 움쑥하고/ 콧마루는 우뚝하며/ 머리털은 빨간 것이/ 곱슬곱슬 양모같고/ 키꼴은 팔척장신/ 의복도 괴이하다/ 쓴 것은 무엇인지/ 우뚝한 전립같고/ 입은 것은 어찌하여/ 두 다리가 팽팽하냐/ 계집년들 볼짝시면/ 더구나 흉괴하다/ 퉁퉁하고 커다란 년/ 살빛은 푸르스름/ 머리처네 같은 것을/ 뒤로 길게 늘여 쓰고/ 소매 좁은 저고리에/ 주름 없는 긴 차마를/ 엉버티어 휘두르고/ 네다섯 년 떼를 지어/ 희적희적 가는구나/ 새끼놈들 볼 만하다/ 사오륙세 먹은 것이/ 다팔다팔 빨간 머리/ 샛노란 둥근 눈깔/ 원숭이 새끼들과/ 천연히도 흡사하다/ 정녕히 짐승이지/ 사람

종자 아니로다/ 저렇듯 사람 요물/ 침노아국 되단 말가/ 책비준청 마침
되어/ 칙사까지 파견되니/ 신민경축 하온 연유/ 겸하여 양인소멸/ 장계로
상달코자 [……]

1)~6)에 얼마간 반청(反淸)의 의사가 들어있긴 하나 그다지 날카롭지
않다. 이 시기에 청나라는 더 이상 국가적 안위를 위협하는 상대는 아니었고,
정치ㆍ무역ㆍ외교의 파트너로서 양국은 현실적으로 불가분의 관계에 있었
다. 오히려 제국주의의 기치를 들고 새롭게 등장한 서양이나 일본의 존재가
기존의 '오랑캐 청나라'를 대신한 세력으로 조선을 위협하고 있었다.

1)에서 비록 '처음 보기 놀랍더라' 고 했으나, 홍순학이 실제로 놀란
것은 아니다. 흥미로운 '볼거리'이었을 뿐, 생소하고 불쾌한 광경은 아니었
다. 조선조 후기의 판소리 사설이나 고소설에 흔히 등장하는 '~볼짝시면'
이란 투어가 반복되고 있고, 도처에서 사실적이면서도 해학적인 표현으로
대상을 희화화시키는 점으로도 알 수 있다.

말하자면 이것은 대상에 대한 반항심이나 적개심과는 다른, 일종의
흥미나 친밀감의 표현이었다. 그것은 앞 시기의 적대적 화이 구분의
세계관과는 다른 내용이다. 대상을 한 없이 가볍게 취급함으로써 읽거나
듣는 사람들을 즐겁게 만드는 방법이다. 마지막 부분에 '명나라 끼친
제도/ 저 계집의 발 하나니/ 지금까지 볼 것 있다'는 표현은 홍순학의
세계관을 결정적으로 드러낸다.

앞 시기의 화이론자들에게는 '중화=명'이었다. 명의 문화는 세계
질서의 표준 그 자체였다. 그 문화를 이어받은 조선이기에 명나라가
망해 없어진 당시에 조선조의 지식인들은 스스로를 '소중화'라 한 것이다.
'중화=명=조선'의 등식은 조선조 지식인들이 견지하던 불변의 자존의식
이었다. 그러나 이제 홍순학은 전족한 여인의 발에서나 겨우 명나라의

남은 유산을 발견할 수 있다고 자조(自嘲)했다. 그것은 자기모멸을 통한 통렬한 반성이었다. 이 말을 통해서 그는 자존적 중화주의의 허황함을 암시하고자 한 것이다.

청나라 사람들의 모습이나 의관문물에 대한 희화화는 표면상으로는 그들에 대한 멸시일 수 있다. 그러나 여인들의 아름다움을 드러내고자 했다거나 현상을 즐겁게 나타내려는 표현의 이면에는 얼마간 그들에 대한 친근함이 내포되어 있다. 그것은 기존의 반청적 화이관이 상당히 누그러진 모습이기도 하다. 반대로 여자들의 전족에 대한 희화화는 명나라의 문화를 맹목적으로 추수하는 데 대한 명시적 비아냥이다. 말하자면 도에 넘친 숭명의식을 합리적인 선에서 조정한 결과인 것이다. 이처럼 숭명과 배청이 적절한 지점에서 균형을 잡게 된 것은 〈병인연행가〉에서 발견되는 중요한 변화다.

2)도 만만치 않은 내용이다. 그는 청석령을 넘으면서 볼모로 잡혀가던 봉림대군을 회상한 다음, 대군이 불렀다던 가곡을 생각해냈다. 그리곤 '옛 일이 새로우니/ 창감키도 그지없다'고 결론을 내렸다. 그에게 봉림대군이 끌려간 일은 이미 '옛 일'이었다. 비록 그가 슬픈 마음을 드러내긴 했으나, 그에게 그 일은 '역사상의 한 사건'일 뿐이었다. '창감키도 그지없다'는 것은 진짜로 슬픈 상황으로부터 얼마간 거리를 둔 객관적 시각일 뿐 인식주체 자신의 일로 받아들인 표현은 아니다. 그것은 '당하는 자'의 적개심이 아니라, '담담한 슬픔'으로 읽히는 내용이다. 삼학사 추도처와 효종이 갇혀 살던 조선관을 지나면서 감회에 젖는 3)에서도 그러한 객관화는 발견된다.

'병자년의 치욕을 갚겠노라' 내세운 북벌의 기치, '청나라 오랑캐를 쳐부수자'는 표어는 효종 이래 사대부들이 입에 달고 다니던 관용적 표현이었지만, 이미 홍순학의 시대에 이르러 그 말의 진정성이야말로 퇴색될 대로 되고 말았던 것이다. 특히 '후세 인신 예 지날 제/ 분한 마음 뉘 없으랴'라는 표현 또한 그 병자호란을 자신들의 일로 생각하지 않고 있음을 드러낸다. 홍순학 자신도 포함되는 '후세 인신'들은 그 사건으로부터 일정한 거리를 두고 있는 존재들이다. 따라서 그가 분한 마음을 가졌다 한들 '인지상정'의 소치일 뿐 사건 해결의 사명감으로부터 나온 그것은 분명 아니었다.

조대수(祖大壽)·조대락(祖大樂) 형제, 오삼계 등의 행적을 통해 자신의 관점을 드러낸 것이 4)와 5)다. 홍순학은 '대명'으로부터 국은을 입은 조대수 형제가 청나라에 투항한 사실을 '부끄럽다'고 했다. 의리상 없어졌어야 할 패루가 의연히 남아있는 것은 그에게 모순으로 비쳐졌다. 사실 대부분의 조선조 지식인들은 청에 항복하여 영화를 누린 조대수 형제를 비판하는 입장이었다.

그러나 역대 연행사들 가운데 노가재 김창업만은 그들을 긍정적으로 평가했다. 군사를 버린 책임은 마땅히 져야 하지만, 조만간 함락될 위기에 있는 조대수 형제를 구원하지 않은 조정에도 책임이 있다는 것이었다. 조대수 형제에 대한 홍순학의 비판은 역사적 상황논리를 도외시한 '대명 의리관'의 관습적 반응이었다. 오삼계에 대한 반응 역시 마찬가지다. '대명의 운수'를 끝나게 한 오삼계를 '만고 역신'이라 비판한 것이다.

그러나 노가재는 오삼계가 이자성을 패퇴시킨 석하에 이르러 오삼계를 위해 변론했다. 신중하면서도 구체적인 노가재의 논리에 비하여 홍순학의 그것은 상식과 관습에 바탕을 둔 것이었다. 그러나 4)와 5)는 자신이 개입되지 않은 상황에서 '명 : 청'의 의리론적 우열을 논하는 자리였던 만큼 부담 없이 명의 편을 들을 수 있었던 것이지, 그런 논리 자체가 홍순학 개인의 신념이나 깊은 천착으로부터 나온 것은 아니었다.

그런 점에서 4)나 5)의 교조적 의리론과 어긋나는 6)은 오히려 홍순학의 시선이나 세계관을 타당하게 드러낸다. 그는 '대명적 명문거족의 후예'로서 삭발하고 호인에게 벼슬하는 '강개지사 인걸' 7인정공수·황운곡·동문환·방정예·장병염·왕조계·왕현을 꼽았다. 홍순학은 '의관의 수통함은/ 분한 마음 맺혔구나'라고 탄식했다. 그러나 이 탄식은 그리 절실하지도 않고, 그것이 그들 7인의 생각은 더더욱 아니다. 홍순학을 구속하고 있던 관습적 시각의 발로이자 현실에 적응하며 잘 살아가는 그들의 내면을 동정한 것 이상도 이하도 아니다.

홍순학은 또한 그들이 자신을 '옛 의관 조선사람/ 형제같이 반기인다'고 했다. 말하자면 명나라 때 의관문물을 지탱해 온 자신을 반긴 데서 홍순학은 감격했던 듯하다. '대명적 명문거족의 후예가 삭발하고 오랑캐에게 벼슬을 하는 일'은 그들의 현실 타협을 의미한다. 홍순학 역시 그 점에 대하여 비판적이지 않았다는 점은 그가 지니고 있던 화이 구분의 세계관이나 배청적 시각 자체가 이미 크게 변화되었음을 말해준다.

그렇다면 명·청 교체 이래 지속되던 배청적 화이관이 이 단계에서 사라진 것일까. 화이를 구분하지 말고 청나라의 중국에서라도 배울 것은 배워야 한다는 주장은 북학파들에 의해 제기되었고, 그것은 뚜렷한 시대적 추세로 정착했다. 청조 치하의 중국을 직접 여행한 북학파 학인들은 중국인들의 의관이 모두 오랑캐로 변한 것을 제외하고는 용거(用車)·용전(用甎)·목축·인민생활·학술·사회구조 등 모든 사물에서 조선에 비해 수준 높은 문화와 문명이 여전히 건재하고 있음을 목도한 다음 이를 배우자고 주장했다. 이처럼 전통적 화이관은 대폭 변질되거나 사라졌다 해도 본질적으로 피아(彼我)를 구분하는 세계관이 사라진 것은 아니었다.

그 점을 설명해주는 것이 7)이다. 7)은 서양 사람들을 묘사한 내용이다. 교조적 화이관이 시대정신으로 정착한 시기의 사행록들에서 오랑캐의 의관문물이나 모습을 묘사하던 내용과 방법이 이 부분에서 그대로 재현되고 있음을 확인할 수 있다. 즉 과거의 오랑캐 청인들을 향하던 비판과 멸시의 시선이 이제는 서양인에게로 향하게 된 것이다. 청나라 오랑캐가 서양 오랑캐로 자리바꿈을 했을 뿐 화이 구분의 세계관이 본질적으로 사라진 것은 아니었다. 서양인들의 출현은 기존 질서에 대하여 새로운 위협 요인으로 대두되었고, 그에 따라 빠져나간 오랑캐 청인들 대신 오랑캐 서양인들이 그 자리를 메우게 된 것이다.

7)에서 홍순학은 서양인들에 대하여 비칭으로 일관하며 '정녕히 짐승이지/ 사람 종자 아니로다'라고 극언까지 퍼붓는다. 오랑캐를 사람 아닌 금수로 보는 것은 춘추대의를 바탕으로 하는 화이 구분의 인간관이다. 서양인들에 관해서 이렇게 극단적인 혐오감을 갖게 된 것은 서양인들의 침범에 따른 피해의식 때문이었다.

청나라 병부낭중 황운곡이 홍순학에게 '양귀자(洋鬼子)'가 조선을 침노한 사실을 귀띔해 준 사실이 작품에 언급된다. 오랑캐로 불리던 청나라의 관리가 서양인들을 '양귀자'로 호칭하며 '물리쳐야 할 세력'으로 조선의 관리에게 귀띔했고, 조선의 관리인 홍순학은 그에 대해 감사하며 '양귀자'에 대한 멸시와 적개심을 표했으니, 이 점으로 미루어 보아도 기존의 화이관적 세계관은 크게 변질되었음이 분명하다.

이처럼 화이 구분의 세계관이나 청나라에 대한 시선이 달라진 것은 청나라 등장 이후 지속된 조공무역으로 양국의 경제적 이해관계가 긴밀해졌고, 그에 따라 이념의 문제는 상대적으로 소홀해진 데서 그 이유를 찾을 수 있다. 조선의 대청 무역은 우리에게 손해되는 거래가 아니었다.

결과적으로 사행은 경제의 발전이나 사회의 활성화에 기여하게 되었고, 그에 따라 명분 위주의 대청 시각 또한 현실에 맞게 재조정될 수 있었다. 조선 지배층의 의식은 청나라의 문화도 경제도 적극 받아들여야 한다는 쪽으로 이미 바뀌어 있었다.

작품의 후반부를 시작하면서 작자는 "무엇으로 소견하랴/ 구경이나 가자세라"고 했다. 이 말은 이제 이념 우위의 단계가 지났음을 보여준다. 이념보다 실질이 중요하다는 것이다. 많지는 않으나 대부분의 작품에서 청을 비하하는 내용들이 전반부에 몰려있고, 후반부에는 청나라의 선진문물이 부러움과 찬탄의 어조로 소개된다.

다양한 건물과 성채, 문루, 온갖 기구의 화려하고 장대한 모습들이 장황하게 언급되며, 누정, 사우, 교육기관, 저잣거리, 물화, 서책, 의류, 약재, 그릇, 음식물, 술 등 온갖 기이한 것들이 빠짐없이 기술된다. 백성들의 살아가는 모습이나 '법령의 엄절함' 등도 놀라운 견문으로 제시된다. 황낭중과 동학사 등 중국의 문사들과 교유하는 모습은 담헌 홍대용이 육비·엄성·반정균 등 그곳의 선비들과 교유하며 세계관을 넓혀가던 모습을 상상하게 한다.

중국의 융성한 문물을 부연적인 사설로 늘어놓으면서 요소요소마다 그것들에 대한 작자의 느낌이나 찬사를 배치했다. 특히 유리창에 넘치는 물화들을 '~풀이 볼짝시면'으로 제시·나열했다. 그리고 그 사이사이에 '황기와 청기와로/ 굉장히 지었으되', '물색의 번화함이/ 천하의 대도회라', '다섯 홍에 두렷하고/ 이층 문루 굉장하다', '옥난간 두른 것이/ 볼수록 장할씨고', '높기도 끔찍하며/ 웅위도 하온지고', '겉으로 얼핏 보아/ 저렇듯 휘황할 제/ 안에 들어 자세 보면/ 오죽이 장할소냐', '굉장도 하거니와/ 집상각과 홍경각은/ 여기 저기 조요하니/ 바라보매 성경이라', '세 층을 도합하면/ 근 이십장 되오리니/ 높기도 외외하다', '황기와로 덮었으니/ 높기도 장하도다', '봉봉이 앉은 부처/ 기교도 하온지고', '유리창이 여기러냐/ 천하 보배 들어 쌓다', '제목 써서 높이 쌓아/ 못 보던 책 태반이요', '온갖 비단 다 있으니/ 이루 기록 다 못할레', '모양도 기려하고/ 크기도 굉장하다', '우리나라 종로 쇠북/ 세 갑절은 되겠구나', '안계가 황홀하고/ 경계가 절승하다', '처처에 오밀조밀/ 눈부시어 못 보겠다', '둥그러한 홍예문이/ 높기도 굉장하다', '아무리 명화라도/ 그리진 못하겠고/ 아무리 구변 있어도/ 말로 형언 다 못할레', '이런 재주 저런 요술/ 이루 기록 다 못할레', '동가를 하오실 제/ 요란하고 분주함이/ 오죽들 하랴마는/ [……] / 이로써 헤아리면/ 기율이 끔찍하다', '그 집에 찾아가서/ 왔노라 통기하니/ 주인 나와 영접하여/ 서로 인사 읍을 하고/ 외당으로 인도할새/ 선후를 사양하여/ 주객지례 분명하다', '이런 음식 칠팔기를/ 연이어 갈아들여/ 종일토록 먹고 나니/ 이루 기록 다 못할레', '갑주 투구 병장기는/ 수레에다 많이 싣고/ 휘몰아서 지나가니/ 천하강병 저러하다', '대국법은 그러하여/ 도적놈을 증험한다/ [……] / 이런 일로 볼지라도/ 법령이 엄절코나' 등의 찬사를 삽입하여 중국의 문물에 대한 작자의 호감을 드러냈다.

〈병인연행가〉는 전통적 화이관이 거의 청산되어 갈 무렵에 나온 사행가사다. 따라서 외견상 화이 구분의 세계관이 부분적으로 노출된다 해도 그것은 관습적 표현일 뿐 작자가 체험한 그것은 아니다. 그것도 앞부분에만 주로 나타나고 뒷부분에서는 중국의 물질문명에 대한 찬탄으로 일관한다.

이 당시에 기록자의 시각이나 세계관이 화이관의 범주를 멀리 벗어났음을 보여주는 사례라고 할 수 있다. 달리 보면 당시의 국내외 정세를 감안할 때 오랑캐의 존재는 이미 청나라에서 서양으로 바뀌었음을 보여주기도 한다. 오랑캐의 존재가 청나라였든 서양이었든 〈일동장유가〉가 화이관의 질곡으로부터 조금이나마 벗어날 가능성을 보여주었다면, 그로부터 100년 후의 〈병인연행가〉는 화이관을 이미 극복한 상태에서 간간이 그에 대한 관습적 집착을 보여주었다고 할 수 있다.

〈병인연행가〉, 시대변화의 지표

조선조 말기에 25세의 젊은 엘리트 홍순학은 서장관으로 연경을 다녀왔다. 그는 천하의 한 복판인 중국 연경에서 발달된 문물을 목격하며 조선의 현실과 미래를 헤아려 보았을 것이다. 아울러 변화의 물결을 타고 있는 내외의 정세를 어떻게 추스를 것인지도 고민했을 것이다.

그에게 선배들이 연행록에서 토로한 '화이관'이나 '소중화 의식'은 그리 중요하지 않았다. 물론 우리가 관련되는 역사적 현장들을 목격할 때마다 자신의 감회를 피력은 했으나, 그것은 역사를 반추하는 입장에서 피할 수 없었던 의례적 답변 이상도 이하도 아니었다. 말하자면 청나라에 대하여 특별히 적개심을 드러낼 만한 사안들이 그 시대의 홍순학에게는 없었던 것이다.

더구나 사행을 빙자한 거래와 무역으로 조선은 상당한 경제적 이익을 취하고 있었으니, 범박하게 말하여 그들에게 청은 타도해야 할 대상이기보다는 공존해야 할 이웃이었다. 오히려 홍순학을 비롯한 조선의 지배층에게는 적극적으로 공세를 가해오는 서양인들이야말로 기존의 청나라를 대신한 새로운 '오랑캐'로 인식될 수밖에 없었다. 그렇게 시대는 변한 것이고, 그런 변화의 단서를 홍순학은 가장 효율적인 시가 장르인 가사를 통해 표현한 것이다.

〈병인연행가〉는 기존의 연행록들에 못지않은 분량의 기록이다. 그럼에도 홍순학은 자신에게 더 익숙했을 한문으로 '장황하게' 기록하지 않고, '흥겨운' 가사체로 적었다. 그것은 가사가 지니는 구어적 표현의 효율성이나 실현화의 용이함 때문이었을 것이다. 판소리나 타령 등 구비문학의 율조도 간간이 섞어 넣은 듯한 〈병인연행가〉는 견문을 '실감있게' 표현하는데 무엇보다 효율적이었으리라 본다. 특히 부녀자 등 가족들에게 견문을 전달하거나 보고해야 하는 의무감을 느꼈던 만큼 그가 한문이나 국문의 기록이 아닌 국문의 가사를 이용한 것은 어쩌면 불가피한 선택이었을지도 모른다.

〈병인연행가〉1866는 계미통신사의 삼방서기로 일본사행에 나섰던 김인겸의 〈일동장유가〉1764 이후 1세기 만에 출현한 또 한 편의 탁월한 사행가사다. 이 작품은 외부세계를 바라보는 당대 지식인들의 관점과 함께 가사 장르가 도달할 수 있는 예술적·실용적 경지 또한 보여준다. 특히 패기에 찬 이 땅의 젊은 지식인이 어떻게 시대의 변화를 읽었는가를 잘 보여준다.

물것노래·거창가

썩은 권력, 신음하는 민중

'공직'은 중앙정부나 지방자치단체의 일을 맡아 처리하는 직책이다. 많은 사람들의 이해를 균등하게 조정해야 하는 까닭에 공직자에게는 '권위'가 부여된다. 일반적으로 어떤 집단에서 우월한 가치의 소유자임이 인정되어 그의 의사가 영향력을 발휘할 때 그 힘을 권위라 한다. 다시 말하여 권위란 '정당한 권력과 그 행사에서 나오는 위엄'이다. 따라서 공정한 법과 양심을 바탕으로 할 때 그 위엄은 존립이 가능하다. 공직자가 자신 혹은 자기 무리에게 편파적일 때 위엄은 사라지고, 공권력의 힘에 의한 '위세'만 남는다. 그래서 오도된 권력이나 그 행사는 물리적 강제력, 즉 폭력에 불과한 것이다.

지금까지 우리의 공직자들이 직위를 이용해 부정부패를 자행해 온 역사는 유구하다. 왕조시대에는 왕으로부터 말단의 아전이나 서리까지 공직에 몸담은 지배층의 대부분은 민중을 수탈의 대상으로 여겼다. 그러한 악습은 근대에 이르기까지 변함이 없었고, 그로 인해 사회를 지탱하던 지배체제가 해체되기도 했다. 일부 전직 대통령들이나 그 측근들이 부정축재에 연루되어 실형을 살기도 하고, 재산도 환수당했을 만큼 지금껏 공직사회의 부패구조는 달라지지 않았다.

부패를 감시하는 국제 민간단체 '국제 투명성 기구'는 '2004년도 부패인식지수(CPI)'를 발표했는데, 우리나라의 청렴도는 조사대상 146개국 가운데 47위로 조사되었다. 이웃 일본이 24위, 대만이 35위임을 감안하면, 우리의 부패 정도가 얼마나 심각한 수준인지 알 수 있다. 새삼 부패인식지수를 거론할 필요도 없이 힘 있는 관공서 근처에만 가보아도 부패의 냄새를 맡을 수 있는 것이 현실이다.

시대가 아무리 바뀌어도 실제 국민들이 체감하는 부패는 갈수록 심각해지는 것이 사실이다. 우리나라가 모든 면에서 투명성을 확보하지 못하고 있기 때문인데, 이런 현상은 공직사회의 오랜 인습이 쌓여 이루어진 사회병리의 한 부분이기도 하다. 부패한 조직이나 국가의 경우 '공직'은 민중 수탈을 위한 수단일 뿐이다. 국민들에게 봉사하기보다는 그들을 착취하고 치부하는 데 더 큰 매력을 느끼는 것이 부패한 공직자들이다.

부패한 공직자들일수록 민초들에게 폭력을 행사하기 일쑤다. 그래서 민초들은 폭력의 예봉을 피하기 위해서라도 이들을 드러내놓고 비판하기보다 숨어서 비아냥거리는 데 익숙하다. 통치그룹이 부패한 사회나 시대일수록 풍자문학이 발달하는 것도 그 때문이다.

그런 부패가 극에 달할 경우 민중의 분노는 폭발하게 되고, 그럴 때 풍자나 은유의 우회적 표현은 직설적 고발이나 선동으로 바뀐다. 이 글에서 거론하려는 〈물것노래〉는 은유적 풍자문학의 전형을, 〈거창가〉는 직설적 고발문학의 전형을 각각 보여준다. 두 노래가 고발하려는 대상의 본질은 무엇이며, 두 노래들 사이의 거리는 어떠한지 살펴보자.

'물것들'의 준동과 승화된 풍자미학, 〈물것노래〉

일신이 살자 하니 물것 땜에 못 살겠네

피 껍질 같은 새끼 이, 보리알 같은 굵은 이, 굶주린 이, 막 깬 이, 잔
벼룩, 굵은 벼룩, 강 벼룩, 왜 벼룩, 기는 놈, 뛰는 놈에 비파 같은 빈대새끼,
사령(使令)같은 등에, 각다귀, 사마귀, 흰 바퀴벌레, 누런 바퀴벌레, 바구미,
고자리, 주둥이 뾰족한 모기, 야윈 모기, 살진 모기, 그리마, 뾰록이 주야로
빈 때 없이 물거니 쏘거니 빨거니 뜯거니 심한 깽비리 이보다 더 어렵구나

그 중에 차마 못 견딜 건 6월 복더위에 쉬파리인가 하노라

〈물것노래〉는 전통 가곡집인 《청구영언(육당본/일석본)》·《해동가
요(육당본과 일석본의 교합본)》·《가곡원류(규장각본/아악부본)》·
《악학습령》 등에 실려 전해진다. 평탄하고 유장하게 가창되던 삭대엽류
와 달리 이 노래는 주로 엇편(旕編)·편삭대엽(編數大葉) 등의 곡에
올려 가창되었다. 이 노래 곡조들에서 공통되는 것은 '편'이다.

편은 엮음노래로서 촘촘한 장단으로 이어지는 노래를 말하고, '엇'은
처음에는 높이 질러 내되 삼삭대엽 같이 무겁고 근엄한 창법으로 부르고,
2장 이하는 농조 즉, 홍청거리는 창법으로 부르는 노래를 말한다. 엇편이
처음 부분을 높이 질러 낸다는 점에서 평출(平出)인 편삭대엽과 구분되나,
전체적인 분위기에서는 양자가 유사하다고 할 수 있다.

이처럼 〈물것노래〉는 홍청거리는 분위기의 곡에 올려 불리던 노래
다. 따라서 그것은 결코 근엄하거나 점잖은 가락이 아니었다. 장단이
촘촘하고 홍청거린 만큼 그에 올려 부르던 노랫말 역시 해학적이거나

풍자적이기 마련이었다.

〈물것노래〉의 창자는 인간을 괴롭히는 물것들이 너무 많아 살아가기 어렵다고 호소한다. 그런데, 소재들을 쉴 새 없이 주워섬기는 품이 얼핏 보기에 자연 속의 '물것들'을 원망하는 듯하나, 가만히 살펴보면 범상치 않은 이면구조가 내재되어 있음을 느끼게 된다. 그 직접적인 단서는 '사령 같은 등에'에 있다. 뿐만 아니라 전체적으로 과장이나 반복, 절묘한 비유 등도 이 노래가 중층의 의미구조를 지녔음을 암시한다.

우선 '사령 같은 등에'를 보자. 사령은 관청에서 잡무를 보는 하급 관원이나 심부름꾼을 말한다. 등에는 '등에과'에 속하며 7~30mm 정도의 작은 몸집을 하고 있는 해충이다. 소·말·사슴·노루 등의 살가죽에 붙어 피를 빨아 먹으며, 종종 사람을 침범하기도 한다. 등에의 특징은 '피를 빨아 먹는다'는 점이다. '피를 빨아 먹는' 행위는 인간사회에서 벌어지는 '착취'와 같은 의미다.

〈춘향전〉에서 걸인으로 변장한 어사 이몽룡은 탐학을 일삼는 수령 변학도에게 "금 술동이 속의 맛있는 술은 만백성의 피(血)요/ 옥쟁반 위의 맛 좋은 안주는 만백성의 기름(膏)"이라고 질타했다. 변학도가 백성을 못살게 구는 행위를 '등에가 마소의 고혈(膏血)을 빼는' 몹쓸 짓으로 표현한 것이다.

조선 후기의 실학자 다산 정약용은 그의 《목민심서》에서 목민관의 실천윤리들 가운데 하나로 '절용(節用)' 즉 물자를 아껴 써야 함을 들었다. 그는 불학무식한 자가 어쩌다 수령이 되면 교만·방자·사치하여 무절제하게 돈을 남용한다는 점, 그러면 탐욕하게 되어 아전과 공모하고 이득을 나누어 먹게 된다는 점, 그 결과 백성의 고혈을 빨아먹게 되므로 절약하는 일이야말로 백성을 사랑하는 목민관이 가장 먼저 해야 할 일이라는 점 등을 주장했다.

　　다산의 벼슬살이는 그리 길지 않았으나 잠시나마 경기도 암행어사 · 금정찰방 · 곡산부사 등 외직을 역임하는 동안 백성들의 참상을 목격했을 것이고, 그것들이 《경세유표》나 《목민심서》 등을 저술하게 된 계기로 작용했을 것이다. 그가 제시한 목민관의 실천윤리들 가운데 '절용'의 경우 '목민관은 백성들

다산 정약용 영정

의 고혈을 빼는 존재가 될 수도 있다'는 개연성과 판단에서 '절용'은 나왔을 것이다. 다산이 보기에 백성들의 참상은 대부분 수령과 아전의 탐학에서 비롯되는 것이었다. 그의 다음과 같은 시는 〈물것노래〉가 나올 수밖에 없었던 현실적 바탕을 보여준다. 은유구조로서의 〈물것노래〉가 내포하는 원관념이 바로 다산 시의 내용과 일치함을 알 수 있을 것이다.

　　시냇가 헌 집 한 채 뚝배기 같고
　　북풍에 이엉 걷혀 서까래만 앙상하네

　　묵은 재에 눈이 덮여 부엌은 차디차고
　　체 눈처럼 뚫린 벽에 별빛이 비쳐드네

　　집 안에 있는 물건 쓸쓸하기 짝이 없어
　　모조리 팔아도 칠, 팔푼이 안되겠네

　　개꼬리 같은 조 이삭 세 줄기와
　　닭 창자같이 비틀어진 고추 한 꿰미

　　깨진 항아리 새는 곳은 헝겊으로 때웠으며
　　무너 앉은 선반 대는 새끼줄로 얽었도다

구리 수저 이정(里正)에게 빼앗긴 지 오래인데
엊그젠 옆집 부자 무쇠 솥 앗아갔네

닳아 해진 무명이불 오직 한 채 뿐이라서
부부유별 이 집엔 가당치 않네

어린 것 해진 옷은 어깨 팔뚝 다 나왔고
날 때부터 바지 버선 걸쳐보지 못하였네

큰 아이 다섯 살에 기병(騎兵)으로 등록되고
세 살 난 작은 놈도 군적(軍籍)에 올라 있어

두 아들 세공(歲貢)으로 오백 푼을 물고 나니
빨리 죽기 바라는데 옷이 다 무엇이랴

강아지 세 마리가 새로 태어나
아이들과 한 방에서 잠을 자는데
호랑이는 밤마다 울 밖에서 울어댄다

남편은 나무하러 산으로 가고
아내는 이웃에 방아품 팔러 가
대낮에도 사립 닫힌 그 모습 참담하다

점심밥은 거르고 밤에 와서 밥을 짓고
여름에는 갖옷 한 벌 겨울엔 삼베 적삼

땅이나 녹아야 들 냉이 싹 날 테고
이웃집 술 익어야 찌끼라도 얻어먹지

지난봄에 꾸어 온 환자미(還子米)가 닷 말인데
금년도 이 꼴이니 무슨 수로 산단 말가

나줄 놈들 오는 것만 겁날 뿐이지
관가 곤장 맞을 일 두려워 않네

오호라 이런 집이 천지에 가득한데
구중궁궐 깊고 멀어 어찌 다 살펴보랴

한(漢)나라 벼슬인 직지사자(直指使者)는
이천 석 관리라도 마음대로 처분했네

폐단과 어지러움 근원이 혼란하니
공수(龔邃)·황패(黃覇) 다시 온들 바로잡기 어려우리

정협(鄭俠)의 유민도(流民圖)를 넌지시 본받아서
시 한 편에 그려내어 임금님께 바치리라

(송재소 역)

이 시는 다산이 경기도 암행어사로 연천지방을 순찰하며 쓴 대표시
가운데 하나다. 그는 이 시에 당시 수령·아전들의 횡포와 그로 인한
백성들의 참상을 사실적으로 그려냈다. 암행어사의 직위에 있었던 만큼
다산은 대상을 사실적으로 그려내는 데 거리낌이 없었을 것이다. 만약
착취를 당하는 백성의 입장이었다면, 죽음을 각오하지 않는 이상 이렇게
사실적으로 그려낼 수는 없었으리라.

따라서 이 시는 신분 계층상 〈물것노래〉의 대응 버전인 셈이다.
〈물것노래〉의 지은이는 알려지지 않았고, 알 수도 없다. 누군가의 입에서
처음으로 시작되었겠으나, 사람들의 입에서 입으로 건너다니면서 지금처
럼 내용이 불어나기도 하고 다듬어지기도 했을 것이다. 이처럼 〈물것노
래〉는 지배층, 특히 공직자들의 무자비한 수탈로 피폐해진 당시 민중들의
노래였다.

당시 민중들의 피폐상은 '헐벗음과 굶주림'으로 대변된다. '입을 것 없고 먹을 것 없음'은 참담함의 극한상황이다. 다산의 시작품은 그런 극한상황을 사실적으로 보여준다. 다산이 시에서 "구리 수저 이정(里正)에게 빼앗긴 지 오래인데/ 엊그젠 옆집 부자 무쇠 솥 앗아 갔네"라고 읊은 그 '이정'은 〈물것노래〉의 '사령'과 노래 속에서 같은 성격의 존재다.

조선 시대에 다섯 집을 하나로 묶어 통(統)을 조직했는데, 5통 즉 스물다섯 집마다 이정을 두어 이(里) 내의 인구동향을 파악하게 했다. 이정이 궁핍한 백성들을 등쳐먹은 사례는 비일비재하였다. 이처럼 백성들을 못 살게 굴어 궁지로 몰아가는 하급관리들은 시인에 의해 결국 맹수로까지 그려진다.

다산 시의 "강아지 세 마리가 새로 태어나/ 아이들과 한 방에서 잠을 자는데/ 호랑이는 밤마다 울 밖에서 울어 댄다"는 부분에서 '호랑이'는 〈물것노래〉의 '등에'보다 무서운 존재다. '문 밖에만 나오면 호랑이에게 물려간다'는 것은 표면구조이나, 이면에는 '수령·아전들이 서민들을 못 살게 군다'는 실제적 의미가 내재되어 있다.

〈물것노래〉에 등장하는 것들은 '이·벼룩·빈대·등에·각다귀·사마귀·바퀴벌레·바구미·고자리·모기·그리마·뾰록이·깽비리·쉬파리' 등인데, 모두 인간을 지긋지긋하게 괴롭히는 해충들이다. 벌레들 가운데 가장 몹쓸 해충들을 동원한 이유는 간단하다. 지긋지긋하게 사람들을 괴롭히는 공직자들의 본질을 보여주기 위해서다.

탐관오리는 어느 시대에나 있으나, 대체로 하나의 사회가 해체기에 들어설 때 더욱 기승을 부린다. 조선조 후기에 접어들면서 해체의 징후는 뚜렷해졌다. 수령과 아전들 너나없이 탐학의 대열에 들어서면서 공직사회의 기강은 여지없이 무너졌고, 민심은 극도로 이반(離反)되기 시작했다. 수령과 아전들의 탐학은 '가렴주구(苛斂誅求)'와 '삼정(三政)의 문란'으로 대표된다. 조세를 규정 이상으로 가혹하게 징수하거나 그 명목으로 재물을 늑탈하는 가렴주구는 예로부터 백성을 도탄에 빠뜨리는 고전적 수법이었으며, 전정(田政)·군정(軍政)·환곡(還穀) 등 삼정의 문란은 민중 수탈의 또 다른 모습이었다.

이러한 부조리와 모순이 진행되면서 한 사회의 통치체제는 결정적으로 해체되기에 이른 것이다. 〈물것노래〉는 그런 모순적 지배구조에 대한 저항과 풍자의 의미를 담고 있다. 현실에 대한 부정이나 비평의 태도와 안목을 바탕으로 하는 풍자는 해학과 달리 보다 날카롭고 공격적이다.

〈물것노래〉가 해학 아닌 풍자로 읽힐 수 있는 단서는 '사령 같은 등에'에 있다. 단순히 물것들만 늘어놓았다면 이 노래는 해학의 미적 범주를 벗어나지 않았을 것이다. 그러나 '사령'이라는 하찮은 대상을 노출시킴으로써 그것이 대표하는 하층 지배집단의 착취를 고발할 수 있었고, 그들이 기생하던 수령 중심의 지방 수취체제나 그 존립 기반으로서의 지배집단 전체의 부도덕성과 비리를 고발할 수 있었다.

그런 점에서 〈물것노래〉는 가장 경제적이면서도 안전한 풍자의 효과를 발휘할 수 있었다. 즉 짧은 형태 속에 당대 민초들이 겪었던 삶의 신산함을 드러낼 수 있었고, '사령'이란 하찮은 존재만을 언급하는 데 그침으로써 되돌아올지도 모르는 폭력적 보복으로부터 자신들을 지킬 수 있었기 때문이다. 말하자면 풍자의 효용은 바로 이런 점에 있는 것이다. 최근 이 〈물것노래〉를 현대 버전으로 재미있게 패러디한 시인도 있다. 다음과 같은 경우다.

'일신(一身)이 사자 하니 물것 계워 못 살니로다'

가랑니 같은 면허세 등록세 수퉁니 같은 취득세 교통세, 티코에도 자동차세
갓 깬 이 같은 주민세 재산세.
잔 벼룩 굵은 벼룩 양도세 증여세 상속세 끊지 못해 담배소비세 유리지갑에
갑근세, 쥐 씨알 만한 원고료에 에누리 없는 소득세 빈대 붙듯 달라붙는
인지세 부가세 특소세 투성이 투성이 세금 투성이로다―, 각다귀 사마귀
등에아비 철썩 붙은 전화세 주세 뭔 거래세?
흰 바퀴 누런 바퀴 바구미 거저리 살찐 모기 야윈 모기 모질도다, 모질도다
밤낮으로 빈틈 없이 물거니 쏘거니 빨거니 뜯거니, "이 내 몸은 깽비리
사자 하니 어려워라."
관세 탈세 면세 과세, 허세 실세 내세 마세 노세 먹세 속세 만세!

그 중에 차마 못 견딜 건 물고 튄 놈, 나밖에 모른다던 놈 간 벼룩 님
벼룩 아니신가.

(홍성란의 〈조세잡가〉)

시인 홍성란은 '물것'을 조세로 풀어냈다. 사실 직접·간접으로 국가
에 바치는 세금을 생각하면 현대인들 역시 그 옛날의 민중들 못지않게
괴로운 존재들이다. 그래서 오늘날도 각종 명목의 조세들은 제도에 바탕
을 둔 민중 착취의 수단으로 비판되곤 한다. 조세 제도의 합리·불합리
여부가 여전히 정권의 생명과 함수관계에 놓이는 점을 감안하면 조세에
대한 민중적 저항의 본질은 예나 지금이나 마찬가지다.

조선시대 후기만 해도 각종 명목의 조세에 수령이나 아전들의 탐학까
지 가세하여 민중은 도탄에 빠질 수밖에 없었고, 그런 상황은 그들을
민란으로 몰아가곤 했다. 사실 〈물것노래〉를 홍성란의 〈조세잡가〉로
버전을 바꾸면 그 자체가 관에 대한 직접적 반감의 표출이 된다. 지금은
조세에 불만이 있을 경우 투표로 불신임을 표현하면 되지만, 당시에는

물리적 저항 외에 달리 택할만한 방법이 없었다. 따라서 민란은 민중이 택할 수 있는 최후의 수단이었다.

그러나 〈물것노래〉는 저항과 투쟁의지를 '날 것 그대로' 노출시키지 않았다. '보리알'이나 '피' 등 농산물이 등장하는 것으로 보면 분명 이 노래를 부른 계층은 농업에 종사하던 기층민들이었을 것이다. 그럼에도 그들은 자신들의 불만을 미적으로 승화, 표출시킬 줄 알았다. 말하자면 이 노래야말로 성숙한 미의식의 소산이었던 것이다. 만약 그들이 심층에 내재한 작자혹은 작자 계층의 의도를 액면 그대로 노출시켰다면, 그것은 일종의 '선동 노래'로서 폭력적 저항의 도화선이 되었을 것이다. 그러나 풍자적 수단을 택한 이상 노래하는 자는 안전한 상태에서 부조리를 고발하고, 듣는 자들 또한 별 다른 혐의를 품을 이유가 없었다. 그런 점에서 〈물것노래〉는 다음에 언급할 〈거창가〉와 구별된다.

탐관오리배의 준동과 직설의 미학, 〈거창가〉

1839~1841년 사이에 지어졌고, 1862년 임술민란에 '창의가(倡義歌)'로 사용되었으리라 추정되는 것이 〈거창가〉다. 교합본 800여구의 장편가사로서 문학사상 쉽게 볼 수 없는 저항의 내용을 담고 있다.

조선조 후기 조세 저항이나 수령·아전들의 탐학에 항거하던 민란·민요(民擾)의 현장에서 〈거창가〉류의 노래들이 더러 불렸지만, 사실 그 내용이나 의도의 초점은 체제의 전복에 있지 않았다. 민중 저항의 극치로 인정되는 동학농민운동의 의도 역시 근본적인 체제의 부정에 있지는 않았다. 주로 탐학과 횡포를 일삼는 지방의 수령이나 아전들을 응징하는 데 그 목적이 있었을 뿐이다.

〈거창가〉에도 서민들의 그러한 의식과 한계가 분명이 나타나 있다.

〈거창가〉 가창의 현장이었으리라 짐작되는 임술민란의 직접적인 의도 역시 탐관오리의 축출과 잘못된 제도의 개선광정에 국한되어 있었다. 탐관오리가 나타날 수밖에 없고, 자신들이 수탈당할 수밖에 없는 체제 자체의 근본적인 문제점까지 인식할 수는 없었다. 그런 한계를 지니고 있긴 하지만, 〈거창가〉는 분명 가사문학의 효용성과 당대 서민들의 문제적 현실이 만나 이루어진 '고발문학' 혹은 '저항문학'의 꽃이다.

　　왕조 체제가 해체되어가던 조선조 말기의 시대 상황을 감안할 수밖에 없다 해도, 우리 문학사의 전 시기를 통틀어 〈거창가〉만큼 직설적으로 저항의지를 표출시킨 작품은 없다. 자신들이 역사변혁의 주체라는 인식을 갖고 있지 못하던 피압박 민중들로서 고작 요구할 수 있었던 것은 '탐관오리의 축출과 응징' 뿐이었다.

　　압박의 근원인 '왕통체계'의 정점에는 임금이 있었음에도, 그들은 임금의 힘에 호소하여 탐관오리 배를 징치해줄 것만을 간절히 원하고 호소했다. 그 남아있는 표현물이 바로 〈거창가〉다. 말하자면 '물것들'의 근원을 없애거나 바꾸려 하지 않고, '내 몸 주변에 날아다니며 괴롭히는, 작고 하잘 것 없는 물것들'만 쫓아내면 되는 줄로 알았다. 그것은 확고한 지도 이념이나 철학을 가지지 못했을 뿐 아니라, 이끌어 줄 지도층마저 부재하던 당대 민중들의 한계이기도 했다.

　　그럼에도 불구하고 그 정도로나마 자신들이 '사람답게 살기 위해' 억압의 주체에 저항할 수 있었다는 것은 '새로운 시대'를 열어가기 위한 희망적 단서로 이해할 만하다. 〈거창가〉의 몇 부분을 들어보자.

　　어와 세상 사신님네 우리 거창 폐단 들어보소
　　재가가 내려온 후 온갖 폐단 지어내니
　　구중천리 멀고멀어 이런 민정 모르시고

징청각 높은 집에 관풍찰속 우리 순상(巡相)
읍보(邑報)만 준신(遵信)하니 문불서양(問佛西洋) 아닐런가
이노포(吏奴逋) 만여석을 백성이 무슨 죈가
너돈씩(四錢式) 분급하고 전석(全石)으로 물려내니
수천석 포흠아전(逋欠衙前) 매 한 대 아니 치고
두승곡(斗升穀) 물리지 않고 백성만 물려내니
대전통편 조목 중에 이런 법이 있단 말가
이천사백 방채전(放債錢)이 이도 또한 이포(吏逋)여든
결복(結卜)에 붙여내어 민간에 징출(徵出)하니
왕세(王稅)가 소중커든 요마(幺麼)한 아전(衙前) 포흠(逋欠)
왕세에 붙였다가 임의로 작간할까
호수(戶首)도 백성이라 또 다시 원징(冤徵)시켜
아전포흠 수쇄(收刷)하니 비단 금년 폐단이라

거창사람들이 극도의 도탄에 빠지게 된 것은 탐학을 자행하던 수령 이재가(李在稼)의 재임시절이었다. 수령과 아전들이 빚어낸 거창의 문제를 해결하겠다고 내려온 순찰사가 고을의 관부에서 올린 보고만을 믿으니, '부처를 서양(西洋)에 묻는 격'이어서 문제해결의 길이 요원하다는 탄식으로 이야기는 시작된다.

이 부분에서 고발된 폐단은 아전들의 포흠(逋欠) 문제다. 1만 여석의 곡식을 포탈한 아전이나 관노들에게는 한 됫박의 곡식도 물리지 않고, 대신 모조리 백성들로부터 거둬들여 충당하는 비리를 고발했다. 즉 돈으로는 백성 1인당 4전씩, 곡식으로는 전석으로 물린 비리였다.

2,400냥의 방채전 역시 아전들이 포탈한 것인데, 그것을 전세(田稅)에 붙여 백성들로부터 징출(徵出)했다. 지방 관청의 예상치 못한 대사(大事)에 쓰기 위해 마련한 지칙전(支勅錢) 가운데 필요한 액수만 남기고 나머지를 백성들에게 빌려주고 이자를 받던 돈이 바로 방채전이었다.

그것을 '눈 먼 돈'이라 여겨 아전들이 모조리 포탈하고는 백성들이 내는 전세에 붙여 징출했으니, 악랄하기 그지없는 작태였다.

그 뿐 아니었다. 호수(戶首)를 통한 농간은 무엇보다 큰 폐단이었다. 여덟 결(結)을 1부(夫)로 삼아 여러 전부(佃夫)들 가운데 재산이 넉넉하고 부지런한 자 한 사람을 선발하여 부내(夫內)의 전부로부터 부세(賦稅)를 받아 관아에 바치는 책임을 지고 있던 사람이 호수였다. 지방의 토호들 가운데는 혼자서 많은 경우 수십 개의 부(夫), 적은 경우 십여 개 부의 호수를 겸하여 1결당 정조(正租) 100말씩을 전부로부터 징렴(徵斂)하는 자도 있었다 한다. 1744년에 반포된 《속대전(續大典)》에서 처음으로 8결 작부(作夫) 호수 제도가 법조문화된 바 있다. 이런 호수들을 통한 강제 징수는 '늑탈(勒奪)'과 '원징(冤徵)'이라 부를 만한 사례로서 백성들을 도탄에 빠뜨린 또 하나의 폐단이었다.

〈거창가〉의 이 부분은 바로 그런 사례들을 들었다. 늑탈의 중심에 '수령·아전·관노'들이 있었고, 백성들은 일방적 피해자들이었다.

예로부터 탐관오리 철산옥(鐵山獄)을 면할소냐
작년 회곡(會哭) 향회(鄕會) 판에 통문수창(通文首唱) 사실(査實)하여
이우석(李禹錫) 잡아들여 죽일 거조(擧措) 시작하니
그 어머니 거동 보소 청상과댁(靑孀寡宅) 키운 자식
악형함을 보기싫어 결항치사(結項致死) 먼저 하니
고금사적 내어본들 이런 변이 또 있을까
폐단 없이 치민(治民)하면 회곡 향회 거조할까

탐관오리의 악행에 대한 고발은 계속된다. 회곡이나 향회는 지방관들의 탐학에 대하여 당시 민중들이 공식적으로 저항할 수 있었던 최소한의 수단이었다. 회곡은 '회곡관문(會哭官門)'의 준말로 여러 사람이 관문

에 몰려가 곡을 하던, 일종의 집단시위였다. 일반 민중들 뿐만 아니라 지방의 유생들도 수령에게 불만이 있을 경우 관문에 몰려가 곡을 함으로써 시정을 요구하는 일이 종종 있었다.

이와 달리 향회는 각 지방의 향소(鄕所) 단위로 고을의 일을 논의하기 위해 열던 고을백성들의 자체적인 모임이었다. 통문수창은 여러 사람들에게 취지문이나 궐기문을 기안(起案)·작성(作成)·배포(配布)하여 시위를 선동하던 주모자를 말한다. 그런 저항행위의 주동자로 지목된 것이 '이우석'이란 사람이었다. 그를 잡아다 죽이려 하자 청상의 몸으로 그를 기른 어머니가 목을 매어 먼저 죽었다는 참상을 이 글에서는 고발하고 있다.

지방관들이 백성을 다스리면서 이런 폐단들을 빚지만 않는다면 회곡이나 향회와 같은 일을 할 리가 있겠느냐는 것이 가창자의 항변이다.

이포(吏逋)를 민징(民徵)시켜 읍외각창(邑外各倉) 추보(追補)하여
석수(石數)가 미충(未充)하여 분석(分石)하기 어인일고
분석도 하려니와 허각공각(虛殼空殼) 더욱 분타
백주(白晝)에 분급하기 저도 또한 무렴(無廉)하여
간사한 꾀를 빚어 백성의 눈을 속여
환상분급(還上分給)하는 날에 재인(才人) 광대(廣大) 불러들여
노래하고 재주시켜 온갖 장난 다 시키며
전첨후고(前瞻後顧)하는 거동 이매망량(魑魅魍魎) 방사(倣似)하다
아깝도다 사모관대(紗帽冠帶) 우리 인군 주신 바라
이런 장난 다 한 후에 일락서산 황혼이라
침침칠야(沈沈漆夜) 분급하니 허각공각 분별할까
아전관속(衙前官屬) 현란중(眩亂中)에 장교사령(將校使令) 독촉하니
삼사십리 먼 데 백성 종일 굶어 배고파라
환상 잃고 우는 백성 열에 일곱 또 셋이라

아전들이 떼먹은 것을 백성들에게 억지로 징수하여 읍 바깥 창고들의 부족분을 추후로 보충하는 것은 오래 전부터 전해내린 고전적 수법이었다. 그 뿐 아니라 더욱 악랄한 횡포는 이른바 '분석작간(分石作奸)'이었다. 지방의 아전배들이 창고에 쌓아둔 환곡에 겨나 쭉정이를 섞어 한 섬을 두 섬으로 만듦으로써 정곡(正穀)을 도둑질하던 일이 바로 분석이었다. 이런 짓은 임진왜란 후의 혼란을 틈타 더욱 기승을 부렸다.

나라에서 춘궁기에 농민에게 대여했다가 추수 후에 회수하던 국가 비축의 곡물이 바로 환곡으로서 배고픈 빈민들을 구제하고 농업생산의 계속성을 보장하기 위해 운영하던 제도였다. 그러나 조선조 후기에 사회가 혼란해지면서 이 제도는 재정보충을 위한 식리(殖利)의 기능까지 겸하면서 일반인들에게 강제적으로 할당·대여하는 사례까지 생겨났다. 말하자면 일종의 부세(賦稅)로서 농민 수탈의 수단으로 악용되기에 이른 것이다.

환곡 분배 현장의 '웃어넘길 수만은 없는' 참상이 바로 이 부분에 그려진 내용이다. 대낮에 환곡을 분배할 경우 농민들이 분석의 사실을 알아챌 우려가 많았다. 그래서 환곡을 분배하는 날 하루 종일 재인 광대들을 불러 놀이를 시켰다. 그런 다음 캄캄한 밤중에 허각·공각을 섞어 양을 늘린 환곡을 분배하는 것이었다.

혹시 현장에서 분석작간의 실상이 발각될까봐 아전 관속들과 장교·사령들은 백성들을 부산하게 몰아대곤 했다. 하루 종일 주린 배를 움켜쥐고 원하지도 않는 광대놀음을 구경한 백성들이 캄캄한 밤중에 분배된 환곡자루를 메고 집에 돌아와 허각·공각뿐인 환곡을 바라보며 망연자실했을 모습들을 상상해보라. 그것이 당시 관청에서 민중들을 수탈하던 방법들 가운데 하나였다.

그들은 이런 부조리를 노래로 폭로했다. 이처럼 당시에 수탈당하던 민중의 현실을 적나라하게 보여준 현실고발의 노래였다는 점에서 〈거창가〉는 〈물것노래〉와 다른 사실성을 바탕으로 하고 있다.

〈물것노래〉와 〈거창가〉의 같고 다른 점

물질의 직접 생산자로서 역사와 사회를 지탱하는 기저 계층이면서도 그동안 이 땅에서 민중들이 꾸려온 삶은 그 자체가 질곡이었다. 내우외환과 가난·질병·차별 등 모든 부정적인 사건들의 직접 피해 계층은 민중이었다. 나라에 대한 의무만 있었을 뿐 권리는 전혀 인정받지 못하던 그들이었다. 도저히 참을 수 없을 만큼 극한상황으로 증폭되었을 때 한 번씩 들고 일어났고, 가끔은 성공적으로 체제를 뒤엎긴 했지만, 그 과실(果實)은 또 다른 지배자의 몫으로 돌아갈 뿐이었다. 역사의 과정에서 민중은 언제나 승리자의 도구로 복무하는 것이 고작이었다. 아무리 민중의 존재와 가치를 역설해 보아도 고착된 현실을 뒤집기 위한 지렛대의 역할, 그 이상은 민중의 몫이 아니었다. 고착된 현실을 뒤집어 보아야 새로운 고착의 현실이 반복될 뿐이었다.

그런 고착의 상황에서 이득을 독점하는 것은 지배자 혹은 지배 계층이었다. 민중의 힘이 축적될 때, 그것은 보수의 두꺼운 바탕을 허물고 새로운 질서를 구축하는 힘으로 작용한다. 이처럼 사회변혁의 주체적 역량은 민중 속에서 배양되는 것이다. 비록 풍자와 은유의 소극성이 한 꺼풀 덮여 있긴 하나, 내적으로는 휴화산처럼 지배 계층에 대한 민중의 저항의식이 펄펄 끓고 있는 노래가 〈물것노래〉다.

이와 반대로 미적 장치들을 모두 제거한 채 현실에 대한 분노의 목소리를 한껏 높인 것이 〈거창가〉다. 〈거창가〉는 민중 혁명을 선동하는 노래, 진격의 노래, 더 나아가 개선의 노래이다. 〈물것노래〉가 대상의 본질을 암시한 우회적 미학 위에서 이루어진 노래인 반면, 〈거창가〉는 직설을 통해 가창자의 의도를 표출시킨 격동의 노래다.

그래서 〈물것노래〉는 어느 시대에나 있을 수 있는 반면, 〈거창가〉는 역사·사회적 변혁기에나 나타날 수 있다. 민중의 노래라는 관점으로 역사를 재단할 경우, 〈물것노래〉는 끊임없이 이어지는 물줄기이고 〈거창가〉는 평탄치 못한 바닥 때문에 돌출하는 '물굽이' 혹은 '여울'인 셈이다.

남아있는 우리의 옛 노래들은 그리 많지 않다. 그럼에도 〈물것노래〉와 〈거창가〉가 공존한다는 것은 이 땅의 민중들이 역사의 격랑에 대하여 때론 잠잠하게 때론 격렬하게 반응해왔음을 뚜렷하게 입증하는 사례다. 그것은 민중이 보여준 지혜의 결과였다. 그러나 그것은 역으로 봉건시대의 민중이 벗어날 수 없었던 운명적 한계이기도 했다.

2부. 삶과 노래, 그리고 노래문학

1. 우리 노래문학의 흐름

옛 노래문학의 정체는 무엇일까?

우리의 옛 노래문학은 과연 '고전'일 수 있을까? 이는 '고전'의 뜻풀이에 따라 달라질 수 있고, 언제든 논쟁의 여지를 지니는 문제다. 동양에서의 '고전'은 '옛날의 법도, 제도, 중요한 전적(典籍)' 등을 두루 가리키는 말이다. 옛날부터 삶의 표준으로 정착되어온 모범적인 규칙이나 그것들을 적어놓은 기록들에서 알 수 있듯이, 고전의 동양적인 의미범주에는 '오래 됨, 모범이 됨' 즉, 시간성과 가치성이 두루 포괄된다.

라틴어 클라시쿠스(classicus)에서 나온 서양의 '고전(classics)'이란 말 역시 가치성을 1차적으로 내포한다. 원래 클라시쿠스는 지배층 혹은 상층 계급을 의미했다. 옛날에 만들어진 예술작품일 것, 내용이나 표현에서 규범성이나 영원성을 지닐 것, 후세에게 끊임없이 영향력을 발휘할 것 등 서양에서의 고전은 최소한 세 가지 조건을 만족해야 한다.

이처럼 동서양 공히 '시간성과 가치성'이 고전의 전제조건이다. 그러나 최근에는 상대주의적 견해도 등장했다. 예술 작품이 절대적 가치를 내포해서가 아니라 그 시대 지배 계급의 정치적 이해를 반영하고 문화적 필요를 충족시키기 때문에 고전이 된다고 보는 견해가 바로 그것이다.

예컨대 고려의 속악가사들이 살아남은 것은 상대주의적 관점으로 설명될 수 있다. 조선조의 출범과 함께 상당수의 고려속악가사들이 선별적으로 살아남아 문적에 오른 것은 '예악의 지속'이라는 문화적 필요, '성리학적 실천윤리의 선양'이라는 정치적 계산 덕분이었다. '충신연주지사'의 관점에서 〈정과정〉이 살아남은 것도, '남편의 안위를 격정하는 열녀의 노래'라는 관점에서 〈정읍〉이 각각 추장된 것도 모두 이런 계산의 결과였으리라. 물론 〈정읍〉에 대한 관점은 뒤에 수정되지만.

따라서 '시간성, 가치성, 지배층의 정치적·문화적 필요성'이야말로 예술작품이 고전일 수 있는 필수요건이다. 이처럼 열린 관점을 전제로 할 때, 비로소 우리의 옛 노래문학이 고전임은 이론의 여지가 없다.

〈공무도하가〉, 〈황조가〉, 〈구지가〉 등 이른바 상고의 노래들은 사서(史書) 혹은 그에 준하는 기록들에 실려 있다. 제의의 한 부분이었든, 단순한 역사적·예술적 사건이었든, 그 노래들은 지배 계층의 역사인식이나 현실적 필요 덕분에 기록·보존될 수 있었다. 이는 향가도 고려속악가사들도 마찬가지였다. 일부분이나마 《고려사 악지》에 삼국의 속악이 기록된 사실이나 조선조에 들어와 앞 시대의 노래들이 광범하게 수집된 사실 등은 지배 계층의 현실적 필요 때문이었다. 그리고 그것은 사라질 운명에 처해있던 노래문학을 '고전시가'의 반열에 올린 역사적 계기였다.

조선조에 들어와 훈민정음이라는 표기수단이 확보되면서 노래들 가운데 상당 부분은 남아 오늘날까지 전해질 수 있었다. 한시 문학은 국문의 노래문학에 비해 훨씬 사정이 좋아서 특별한 경우가 아니면 유실될 이유가 없었다. 물론 한시 역시 여러 가지 이유로 상당 부분 흩어진 경우는 있겠지만, 최소한 기록에 올리지 못해서 사라진 경우는 거의 없었다. 뛰어난 문학성 덕분이건 사회적 지위 덕분이건, 옛날에 지어진 작품들이 오늘날까지 전해진다는 사실 하나만으로도 일정 수준 이상의 가치성은 인정되어야 한다. 오늘날 전승되는 국문의 노래문학이나 한시문학 등을 고전시가의 범주에서 다루어도 무방하리라 보는 것도 그 때문이다.

근세 이전의 국문 표기 시가들은 대개 구어체의 언어 구조물들이거나 노래들이었다. 물론 한시도 경우에 따라 가창되었을 수 있지만, 우리가 한시를 중국인들과 똑같은 방법으로 향수하기 위해 지었다고 볼 수는 없다. 어느 시기부터인가 이 땅에서의 한시 창작은 주제나 의미의 전달에 주목적을 두고 이루어지던 행위였다. 말하자면 한국화된 한시, 즉 우리문학을 구성하는 한 부분으로서의 그것이었다. 따라서 우리의 선조들이 지은 한시는 모두 우리의 시가문학에 포괄되어야 한다. 그러나 이 책에서는 국문노래들만을 다루었다.

노래를 표기해온 수단은 시대에 따라 한자, 차자(借字), 국문 등으로 다양했다. 제 나라 문자를 가지지 못했던 과거 우리의 실상은 문학적 측면에서 그렇게 표출되었다. 그렇다 해도 당대의 문인들은 그 점에 대하여 크게 개의치 않았다. 어떤 식으로든 표기할 수만 있으면 되었고, 또 노래는 어차피 '입으로 불러' 표현하고 '귀로 들어' 향수하던 예술의 한 형태였기 때문이다.

적어도 노래를 문자로 기록·전승하려는 의식이 강렬해지기 이전에는 구비전승 자체만으로 충분했고, 기록으로 남길 필요를 느꼈을 때 차자가 생겨났으며, 그것만으로는 미흡하다고 절실히 느꼈을 때 우리만의 독자적인 표기체계를 고안해 낼 수 있었다. 그러나 독자적인 문자를 고안해 낸 이후에도 한자문학은 그 나름의 발전을 계속했다. 한자문학과 국문문학 병행의 시대가 열린 셈인데, 그 시기 이후로 국문학계에는 한자문학과 국문문학의 역할분담이 이루어지게 되었다.

과연 우리의 옛 노래문학은 언제 어떻게 형성되었으며, 어떤 양상으로 전개되었을까.

옛 노래문학의 발원과 전승

우리 노래의 초기 형태는 원시시대 제의의 현장에서 행해지던 종합예술에 포함되어 있었다. 영신과 송신의 단계에서 구송되던 샤먼의 주문(呪文)이나 무가, 오신(娛神)의 단계에서 행해지던 가·무·악의 종합예술체 등도 노래 그 자체이거나 그 편린을 지니고 있는 것들이었다. 악곡과 함께 가사가 있어야 노래가 이루어질 수 있었는데, 그 가사가 바로 오늘날의 시문학에 상응하는 언어적 구조물이었다. 그리고 노래는 반드시 춤을 동반하기 마련이었다. 따라서 제의적 기반 위에서 만들어지고 향유되던 당시의 예술은 다양한 장르가 통합된 복합예술이었다.

초창기의 작품 가운데 지금 흔적이나마 찾아볼 수 있는 것들로 《시용향악보》에 실려 있는 각종 주문 형태의 무가들과 민요를 들 수 있다. 그러나 창작 당시부터 기록 단계에 이르기까지 그것들이 겪었을 변모의 실상은 오늘날 전혀 짐작할 수가 없다. 이것들을 제외할 경우, 본격 서정문학 단계의 작품으로 〈공무도하가〉, 〈황조가〉, 〈구지가〉 등 상고시대의 노래들을 들 수 있다. 전 2자는 북방의 노래, 후자는 남방의 노래인데, 주로 고조선에서 삼국 초기에 불린 것들로서 표기 문자가 없던 당대의 사정상 한자로 번역·기록될 수밖에 없었다. 《시경》에서 흔히 볼 수 있는 4언체의 고시 형태를 띠게 된 이것들은 제의 현장에서 불리던 집단 예술의 단계를 지나 개인적 정서를 본격적으로 표출한 첫 단계의 노래들이다.

이 노래들은 당대 혹은 그보다 훨씬 전부터 불려오던 많은 노래들 가운데 기록으로 살아남은 것들이다. 따라서 이 노래들이 초창기 고전시가의 전모를 파악할 수 있는 단서나 암호가 될 수 있다.

사실 이 노래들의 잔존은 우연한 사건에 불과하다. 그렇다고는 해도 '가치성, 지배층의 정치적·문화적 필요성' 등 노래의 잔존에 관여한 요인들을 감안할 때, 이 노래들이 '문학적 사건들' 혹은 '역사적 사건들'임은 분명하다. 이것들이 오늘날의 시문학과 다른 점은 대개 역사적 사실들을 창작이나 발생의 문맥으로 한다는 것이다. 그것들 대부분에서 미적 소산이자 역사적 사건들이라는 특징적 사실이 부각되기 때문이다.

카(Edward Hallett Carr, 1892~1982)의 말에 따르면, 역사적 사실은 어느 정도까지 해석을 전제로 하고, 역사적 해석은 언제나 도덕적 판단 혹은 가치 판단을 내포한다. 우리의 옛 노래가 지닌 가치성은 그에 대한 해석의 당위성을 전제로 한 것들이다. 따라서 숨겨진 가치를 발굴해내기 위해서라도 노랫말을 정밀하게 읽고 해석해야 한다. 지금 우리가 자료로 만나는 옛 노래는 아직 미확정의 '고전'일 뿐이며, 외견상 우연의 사건일 뿐이기 때문이다.

우리가 이들만을 통해서 이 시기 고전시가의 전모를 파악하고자 하는 것은 대단히 위험하다. 이것들이 다양한 노래 장르 가운데 어느 한 부분만을 대표할 경우, 그것을 제외한 나머지 큰 부분들은 사상(捨象)될 수밖에 없다. 그래서 신중한 접근이 필요한 것이다.

한역(漢譯)만을 기준으로 삼는다면, 현재 남아있는 넉 줄의 노랫말은 가장 단순하고 짧은 형태다. 우리 노래의 일반적인 기준에 비추어 보아도, 그것들은 가장 간결하며 비서사적인 내용으로서 단순한 민요의 범주를 벗어나지 않는다. 그러나 이 시기의 노래들 모두가 짧은 것은 아니었고 노래로 불렀다고 모두가 서정양식인 것은 아니다. 이 시기에 이미 제의의 현장을 중심으로 이루어지던 본풀이류의 무가들은 대상 신의 내력담이자 해설이며 신의 강림을 빌던 청배가라는 점에서 분명 노래로 불리거나 읊어진 서사체였다.

부족이나 국가적 차원에서 이루어지던 큰 규모의 제의에서도, 동제나 재수굿, 진혼굿 등 작은 규모의 제의에서도 노래는 불렀다. 그 밖에 종교적 범주를 벗어난 개인의 삶의 현장 또한 무시할 수 없는 우리 옛 노래의 한 근원이었다. 따라서 당대의 노래를 다음과 같이 크게 세 가지 층위로 나누어 볼 수 있다.

1) 국가나 부족단위의 공동제의에서 부르던 본풀이류의 무가
2) 마을 단위 혹은 가정단위의 무속신앙에서 불리던 소규모의 무가
3) 개인적 차원의 즐거움이나 감정발산을 위주로 하던 자연발생적인 노래

1)은 현재 신화의 형태로 남아 있거나 서사문학으로 발전되어 갔으니 이 글에서 재론할 필요는 없다. 2)는 상당부분 1)과 같은 양상을 보이거나 3)의 일부로 흡수되어 그것과 함께 근대 이전의 이른바 옛 노래로 전개되어 나온 부분이다. 후대에 마을굿(동제)의 형태로 변모되었고, 그 동제에서 마을사람들을 하나로 묶는 '신내림'이나 '황홀경' 또는 거기서 연행되던 가무의 형태로부터 노래가 구체화되기 시작한 것이 1)이라면, 우리 노래 야말로 무속이 대표하는 종교 체험에서 발생되었다고 할 수 있으리라.

이 시기의 사람들은 생존의 관건일 수밖에 없었던 식생활 문제의 해결이나 풍요에 대한 기원 때문에 신을 의식하게 되었다. 그래서 이 시기 제의의 주류는 풍요제의였다. 그런데 중국 측 사서들에는 이 시기 우리 민족의 제의 양태를 '놀이'로 단순화시킬 수 있을 만큼 음주가무

일변도로 기술되어 있다.

1) 동이는 거의 모두 토착민으로서, 술 마시고 노래하며 춤추기를 좋아한다.

(《후한서》 85, 〈동이열전〉 75)

2) 그 풍속은 음탕하고 깨끗한 것을 좋아하며, 밤에는 남녀가 떼 지어 노래를 부른다. 귀신·사직·영성에 제사 지내기를 좋아하며, 10월에 하늘에 제사 지내는 큰 모임이 있으니 그 이름을 '동맹'이라 한다. 그 나라의 동쪽에 큰 굴이 있는데 그것을 수신이라 부르며, 역시 10월에 그 신을 맞이하여 제사를 지낸다.

(《후한서》 〈고구려전〉)

3) 해마다 5월에는 농사일을 마치고 귀신에게 제사를 지내는데, 낮이나 밤이나 술자리를 베풀고 떼 지어 노래 부르며 춤춘다. 춤출 때에는 수십 명이 서로 줄을 서서 땅을 밟으며 장단을 맞춘다. 10월에 농사의 추수를 끝내고는 또다시 이와 같이 한다.

(《후한서》 〈한전〉)

4) 은력 정월에 지내는 제천행사는 국중 대회로 날마다 마시고 먹고 노래하고 춤추는데, 그 이름을 영고라 하였다.

(《삼국지》 〈위서〉 부여전)

5) 해마다 10월이면 하늘에 제사를 지내는데, 주야로 술 마시며 노래 부르고 춤추니 이를 무천이라 한다.

(《삼국지》 〈위서〉 예전)

6) 그 나라의 풍습은 노래하고 춤추며 술 마시기를 좋아한다. 비파가 있는데 그 모양은 축과 같고 연주하는 음곡도 있다.

(《삼국지》 〈위서〉 변진전)

7) 풍습은 귀신을 믿으므로 해마다 5월에 씨 뿌리는 작업을 마친 뒤, 떼 지어 노래하고 춤추면서 신에게 제사지낸다. 10월에 이르러 추수를 마친 뒤에도 역시 그렇게 한다.

(《진서》 〈마한전〉)

이상의 기록들은 모두 이 땅의 부족국가 시대에 베풀어지던 풍요제의를 묘사한 내용들이다. 1)~7)에 공통되는 내용은 '술 마시고 떼 지어 춤추며 노래한다'는 것이다. 그러한 행위가 이루어지는 무대가 제의의 현장이었음은 물론이다. 이 행위는 바로 '놀이'다. 따라서 놀이는 제의를 포함하는 행위다.

경건해야 할 제의의 현장에서 '술 마시고 노래하며 춤춘' 당시 민중들의 사고는 놀이가 지닌 이중성을 전제하지 않을 경우, 제대로 이해될 수 없다. 부족원들은 놀이를 통하여 신을 만날 수 있었고, 일체감을 이룰 수 있었다. 그들의 관념 속에 자리하고 있었던 신의 이미지가 바로 그들 자신의 모습이었음은, 신을 모시기 위한 제의적 절차의 상당 부분을 자신들이 즐겨하는 내용의 노래나 춤으로 채워 넣었다는 점에서 확실해진다. 그것이 바로 놀이였다.

놀이의 어원은 '놀다'이다. '노는 것'을 '일하는 것'과 상호 배치되는, 비생산적이고 부정적인 의미범주로 인식하기 시작한 것은 그로부터 훨씬 후대의 일이었다. 그러나 오늘날에는 오히려 생산성 즉 일의 능률을 높이는 필수적 행위, 다시 말하여 재창조(recreation)의 의미로 반전되었다. 오늘날 우리가 말하는 레크리에이션의 원리는 당대인들이 놀이에 상정한 현실적 의미와 얼마간 들어맞는 바가 있다. 물론 그들은 레크리에이션을 통하여 신을 위로하는 데에 더 큰 목적을 두었을 것이다. 그들은 철저히 자신들이 좋아하는 내용을 그 수단으로 삼았다.

놀이의 구성요소는 노래와 춤이다. 그리고 3)에서 보듯이 그런 노래와 춤이 아무렇게나 이루어진 것은 아니었다. 장단, 가락, 율동 등이 정연하게 짜여 있는 구조였다. 이것들이 정연했다면 거기서 가창된 노랫말 역시 마구잡이가 아니었을 것은 당연하다. 그 노랫말들은 그들의 일상어로 이루어진 것들이었다. 더구나 술 마신 상태에서 남녀가 떼 지어 노래하고 춤추었다면, 그 현장에서 불린 노래들은 대체로 노동요나 연정요가 주류를 이루었으리라.

수십 명이 질서정연하게 움직이며 땅을 밟고 구부렸다 치켜들기를 반복하는 동작은 바로 노동 그 자체를 형상하기도 하고, 농경사회의 풍요 의식과 긴밀하게 연결되기도 한다. 몸을 구부렸다 폈다 하는 동작이나 손을 들어 올리는 행위 등은 식물의 발아와 성장을 기원하는 상징적인 의미가 있으며, 이는 곧 풍요제의의 핵심적 내용이기 때문이다. 이런 단편적인 기록들을 통해서 당대 이 땅에서 이미 많은 노래들이 지어져 불리고 있었음을 충분히 짐작할 수 있다. 〈공무도하가〉, 〈구지가〉, 〈황조가〉 등은 이런 시기에 불리다가 한역의 힘을 빌려 잔존하게 된 노래들의 편린이다.

부족국가 시대의 노래들은 대체로 그 기능이나 효용성의 면에서 '열린' 것들이었다. 특별한 용도의 노래들이 각기 별도로 존재했던 것 같지 않기 때문이다. 예컨대 〈구지가〉의 경우 노동요와 제의요의 성격을 함께 지니고 있는 점으로도 이런 사실은 분명해진다. 이 노래의 배경산문 중 '굴봉정촬토(掘峯頂撮土)'는 이 노래의 노동요적 성격을, '도무(蹈舞)' 는 풍요제의적 의식을 각각 나타낸다.

독특한 등장인물들을 통하여 사별의 슬픔을 부각시킨 〈공무도하가〉 는 뒷시대 이별노래들의 원형이 되었다. 기록을 바탕으로 추정할 경우, 이 노래는 오구굿이나 초망자굿 같은 무속제의에서 행해진 원초적 발화로 서의 넋두리였을 가능성도 있다. 주인공들을 대리한 무당 부부의 극적인 행위를 목격한 주변 인물들의 행동은 고대시가의 창작과 전파를 둘러 싼 문제들을 해명해주는 열쇠가 될 수 있다.

고구려 제3대 유리왕과 한족 출신의 후궁 치희가 배경설화의 주인공 으로 등장하는 〈황조가〉는 애정 노래다. 배경 이야기의 문맥을 바탕으로 추정해 본다면, 유리왕 개인의 창작이기보다는 오히려 민간에서 많이 불리던 민요였을 가능성이 높다. 유리왕 자신이 성장기를 민간에서 지냈음을 감안한다면, 당시에 익힌 노래가 이런 상황에서 자연스럽게 튀어나온 것으로 보는 편이 합리적일 것이다.

연행의 맥락을 감안할 때 노동요와 제의요의 성격을 모두 함유하는 〈구지가〉는 주술 노래다. 그것은 가락국 건국신화의 한 부분으로서 수로왕의 출생과 등극에 관련되는 의식이 담겨 있으며 무리들이 모여 '땅을 파며' 불렀다는 점에서 노동요적 성격과 의식요적 성격을 함께 지닌다. 이 노래는 허 왕후 영입 의식과 함께 국가 창건 기념행사 즉 가락국 쇠퇴기에 행해지던 '희락사모지사'에서 불렸다.

〈가락국기〉 첫머리의 "하늘이 내게 명하시길 '이곳에 내려가 나라를 새로이 정하고 임금이 되라'하셨다(皇天所以命我者 御是處 惟新家邦爲君后)"는 말은 수로가 하늘의 명령 즉, 천명을 받아 왕이 되었음을 보여준다. 기록에 암시된 바와 같이 수로는 토착민이 아니라 외래인이었다. 일각의 주장대로 수로가 중국으로부터의 망명객임이 분명하다면, 천명론(天命論)의 차용은 더욱 설득적이다.

어쨌든 〈구지가〉가 국조의 탄강과 혼인 및 건국이 하늘로부터 점지된 일이라는 신이성을 강조함으로써 백성들의 자긍심을 고취할 수 있었다. 백성들의 단결이 공고해질 수 있으리라는 것은 그 노래에 전제된 현실적 목적의식과 믿음이었다.

상고시가 이후 노래에 있어 새로운 시대를 연 첫 작품은 〈두솔가〉다. 그간 제의에 쓰였거나 자연적으로 발생된 노래들은 〈두솔가〉를 필두로 사뇌가 장르가 자리 잡으면서 가요계의 주류로부터 밀려나 그 명맥만을 유지할 정도였다. 상고시대의 노래들은 민간에서 자연적으로 발생되었거나 굿을 비롯한 의식에서 제차(祭次)의 하나로 쓰이던 것들이었다. 따라서 이들 노래로부터 서정성이 표출된다 할지라도 그것들은 주술적 시의식과 밀접한 상관성을 노출시키기 마련이었다.

이들 노래에서 사뇌가로 넘어간 것은 집단 정서에서 개인 정서로의 전환과 등가 관계를 나타낸다. 이와 같이 '부르고 듣는 문학'이 대체문자를 통하여 기록문학으로 합류된 시발점이자 개인적 정서 중심의 서정미학을 구현하는 단계로 진입하게 된 단서가 바로 〈두솔가〉다.

〈두솔가〉이후의 사뇌가로 《삼국유사》의 14수와 《균여전》의 11수를 들 수 있지만, 분명 이것들이 전부는 아니다. 상고 노래의 경우도 형태적으로 남방과 북방 간에 큰 차이가 없었음을 감안한다면 문헌에 남아 있지 않은 고구려나 백제의 노래 역시 질이나 양적 측면에서 신라의 향가 못지않았을 것이다. 그리고 현재 제목만 남아 있는 고구려, 백제의 노래들이나 백제의 노래로 전해지는 〈정읍사〉등도 만약 당시에 표기되었다면, 예외 없이 향찰을 사용하였을 것이다.

설화상의 사실이기는 하지만, 〈서동요〉의 작자는 백제인 서동이었다. 〈두솔가〉이래 가장 이른 시기의 노래로 기록된 것이 〈서동요〉임을 감안한다면, 당대의 노래들이 큰 차이 없는 형태로 삼국에 보편화되어 있었을 가능성은 아주 높다.

《삼국유사》를 편찬한 일연의 신분이나 《균여전》의 성격 등을 생각할 때 현재 전해지는 노래들이 불교적인 내용으로 치우쳐 있는 것은 지극히 당연하다. 만약 《삼대목》이 남아 있었거나, 여타 향가들을 찾아낼 수 있다면 그 사상이나 내용적 갈래는 더 다양했을 것이다.

노래는 인간의 감정이나 사상을 가장 진술하게 나타내는 양식 중의 하나이므로 삼국시대의 향가가 다양한 내용과 형식의 노래들을 포함하고 있었을 것임은 의심의 여지가 없다. 따라서 신라의 가사 부전 가요들과 〈정읍사〉를 포함한 백제의 가요, 고구려의 가사 부전 가요들 모두 넓은 의미에서 향가의 범주에 속한다고 보아야 한다.

현재 남아 전해지는 향가로는 삼국시대와 고려시대의 것들이 전부다. 학자에 따라 이 노래들을 다양한 기준으로 가르기도 하지만 그러한 논리들이 당대의 예술적 기반에 비추어 볼 때 그리 큰 의미를 갖지는 않는다. 노래로 불린 것들을 시문학적 기준으로 가르는 것도 문제려니와, 노래에 쓰인 말의 형태나 의미조차 아직 제대로 파악하지 못하고 있기 때문이다. 분명한 것은 향가가 주술과 같이 특정한 효능을 발휘하였건 그렇지 못하였건, 결과적으로 개인의 서정을 노래한 것들이 대부분이라는 사실이다.

개중에는 개인이나 집단의 제의에 쓰였음직한 노래들도 물론 있다. 개인적 서정이나 집단적 제의는 모두 당대인들의 삶의 모습을 집약하는 의미를 지닌다. 현존 향가들의 특징으로 꼽을 수 있는 것은 현세 지향의 노래들이나 내세 지향의 노래들을 막론하고 모두 구도적인 삶의 자세를 보여준다는 점이다. 그만큼 당대인들에게 미친 불교의 영향은 대단한 것이었음을 알 수 있다.

가사를 알 수 없는 노래들로서 우리가 주목해야 할 것들은 삼국 모두에 있었다. 〈두솔가(兜率歌)〉, 〈회소곡(會蘇曲)〉, 〈돌아악(突阿樂)〉, 〈지아악(枝兒樂)〉, 〈물계자가(勿稽子歌)〉, 〈가무(笳舞)〉, 〈사내(思內)〉, 〈우식악(憂息樂)〉, 〈대악(碓樂)〉, 〈간인(竿引)〉, 〈미지악(美知樂)〉, 〈원화가(原花歌)〉, 〈원사(怨詞)〉, 〈도령가(徒領歌)〉, 〈날현인(捺絃引)〉, 〈사내기물악(思內奇物樂)〉, 〈석남사내(石南思內)〉, 〈치술령곡(鵄述嶺曲)〉, 〈달도가(怛忉歌)〉, 〈실혜가(實兮歌)〉, 〈해론가(奚論歌)〉, 〈양산가(陽山歌)〉, 〈무애가(無㝵歌)〉, 〈신공사뇌가(身空詞腦

歌)〉, 〈앵무가(鸚鵡歌)〉, 〈현금포곡(玄琴抱曲)〉, 〈대도곡(大道曲)〉, 〈문군곡(問羣曲)〉, 〈동경곡(東京曲)〉, 〈목주가(木州歌)〉, 〈장한성(長漢城)〉, 〈이견대(利見臺)〉 등은 신라 노래이고, 〈내원성(來遠城)〉, 〈연양(延陽)〉, 〈명주(溟州)〉 등은 고구려 노래, 〈선운산(禪雲山)〉, 〈지리산(智異山)〉, 〈무등산(無等山)〉, 〈방등산(方等山)〉, 〈산유화가(山有花歌)〉 등은 백제 노래들이다.

이 노랫말들이 당시에 기록되었다면, 향찰 외에 다른 기록 수단이 없었을 것이다. 향찰로 기록된 노래는 향가이니, 당대에 이 노래들을 기록했다면 모두 향가였을 것 아니겠는가. 그래서 향가가 신라에만 있었던 노래는 아니라고 하는 것이다.

향가는 시가 아닌 노래 장르다. 기록의 절실한 필요에 의해 향찰이 만들어졌고 그에 따라 일부분 '글 문학'으로 정착되었을 뿐, 애당초 향가의 본질은 '말 문학'이었다. 다시 말해 향가는 양식 개념을 포함하는 시가 장르명이 아니라는 것이다. 널리 불린 노래였던 만큼 단형의 규모가 주류를 이루고 있을 뿐, 음보혹은 음절나 행 및 연에 관한 고정된 틀이 존재한 것은 아니었다.

향가 연구가 시작된 이래 '4, 8, 10' 등 구체의 규모가 형태 파악의 기준으로 정착되어 왔으나, 그것들은 향가의 창작 과정이나 내용을 규제하는 틀이 될 수 없다. 또한 장르를 설명할만한 규범적 의미를 지니는 것도 아니다. 이러한 자의적인 틀을 제거하는 일이야말로 우리 옛 노래의 본질을 제대로 파악하기 위한 첫 관문이다.

삼국을 통일한 신라가 고려로 이어지면서 향가의 전통 역시 그대로 계승되었다. 963~967년 사이에 지어진 것으로 추측되는 균여의 〈보현시원가〉나 1120년 예종이 지은 〈도이장가〉 등은 뚜렷한 향가 작품들이다.

이와 함께 1022년현종 13년에 세운 현화사비 음기(玄化寺碑 陰記)의 내용으로 당시에도 향가가 창작되고 있었음을 알 수 있다. 뿐만 아니라 신라의 〈처용가〉를 모태로 하여 이루어진 고려 〈처용가〉의 경우 신라 〈처용가〉 외의 부분 역시 향가 형태를 모태로 하고 있으며, 〈정과정〉·〈이상곡〉·〈사모곡〉 등도 향가의 형태적 범주와 유관한 것들로 인정되고 있다. 이 가운데 〈보현시원가〉는 향가 장르의 시대적 하한선을 나타내주는 동시에 작자와 목적의식, 형태가 뚜렷하며 부대된 번역시를 통하여 그 내용을 정확하게 파악할 수 있다는 점에서 현존 향가들 중 가장 의미 있는 작품으로 꼽히기도 한다.

〈보현시원가〉는 고려대장경 보판(補板)인 《석화엄교분기원통초(釋華嚴敎分記圓通抄)》 권 10의 부록으로 실린 〈대화엄수좌원통양중대사균여전병서(大華嚴首座圓通兩重大師均如傳幷序)〉의 제7 가행화세분(歌行化世分)에 향찰로 기록되어 있는 노래들이다. 11수의 개별 노래들로 이루어진 이 작품은 《화엄경》 〈보현행원품〉의 어려운 뜻을 중생들이 알기 쉽도록 우리말로 풀어 부르고, 향찰로 기록한 노래다.

향가를 제외한 고려노래들은 훈민정음이 창제된 조선조에 들어와서야 비로소 문헌에 정착될 수 있었다. 그렇다면 그것들이 불리던 고려시대 이후 기록 시점까지는 어떻게 전승되었을까. 앞 뒤 세대 악공들 간의 전수, 민간의 구비전승, 기록 등이 가능했을 것이다. 이 가운데 기록의 경우 유일한 수단은 향찰이었다. 그것들이 궁중에 유입되면서 상당 부분 개작되기는 했겠지만, 고려노래들의 근원은 대부분 민간의 노래들이었다. 따라서 현존하는 고려노래들이 아무 근거 없이 조선조의 기록에 등장한 것은 아니었다. 즉 조선조 문헌에 등장하는 고려노래들은 삼국시대와 고려시대 향가의 연속선상에 놓인다고 보아야 한다.

그러나 조선조에 들어와 훈민정음이 만들어진 만큼, 향찰과 같은 구차한 수단을 더 이상 사용할 필요가 없었다. 그 때문에 우리는 현존 고려노래들에서 앞 시대 향가의 모습을 발견할 수 없다. 이처럼 시대에 상응하는 표기수단의 차이로 인하여 향가와 고려노래가 표면상 현격하게 다른 모습으로 보이지만, 표기 수단만 같았다면 마찬가지 구조의 노래들이었을 것이다. 이와 같이 향가나 고려노래들은 비교적 일관성 있는 흐름의 선상에 놓이거나 동질적 존재양상을 지니는 것들이다.

고려노래 가운데도 가사가 전해지지 않는 것들이 많은데, 이것들 역시 삼국시대 가사 부전의 노래들과 같은 차원에서 설명이 가능하다. 즉 명제법이나 설명된 내용 등에서 양자가 전혀 이질적이지 않다는 점, 삼국시대의 그것들과 마찬가지로 이것들 역시 기록되었더라면 향가의 모습을 띠었거나 조선조 문헌에 정착된 고려노래들과 같았을 것이라는 점 등 사실상 두 시기의 노래들 사이에 그리 큰 차이는 없었을 것이다.

주로 《고려사》〈악지〉에 그 유래와 함께 소개된 가사 부전의 고려노래 〈양주(楊州)〉, 〈제위보(濟危寶)〉, 〈원흥(元興)〉, 〈거사련(居士戀)〉, 〈예성강(禮成江)〉, 〈서경(西京)〉, 〈대동강(大同江)〉, 〈장단(長湍)〉, 〈정산(定山)〉, 〈금강성(金剛城)〉, 〈송산(松山)〉, 〈동백목(冬栢木)〉, 〈오관산(五冠山)〉, 〈월정화(月精花)〉, 〈사리화(沙里花)〉, 〈장

당악정재 헌선도

암(長巖)〉,〈안동자청(安東紫靑)〉,〈사룡(蛇龍)〉 등은 가사가 전해지는
본격 고려노래들과 같은 성격의 것들이면서, 삼국시대의 노래들과 이것들
을 효과적으로 연계시켜 준다.

예컨대 삼국의 속악 중 〈동경〉·〈장한성〉·〈무등산〉·〈내원성〉
등은 민요적 성격을 띤다는 점에서 〈서경〉·〈대동강〉·〈정산〉·〈원
흥〉·〈금강성〉·〈사리화〉 등과 같은 범주에 속하며, 〈목주〉·〈여나
산〉·〈이견대〉·〈선운산〉·〈방등산〉·〈정읍〉·〈지리산〉·〈연
양〉·〈명주〉 등은 〈장단〉·〈거사련〉·〈장암〉·〈제위보〉·〈예성
강〉·〈한송정〉·〈풍입송〉·〈야심사〉 등과 함께 어떤 개인에 의해 지어
진 노래일 가능성이 있다는 점에서 마찬가지로 같은 범주에 속한다.

가사가 전해지는 고려노래 〈정석가〉, 〈청산별곡〉, 〈서경별곡〉, 〈사
모곡〉, 〈쌍화점〉, 〈이상곡〉, 〈가시리〉, 〈처용가〉, 〈만전춘〉, 〈동동〉,
〈정읍사〉, 〈정과정〉 등은 《고려사》, 《악학궤범》, 《악장가사》,
《시용향악보》, 《악학편고》, 《대악후보》 등에 전문 혹은 일부가
실려 있다.

이들 가운데는 창작된 노래도 있지만, 원래 민중의 노래였던 것이
궁중악으로 편입되면서 내용과 형태를 궁중악에 맞도록 개작했거나 재편
한 것들이 대부분이다. 따라서 민요가 궁중의 속악가사로 이루어지기까
지의 과정은 국문학사상 구비문학으로부터 기록문학으로 이행하는 과정
과 동질적인 관계에 놓인다. 그러나 민요와 여타의 장르들이 복잡하게
섞여 있었으므로 속악가사의 형성 과정에서 개별 노래들 간의 상호
교섭이 활발하게 이루어졌을 가능성 또한 크다.

그 뿐 아니라 12세기 초 송나라로부터 도입한 대성악이나 그 이전부
터 쓰이던 당악 등 외래음악은 고유 음악의 발전에 상당한 영향을 주었고,

그에 따라 새로운 노랫말의 수요도 증대되었을 것이다. 특히 아악인 대성악보다도 중국 속악으로서 당악 대곡의 산사인 송사들이 당대 노래에 미친 영향은 상당했으리라고 본다. 노랫말은 기존의 민간에서 채집된 것이거나 새로 지은 것들이었는데, 그런 노랫말들과 기존의 악조가 잘 맞지 않는 경우에는 여러 노래의 노랫말들을 부분적으로 합성하거나 여음을 첨가하기도 하고 반복구와 병행구를 첨가하기도 하였다.

조선조의 지배 계층은 '남녀상열지사, 충신연주지사, 송도지사' 등의 관점에서 고려노래들을 수용하였다. 그러나 그 가운데 남녀상열지사는 다른 두 부류의 노래들과 달리 가혹하게 비판되었다. 조종의 공덕을 칭송하는 일이나 신하가 임금에 대한 충성을 노래하는 일 모두 강력한 왕권 중심의 통치 질서 확립에 필수적인 행위들이었다. 이러한 일들이 집단적 지배 이념의 선양에 결정적 역할을 한다는 사실을 생각하면, 개인적 감정을 절실하게 읊은 노래들이 대부분 논척되던 당대의 상황은 쉽게 납득될 수 있을 것이다.

지금 학계에서 이해되고 있는 고려노래들의 주제가 절대적인 것은 아니다. 관점에 따라 주제는 물론 서정의 대상 역시 얼마든지 달리 파악될 수 있다. 작자가 밝혀져 있든 그렇지 않든 대부분의 고려노래들은 민요적 성향을 띤 것들이다. 따라서 사랑이나 이별을 노래한 것들은 모두 남녀 간의 원초적인 감정들을 주된 내용으로 한다.

자연스럽게 상당수의 노래들에 드러난 '임금에 대한 사랑'은 대개 작위적이거나 표방된 주제일 뿐이다. 궁중악으로 도입되면서 노래 속의 '님'이 이성이 아닌 임금으로 바뀌어 이해될 수 있다고 본 것은 당대 수용자들의 일반적인 인식이었다.

고려 후기에 등장하여 조선조 중엽까지 왕성하게 창작, 가창된 경기

체가도 당대 속악의 범주에 속하는 노래 장
르였다. 이 가운데 〈한림별곡〉, 〈관동별
곡〉, 〈죽계별곡〉 등을 제외한 작품 〈상대별
곡〉, 〈구월산별곡〉, 〈화산별곡〉, 〈가성
덕〉, 〈연형제곡〉, 〈오륜가〉, 〈미타찬〉, 〈안
양찬〉, 〈미타경찬〉, 〈기우목동가〉, 〈불우
헌곡〉, 〈금성별곡〉, 〈배천곡〉, 〈화전별
곡〉, 〈도동곡〉, 〈육현가〉, 〈엄연곡〉, 〈태평
곡〉, 〈독락팔곡〉, 〈정동방곡〉, 〈천권동수
지곡〉, 〈복록가〉, 〈축성수〉, 〈온문의경왕

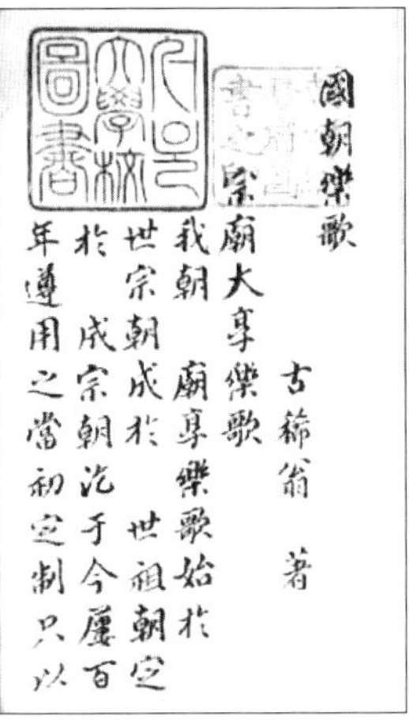

종묘대향악장(기록자 미상)

추존악장종헌가〉 등은 조선조에 들어와 창작된 것들이다.

사대부 관인 계층의 자긍심과 풍류, 왕조의 문물제도와 임금에 대한
찬양 및 송축, 자연 속의 생활, 유교 및 불교 이념 등 경기체가의 주제들은
다방면에 걸쳐 있다. 그리고 상당수의 노래들이 연장체로 되어 있어
규모가 비교적 크고 내용 또한 풍부하다.

같은 시기의 악장 또한 간과할 수 없다. '조선 초기/ 전례적(典禮的)
상황에서/ 왕조 영속의 당위성이나 삼대지치(三代之治)의 이념을 고양할
목적으로/ 당대에 존재하던 시가들의 형태를 차용하고/ 선왕 혹은 현왕에
대한 찬양을 내용으로 하여 교술적 어조로 전개하는 특수한 문학'이
바로 악장이다.

악장은 개인들이 지어 올린 것들과 복수의 작자들이 공동으로 지은
것, 예조 등 국가 기관에서 지어 올린 것, 기존의 민간 가요들을 개편한
것 등 다양하다. 중국계 아악의 수용과 함께 정격악장들은 모두 중국의
것 그 자체이거나 그 영향을 받아 이루어진 고려의 악장을 습용한 것들이

정재 하황은

대부분이었다. 특히 조선 초기에 자리 잡은 중국계 아악의 사용이 세종에
의해 비판되었는데, 이 사실은 음악뿐 아니라 악장의 경우도 조선 특유의
양식이 확고히 자리 잡게 될 것임을 암시하는 단서였다고 볼 수 있다.

변격악장들은 다양한 모습을 보여주기 때문에 한 마디로 규정할
수는 없겠으나, 여기서 표면화되는 장르적 성향은 교술이다. 작품에 따라
부분적으로 서정이나 서사적 요소들이 표면화되지 않는 것은 아니다.
그러나 개개 작품들에 총체적으로 전경화 되는 것은 교술적 성향이고,
서정 및 서사적 요소들은 이들에 내재된 본질적 성향인 경우가 대부분이다.

물론 이 경우의 교술은 '가송 대상의 덕망이나 업적에 대한 찬양→삼
대지치의 재현 및 왕조 영속의 당위성 선양'이라는 정치적 목적의식을
대전제로 했기 때문에 표출될 수 있었던 장르적 성향이다. 따라서 이것은
악장이면 어느 작품이나 다 같은 양상을 보이는 현상이다.

공동 제작의 악장이면서 선초악장의 결정판이 〈용비어천가〉다. 이
작품의 특징은 ① 국가 기관에서 왕명으로 다수의 학자들이 참여하여
지었다는 점, ② 규모가 방대하며 대부분 악곡에 올려 공사(公私)의
연향 때 썼다는 점, ③ 기존의 악장과 달리 지금의 왕을 대상에서 제외시키
고 선대의 조종만을 대상으로 하였다는 점, ④ 작품의 자료들을 각 지방으
로부터 광범하게 수집하여 상징적으로나마 전체 백성들까지 제작에 참여
시켰다는 점 등을 이유로 들 수 있다.

〈용비어천가〉 이후에는 이와 필적할 만한 규모의 악장이 더 이상
나오지 않았으며, 특히 이 노래 이전에 왕성하게 헌상되던 개인 제작의
악장도 거의 자취를 감추고 말았다. 〈용비어천가〉를 비롯해 〈납씨가〉,
〈문덕곡〉, 〈수보록〉, 〈궁수분곡〉, 〈신도가〉, 〈근천정〉, 〈수명명〉, 〈하황
은〉, 〈하성명〉, 〈성택〉, 〈봉황음〉, 〈북전〉, 〈월인천강지곡〉, 〈감군은〉,

<유림가> 등의 악장들은 선초라는 시대적 한계를 벗어날 수 없었다. 따라서 개인이 제진하는 악장으로 인하여 생겨나던 '악장=아부문학'이라는 오해는 <용비어천가>로 인하여 해소될 수 있었다.

고려속악가사, 경기체가 등은 조선조 중기까지 왕성하게 가창되었으며 그와 함께 악장 또한 창작되고 있었다. 대략 고려의 음악들이 쇠퇴하면서 '대엽'이라는 조선조의 노래가 자리 잡기 시작하였으며, 노랫말 또한 조선조의 이념에 부합하는 방향으로 창작되기 시작하였다. 말하자면 조선조의 대표적 노래 장르인 가곡 역시 그 소원을, 조선조 중엽까지 왕성하게 불린 고려의 속악으로부터 찾을 수 있다는 것이다. 이 가운데 <북전>과 <심방곡>은 가곡의 발생기 혹은 초기적 양태에서 중요한 단서를 지니고 있다.

<심방곡>은 대엽이다. 그리고 대엽의 근원이 <과정삼기곡> 즉, 진작이고, 고려 당대 <북전>의 악곡 형태가 진작이었으므로, <북전>과 <심방곡>은 원래 뿌리를 함께 하는 같은 계통의 노래들이었다. 그리고 그것들은 조선조 후대에 이르기까지 주요 악서들에 꾸준히 나타나며 결국 가곡의 중요한 부분으로 정착되었다.

《금합자보》에는 이것들과 함께 <정석가>, <한림별곡>, <감군은>, <여민락>, <보허자>, <사모곡> 등 고려와 조선의 노래들이 실려 있다. 이 노래들은 적어도 당대에 널리 불린 가장 대표적인 노래들이라고 할 수 있다. 그리고 그것들은 궁중이나 관인 층에서 주로 가창되던 노래들이었을 것이다. 《금합자보》의 편자인 안상이 장악원의 첨정이었다는 점도 이 책에 실린 노래들이 대부분 궁중악이었다는 사실을 뒷받침한다.

이 노래들은 구체적인 선율이 약간씩 다르다는 점에서 각각 독자성을 지닐 뿐 당대 속가들의 범주에 속한다는 공통점을 지니고 있었다. 따라서 가곡, 즉 후대 시조문학의 근원과 출발이 고려속가에 있음은 이런 점에서 분명하다. 부연하자면 〈만대엽〉이나 〈북전〉과 같은 구체적이고 개별적인 노래들이 대엽이라는 하나의 장르로 정착·확장되었고, 후대에 시조로 변이되었다는 것이다.

3대 가집인 《청구영언》, 《해동가요》, 《가곡원류》가 등장하기까지 조선조 노래문학의 주류는 가곡이었다. 물론 가곡의 집대성자라고 할 수 있는 안민영 당대에 시조 작사의 대가로 꼽힐 만한 이세보가 《풍아》와 같은 시조집을 만든 바 있지만, 그렇다고 노래의 주류가 바뀔 수는 없었다. 안민영의 자작 노래집인 《금옥총부》의 기록에 따르면 당시에 시조창이 이미 등장해 있었음을 알 수 있다. 즉 이천에서 만난 가기(歌妓) 금향선에게 시조를 청하자 그녀가 '창오산붕상수절(蒼梧山崩湘水絶)'의 노래를 불렀는데, 그 노래는 다음과 같다.

蒼梧山崩湘水絶이라야 이닉 시름이 업슬거슬 九疑峰 구름이 가지록 식로왜라
밤中만 月出東嶺ㅎ니 님 뵈온듯 ㅎ여라
(창오산이 무너지고 상수가 끊어져야 이 내 시름 없어질 것을/ 구의봉 구름이 갈수록 새롭구나/ 밤중 쯤 동산 위에 달 오르니 임 뵈온 듯 하구나)

그녀는 시조 3장을 부른 후 우조와 계면조 한 편을 이어 부르고 또한 잡가를 불렀는데 모홍갑과 송홍록 등 당대 명창들의 조격에 모두 통달할 만큼 뛰어난 명인이었다고 한다. 이와 같이 이 시기에 시조가 등장했던 것은 사실인 듯하나, 당대의 가객들은 가곡을 정음으로 생각하고 고수하려 하였다. 그것은 가곡의 전문가로서 그들이 차지하고 있던 현실적 위상을 유지하는 일과 직결되는 문제기도 하였다. 새로운 노래를 요구하는 시대의 변화와 대중의 요구를 외면하면서까지 '옛것'을 고집할

수밖에 없었던 가객들의 의식은 가곡의 유지나 발전을 자신들의 기득권과 직결시켜 생각한 프로의식의 소산이었을 것이다.

가집 가운데 《시조 관서본》, 《시조 가사》, 《풍아》 등과 《시여》, 《남훈태평가》 등은 시조집으로 볼 수 있으나 3대 가집을 포함한 나머지는 모두 가곡집이다. 이것들을 시조집으로 보는 것은 거기에 수록된 노래들의 종장 종구가 모두 생략되어 있기 때문이다. 가곡은 5장창이고, 시조는 3장창이다.

남창 26곡우조 11곡, 계면조 13곡, 반우반계 2곡과 여창 15곡우조 4곡, 계면조 9곡, 반우반계 2곡이 가곡의 목록(repertory)이다. 가곡을 부를 때는 반드시 격식을 갖춘 관현악 반주를 요구한다. 이와 달리 시조는 무릎장단만으로도 가능하다. 이런 점이 가곡의 쇠퇴와 시조의 등장을 가속화시켰을 것이다.

《금옥총부》 (규장각 소장, 필사본)

이와 대조적으로 가사와 12가사, 잡가 등 긴 노래들이 창작되어 불리고 있었다. 가사는 아직도 장르 문제를 중심으로 논란이 많은 분야지만 역시 가창을 위해 만들어진 장르임은 부정할 수 없다. 서술적으로 길어질 수 있는 개방적 장르라는 점 때문에 가창의 효율성이 감소되었고, 그에 따라 후대로 내려오면서 자연스럽게 이 장르의 산문화는 가속화되었다. 결국 기행가사, 유배

가사, 내방가사 등 장편 가사로 탈바꿈되었고, 가창 장르로서의 면모는 겨우 12가사와 같이 비교적 짧은 노래에서나 찾아볼 수 있게 된 것이다.

그러나 가사는 교술적 목적의식에 부합하는 장르였다. 가사의 출발기 작품인 〈서왕가〉 등이 불교의 포교를 목적으로 하던 종교가사였고, 전성기의 가사 대부분은 유교적 세계관을 지닌 양반 사대부들의 작품이었다. 이들과 약간 다르긴 하지만, 조선조 후기의 종교가사인 천주가사나 동학가사, 개화가사 등에서도 이런 장르적 성향은 분명히 드러난다.

물론 서정가사도 있었으나 기본적으로 교술적 나열이나 부연설명이 가사 표현의 주된 방법이었다. 당대인들은 짧은 노래들을 통하여 서정적 심회를 표출하였고, 긴 노래들을 통하여 보고나 설명 등의 현실적 목적을 달성하려 했던 듯하다.

이외에 어느 시대이든 민요가 있어, 고전시가의 연속성을 담보할 수 있는 기반으로서의 역할을 수행하였다. 그와 함께 진정한 대중예술의 담당층이었던 기층 민중들의 표현 욕구를 충족시켜주기도 하였다. 또한 민요는 상층민들의 격식을 갖춘 노래들과 상호 교섭을 통하여 그것들에 변화의 단서를 제공하였으며, 노래 장르 전승의 바탕을 이루기도 하였다. 민족문학의 관점에서 글 문학보다 말 문학이 우선적이라고 본다면, 우리 옛 노래의 본질은 구비 장르인 민요에서 찾아야 할 것이다. 글 문학은 말 문학을 표기하기 위한 기호이며, 단순한 보존이 아닌 진정한 지속의 차원에서라면 말 문학의 중요도가 훨씬 앞설 것이기 때문이다.

그런 점에서 민요가 뿌리요 줄기라면 시대마다 민요로부터 파생된 옛 노래의 장르들은 가지나 이파리에 불과하다고 할 수 있다. 그러나 문학 연구의 관습상 중요도나 우선순위가 전도되어버린 현실을 인정하지 않을 수 없다. 민요 역시 시대에 따라 내용이나 형식의 면에서 변화를 보인 것은 사실이지만, 그것은 오히려 노래문학의 지속적 측면을 대표하며 각 시대마다 다른 모습으로 표면화된 다양한 장르의 노래들은 변화혹은 변이의 측면을 대표한다.

현대시, 그 옛 노래의 변용체

원시시대 풍요제의의 현장에서 행해지던 종합예술로부터 발원된 것이 우리 노래문학의 초기 형태다. 그리고 그 시대의 노래는 대체로 기능이나 효용성의 면에서 '열린' 존재들이었다. 특별한 용도의 노래들이 별도로 존재한 것은 아니었기 때문이다. 악곡과 함께 노랫말이 있어야 온전한 노래가 이루어질 수 있었는데, 그 노랫말이 바로 오늘날의 시문학에 상응하는 언어적 구조물이다. 오늘날 그 흔적만을 짐작할 수 있는 각종 주문(呪文) 형태의 무가와 민요들을 제외한다면 소수의 상고시대 노래들을 그 예로 찾아볼 수 있을 뿐이다.

풍요제의에서 공동체 구성원들을 하나로 묶는 '신내림'이나 '황홀경', 또는 거기서 연행(演行)되던 가무의 형태로부터 노래가 구체화되기 시작했다면, 결국 우리의 노래는 무속이 대표하는 종교 체험에서 발생되었다고 할 수 있다.

비록 시대마다 표기 수단은 달랐지만, 우리의 옛 노래는 정신이나 내용적 측면에서 시대적 한계를 초월하여 하나의 동질적 질서를 보여준다. 예컨대 판소리 등은 대표적인 서사문학이지만, 동시에 유려한 노래 장르기도 하였다. 가곡이나 시조 등이 상하가 모두 즐기던 양식으로서 사회적 통합의 양상을 보여 주었다면, 판소리도 그런 점에서는 마찬가지였다.

기독교의 전래와 함께 찬송가가 번역되거나, 근대화의 물결 등 우리 노래의 변화에 직접적인 영향을 주는 사건들이 많았다. 그에 따라 우리의 옛 노래는 새로운 모습으로 바뀌어갔고, 그 와중에서 신체시나 근대시, 현대시가 속속 출현하였다. 정치, 경제 등 사회적 변화와 생활의 변화에 가장 민감하게 대응한 것이 우리의 노래 혹은 시가라고 할 수 있는 것도 바로 이런 이유 때문이다.

현대시의 전개를 이해하기 위해서는 그 출발점을 알아야 하고, 그 출발점을 알기 위해서는 우리의 옛 노래들을 알아야 한다. 평지에서 어느 날 갑자기 돌출한 것이 현대시는 아니다. 향가와 고려노래, 고려노래와 조선노래 등이 각각 별개의 것들이 아니라 연속된 양식들이었음을 감안한다면 옛 노래들의 궁극적 변용체가 현대시임은 너무나 자명하다. 그 점에 대한 투철한 인식만이 현대에 들어와 끊어진 한국 시가사를 완성시키는 대전제다.

2. 우리 노래문학과 자연, 그리고 삶

자연과 인간, 그리고 우주

자연은 개개의 물체이자 그것들이 융합된 포괄적 실체이며 사물의 존재 방식이기도 하다. 근대 이전의 예술에서 소재로서의 자연이 차지하는 위치가 절대적이었음은 현대 예술에서 소재로서의 현대 문명이 차지하는 위치가 절대적인 것과 마찬가지다. 옛 노래문학의 소재들 가운데 자연만큼 다양하고 아름다운 경우는 드물다. 노래의 작자나 창자들은 자연 소재 속에서 인간 세계의 이미지를 발견하였으며, 그것을 통하여 자아와 세계의 진실을 표현하고자 했다.

그런 만큼 노래들에 소재로 등장하는 자연물들의 의미는 범상치 않다. 그런데 그 자연물들은 개별적인 사항으로 받아들일 수도, 집단적 의미로 받아들일 수도 있다. 조윤제(趙潤濟)의 '꽃 일반, 나무 일반'과 같은 수용방법이 그것이다.

아울러 자연은 인간세계 그 자체로 인식될 수도, 인간 세계속(俗)와 상대적 위치인 신 혹은 초월 세계성(聖)로 인식될 수도 있다. 신선의 세계는 모두가 자연 속에 상정된다. 도원경을 포함하여 이상향도 자연 속에 설정된다. 고대인들의 삶은 자연 속에서 영위되어 왔지만, 성과 속의 이중적 세계 또한 그 안에 설정되어 있었다. 그러므로 현대시와 마찬가지로 옛 노래문학의 자연 역시 창작 주체의 인식과 밀접히 연관된다.

단순히 한 그루의 나무나 한 송이의 꽃이 지닌 아름다움을 그려내고자 노래 속에 자연물을 소재로 끌어들인 경우는 많지 않다. 그 나무나 꽃이 환기시키는 이미지는 창작 주체가 지닌 인식의 단서이며, 자연 속에 상정하고자 하는 그들만의 미적 이상이기도 했다.

현대시의 주요 소재인 문명은 인간이 만든 것이다. 그렇기 때문에 그것은 인간의 능력이나, 인간 사회의 부조리를 드러내기 위해 사용된다. 그러나 고전 시대의 자연은 신이나 절대자가 '만들어 준' 것이다. 따라서 그러한 소재를 통하여 막연하나마 신의 존재나 섭리를 인식할 수 있었다.

이런 점에서 옛 노래에서 느낄 수 있는 정령론적, 범신론적 우주관이나 자연관 역시 타당한 근거를 갖는다. 지상과 천상, 자연과 인간을 연결해주는 매개자의 역할이야말로 자연물이 지닌 가장 중요한 의미기 때문이다.

고전 시대에 '노래'는 인간과 신의 대화 수단이었다. 제의의 현장에서 사제가 인간의 의사를 대변하여 신에게 기구하는 언술은 대부분 노래의 형태를 띠고 있었다. 그것이 무가 등 제의의 노래들이었는데, 이것들이 속화되면서 예술형태로 확산·정착된 것이다.

노래의 근원적 의미가 '놀이'로부터 나왔다면, 이때의 놀이는 단순한 유희가 아니다. 제의의 현장에 강림한 신을 즐겁게 해주던 놀이는 풍요와 안녕의 보장에 대한 일종의 대가(代價)였다.

신을 즐겁게 해 주는 의식, 즉 오신(娛神)의 절차는 노래와 춤이 유기적으로 결합된 놀이였으며, 신을 향한 간절한 마음을 드러낸 목적지

향적 산물이었다. 인간은 자신들이 즐거우면 즐거울수록 대상인 신 역시 즐거우리라는 믿음 아래 그러한 놀이를 펼쳤을 것이며, 그런 과정에서 노래와 춤은 분명한 모습으로 부각될 수 있었다. 그런 노래들에 등장하는 자연물들을 별 의미 없이 등장한 것들로 볼 수는 없다. 한 그루의 나무나 하나의 이파리, 풀포기 하나도 그 나름의 역할을 분명히 수행하기 때문이다. 집단성이 탈색된 이후의 개인 노래들에서도 그런 자연의 의미적 기조는 변함이 없었다.

자연과 문학, 인간의 삶

(1) 자연의 이미지

우주 만물을 포용한다는 점에서 자연처럼 범위가 넓은 대상도 드물다. 그러나 실제 문학 작품에 나타나는 것들은 몇 가지로 한정된다. 작가들이 작품에 펼치는 세계의 범위란 자신들의 체험 영역을 거의 벗어날 수 없기 때문이다. 물론 신앙 차원의 우주론적 세계관은 초창기의 문학에서 중요한 배경이나 모티프로 작용했다.

그러나 후대로 내려오면서 개체의 경험에 대한 검증이나 객관적 실상을 중시하면서 우주론적 세계관은 실생활로부터 관념의 차원으로 이동하고 말았다. 다시 말하여 우주는 과학이나 물질적 이미지의 세계 안으로 갇히게 된 것이다.

예술적 대상으로서의 자연은 포괄적이면서도 단일하다. 자연을 구성하는 요소들은 무수하지만, 그것들 모두는 하나의 이미지로 수렴된다. 나무나 꽃, 새 등은 자연에 속하지만 그것 하나하나가 모두 자연 그 자체의 의미 내용을 충족시키지는 못한다. 한 국가나 민족의 문학에 나타나는 자연의 의미를 쉽게 논단할 수 없는 것도 그 때문이다.

자연은 문학 창작 주체의 인식 범위 안에 자리 잡을 때 비로소 문학 배경으로서의 의미를 갖는다. 그 경우 자연은 인식 주체의 미적 대상이 될 수 있다.

자연이란 무엇인가. 나무·돌·물·꽃 등 물질적 개체들을 의미할 수도 있고, 이것들이 모여 이룩하는 집단을 의미할 수도 있으며, 더 나아가 이것들이 자아내는 정신적 가치나 질서 의식을 지칭할 수도 있다. 말하자면 자연은 인간의 외면에 존재하는 객관적 실체로서의 측면과 인간의 내면에 자리 잡고 있는 이념적 실체로서의 측면을 모두 지니는 것이다.

하늘과 땅의 구도(構圖), 또한 그것들을 무대로 펼쳐져 있는 모든 물상들로부터 추출된 질서 의식이나 존재 방식 그 자체를 자연으로 본다면, 자연이야말로 최상의 이념이요 정신일 수밖에 없다. 따라서 인간이 만들어내는 모든 정신적 소산들, 이른바 예술이나 문명 일체는 한결같이 자연에서 그 소재를 취하여 만든 것들이거나 자연 정신을 연역(演繹)한 것에 불과하다.

자연을 둘러싼 동양 정신의 최고 경지는 "사람은 땅을 본받고 땅은 하늘을 본받고 하늘은 도를 본받고 도는 자연을 본받는다"는 《노자》 의 언급제25장에서 나타난다. 결국 천·지·인은 모두 도로부터 본을 받으며, 도는 자연으로부터 본을 받는다는 말이다. 그러니 도보다도 상위의 개념이 바로 자연이다.

이 때 자연으로부터 본받는 실체는 무엇일까. 바로 질서다. 다시 말하여 도는 자연의 질서를 본받은 것이다. 질서는 획일이 아닌 조화를 전제로 한다. 획일이 정체(停滯)와 무생명성(無生命性)을 기반으로 한다면, 조화는 역동과 생명성을 기반으로 한다. 모든 창조는 조화에서 이루어지기 때문이다.

앞에 인용한 《노자》 의 같은 부분에 나온 "혼돈하면서도 이루어지는 무엇이 천지보다 먼저 태어나 있었다. 그것은 소리가 없어 들을 수 없고 형태가 없어 볼 수도 없으나 홀로 우뚝 서서 변치 않으며 두루 어디에나 가되 쉼이 없으니 가히 천하의 모체라 할 만하다"는 언급을 바탕으로 할 경우 도의 개념은 '시간적 자연'이다.

시간은 천지라는 공간적 세계보다 먼저 존재하는 것이며, 따라서 그것은 독립해서 변개됨이 없고 주행해서 위태함이 없는 대도로서 끊임없이 흘러가 영원히 지속된다.

유정기는 자연에 있는 하나의 개체만 보고서 그것을 진리라 고집한다면 그것은 환상이지만, 자연을 하나의 전체로 보는 데서 법칙과 진리가 설파될 수 있다고 했다. 구체적인 실물로서의 자연적 개체들을 통하여 영속되는 정신적 세계를 구축할 수 있다는 것이 그 말의 요체다.

자연을 물질적 세계가 아니라 정신적 세계로 보아 온 것이 도가만의 관점은 아니다. 오히려 오랜 세월 육화(肉化)된 동양의 보편적 관점이다. 조화의 아름다움을 구현하고자 한 것이 동양의 미의식이라면, 자연으로부터 예술미의 모델을 구하고 자연 소재들을 통하여 그러한 미의식을 구현하고자 한 것은 당연한 귀결이다.

인간이 작위(作爲)를 가하지 아니한 상태가 자연이며 그것은 원초적 질서다. 인간이 궁극적인 규범으로 삼는 대상이 자연이며, 그 속에 인간 자신의 모습이나 인간이 구사하는 의식세계의 심상이 내재되어 있다. 그런 까닭에 자연의 변형으로부터 인간 세계의 모든 문명은 시작되었으며, 삶의 원형을 찾고자 하는 반작용은 예술 작품으로 구현된다.

천·지·인 삼재를 통하여 도가 구체적으로 작용하는 성능(性能)이 바로 자연이다. 대상의 존재 양태를 가리키는 개념이 자연이기 때문에, 자연의 존재는 인간 세계의 모든 부면에 직·간접적으로 관여한다. 문학이나 미술의 소재로 자연이 원용되어 온 것은 자연이 간직하는 인간 문명의 원초적 이미지를 추적하여 그 본질적인 측면을 차용하고자 한 인간의 욕망 때문이다.

감정의 변화나 내면세계를 아름답게 드러내는 것은 문학과 예술의 본령이다. 자연을 그 소재로 할 경우 아름다움은 다양하게 드러난다. 어느 경우나 문학작품에 등장하는 소재들은 특정 이미지로 전환된 다음 주제의 구현으로 연결된다. 이미지가 감각적 체험의 정신적 재현이라면 소재에 따라서는 다양한 이미지가 만들어질 수 있다.

단순히 효과적인 주제의 구현만을 위해 복무하는 소품들일 경우나 큰 비중을 지닌 핵심적 존재들일 경우를 막론하고, 사용된 소재들은 다양한 이미지의 공급원으로 작용하는 존재들이기 때문이다.

박이문이 설명한 바와 같이 도는 자연'스스로 그냥 있는 것'을 가리키며 그냥 있는 것 즉, 모든 존재 일반을 가리키는 총칭 명사가 바로 도라는 개념이다. 예술에서의 도는 최상의 아름다움을 의미한다. 그것이 바로 자연스러운 조화미다. 자연스러운 조화미를 구현하기 위해서는 객체로서의 자연물들을 소재로 삼아야 한다. 자연물들로부터 영원의 이미지를 이끌어 내는 일은 작가의 고유 임무다. 문학작품의 자연 소재가 지니는 형이상학적 의미는 바로 여기에 있다.

(2) 풍토적 이미지

이 땅에서 근대 이전의 세계관은 자연중심적이었다. 하늘과 땅은 인간의 삶을 전면적으로 지배했다. 하늘은 천체와 기상의 변화를 통해 인간을 복종시켰고, 땅 또한 갖가지 방법으로 인간을 행복하게 하거나 불행하게 만들었다. 따라서 되도록 좋은 지리적 조건을 골라 살고자 한 것은 인간이 발휘할 수 있는 최선의 지혜였다.

이와 같이 오랜 기간 삶의 체험에서 귀납된 자연 선택의 조건은 풍수지리 사상으로 구체화되었다. 풍수지리 사상은 좋은 자연에 살면서 자연과 일체가 되고자 한 인간의 욕망이 응집된 사고 체계다. 무라야마 지준(村山智順)도 말했듯이 풍수지리는 땅을 능동적인 것으로 보아 만물을 키워내는 생활력을 가지며, 이 활력의 후박(厚薄)에 따라 인간에게 길흉화복을 부여한다.

풍수론은 자연을 읽는 하나의 관점이다. 좋은 자연 조건이라면 풍수론적으로도 나쁠 수 없다. 예컨대 배산임수(背山臨水)나 산하금대(山河襟帶)는 예로부터 명당자리로 일컬어지는데, 이러한 조건들로부터 산수의 수려함은 얼마든지 유추할 수 있다.

고금을 통하여 풍수사상이 반영된 노래는 많다. 그리고 오늘날 특정 목적의식하에 지어진 노래예컨대 교가(校歌)나 특정 지역의 노래 등에는 반드시 그곳의 풍수가 내용의 주요 부분으로 등장한다. 이것 역시 이런 풍수사상의 유풍이다.

다음의 노래들을 살펴보자.

1) 천문(天文)을 바라보고 지리(地理)를 둘러보니
태백산(太白山)이 현무(玄武)되고 형산(荊山)이 주작(朱雀)이라
천태산(天台山)이 청룡(靑龍)이오 금강산(金剛山)이 백호(白虎)로다 [……]
곤륜산(崑崙山) 일지맥(一支脈)에 조선(朝鮮)이 생겼으니
두만강(豆滿江)이 청룡(靑龍)이요 압록강(鴨綠江)이 백호로다
지세(地勢)도 좋거니와 풍경(風景)도 더욱 좋다 [……]
국호(國號)난 조선(朝鮮)이오 한양(漢陽)에 도읍(都邑)이라
인왕산(仁王山) 주산(主山)이오 마니산(摩尼山) 백호(白虎)로다
(〈옥설화답가(玉屑和答歌)〉 일부)

2) 무등산(无等山)흔 활기뫼히 동다히로버더이셔
멀리쎄쳐와 제월봉(霽月峯)이되여거늘
무변대야(無邊大野)의 므슴짐쟉ᄒ노라
일곱구비 흔ᄃᆡ움쳐 믄득믄득버러ᄂᆞᆫ 듯
가온대구비ᄂᆞᆫ 굼긔든늘근뇽이
선좀을ᄀᆞᆺ씨야 머리를안쳐시니
너ᄅᆞ바회우히 송죽(松竹)을혜혀고
정자(亭子)ᄅᆞᆯ안쳐시니 구름탄 청학(靑鶴)이
천리(千里)를가리라 두나릭버렷ᄂᆞᆫ 듯

(〈면앙정가〉 일부)

1)은 표면상으로는 조선과 한양이 터 잡고 있는 풍수적 조건 즉 풍경과 지세에 대한 설명이지만, 이면적으로는 자연 조건의 예찬이다. 이와 같이 풍수사상은 자연과 인간의 교감을 통하여 이루어진 생각의 체계다. 그 교감은 인간과 자연 사이에 상통하는 기(氣)에 의해 이루어진다.

기란 생명력이다. 인간과 자연이 동일한 맥락의 기를 공유하는 것은 양자가 생명을 공유하고 있기 때문이다. 말하자면 생명이 깃든 정신적 존재로서의 자연이 바로 풍수인 것이다.

2)는 송순이 지은 〈면앙정가〉의 한 부분이다. 가사 작품 가운데 이처럼 풍수지리의 내용을 노골적으로 드러낸 경우도 드물다. 여기서 예찬하는 대상은 면앙정을 둘러싼 풍수 및 자연조건으로서의 산수다. 특히 용'굼긔든늘근뇽'을 끌어와 산세의 특징을 설명한 것은 풍수지리 이론의 핵심이기도 하다. 무등산으로부터 뻗어 나온 봉우리가 제월봉이 되었는데, 그 활력 넘치는 가운데 면앙정이 위치해 있다는 내용으로서 전형적인 풍수지리 노래다.

단순히 풍수지리를 예찬한 노래로부터 좀 더 세련된 단계로 발전한

것이 산수문학이다. 즉 물리적 자연으로부터 특정한 삶의 조건을 이끌어
내는 과학적 이미지의 단계가 풍수지리 노래라면, 자연 조건과 인식
주체의 감정이 융합되어 미적 성향을 구현하는 단계가 산수문학이다.

따라서 산수문학은 산수를 심성 수양의 자료로 삼거나 산수로부터
인간적 삶의 이미지를 읽어 낸 식자층의 문학이다. 따라서 식자층이
기반으로 하고 있던 이념과 밀접한 관계를 맺어온 물리적 대상이나 공간이
산수이며 그것들을 배경이나 소재로 원용하여 이룩한 것이 산수문학이다.

이념화된 자연과 인간의 삶

조선조 가곡이나 가사의 서정성 구현에 대한 자연 소재의 기여는 이로써
확고해진다. 이러한 자연 소재들은 '산수'의 개념에 포괄되어 시대정신과
이념을 뒷받침한다. 다음의 예들을 살펴보자.

> 1) 白雪이즈즈진골에구룸이머흐레라반가온梅花는어닉곳이퓌엿는고夕陽
> 의호을노서서갈곳몰나ᄒᆞ노라
> (백설이 잦아진 골짝에 구름이 험하구나/ 반가운 매화는 어느 곳에 피었는고?/
> 석양에 홀로 서서 갈 곳 몰라 하노라)
>
> (《악학습령》 51)

> 2) 구버는千尋綠水도라보니萬疊靑山十丈紅塵이언매나ᄀᆞ렛는고江湖애月白
> ᄒᆞ거든더옥無心하얘라
> (굽어보니 천 길 푸른 물 돌아보니 만첩청산/ 열 길의 붉은 티끌이 얼마나
> 가렸는고?/ 강호에 달이 밝으니 더욱 무심하구나)
>
> (《농암선생문집》)

> 3) 春風에花滿山ᄒᆞ고秋夜에月滿臺라四時佳興이사름과흔가지라ᄒᆞ물며魚躍
> 鳶飛雲影天光이야어닉그지이슬고
> (춘풍에 산 가득 꽃 피고 가을밤에 누대 가득 달빛이라/ 사계절의 멋진

흥취가 사람과 한 가지로구나/ 하물며 물고기 뛰고 소리개 나니 구름 비낀
하늘빛이야 어찌 끝이 있을꼬?)

(《악학습령》 82)

4) 엇그제겨을지나새봄이도라오니桃花杏花는夕陽裏예퓌여잇고綠楊芳草는
細雨中에프르도다칼로믈아낸가붓으로그려낸가造化神功이物物마다헌ᄉ
릅다수풀에우ᄂᆞᆫ새ᄂᆞᆫ春氣를못내계워소릭마다嬌態로다物我一體어니興이
이다를소냐
(엊그제 겨울이 지나 새봄이 돌아오니/ 복사꽃 살구꽃은 석양 속에 피어있고
녹양방초는 가랑비 속에 푸르구나 칼로 말아냈는가 붓으로 그려냈는가
조화신공이 물물마다 야단스럽구나 수풀에 우는 새는 봄기운을 못내 겨워
소리마다 교태로구나/ 물아일체이니 흥이야 다를소냐?)

(《불우헌집》 권 2 · 가곡)

1)은 여말선초의 혼란기에 이색(李穡, 1328~1396)이 지어 부른 노래
다. 고려시대에 각종 속악들과 함께 불리고 있던 〈심방곡〉, 〈북전〉 등은
가곡의 출발기 작품들이다. 즉 〈만대엽〉·〈북전〉 등과 같이 구체적이고
개별적인 노래들이 대엽가곡이라는 하나의 장르로 정착·확대되었고, 여기
에서 후대의 시조가 파생되었던 것이다. 그렇게 본다면 이색의 이 노래
또한 여말에 불리기 시작하여 뒤에 대엽으로 편입된 작품일 것이다.

이 노래의 외연은 서정적 자아와 함께 '백설·구름·매화' 등 자연물
들이 등장하여 이룩한 회화적 차원의 그것이다. 그러나 소재로 쓰인
자연물들은 상호 간의 대응 관계를 통하여 어떤 이념이나 정신을 분명히
표상하고 있다.

매화는 사군자의 선두로서 선비정신을 표상한다. 백설 역시 그 색채
이미지가 그러하듯 순백의 고결함을 드러낸다. 그러나 구름은 대립되는
위치에서 이들을 압도한다. 굳이 이색의 현실적 행보와 관련하여 해석한

다면, 혁명세력에 의한 고려 왕조의 멸망과 그로 인한 의리의 손상을 슬퍼한 내용일 것이다. 자연의 소재들을 통하여 유교의 의리나 대의명분이 표상되기 시작한 셈인데, 이러한 경향은 조선조 문학사에서 뚜렷한 줄기를 형성한 채 지속되었다.

2)는 농암(聾巖) 이현보(李賢輔, 1467~1555)의 〈어부단가(漁父短歌)〉 다섯 작품 가운데 두 번째 노래다. 이 작품은 (3)과 함께 이른바 강호가도를 구현한 노래에 속한다. 조윤제도 말했지만, 강호가도를 추구한 인사들은 고요히 강호에 물러 앉아 화려한 자연을 즐기고 그 가운데 몰입하여 참다운 자연미의 가치를 발견했다.

그러나 강호가도의 개념이 자연미의 단순한 예찬이나 그에 관련된 규범만으로 국한되는 것은 아니다. 그것은 자연 속에서 발견되는 불변의 이념적 요인이 가변적이며 불만스런 세상사의 현실과 대응된다는 인식을 전제로 한 노래의 규범 일체를 지칭한다.

그렇기 때문에 일시적이든 영구적이든 현실로부터 퇴피(退避)하여 자연에 귀의한 인사들은 자신들의 노래에 강호가도를 구현하고자 했다. 경우에 따라 강호가도가 당대 문인들이 보여 준 상투적 반응 양식의 표현으로 오해되기 쉬운 이유를 여기서 찾을 수 있다.

어쨌든 이러한 성향이 노래문학상 자연 소재의 통시적 변환에 있어 중요한 모습으로 나타나기 때문에 간과할 수 없다. 강호가도의 문학사상적 범주를 '자연 친화, 성리학적 도(道), 국문시가' 등으로 설정한 김종렬의 견해는 이런 점에서 적절하다.

농암과 면앙정을 강호가도의 출발로 본다면 2)는 자연 소재 시가의 새로운 패러다임일 수 있다. '천심녹수/ 만첩청산'은 앞 시대의 노래들에서 소재로 쓰인 낱낱의 자연물들과 다른 차원의 포괄성을 갖는다. 낱개로서의

퇴계 이황 영정

꽃이나 나무, 시냇물이 아니라 그것들이 통합된 상태에서 조화를 이루는 포괄적인 아름다움이다. 여기서 비로소 산수문학의 구체적인 모습이 드러난다.

옛 노래문학에서 산수문학의 형성은 강호가도의 구현과 직결된다. 특히 이 노래에서는 산수와 대응되는 것으로 '십장홍진(十丈紅塵)'을 들었다. 대개의 강호문학은 의미상 대응구조로 이루어져 있는데, 작자의 생각이나 주제의식을 강조하는 데 효과적이라고 보았기 때문이다.

관계(官界)로 대표되는 현실사회는 일신을 보전할 수 없을 만큼 혼란스럽고 위험한 곳이었다. 따라서 안심입명(安心立命)과 명철보신(明哲保身)을 위해서는 강호로 퇴피하는 것만이 최선의 방도였다. 안심입명은 생사의 도리를 깨달아 몸을 천명에 맡기는 것이고, 명철보신은 총명하고 사리에 밝아 자기 한 몸을 잘 보존하는 것을 말한다.

농암은 현실과 자연을 오락가락하던 조선조 문사들의 기회주의적 성향으로부터 얼마간 거리를 둘 수 있었다. 비교적 순탄한 환로(宦路)를 걸은 농암이었으므로 자연을 임시 도피처로 생각해야 할 이유가 없었던 것이다. 이런 점에서 농암과 면앙정을 진정한 강호시가의 창도자로 본 조윤제의 생각은 타당하다.

3)은 이황이 지은 〈도산육곡지일(陶山六曲之一)〉의 여섯 번째 노래다. "춘풍화만산/ 차야월만대"라 함으로써 '봄-가을'에 걸쳐 나타나는 사계절의 아름다운 경치를 제유적(提喩的)으로 제시했다. 사계절의 흥은 사람의 흥일 뿐 계절이나 자연 자체의 그것은 아님에도, 사계절의 아름다

운 홍이 사람의 그것과 마찬가지라고 하였다. 그러니 '사시가홍'은 단순히 사계절의 홍취만을 강조하기 위한 표현은 아니다.

《주역》 건괘의 대인(大人)을 설명하는 글에 "대인이란 천지와 더불어 그 덕을 함께 하고 일월과 더불어 그 밝음을 함께 하고 사시와 더불어 그 차서를 함께 하며 귀신과 더불어 그 길흉을 함께 한다"고 하였다. "사시가홍이 사름과 흔가지"라면 그는 결국 "여사시합기덕(與四時合其德)"하는 '대인'을 뜻하는 존재일 것이다.

이 표현을 통하여 적어도 퇴계는 강호에 물러나 있는 선비들을 대인의 범주에 넣었음을 알 수 있다. 따라서 당시 강호문인들의 관점으로는 홍진에서 부귀를 탐하는 사람들이 소인배들일 수밖에 없었을 것이다.

"춘풍화만산/ 추야월만대"는 자연의 정적인 모습이다. 이러한 자연이 자아내는 '가홍'은 덕을 지닌 대인만이 느낄 수 있는 즐거움이다. 그러나 "어약연비/ 운영천광"은 만물이 천성을 얻은, 오묘한 경지를 가리킨다. 그러니 그것은 자연이나 강호 현실을 관념으로 정형화한 경우라고 할 수 있다.

4)는 정극인의 〈상춘곡〉이다. 정극인은 이현보와 함께 강호가도를 대표하던 문인이다. 특히 가사 장르의 경우 자연을 다룬 것으로 〈상춘곡〉 이전의 것을 찾을 수 없다면, 적어도 〈상춘곡〉을 자연 소재에 대한 이 장르의 초창기 관점을 비교적 정확하게 드러내주는 작품으로 보아야 한다.

〈상춘곡〉의 인용 부분에 등장하는 자연물은 "도화 · 행화 · 녹양방초 · 수풀에 우는 새" 등이다. 이것들은 개별적인 사물들이면서 봄의 계절적 특성을 포괄적으로 드러내는 집단적인 것들이기도 하다.

이 노래 가운데 "칼로 몰아낸가~헌스룹다"는 서정적 자아의 주관이 강하게 표출된 부분이다. 말하자면 이 노래는 단순히 봄의 경물들을

나열해 놓는 데 그치지 않고 그것들을 작자의 미적 직관을 통해 재해석한
다. 그 점은 "물아일체어니흥이이다를소냐"에서 절정에 달한다. 여기서
'물아일체'나 '흥'은 시가의 서정적 본질을 규정하는 개념들이다.

물아일체는 서정적 자아와 대상이 합일된 상태다. 이런 점에서 흥
역시 물아일체와 인과관계로 연결되는 서정적 자아의 내면적인 움직임이
다. 원래 모로바시 데쓰지(諸橋轍次)의 설명대로 흥은 '움직임·일으킴·
표출' 같은 인간 심리의 변화를 일컫기도 하고, '먼저 다른 물건을 언급하여
읊고자 하는 바의 말을 이끌어내는 것', '일을 물건에 가탁하는 것' 등
표현적 수법을 일컫기도 한다.

주자는 인간이 생각을 말로 이루 다 표현하지 못하여 자차영탄(咨嗟
詠歎)을 하게 되는데, 그것이 자연의 음향과 절주에 맞아 그만 둘 수
없음을 작시(作詩)의 이유로 들었다. 그리고 사람의 마음이 사물에 감동
되어 말에 나타난 나머지가 시라고 했다. 주자가 말한 것처럼 사람의
마음이 사물에 감동되어 말에 나타난 것이 시라면 자연의 음향과 절주에
들어맞는 자차영탄은 바로 흥 그 자체라고 할 수 있다. 객관세계의 사물에
의해 촉발되는 감정의 변화가 흥이고 그것을 문자로 표현한 것이 시이며
말로 표현한 것이 노래다. 그러므로 시의 본령은 서정이고 그 서정을
촉발시키는 매개체가 자연물이다.

개별적인 자연 소재들이 시인이나 화자의 마음에 일으키는 정서적
변화를 구체적이면서도 사실적으로 보여주고 있는 것이 4)다. 그러면서도
가사나 가곡창사 등 향후 전개될 우리말 노래 장르에 있어 자연 소재 수용의
패러다임이 앞 시대와 양상을 달리할 것임을 예고했다는 의미를 지닌다.

여기서 우리는 개별적이면서도 객관적인 물 자체의 자연 소재로부터
포괄적이면서도 이념적인 자연 소재의 단계로 자연스럽게 옮아간 모습을

확인할 수 있다. 이법 중심의 인식 태도가 문학담당층의 주류를 이루게 됨으로써 자연문학 역시 이념의 틀 안에서 정당화되고 재해석되기에 이른 것이다. 산수문학의 출현 및 정착도 이런 맥락에서 볼 수 있다.

물론 산수문학이 강호문학과 정확히 일치되는 개념은 아니다. 산수문학은 현실적 소산으로서 이념적 성향이 강한 강호문학을 포함하는 개념이기 때문이다. 따라서 산수문학이란 자연을 소재로 삼고 산수애호(山水愛好)의 정신에 입각하여 산수미를 형상화한 시가와 문학작품을 의미하며 강호가도류는 물론 성리학적 이념을 자연미로 형상화한 작품까지도 여기에 포함시킬 수 있다는 손오규의 말은 이런 점에서 타당하다.

이렇게 본다면 산수문학은 실재하는 경물을 되도록 사실적으로 그리는 실경산수(實景山水)와 관념의 조사(照射)를 거쳐 재해석된 경물을 그리는 관념산수(觀念山水)의 두 부류로 볼 수 있다. 물론 양자가 복합적으로 나타나는 경우도 있을 수 있겠으나, 성리학 이념이 대상 인식의 방법으로 정착되었던 조선조 문학에 관념산수가 주류를 이룬 것은 당연하다.

"옛날에 공자는 태산에 올라 흘러가는 냇물을 탄식하였고, 주자는 남악에 올라 아홉 구비를 노래하였다. 산과 물은 성현의 낙을 깊이 발현하는 것이 이와 같음은 어째서인가. 내가 나면서부터 산수를 좋아하는 습성이 있어 일찍이 관동을 노닐고 싶어 하였다"는 퇴계의 언명에서도 그 점은 확인된다. 산수문학의 이념적 근거는 바로 여기에 있다. 퇴계가 말한 성현의 낙이란 인간 본성의 긍정적 측면을 자연에서 발견할 때 느끼는 그것이다.

장경세(張經世)는 퇴계의 〈도산십이곡〉이 의사가 진실하고 음조가 청절(淸絶)하여 사람의 선심을 흥기시킬 만하고 깨끗이 씻어 버릴 수 있으므로 이 작품에 《시경》의 유지(遺旨)인 온유돈후(溫柔敦厚)가 구현되었다고 보았다. 그가 강조한 것은 강호문학의 대표작으로서 〈도산십이곡〉이 지닌 존심양성(存心養性)의 정신과 도덕적 당위에의 지향 등 도의문학적(道義文學的) 경향이다.

이와 같이 국문 시가에 나타난 자연 소재의 통시적 흐름은 조선조 중·후기 강호가도 혹은 산수문학으로 집대성되었다. 이러한 경향은 작자가 뚜렷하거나 상층부 인사들인 작품 뿐 아니라 그렇지 못한 작품들에서도 얼마간 발견할 수 있다.

5) 太平聖代田野逸民(再唱)耕雲麓釣烟江이이밧긔일이업다窮通이在天ᄒ니 貧賤을시름ᄒ랴玉堂金馬ᄂ내의願이아니로다泉石이壽域이오草屋이春臺라 於斯臥於斯眠俯仰宇宙流觀品物ᄒ야居居然浩浩然開襟獨酌岸幘長嘯景긔엇다 ᄒ니잇고
(태평성대 시골의 은자가 태평성대 시골의 은자가 구름 덮인 산록에서 밭을 갈고 내 낀 강가에 낚시를 드리우니, 이밖에 일이 없도다. 빈궁과 영달이 하늘에 달렸으니 빈천을 걱정하랴? 옥당(玉堂)과 금마(金馬)는 내 바라는 바 아니로다. 내 묻혀 사는 자연도 수역(壽域)이오, 초가집이 춘대(春臺)로다. 아! 아! 우주를 굽어보고 올려다보며 삼라만상의 갖춘 형체를 멀리서 바라보아, 편안하고 호탕하게 흉금을 열어젖히고 홀로 술을 마시며 높은 두건이 머리 뒤로 비스듬히 넘어가 예법을 차리지 못하는데 길게 휘파람부는 광경, 그 어떠합니까)

(〈독락팔곡〉 1)

6) 층암절벽상의 폭포수는 콸콸 수정렴 드리운 듯 이골 물이 수루루루룩 저골 물이 쏼쏼 열의 열골 물이 한데 합수하여 천방져 지방져 소쿠라져 펑퍼져 넌출지고 방울져 건너 병풍석으로 으르렁 콸콸 흐르는 물결이 은옥같이 흩어지니 소부 허유 문답하던 기산영수가 예 아니냐 …… 경개무궁 좋을씨고

(〈유산가〉의 일부)

5)는 송암(松巖) 권호문(權好文, 1532~1587)의 〈독락팔곡〉 중 첫 번째 노래다. 퇴계의 문하에서 공부한 송암은 퇴계의 영향을 많이 받았으며 일생 동안 출사하지 않았다. "전야일민"에서 '전야'는 조정과 대응되는 말이고, '일민'은 절행이 뛰어나면서도 벼슬에 오르지 않고 숨어 사는 사람으로 송암 자신을 가리키며, 조신(朝臣)과 대응되는 말이다.

구름 낀 산록에서 밭이나 갈고 내 낀 강가에서 낚시나 하는 것이 자신의 일이라고 했다. 뿐만 아니라 빈궁과 영달은 하늘에 달린 것으로서 자신이 걱정할 일이 아니라고도 했다.

"천석이 수역이오 초옥이 춘대라"는 말은 이 노래의 핵심이다. 천석이란 산수를 말한다. 산수, 곧 자연이 유토피아라는 것이다. 이 말 속에는 번다한 현실 세계를 조롱하는 의도가 짙게 들어 있다. 말하자면 독선기신(獨善其身)하는 강호 처사의 우월감이 배어나오는 내용이다.

그런 의미에서 송암은 자유인이었다. 물론 현실 맥락에서 완전히 떠난 방외인은 아니겠지만, 적어도 당대 지식인들 대부분이 매여 지내던 현실 문제로부터 초연할 수 있었다는 점에서 그렇다.

따라서 송암은 퇴계의 문인이었으면서도 강호를 노래하는 자세에서는 그와 확연히 구분된다. 즉 노래로 자신의 은구(隱求)를 강조하기 위하여 대립되는 세속적 범주의 일이나 인사들을 등장시켜 대응적 의미구조를 드러내는 점에서 온유돈후의 시교(詩敎)를 실천해 보인 퇴계의 그것과 다르다.

소재로서의 자연이나 강호를 대하는 삶의 자세에 따라 전혀 다른 의미나 분위기가 생성된다. 같은 관념적 산수라 해도 긍정적 이법이나 영원 상을 읽어낸 퇴계류의 인사들이 있는가 하면, 자신의 도덕적 우월을 강조하기 위한 대응구조의 소품(小品)으로 사용하는 부류의 인사들도 있을 수 있다. 바로 이것이 산수문학 혹은 강호문학의 두드러진 한 갈래임은 분명하다.

6)은 12잡가 중에서 으뜸으로 일컬어져 오는 〈유산가〉의 한 부분이다. 이 사설에 구현된, 발산적이며 생명감 있는 서정의 요인은 이 노래를 올려 부르던 곡조와 함께 작자의 미의식에서 찾을 수 있다. 이 노래에는 유교적 경건주의의 문풍과는 거리가 먼 사실적 형상화가 구현되었는데, 산수 묘사, 더 나아가 대상에 대한 문학적 형상화의 새로운 패러다임이 발견되는 것도 바로 이 점 때문이다.

한국문학의 자연, 그 이원적 성향의 무한한 가능태

옛 노래문학 작품에 소재로 등장하는 자연을 개별적인 사물로 받아들일 수도 있고, 집단적 개념을 지닌 포괄적 대상으로 받아들일 수도 있는 만큼 그것들이 표상하는 의미는 범상치 않다.

대개 자연의 의미적 범주에는 지상과 천상 혹은 성과 속의 이원적 세계가 포괄된다. 옛 사람들의 삶 자체가 자연 속에서 이루어졌으며 성과 속의 이중적 세계 또한 그 안에 설정되어 왔기 때문이다.

현대시 못지않게 옛 노래문학의 자연 역시 창작 주체의 인식에 달린 문제다. 단순한 물리적 자연이 아니라 정신적 자연으로 재해석될 수 있는 여지가 그만큼 많다는 뜻이다. 개개의 자연물이 환기하는 이미지는 창작 주체의 인식의 단서이자, 자연 속에 상정해 온 그들만의 미적 이상이기도 하였다.

근대 문명 도입 이전의 세계관은 자연중심적이었다. 인간은 자연계의 두 영역인 하늘과 땅이 인간의 삶을 전면적으로 지배하였으며, 그 가운데서도 땅에는 인간을 행복하게도 불행하게도 만들 수 있는 요인이 원천적으로 잠재되어 있다고 보았다. 되도록 좋은 지리적 조건을 골라 살고자 한 것은 인간이 발휘할 수 있는 최선의 지혜였다.

　이러한 맥락에서 살핀다면 자연 중시의 관념이 인간 생활에 반영되어 이루어진 풍수론은 자연을 읽는 최선의 관점일 수 있다. 고전 시가의 소재 가운데 자연이 주류를 이룬 사실은 이와 같이 풍수론과 같은 자연 중시의 사상 체계로도 확인된다. 그리고 조선조에 들어오면 당시의 정치 사상이나 이념이 철학적으로 체계화되기 시작했던 만큼 자연을 바라보는 그들의 관점 역시 이념적으로 세련된 모습을 보여준다. 특히 성리학이 정착됨에 따라 인간의 이미지를 반영하고 있는 자연은 논리적·철학적으로 설명되기 시작하였다. 그리고 이러한 경향은 문학 속의 자연 소재에도 그대로 나타난다. 그것이 바로 자연관 변천의 통시적 흐름이자 옛 노래문학에 쓰인 자연 소재의 본질적 의미임을 확인하게 된다.